大唐帝国之

风月

A Moment in the Tang Dynasty

安西

王晓东 ◎ 著

当代世界出版社
THE CONTEMPORARY WORLD PRESS

图书在版编目（CIP）数据

大唐帝国之风月安西 / 王晓东著. —北京：当代世界出版社，2018.1

　　ISBN 978-7-5090-1305-2

Ⅰ.①大… Ⅱ.①王… Ⅲ.①长篇小说—中国—当代 Ⅳ.①I247.5

中国版本图书馆CIP数据核字（2017）第309682号

书　　名：	大唐帝国之风月安西
出版发行：	当代世界出版社
地　　址：	北京市复兴路4号（100860）
网　　址：	http://www.worldpress.org.cn
编务电话：	（010）83908456
发行电话：	（010）83908409
	（010）83908455
	（010）83908377
	（010）83908423（邮购）
	（010）83908410（传真）
经　　销：	全国新华书店
印　　刷：	北京盛彩捷印刷有限公司
开　　本：	710毫米×1000毫米　1/16
印　　张：	21
字　　数：	335千字
版　　次：	2018年1月第1版
印　　次：	2018年1月第1次
书　　号：	ISBN 978-7-5090-1305-2
定　　价：	49.80元

如发现印装质量问题，请与承印厂联系调换。
版权所有，翻印必究；未经许可，不得转载！

目录

大唐帝国之风月安西

01	吐蕃公主	001
02	碧眼胡姬	013
03	穿行葱岭	021
04	连云血战	032
05	马踏怛驹岭	041
06	勃律擒王	047
07	夺命刀锋	062
08	坚硬的石堡	067
09	黄叶温泉	077
10	押赴长安	083
11	集市上的决斗	087

- 12 虏骑来袭　099
- 13 黄羊堡之殇　110
- 14 厮混的日子　119
- 15 突骑施酋长　123
- 16 九姓胡的背叛　132
- 17 出使石城　144
- 18 取其大首　149
- 19 袭营　157
- 20 美人劫　164
- 21 血偿　168
- 22 逃生　174

23	石王的宝座	177
24	残枝败叶	191
25	降服	194
26	满载而归	204
27	追逐王妃	210
28	杀机四伏	216
29	游牧者归来	222
30	夺寨	228
31	亡命王子	236
32	铁骑西来	242
33	异族兄弟	247
34	威武长安	252
35	流浪的乐师	257
36	战云微起	263
37	致命诱惑	270
38	盗马	277
39	西征路上	282
40	荒原野战	289
41	喘息中的对峙	296
42	微妙的危局	301
43	沙暴	308
44	兵败山倾	311
45	寻仇	317
尾　声		323

01

吐蕃公主

娑夷河流淌在峭壁间，显得幽暗柔冷。东岸河水转折处，驰来一队吐蕃骑兵。带队的首领下了坐骑，紫黑的脸膛上，滑动着缕缕日光。首领的年纪很轻，大约只有二十三四岁。他的身上披挂一袭雪豹皮缝制的战袍，在吐蕃，只有建立特殊军功的勇士才能获得这种样式的袍子。首领的名字叫朗措，是统率精锐部队的一名将军。

负责打前站的斥候们手脚麻利地支起两顶帐篷，预备让将军歇息。粗木支架上吊起了十几口白铜锅，火焰腾腾，滚沸的牛骨汤香气扑鼻。吐蕃武士们从马背跃下。有的人等不及喝汤，伸手从鞍袋里抓出焙熟的青稞粉，按上一块硬邦邦的干酥油，大口吃起来。

在别的吐蕃酋长或高级将领面前，朗措有些矜持，喜欢摆出尊贵的架子。但在手下面前，他还是很亲近和善的。

一名小侍从端着白铜圆盘，气喘吁吁地跑到朗措面前，双膝跪下。盘子擦拭得亮堂堂的，盛满了砸碎的牛羊骨头，一小块盐巴在热气中慢慢融化。骨头上的肉很厚实，小侍从咽下涌到舌尖上的口水，把头低了下去。朗措摸出短刀，扎了一块肉骨头，转身凝望河水。

朗措家族所在的部落，距雅隆河谷很近，他的叔叔是部落酋长。雅隆是声震四方的藏王松赞干布的故乡。一百多年前，十三岁即赞普位的松赞干布调集本部人马，先后征服了达布、工布、娘布诸部，后来一举拿下了险要、偏僻的羊同，完成统一吐蕃的大业。朗措的家乡被雪山包围，附近有一个深不可测、据说时常有各色神灵飞来飞去的大湖。远离了故地，面对脚下的河水，朗措心事重重。这片地域被称为大勃律，已经变成吐蕃的领地。勃律王目前居住在河的对岸，那里被大唐朝廷称为小勃律，朗措的使命，是让小勃律人成为赞普的属民。勃律地带的天气比家乡温暖，在朗措看来，寒气吹拂脸颊的日子，纵马飞驰，或是坐在一片暗黄松软的草地上，用乌暗的银盏品尝酥油是莫大享受。哪怕是在逻些城的宅邸中，听散碎的马蹄声踏破黄昏的沉寂，也总是让人心里舒服。

从本心而言，朗措并不太喜欢勃律。

风吹灌木，落花的碎片回旋，朗措现出焦急的神情。他正在等待浪迹于吐蕃的一名勇士。除了一个白驹的绰号，没谁知道那个人真正的名字。白驹喜欢骑一匹毛色雪白的快马，身穿白袍或黑袍，有时候整洁光鲜，有时候大大咧咧、污迹斑斑。至于袍子的颜色，完全取决于他的心情。白驹的年纪跟朗措相仿，朗措十七八岁时，白驹的名字已在藏区流传。因为他好勇斗狠，刀术精湛，身世充满疑团。据朗措所知，白驹的父亲是归顺吐蕃的吐谷浑酋长，他曾经闯进防卫严密的吐蕃堡寨，强行夺走一个女子。白驹的父亲对这个女子宠爱有加，可惜女子生下白驹不久便患病身亡，这让他特别悲伤。十几年后，白驹的父亲在一场军事冲突中被大唐边将所杀。白驹所在的部落靠近黄河，父亲死后，原本根枝繁茂的族人逐渐离散，有人投身吐蕃部落，有人归顺了大唐。

跟朗措相比，白驹的出身算不上显贵。朗措曾和白驹比过武，半个时辰没分出胜负。朗措欣赏白驹的本事，甚至想把他收为心腹。

按一般规矩，吐蕃境内的每一名成年男子，除了支差，都要服军役。根据每个人的身体条件、骑射本领，男子们被编入不同的部曲。每当战事发生，所有应召的男子必须自带马匹、干粮向所属的首领报到。私逃军役的人被处以重刑，其残酷简直让人生不如死。以白驹的本事，完全可以加入赞普或大相的卫队，可是白驹宁愿四处浪迹，过自由自在的日子。白驹说，只有这样才能到喝到各种可口的酒浆。熟悉白驹的人知道，除了酒，他还喜欢女人。朗措说，走过白驹身边，只要抽动鼻子，总是能闻到汗津津的女人味道。

"将军，白驹来了。"侍从一路小跑过来，哈腰向朗措报告。疾驰的马蹄声越传越近，朗措看见一团晃动的白光。白驹喜欢以轻慢的姿态应对尊贵人物，这样的方式有时让朗措愠怒。

白驹滚鞍下马，他脸盘瘦削，鹰隼般的眼光隐含灼人的杀气。朗措看到白驹身穿洁净的皮袍，肩头却披了块久经风霜侵袭、破旧粗硬的氆氇。一头乌发结成几个发辫披在脑后，垂于肩头，宛若几根扭曲的铁棍。

"我来迟了，尊贵的大人。"白驹笑嘻嘻地施礼。

"把他绑起来。"朗措脸上罩满了阴云，故意不看白驹。

两名武士抓住白驹的胳膊。白驹使劲挣脱，险些把两个人摔倒。

"仅仅因为你是个贵族，就如此绝情地对待朋友吗？"白驹嘴里丝丝吹气，神色夸张地大喊大叫。

"我等了你足足两个时辰。"朗措咬牙说。

"一听到你捎来的口信，我就没命地赶路，马都累吐血了。"

"耽搁了时间，按我的脾气，应该削掉你的脑袋。"

"我乐意把脑袋给你。"白驹满脸堆笑，说路上遇到了洪水，只好绕道前来。

"这个时候有雪水下山吗？"朗措反问道。

白驹露出忸怩的神情，赶紧转了话头。

"我杀人从不手抖，可看到师傅们的法器，还是心惊肉跳。"白驹在路上看到两位慢腾腾游荡的法师，吓得差点从马上栽下来。

"师傅要降鬼伏魔、比试法力，自然要用上好的趁手家伙。"朗措神色冰冷，"制作法器，我看你的大腿骨正合适。"

"你是说，砍了我的腿，再镶上些金子吗？这不是什么好主意。"白驹摇晃脑袋，意味深长地说，"一个男人的骨头会硌坏师傅的刀。要说降魔，还是女人身上的东西管用。"

"你是要受魔法诅咒的。"措朗笑了。一朵乌云飞来遮住阳光，河水变了颜色。白驹的耳朵上悬挂一只金环。他的头发最近也由披发改成辫发。朗措觉得，这或许是某种征兆，意味着一匹总想咬人的烈马从此变得规矩。朗措相信自己拥有驯服烈马的能力，是唯一能给白驹戴上笼头、配上鞍子的人。

"真不知是什么样的女人生养了你。"朗措说。

"我母亲是一个地道的吐蕃女人,她甚至比赞普的妃子还漂亮。如果她不跟我父亲私奔,说不定会被选进后宫。就是不入王宫,她的领地上也有多如星辰的牛羊,有众多女奴陪侍。她手腕上的镯子,沉重得让她抬不动胳膊。"白驹不愿意提及父亲,由于生性顽劣,他从小没少挨父亲暴打,尽管父亲挺喜欢他。在白驹的记忆里,父亲是个让人痛苦、畏惧的男人。他杀了很多人,终究还是死在别人手上,被矛尖刺穿了胸膛。

"听起来像牦牛放出来的热屁,骚烘烘的。"白驹的夸大其词,让朗措感到开心。

朗措的先人累世为吐蕃文臣武将。祖父曾为镇守边陲的大将军,几度与唐军交战,军功显赫。上溯其先人,甚至出过一名权位仅次于大尚论(宰相)的副相。

受到父祖影响,朗措自幼苦练骑射。如今,他已经被任命为悉编掣逋,这种武职相当于汉地的镇守使。平常的日子,他只统带千余精兵。在赞普眼里,年轻气盛的朗措忠心耿耿,值得重用。

天色一点点昏暗下来,朗措在崖边徘徊,半天不吭声。

白驹跟在他的后面,终于按捺不住了:"我看,大人是想去对岸。如果你的马匹长出翅膀,扑扑棱棱一直飞过去,就不用犯愁了。"

朗措盯住白驹,这个家伙古怪精灵,果然猜中他的心思。大唐为了防备吐蕃,在边境布设重兵。赞普的兵马在河陇一带受阻,欲再次吞并西域,必须借助小勃律这个交通要道。由此向西,是吐火罗叶护的领地,周边零星分布着众多小国。这些小国的属民或游牧或定居,最活跃的是贩运丝绸、宝货从中牟利的商旅。商人们以命博财,不畏苦寒、酷热,经常穿越人迹罕至的沙漠前往大唐境内驮运货物。有些商人获得大唐境外的部族首领的任命,摇身一变成为蛮王们的纳贡使者,他们获得的回报,远远超出贡品的价值,这是极划算的买卖。只要表示臣服,大唐天子常常是慷慨的。再往西行,穿过吐火罗叶护的地盘,是由大食人掌控的大片国土,其地域之辽阔堪比大唐。迂回东去,则直接进入吐蕃境内。取道南行,山路崎岖、河谷险僻,最终能到达天气炎热的天竺。

"你想的不错。把小勃律握在手中,我们就可以搬兵运马,跟大唐痛痛快快地开仗。"朗措说。

"我听逻些城中的百姓谣传,赞普要把公主嫁到小勃律去?"白驹感叹唏嘘,"我留在王城的那些日子里，曾看到过公主，一个让人迷惑不解的女子。"

朗措使劲拧着刀柄，望着河水出神。

"我看得出来，你心里喜欢墀玛公主。"白驹故意叹口气，"为了吐蕃人的大业，她成了牺牲品。"

"胡说。看我割了你的舌头。"朗措的脸变了颜色。

朗措的心思本来放在如何过河上面，如今被白驹的一番话搅乱。关于赞普要嫁女儿的详情，他自然比白驹知道得多。

朗措讨厌白驹刨根问底，忍了忍还是吐露了实情。自从吐蕃派兵攻占大勃律，便开始图谋攻取小勃律。勃律王最初依附唐军，双方几度交战，吐蕃人难讨便宜。一年前，新登王位不久的苏利失，面对吐蕃大军的压力，开始动摇。当年冬天，大赞普出巡时，在一个叫札玛的地方立下牙帐。苏利失闻讯十分惊慌，特地前来贡献珍宝，表示愿意归顺。大赞普十分欢喜，当即表示了要将女儿嫁给他的意思。

"按照汉人的说法，这叫和亲。"白驹神情诡秘，"大唐天子不也跟赞普和亲吗？"

"唐天子的女儿，毕竟不是亲生骨肉。赞普完全可以册封宗室的女子为公主，去嫁给那个令人讨厌的勃律王。"朗措挥了挥鞭子，赶走竖起耳朵偷听的一名亲兵。

"为了拉拢苏利失，赞普倒是真舍得血本。"白驹瞅了一眼朗措，意味深长地说。

"娶了公主，苏利失就变成了赞普的女婿。即使是一只性子暴烈的雪花大獒，也会格外听话。苏利失算什么东西，一只胆小的柴禾狗罢了！"朗措吐了口唾沫。

"凶猛的吐蕃狗可以咬死豹子。狗听主人的话，可也要看主人是不是真能降服这个畜生。"白驹说，"大唐天子即便未送亲生女儿和亲，也让赞普赚足了面子。先有文成公主嫁给至为尊贵的松赞干布赞普，后来又把金城公主嫁至我们吐蕃，已经快三十年了。为了操办和亲，大唐皇帝陪上丰厚的嫁妆，将上好的河套九曲之地作为公主的汤沐邑。这是沾了多大的便宜。"

白驹拾起一块石头丢下悬崖。

"如今金城公主尚在，虽说赞普不太乐意跟唐天子开战，但大多数朝臣认为，我吐蕃兵马强壮，必须趁机发兵，先取安西、北庭，进而攻取河西。"朗措拍打着白驹的肩膀，"我奉了杰桑龙则布将军大人的命令，察验地势，然后将在此督率众人修建藤桥。只要有了桥，进入小勃律就不用绕道了。"

"这确实是个好主意。骑兵过了河,半天工夫就能到达勃律的王城孽多。"白驹说。

"等进入小勃律,我向赞普保荐你,让你带兵驻守要地。"朗措觉得心情好了一些,许诺道。

"如果只当一个堡主,你还是另寻别人。"白驹吮吸手指,这是他的习惯动作。每当白驹有了想法,又试图遮掩时,便把手指放在唇边玩弄。

"你的父亲忠于赞普,曾获得过白银告身。"朗措说。

"可惜他血战而死,生前也不过得了一块污迹斑斑的银牌。"白驹现出不屑一顾的神情,冷着脸说,"朗措大人,你不是也有白银告身吗?等修好了桥,没准能获得金告身。"

"我的先辈曾得到过瑟瑟告身。现在那个物件收藏在我家乡的石堡里。至于金银告身,我们的部族从来没有缺过。"朗措脸上露出笑容。

"你的告身我并不稀罕。"朗措的口气让白驹郁闷了,"戴在身上比锁链还沉。"

在身世优越的朗措面前,白驹极力表现出随便的样子,其实心里酸溜溜的。异族人无法跟吐蕃人平起平坐。在拥有瑟瑟告身的吐谷浑小王面前,品级低些的吐蕃官员经常指手画脚。他们的颐指气使,让有本事的吐谷浑武士憋了一肚皮气。白驹深知,自己不可能获得太显赫的身份。作为赞普对臣下的奖赏,分成六等十二级的告身是地位的标志。其中由翡翠石制成的瑟瑟告身最尊贵,依次是金、银镀金、白银和铜铁告身。如果只获得铜铁告身,的确吊不起白驹的胃口。

"别用这种口气对我说话。"朗措冷着脸跨上马。一想到修好藤桥后,公主会通过娑夷河直抵勃律,他嘴里泛出了酸水。

孽多是小勃律的王城,这个坚固的城堡位于谷地一端。两侧山峰连绵,逐渐抬升,直至化成终年织雪的高峰,隐约沁透寒气。山谷中的气候虽说有一点喜怒无常,但四季还算分明。温暖的时节,谷地里郁郁葱葱,袭人的花香中夹杂略带辛辣的郁金香气。郁金本来盛产于大勃律,小律勃谷地中的郁金不太繁茂,总是小心翼翼地一小片一小片隐藏在植被中,显得阴冷神秘。当地还有一种说不出名字的鲜花,这种花比郁金柔和、迷人,花朵或是根茎研磨成粉可以制成香料,为女人的身体增加妖媚。为了牢牢吸引某个男人,女人采集这种易于枯萎的鲜花,是彼此心照不宣的秘密。

黎明时分，一名风尘仆仆的吐蕃使者在随从护卫下进入孽多。

勃律王苏利失在王宫的庭院内接见使者。

苏利失是一个身姿挺拔、相貌英俊的男子。使者站在阳光下，看到苏利失漂亮的黑须闪动柔和的光泽，不觉暗自惊讶。使者抽动鼻子，闻到苏利失的皮袍散发出香草的味道，格外入眼。还有他佩戴的牛角短刀，扭曲的刀把上装饰着令人眼花的宝石。使者暗想，这样的男人，倒是配得上漂亮的公主。

苏利失吩咐拿出美味招待大国来使。使者接连喝下两大壶发酵的奶酒，酒中还有些捣得稀碎的葡萄干。使者喜欢酸酸的味道，他的肚皮里还塞满了肥美的羊排、包裹肉末的青稞麦饼。晕晕乎乎的使者没有忘记使命，他告诉苏利失，赞普专门派他送信，是要在娑婆水上修桥。

苏利失愣了片刻。水深莫测的娑夷河是一道天堑，上面如若架了桥，就等于给吐蕃人插上了翅膀，墀德祖赞的骑兵可以轻而易举地开进他的国界。

使者看出苏利失心头狐疑，哈哈笑着："赞普特地嘱咐，我等修桥，只为了借一条通道，攻打唐人的安西四镇，绝对不是想对勃律国有所图谋。"

使者说罢，从身上解下密封的竹筒，取刀剖开后，拿出了一卷盖有墀德祖赞金印的文书。

"赞普答应了，只要修好桥，就送公主完婚。"

"我家公主的美貌，传遍了整个雪域。就连吐谷浑诸部的大小首领，也垂涎三尺。赞普肯把他的心肝割下来许给大王，足见他对你的看中。"使者又讨好地说。

"大王雄姿伟仪，与公主可谓天地绝配。公主见了，肯定十分欢喜。"使者瞅着为他倒酒的一个漂亮女奴，色迷迷地说。

苏利失告诉使者，自从大赞普许诺降嫁女儿墀玛，他就四处搜寻匠人，在宫中修建了吐蕃风味十足的寝室。他让人领着使者在城中转悠，甚至于为这个好色的吐蕃人找到一个野性十足的少女陪侍。打发掉使者，苏利失思忖了整整半天，终于决定答应吐蕃人的要求。在他看来，娑夷河水深谷峻，即便架起桥来，局面依然可以掌控。更何况，大赞普确实要将心爱的女儿嫁给他。当年，强大的突骑施苏禄可汗，曾经娶到一名吐蕃公主为妃，西域诸王，梦想娶到吐蕃公主的不在少数。他绝对不能错过这样的机会。

打发了使者，苏利失很快就得到了消息。吐蕃人选择在河崖最窄处、两岸相距约有一箭之遥的地带开始修建藤桥。督率众人修建悬桥的，便是朗措。桥修得十分缓慢，足足花了一年工夫才完成。桥刚一修好，吐蕃兵马就源源不断地开过小勃律，他们越过坦驹岭，在连云堡建起了坚固的要塞。

引来了虎狼之师，苏利失心中难免担忧，不过令他感到宽慰的是，吐蕃人没有攻占他的城堡，而且公主果然要来了。

吐蕃公主要嫁给勃律王的消息很快在私下里流传，一些当地人交头接耳，议论公主的长相。有人说，她的嘴唇惺红，面庞饱满，眼睛散发出月亮一样的迷人光芒。还有人说，她的面皮上文有毒虫的图案。她的长相成为一个谜，在勃律人的地盘流传，甚至在靠近吐蕃的汉地也引起猜测。

墀玛公主远行时流了几滴眼泪。她用手抚摸着胸前的银饰，紧闭眼睛。公主知道迟早会离开逻些城，王族中的有些公主曾被嫁到更远的地方，不管她们是否乐意，只有嫁给一个国王，才能与她们的身份相配。她知道，为寻机夺取大唐地盘，地处交通要道的小勃律举足轻重。为了控制小勃律，她是父王手中的一枚棋子。

公主进入勃律王城，恍若娑夷河上的藤桥还在脚下晃动，她透过车仗的帘幕，分明看到了黑色旋涡。鼓角喧闹，跟她在宫中听到的有些相似。此外，还有一些让她感到心烦意乱的声音。她的眼前晃动一个男子的身影，男子的肋下悬挂着银柄短刀，这个人就是朗措。

作为护送公主的特使兼卫队首领，朗措得到了丰厚的礼物，他手下的士兵也各有封赏。

公主的一部分嫁妆被展示出来，其中一对硕大的犀牛角引人注目。它们将在黑夜来临的时候，悬挂在寝宫的门口。据说这是一对可以避邪的宝物，能够驱逐魔鬼，还能使男人充满气力。

庆典开始了，勃律的武士们聚集在城外的土场上，欢呼雀跃。

勃律王的卫队长飞身下马，徒步站到场地中央。由于身手敏捷、力量过人，曾手持羚羊角杀死过豹子，卫队长被当地人称呼为羚角。羚角出生于吐火罗，几年前来到勃律，最初在苏利失手下充当卫士，由于忠诚可靠、本事高强，很快成了卫队首领。

羚角所在的部落,素有猎牛的传统。吐蕃人骄横自大,为了挽回些颜面,不让他们看轻了勃律武士,苏利失准许羚角上场,显露看家的本事。

羚角接过手下人递上的一张硬弓,搭箭便射。一只愤怒的黑花公牛在尘土飞扬的空场上四处乱撞,肩背、脖颈吃了三箭后,口中嘶嘶低鸣、喷吐白沫。公牛转了两圈,喘着粗气寻找敌人。污血顺着牛的皮毛流下来,斑斑驳驳,羚角鼓足了精气,挥动一把厚重砍刀,小心翼翼地向牛靠近。牛俯身冲来,羚角灵巧地闪避,人与牛来回周旋。受伤的牛前蹄扬起,用尽全力冲撞。羚角向后急闪,抓住牛头低垂下去的时机,跳到侧面挥刀向牛的颈部砍去。

这一刀恰到好处,滚热的血从牛的脖腔中喷溅出来,牛倒在地上奄奄一息,四只蹄子不住地踢蹬。

墀玛公主揭开面纱一角,卷起的尘土迷了她的眼睛。

苏利失望一眼公主,难以掩饰心头的喜气。他骑马来到场中,在百步之外的地方,吊起一只银罐。苏利失一箭射去,那支箭穿透了罐子。

众人欢呼呐喊,称颂国王神勇。朗措瞅一眼公主,嘴角露出冷笑。

苏利失大声说:"银罐是大唐的君王所赐,我跟他们决裂了。自今日开始,勃律的子民,愿为大赞普墀德祖赞赴汤蹈火。"

泉水从洞穿的箭孔淌出来,串成亮晶晶的珠子,滴进干燥的土地。公主的面纱再度揭开,她嘴角似动非动,一个侍女垂着头向上瞟了一眼,她发现公主的眼睛有些湿润。两个人的目光相撞,侍女感觉得到女主人的目光瞬间变得灼热,刺得人心头一颤。面纱重新遮上了,公主眼前的景物重新变得朦胧,她听着人们起劲的呼喊,夹杂着她听不懂的土语、方言。她想问一问这些人到底在吆喝什么,突然又感到心烦。

公主的思绪游移不定,恍惚重回乌云山下。

那天晚上送亲的队伍刚扎好营。月黑风高,公主草草用了饭,心中寂寞,吩咐女奴传唤护送车仗的朗措。

公主含笑半坐在厚厚的羊毛垫上。

朗措躬腰施礼后,抬起头放肆地望着公主,恨恨地说:"你为什么不能嫁给一个喜欢你的贵族。"

"这是神的意思，我必须服从父王。"堰玛的目光在他脸上扫过。

"我早晚要带兵除掉苏利失，等到那一天，我愿意娶你，也乐于做你的奴隶。"朗措的脸涨红了。

"你们这些男人，光想自己的利益。"公主腕上的环饰碰撞，发出清脆的音响。

公主凑近朗措。

朗措伏下身子，试图抱住这个令他朝思暮想的女人。堰玛微笑着，忽然变了脸色，狠狠咬住朗措的耳朵。

朗措不吭气，公主的牙齿缓慢松开了。她叹息一声，脸上恢复了宁静。

公主高声呼唤倒茶，惊动了帐外垂手侍立、暗中伸长了耳朵偷听的女奴。这是一个颧骨突出、两边脸蛋挂着红晕的女孩儿，她轻灵地闪进帐内，从一把镶银的铜壶中倒出金黄色的奶茶，送到朗措面前。帐篷里充满了油脂的芬芳，朗措吹拂着碗边的热气，喝下奶茶。女奴惊颚地看到一条血线从他的耳际流下来，她赶紧移开目光，将头低下了。

朗措在勃律王的城堡中看到一个漂亮女子，女子的样貌让他动心。朗措掏出两块银子送给羚角，让他打听女子的来历。羚角说，女子的主人奉命出使大唐，半年没有音信了。如果将军喜欢这个女奴，不妨直接告诉大王。

朗措借着酒劲儿向苏利失提出自己的想法。

"既然你喜欢这个女人，我今夜就差人把她送过去。从今以后，你便是她的主人，随便怎么处置。"苏利失微笑着说。

当天夜里，朗措果然得到了他喜欢的女子。浓重的夜色笼罩了城堡，朗措把女子按倒在松软的羊绒织成的厚褥中，口中喃喃自语，喊的是公主的名字。女子知道这是一个显赫的人物，服侍好这个男人是国王的意思。

女子怀着惊恐顺从命运的安排，眼前不时晃动另一个男人的影子，她似乎听到影子发出了叹息。城堡里的人们折腾得累了，油脂点燃的火把一只接一只熄灭。就这样过了两个时辰，宛若快要被冻僵的母鹿，惊醒时忽然发现有了新主人。朗措翻来覆去摆布手中的猎物，他的强壮让她感到痛楚，又有些不知所措。黎明时分，她终于有些喜欢上了这个男人。

朗措许诺说，要把她带回故地，女人听懂了他的意思，泪眼婆娑。她不乐意离开勃律，一想到从此要踏上陌生的土地，感到特别恐惧。

第三天清晨，熟睡中醒来的墀玛得知了朗措回去复命的消息。她还听说一队吐蕃骑兵受命驻扎在城外十几里远的山谷中，名义上他们必须服从勃律王。公主心知肚明，这些野蛮的骑兵实际上是监视者。

高颧骨的女奴给墀玛梳头，她做事细心，好奇心也很重。女奴忍了半天，终于告诉公主，朗措大人带走了一个勃律女奴，听说他看好了这个女子，于是国王便送给他这样一件特殊的礼物。

"什么样的女人让朗措如此着迷？"公主冷冷追问。

女奴迟疑片刻，欲言又止。公主勃然大怒，揪住女奴的头发，要她把知道的都说出来。

女奴见公主发了脾气，赶紧跪伏在地。她的额头贴紧驼毛地毯，鼻孔里吸进了刺痒的灰尘，几乎咳嗽起来。女奴恳求公主千万不要责罚。

"再不说实话，我扯断你的舌头。"墀玛说。

"听人说，这原本是一名贵族的女奴，那个男人被大王派到长安去了。女子的相貌有几分像公主。"受到惊吓的女奴嗫嚅着说。

"跟我相像倒不算是罪过。"墀玛松了口气，挥手让女奴出去煎茶，当天夜里，公主变得容光焕发，仿佛换了一个人，使出浑身解数侍奉苏利失。她甚至亲手煮好奶茶，用银碗捧到苏利失面前。

"在逻些，天气寒冷的时候，我总是要喝热乎乎的东西。"墀玛柔声说。

对公主的柔情，苏利失十分满意。

白天的时候，苏利失听说了安西唐军前来征讨的消息。连云堡目前已驻守了数千吐蕃军人，只要有重兵把守门户，小勃律就万无一失。苏利失觉得，没必有为这件事忧虑。当天还有消息传到小勃律，来自大唐的金城公主因病去世了。这个女子自从嫁至吐蕃，在雪域之地整整待了三十年。金城公主的身亡，让苏利失同样松了口气，大唐与吐蕃交恶已久，公主没了，两强之间的最后一根藤条也被折断。更何况，他早就听说，公主年轻的时候，就讨厌在吐蕃生活，日子过得不如意，曾几次三番地动过逃回汉地的心思。

苏利失暗想，吐蕃人实力雄厚，拥有几十万胜兵。赞普如果想吞并勃律，实在是轻而易举的事情。另一方面，吐蕃人为夺取大唐地盘，需要收买人心，二虎相争，最重要的是保住小勃律。思来想去，苏利失终于放心了。

几天后，日夜奔波赶回报信的勃律探马向他报告，唐军在前方跟吐蕃人作战，没讨到丝毫便宜。苏利失吩咐犒赏使者。回到内室，他抚摸着公主的脸蛋，有些讨好地说："等安西的兵马退了，我带你去逛阿努越城。"公主眼前一亮，她知道这个城堡居住着不少胡商，他们喜欢收藏来自大食的珠宝。跟所有显贵的女人一样，墀玛同样喜欢用各式各样珍贵的饰物打扮自己，面对英俊、体贴的苏利失，她对父王安排的这桩婚事终于感到满意。

一年后，公主生下个小王子，随后又生了个儿子。三年后，随着战事紧张，朗措被赞普任命为勃律监国使，率三百轻骑越过娑夷河重返小勃律。

02

碧眼胡姬

通往长安的丝绸古道,是一条流淌金银珠宝、交融各色族群、混凝不同血脉的诡秘通道,路上商旅相接,时而太平,时而血腥。丝路上奔波的人们,敢于冒险,亦相信命运。

自大唐太宗皇帝开始,折冲樽俎、远交近攻,逐渐平定莫贺延碛以西的突厥诸部,占据各处绿洲的小国亦相继归附。其后百年间吐蕃强劲,屡次兴兵,曾一度占据碛西大片土地,随后唐军夺回失地,吐蕃的势力受到抑制,但依旧咄咄逼人,让唐庭难以安枕。到了开元年间,大唐所控制和施加影响的疆域全面扩张,达到了顶点。大唐对碛西的经略颇见成效,同时暗藏危机,各种大小麻烦不断。

大唐安西都护府位于天山南麓,包括龟兹、焉耆、疏勒和于阗四镇。都护府驻节龟兹,南边是于阗、西方是疏勒、东北是焉耆,控制着包括大片绿洲在内的辽阔的土地。

按照大唐军制,隶属于都护府的四镇属军级建制,镇守使统领的兵员可达数千人。安西、北庭两个都护府的辖区内,下设多处守捉所,选择军事重地筑城屯兵。守捉所驻军首领的级别低于镇守使,所辖兵员少则数百多则过千。城、镇为规格较低的驻军单位。最基层的驻军单位,包括关、戍、烽、馆、铺,大小据点星罗棋布于西域。

龟兹是一座蕃汉混居的大城,堪称西域的繁华宝地。

秋高气爽的日子,龟兹城边的集市人喧马嘶,浓汤煮肉的香气掺杂着牲畜的尿骚,四处弥漫。人流中,一名来自勃律国的男子夹杂在贩夫走卒间,显得格外惹眼。勃律人身穿华美的皮袍,嘴里咀嚼一块夹肉的胡饼,吃得津津有味。无论以大唐长安人还是龟兹当地人的眼光打量,这个勃律男人都既有身份,又仪表英俊,颇有几分贵气。

几年前,勃律王苏利失准备迎娶吐蕃公主,选中了这个勃律人出使大唐。勃律人花了几个月的时间辗转到了长安,没想到勃律王投靠了吐蕃,派兵马阻塞周边小国前往大唐进贡的道路。勃律人递交了朝见的文书后,被驱离了招待外蕃的馆所。勃律人不敢回去复命,索性赖在长安。几年后,他觉得风声过了,立刻收拾行李西归。来到龟兹后,勃律人打算暂住一段时间,寻找机会返回故地。

勃律人在集市买马的时候,遇到一名年轻女子。女子头戴当地流行的浑脱花帽,帽檐外衬一条银白狐皮,色若板栗、略微发红的头发披垂至肩。女子脸蛋儿青白、鼻梁高挺、眼窝深陷,双眸灰中透绿,顾盼有神。勃律人曾经两次在集上与她擦身而过,颇有印象。

"讨厌的羊皮,又在集市碰到你啦。"女子莞尔一笑,脸微微涨红了。

勃律人有些恼火。女子胆大妄为,居然给他取了个轻贱的绰号。若是在勃律,任何女奴敢于嘲笑、轻慢她的男主人,很可能被割掉舌头。勃律人瞪起眼,想要大声训斥女子,舌头却不听使唤。

"别生气了,我从小就喜欢睡在暖乎乎的羊皮上。"女子咯咯笑道,"前天在集市上,你穿的是另外一件皮袍。"

勃律人有些心动,停下来打量女子。只见女子身穿合体的翻领长袍,脚蹬一双绣花布靴,袍子刚及靴腰。一条手指宽的鹅黄丝带约束着袍襟。勃律人说:"你有双漂亮的靴子,脚的样子肯定也好看。"

"我叫碧丝奴。"女子告诉勃律人,她的名字是一个汉人儒士胡乱取的,有些调笑的意思。儒士说,她的头发黄里透红,如美玉金丝,特别是一双绿色猫眼,宛若发光的宝石。儒士说,长安城的酒馆中,有许多能歌善歌舞的胡姬,她们都有碧绿的眸子。

碧丝奴身上飘出的香气,让勃律人想到另外一个女子。勃律人是个怀旧人的人,忽然开始想家了。

勃律人离开碧丝奴继续逛集，终于买到一匹好马。两天后，他跟三个人结伴踏上归途。勃律人选择了一条自认为安全的道路，最初半个月平安无事，但在经过一片绿洲时，马贼出现了。这伙贼人既有汉人，也有胡人。勃律人的伙伴根本不是马贼的对手，很快丢了性命。混乱中，勃律人砍死一名马贼，快马加鞭，渐渐把追兵甩在后面。勃律人侥幸捡了条命回到龟兹，除了马匹，身上只剩下一个皮袋，里面装着证明身份的文牒、一条风干咸肉和几块宝石。

勃律人身无分文，只得到集市上变卖宝石，换取度日的盘缠。

勃律人拎着钱袋准备离开集市的时候，被商人粟蜜拦住去路。

从祖父辈追溯，粟蜜算是勃律人的同乡。两岁时，粟蜜随父亲离开勃律，移居到繁华、富庶的康居。少年时代，粟蜜跟着父亲、哥哥贩卖货物，往来于勃律、吐火罗、大食各地。成年后，粟蜜独自闯荡积蓄了一笔财产，并在龟兹定居。粟蜜专门贩卖蜂蜜、丝绸，有时也倒腾宝石，拥有一个不大不小的店铺。

"你卖掉的宝石，价钱要得太低了。"粟蜜说。

勃律人白了粟蜜一眼。粟蜜脸盘肥腻，嘴唇上留一抹黑须，矮胖的身材跟身板挺拔、胡须粗硬的勃律人形成了鲜明反差。

"听说你为了回家，险些丢掉性命，这是何苦呢。如若留在龟兹，你便是个富人，怎么会变得一贫如洗！"定居龟兹前，粟蜜自认为见过世面。粟蜜喜欢可口的食物和异族女人。蛮荒偏远的勃律，既没有好吃的东西，更挑不出像样的美女。勃律人重返故土，在粟蜜看来，确实有些疯狂。

勃律人思绪游离，他是个贵族，在故地有一份家业，特别是随着时光推移，他十分想念留在家中的漂亮女奴。勃律人听着粟蜜聒噪，仿佛看到漫天飞扬的雪片漂白了阴暗城堡，寒风在巷道里呜咽。高大的土屋中央，炭火在瓦盆里熊熊燃烧，发出微妙声响。漂亮女奴解开宽松的皮袍，将他的两只脚抱入怀中。勃律人沉入梦乡，屋顶升腾的烟气，恍惚变作跳跃的野兽。这样的时候，兽类都变得温柔了……

粟蜜叹口气，从怀中摸索出两枚粟特人常用的银币。勃律人感觉脸颊瘙痒，仿佛闻到了干草的香气，原来是坐骑用嘴巴向他表示亲昵。

"这是我的一点心意。"粟蜜将银币递过来，颇有些居高临下的意味。

勃律人推开粟蜜的手，他很想抽出短刀刺破这个人的肚皮。每当遇到烦恼，他都想亮刀。在勃律，有血勇的男人不少。

勃律人克制了拔刀的冲动，打算转身走开。

"羊皮，是你吗？我天天来集上，好些天没见你的踪影了。"粟蜜的身后传来女人的声音。

"哦，原来是碧丝奴！"羊皮心中一动。

"亏你记得我的名字。"碧丝奴打量勃律人，神色惊讶地说，"一个俊美男子，咋弄得如此可怜？"

"你若是我的女人，肯定要挨一顿鞭子。"勃律人自觉狼狈，又被戳到痛处，登时涨红了脸。

"别说吃鞭子，杀了我也行呢！"碧丝奴狡黠地笑了，柔声说，"勃律人，我喜欢上你啦，有胆量的话，把我带到你的帐篷里，让我做你的女人。"

"你胡说呢！"粟蜜冲碧丝奴吼叫起来。

"这个放浪女子是我的妻妹。"粟蜜恼怒地说，他要勃律人立刻走开，少管别人的家事。碧丝奴冷冷地瞪了粟蜜一眼，她身上散发出的香气混合了羊脂的味道，让勃律人陶醉。

"羊皮，你若有胆量，现在就把带我走。哪怕你穷得只剩这身皮袍，我也跟了你。"碧丝奴喊道。

"你个骚女子。"粟蜜恼羞成怒，扯住碧丝奴的袍襟，想把她拉走。

勃律人见状，从腰间拔出短刀，轻轻顶住粟蜜的下巴。

"我们做个交易。你若肯把马留下，我便放了她。"粟蜜看勃律人眼中冒火，立刻服软了。

"马归你了。滚！"羊皮收了刀，把缰绳扔给粟蜜。

"这样的好马，能值十几枚金币。可是马再好，也抵不上这个女人。"粟蜜牵过马，气呼呼地走了。

眼睛迷人的女人，果真能让男人中邪。勃律人面对碧丝奴，恍惚刚做了一场梦。两个人在城里转悠了小半天，决定在城墙附近搭一顶帐篷，暂时安顿下来。天色已晚，躲在黑乎乎的帐中，碧丝奴很开心，从怀中掏出一对金环戴在耳垂上。勃律人说，大食国有一种模样酷似虎豹的野兽，善于跳跃，爪牙锐利。这种野兽和人混熟了，被人养在家中。碧丝奴的眼神，很像这种野兽。

"汉地的人管这种野兽叫狸奴，专能捕捉老鼠。"碧丝奴说罢，一把揪住勃律人的胡子。勃律人顺势缕住碧丝奴，用牙齿扯开她的袍带。碧丝奴有些紧张，但是尽力让自己顺从。

"别拿我当狸奴，我是一只母豹。"碧丝奴在黑暗中露出洁白的牙齿，咯咯笑道，"从此以后，你若敢招惹别的女人，看我不咬碎你的骨头。"

碧丝奴告诉勃律人，半年前，粟蜜开始打她的主意。有一次，粟蜜喝了多半罐葡萄酒，打发碧丝奴的姐姐带着肤色黝黑的女奴外出购买食物，路途远得至少一个时辰才能回来。粟蜜关紧院门，从背后扑上去，把碧丝奴摁倒。碧丝奴使劲挣扎，粟蜜气急败坏，吭吭哧哧直喘粗气。慌乱中，碧丝奴抓起一把羊毛塞进他的嘴巴，粟蜜松了手，脸憋得通红。碧丝奴随手摸出一把错银短刀，怒目圆睁，摆出拼命的架势。粟蜜受到惊吓，赶紧逃出了房间。随后的日子，粟蜜总想再找机会下手，碧丝奴身上揣着刀，处处提防，粟蜜难以得逞，便时常找碴儿拿碧丝奴的姐姐出气。

帐外弥漫的马粪味道，冲淡了碧丝奴身上腻滋滋的奶香。她的肌肤同样是奶白色，温热的胸脯让勃律人浑身燥热。

接下来的日子十分快意。碧丝奴的柔顺中充满了野性，水火交织，给了勃律人莫大的抚慰，让他暂时忘掉了另一个女人。每当天黑的时候，他们便拼命交欢。帐篷周围是一片空地，折腾累了，勃律人喜欢喝一碗奶茶，听城头铁马在风中碰撞，发出叮叮咚咚的音响。

当天夜里，官军校尉卢云在西城楼值夜。眼看快要换班，卢云拿起随身携带的雕弓。这张弓力道极大，是他父亲的遗物。月黑风高，勃律人的帐篷里红光闪动。这对男女刚搬来时，曾引起军兵好奇。他们盘问过勃律人，得知了他的身份，索性让他住下来。卢云目光游移，看见帐外枯树上有一团黑影，仔细辨认，原来是一只乌鸦。少年时代，卢云在长安郊外遛马，经常面对血色夕阳中振翅觅食的乌鸦。有一天，他张弓搭箭射落了两只乌鸦，惊飞的鸦群飘荡在半空，眼睛里似乎迸出仇恨的火种。

卢云虚拉了弓，让弓弦发出嘎嘣声。树上的这只乌鸦受到惊吓，拍翅翻滚，竟一头撞进帐篷的豁口。乌鸦狂飞乱撞，中了邪魔般打翻了油烛。帐篷里的一堆干羊毛被引着了，火舌忽闪，很快燃烧起来。勃律人和碧丝奴从梦中惊醒，不知道出了什么事情。他们刚跑出帐篷，一股躁风旋过城角，帐中红光沸腾，焦煳的皮毛发出哔哔剥剥的脆响。风势更猛，将一团火球带过城头，在旷野上渐明渐暗，转眼没了踪影。

卢云吃了一惊，大声招呼部下赶到城下救火。

十几个士兵用木桶汲水，火很快被扑灭了。帐篷倒了，里面的毛皮、衣服被烧成焦块。勃律人和碧丝奴惊魂未定，在灰烬中搜寻半天，找到十来枚银币和一堆开元通宝，这是他们全部的家当。第二天，勃律人花了两枚银币的代价，又买了顶旧帐篷，在城中另寻个地方居住。碧丝奴的姐姐得了消息，偷偷送来一口小袋银币。碧丝奴来到集市，从贩子手中买下八只黑白绵羊。勃律人决意放下贵族身段，做个与世无争的牧羊人。

转眼过了秋冬，到第二年的晚春时节。野草涨绿，枝头隐约涂抹的微黄很快变成了细嫩的叶片。有些时候，沙尘会在龟兹上空弥漫一两天，勃律人喜欢和女人猫在帐篷里，用牛粪点火，煮加了茶饼碎末的羊奶。郁闷的日子，尽管口中寡淡，他们却舍不得宰羊。

天放晴了，碧蓝的天空绽露出来，洁净如洗。午后，乌油油的云团涌过，竟淋了些细雨，只是地皮刚湿了一点，雨又停了。勃律人放牧归来，赶着八只羊进了城。路过都护府时，勃律人探头张望。看到府中到处是身披战甲的军兵，空中飘来的草料味道，糅合了谷物、豆类的陈香，刺激得人鼻孔发痒。勃律人想看个究竟，可把守府门的官兵挥动长矛，把他赶开了。

勃律人闷闷不乐地回到住处，拴好羊，低头进了帐篷。碧丝奴撒个欢，扑过来轻轻咬住他的耳朵，旋即倒了碗温热的羊奶递到男人的手上。碧丝奴说，今天城里来了大官人，被都护府的军兵前呼后拥，听说是天子派来的使者。勃律人渴了，扬脖喝干碗里的奶，又伸出舌头使劲舔净碗边的奶皮。勃律人向帐外张望，看到绵羊拥挤在一起，其中一只神色迷离。羊皮知道，这是只很骚性的母羊，奶水充足，总想着讨主人欢心。

碧丝奴说，她头一次看见勃律人时，他的皮袍很干净，上面缀有两颗乌亮的宝石。

"我本来是个尊贵的人。"勃律人说。

碧丝奴扭动腰肢坐到勃律人的怀里，男人的胡须扎得她脸上刺痒。碧丝奴解开勃律人的袍带，尖利的指甲划过他的胸脯。勃律人看到夕阳越过荒原，化做流动的火球，掠过一个又一个绿洲。后来是高大的城墙和喧闹的市场，气势恢宏的宫殿，仿佛再度置身于长安。紧接着，场景变了，出现一座石头垒起的城堡。懒散的卫兵站在城墙后，一块松动的石头掉落，惊鸟扇动翅膀，干硬的沙砾飞扬，打在了他脸上……

　　第二天上午，勃律人刚睡醒，卢云带领两名官军闯进了他的帐篷。卢云说，都护府出兵勃律，寻找熟悉地理民情的人，勃律人作为使者，理应随军前往。

　　"即便大唐天子亲自来了，你们也甭想带走我男人。"碧丝奴一听，急忙挡在勃律人的前面嚷道。

　　"你的男人不必上阵厮杀，会受到很好的保护。"卢云想要解释两句，身后的军校已经不耐烦了。这是一个身材瘦削、结实的胡族少年，看样子只有十七八岁。少年腮边长了一圈络腮胡须，浓密的头发微微泛红。

　　"红毛！"碧丝奴打量少年片刻，忽然尖叫起来。

　　少年愣住了。碧丝奴扯开自己的袍襟，露出雪白的肚皮。

　　"你这个女人，中邪了？"勃律人大怒，少年也有些不知所措。紧接着，少年似乎明白了什么，竟然也解开胸甲。

　　勃律人看到，少年裸露的肋部文了一只鸟，光溜溜的，只有几根羽毛。

　　碧丝奴的肚皮上刺着相同的鸟，这说明他们来自同一个部族。勃律人恍然大悟。

　　碧丝奴曾流泪告诉勃律人一个秘密。十年前，一队突厥骑兵血了洗她的部族。激战中，碧丝奴的父母被杀，小弟红毛不知去向。除了很少几个勇士逃脱，部族中的绝大多数人被杀或成为俘虏。劫掠者凶狠无情，只留下年轻女子和儿童。姐姐抱住她躲藏在一顶帐篷边，吓得浑身发抖。一名酋长跳下马，用刀撩起姐姐的头发。这是一个矮壮的男人，掉了颗门牙，胡须上凝结着血痂。酋长用阴冷的狼眼端详姐姐，咧嘴笑了。当天夜里，姐姐被带进大帐，作为被酋长选中的女俘，她必须全心全意地用身体服侍主人。年仅十岁的碧丝奴瘦小单薄，看上去没有什么嚼头，酋长命人把她丢在帐外，趴在一块羊皮上瑟瑟发抖。碧丝奴听到姐姐发出凄厉哭喊，乞求酋长放过她。酋长狞笑着，喉咙里发出满足的咕噜声。天光放亮，姐姐跟跟跄跄来到帐外，搂住碧丝奴抽泣。姐姐哭了半天，擦干眼泪回到帐中，跪倒在酋长的脚下，抱住他肮脏的靴子亲吻。酋长揪住姐姐的头发，用两个手指拧住她的脸，终于，他弄明白了这个女俘的意思，点了点头。姐姐连声称谢，酋长冲帐外喊了一声，很快来了一名略上些年纪的女奴。酋长吩咐，给吓得半死的碧丝奴拿些肉干、酪浆，别让这个可怜虫饿肚子。随后的两个多月，姐妹二人跟随这群突厥武士四处漂泊。姐姐一直小心服侍酋长，饱受折磨。直到有一天，酋长的部下又掳来一些女人，她们的命运有了转变。酋长很快喜欢上了新猎物，吩咐把姐妹二人和另外几个女子带到集市，让男人们竞价赎买。粟蜜喜欢异族女人，以二十四上好丝绸的代价，买下这对姐妹。粟蜜在意财钱，但是买个漂亮女奴当老婆，是笔划算的买卖。得知这对姐妹是部族首领的女儿后，粟蜜更是心花怒放。身边拥有大小两个"公主"，可真是赚大了。

　　红毛告诉姐姐，部族遭到袭击，他被一名武士救了。武士带着红毛在绿洲和荒碛间流浪了十几天，无处可去，辗转到安西从军。两年前，武士喝得酩酊大醉，从疾奔的马上坠落，摔断脖子，没活几天便死了。失去依靠的红毛加入安西骑兵，因为勇武过人，已经当了火长，手下有九名士兵。

　　"弟弟，你长大成人，有出息了。"碧丝奴说。

03

穿行葱岭

松赞干布统一雪域高原，吐蕃日益强大。在随后的近百年时间里，吐蕃的各个赞普从未放弃跟大唐争雄。双方的强大军队几度交锋，互有胜负。高宗咸亨元年四月，吐蕃人取道北进攻陷西域十八州。高宗派大将薛仁贵等率军进击，惨败于大非川。吐蕃人借助天时地利乘胜东征，逐渐吞并依附大唐的吐谷浑诸部。后来，吐蕃大军攻陷了安西都护府的治所龟兹，唐庭被迫罢撤四镇。接下来的二十多年，双方战事不断，直至长寿元年唐军大破吐蕃，才重新收复安西。

唐玄宗李隆基即位后，气象一变。大唐加强了河西陇右的防务，将吐蕃人压制于雪域高原。朝廷本打算收复吐谷浑故地，但是每当进入高山峻谷，便尽失地利，当地的瘴疫也给官军带来困扰。两雄相争，均无法扩大战果，便进入了相持阶段，吐蕃人挖空心思，想重夺大唐西域，进而东取河西。为了达到这个目的，他们死死盯住小勃律这个通道，希望借此开启进攻安西的门户。收服了勃律王苏利失，让吐蕃人有了实施其宏图大略的本钱。

吐蕃人通过控制大小勃律，迫使周边二十多个小国背叛唐庭，改向吐蕃进贡。这一局面，让玄宗如鲠在喉。七八年间，历任安西副都护王斛斯、盖嘉运、田仁婉等都曾带兵征讨勃律，现任大都护夫蒙灵察也曾率军出征。几度征讨，唐军始终无法攻破吐蕃人的坚固堡垒，最终损兵折将，无功而返。

这一年是天宝六年，长安城传来圣旨，命安西都护府再度派军征讨小勃律。

誓师出征的日子到了。

卢云的坐骑青云骢是一匹年轻漂亮的青毛骏马，身上散布着惹眼的旋转斑纹。这匹马出自康居，奔跑起来速疾如风，姿态优美。出征的前两个月，卢云带红毛到集市购置行头，一眼便中了这匹宝马良驹。马的主人高鼻深目、个子矮胖，是个杂种胡人。最初，他使劲摇头，见卢云执意要买，终于答应了。胡人张口开出的价钱，足够买下百匹丝绸，而且不许对方有一丁点还价的意思。卢云爱马心切，只得取出所有积蓄，另外搭上一只镶金的牛角樽，总算成交了这桩买卖。红毛告诉卢云，这个身上散发狐臭的汉子，原本是一个部族首领，他的女人模样漂亮、骚性十足。酋长的兄弟相貌英俊高大英武，被这个女人勾引，很快便背叛了哥哥。倒霉的酋长嗅出了私通的气味，尽管在有些部落里，男人们可以共同喜欢一个女人，但酋长绝对不能容忍自己的兄弟这么干。酋长用鞭子狠狠抽打女人，用刀划破了女人的胸脯。女人跪地哭泣求饶，酋长心软了，终于没有剜出她的心肝。几天后，他甚至打算宽恕自己的兄弟。没想到，他的兄弟凶狠毒辣，纠集一伙亲信，想要杀掉亲哥哥。酋长得了消息，骑马逃奔龟兹。胜者为王，他的弟弟接管了他的部族和女人，没落的酋长，从此只能靠贩马度日，经常喝得酩酊大醉。

远征军主帅高仙芝在龟兹城外点兵，身边的中年男子面黄无须，神色冷淡，紧抿嘴巴，眼皮微合。这个人是朝廷派来的监军使边令诚，自从来到安西，在大小将官面前，他总是有些颐指气使的意思。

边令诚漫不经心的目光从前排一名火长身上移开。这是个脸膛焦黑的武夫，身体强壮。火长白了边令诚一眼，拉紧马缰，张嘴打个呵欠。一只蚊子叮在脸上，被他伸手拍死。火长是个急性子，出征前的仪式让他颇不耐烦。

大唐正规军队的编制，以三百人为团，团的首领被称为校尉。五十人为队，队的首领被称为队正。十人为火，领头的被称为火长。每名士卒的标准装备为一张弓、三十支箭，还有一口横刀。

作为军中职位最低的军校，每逢战阵，火长都要带领手下人冲杀在前。黑脸火长是安西军营中的一个人物，角力时很少碰到对手。同伴觉得他猛悍如野公猪，便给他取了个猛彘的绰号。猛彘的故乡在关中腹地，其地民风强悍，府兵的单打独斗的能力颇强。自从武周女皇执政，府兵制逐渐遭到破乱，等到李隆基夺回皇权，登临大位，昔日的军府大多名存实亡。开元以来四海承平，朝廷继续采用募兵方式组织军队，重用胡人将领。边疆地带重兵云集，内地却变得日益空虚。猛虺咒骂世风日下，人们都变得胆小怕事了。

边令诚骑在一匹性情温驯的母马上。为了照顾这个来自皇帝身边的大人物，军中特意准备了车仗。边令诚说，身为监军，自然要和将士们同甘共苦。玄宗皇帝年轻时酷爱骑射，宫人们随侍左右，亦慕武勇之风。虽说是个被割掉了阳物的太监，边令诚对骑马还算在行。

高仙芝从大本营挑选了六千精兵，骑步兵各三千。郎将李嗣业、田珍为左右陌刀将，统领由两千名陌刀手、五百名刀牌手、五百名弓弩手组成的步兵。骑兵由将军何元庆率领，除弓箭外，每个人都配备了长矛或横刀。骑兵每人各有两匹马，可轮流骑乘。每一名步兵，都备有私马，供行军时骑乘。为增加军力，高仙芝派出军中信使，传令拨换守捉使贾崇瓘带兵一千、疏勒镇守使赵崇玭率军两千加入远征军。除此之外，亲附大唐的胡人部曲也出兵助战，纠集了大约千名骑兵。上述兵马原地待命，逐渐与主力部队会合。

高仙芝喝了壮行酒，向安西大都护、四镇节度使夫蒙灵察辞行。高仙芝本是高丽人，能征惯战，足智多谋，二十多岁时便位列安西十将军之列。高仙芝颇受夫蒙受灵察器重。此番出征，朝廷委任都护副使高仙芝为行营节度使，这样的身份几乎跟夫蒙灵察平起平坐。上次夫蒙灵察征讨勃律无功而返，颇为丢脸。目送大军离开龟兹，夫蒙灵察心里有些不是滋味。

接下来的二十多天，安西行营兵马沿既定路线行进，很快进入喝盘陀。这是个弹丸小国，地处葱岭要冲，历代国王都居住在石头城内，凭借天险外拒强敌。开元中，唐军派兵奇袭，攻破石城收降了喝盘陀王，在其境设立葱岭守捉。

卢云率百名骑兵为大军开路，身边是郁郁寡欢的勃律人。尽管勃律人提出抗议，说自己有尊贵的名字，但军兵们对他的身世毫无兴趣，认为"羊皮"是最贴切、顺口的称呼。勃律人无奈，只得默认了。

地势逐渐升高，眼前现出一片宽阔的谷地。沿谷地穿行，冲积出一条断断续续的小河。沿河而行，远远出现一座土堡，这便是葱岭守捉的驻地。羊皮看见了城堡，鼻子隐隐发酸。八年前，羊皮由此路过，曾在城堡留宿了三天，里面除了驻军和过往商贾，定居者很少。葱岭守捉所是安西都护府最边远的一处城堡，再向前行，可由播密川直达特勒满川。进入播密川，便越过了安西官军直接控制的地盘。

卢云命部下在城外驻扎，单骑进城拜见葱岭守捉使，通报了部队的行迹。守捉使已提前得到消息，简单聊了几句，便吩咐卢云出城休息。一天以后，大队人马浩浩荡荡开到，高仙芝亲自选定了安营地点，传令休整两天，好好犒劳三军。军中厨夫杀羊备酒，忙得脚不点地。

太阳刚落山，谷地中弥漫野葱的辛香。行营节度使大帐油烛通明，高仙芝传诸将议事。高仙芝说："大军一路跋涉，十分劳苦，今日葱岭守捉使特地准备了三百头羊，全军上下尽可放开肚皮。大碗酒、大块肉，我等边吃边议。"

出征前，高仙芝仔细盘算了行军路线，为了让各部将官心中有数，又令掌管文书的参军范伯阳整理有关勃律的风物记载，抄送诸人阅览。

范伯阳摸出一卷纸，上面密麻麻写了些蝇头小字。范伯阳说，经勃律取道天竺的僧人，留下了多条记录。

"文人就是啰唆。"将军何元庆不耐烦了，打断范伯阳的话。

"你要我怎么说？"范伯阳白了何元庆一眼，把脸转向高仙芝，希望主帅帮他说话。范伯阳见高仙芝神色冷淡，未免有些泄气。

"闲话少叙，你只管说哪条路最近，沿途有何险要。"何元庆说。

"将军未免太性急了。"范伯阳说。

何元庆崇尚武勇，对都护幕府中的文官颇为轻视。范伯阳写得一手好公文，颇得高仙芝看重。前两天，范伯阳见何元庆的军兵作风散漫，向高仙芝告了一状。范伯阳的酸腐，让何元庆十分恼火，只是看在主帅的面子上，才把刻薄话咽进了肚里。

高仙芝扫视众人，发现除李嗣业、何元庆信心满满，诸将都有些倦怠。

"贾将军，你曾随夫蒙大都护出征，应当了解蕃情。"高仙芝转向贾崇瓘。

"连云堡是勃律最紧要的一个关口。城堡建在山顶险要处，易守难攻。吐蕃派精兵守堡，离城堡不远的另一座山上，还有一座大寨。堡寨呼应，固若金汤呵。"贾崇瓘说。

"攻打连云堡，都有什么难处？"高仙芝不动声色地说。行军路上，他已经了解了许多敌情，让诸将畅所欲言，是想了解众人的心态。

"当年，我军久攻不下，想诱敌下山决战，狡猾的吐蕃人屯驻死守，不肯上当。转眼到了秋末。葱岭气候多变，一旦遇到风雪，后续给养难继，必然军心大乱。夫蒙大人无奈，只好下令撤军了。"贾崇瓘轻叹一声。

"据葱岭守捉派出的哨探报告，连云堡守军约有千人，大寨则有数千兵马。从兵力对比看，我军占了些优势，但劳师远征、不服水土，敌人若故伎重施，恐怕——"疏勒镇守使赵崇玼说。

"我安西官军能征惯战，何惧吐蕃。所谓一将无能累死三军，只要我等奋勇舍身，便有胜算。"何元庆打断赵崇玼。

高仙芝点点头，示意李嗣业表态。

"我军屡次受挫，都是因为连云堡凭险设防，难以攻取。敲碎这块硬骨头，便可翻越峻岭直捣勃律王城。"李嗣业说。

"雪原艰险，全因瘴气猛恶。我在河西军做校尉时，曾与吐蕃人交锋，双方互有胜负。高原作战，由于军兵身体不适，我军常处于下风。"郎将田珍有点忧心忡忡。

吐蕃人久居高地，这种让汉军气短、神疲的瘴气，对他们全无影响。高仙芝承认这个现实，为此，他曾反复考虑对策。

"瘴气伤人只在极高处。除了必须翻越的几座雪山，我们的行军线路多在谷地。即便是过雪山，同样可以选择低地行进。"高仙芝说。

"连云堡内的吐蕃守将狡猾、凶狠。上次我们进攻城堡，休整时粗心大意，被他带兵偷袭，伤损了数百人马。"贾崇瓘回忆当时的情形，心有余悸。

"我派人打探过，此人绰号白驹，屡次带兵到葱岭守捉的防区抢掠，确实很难对付。我倒是很想会会这个人，看他是否真长了三头六臂。"高仙芝说。

将官们的士气让高仙芝心头不快。最近两年，安西军悄悄滋生了厌战情绪。高仙芝深知，天下承平，朝廷对边将的封赏逊于战时，让有些人心生不满。军人以战为天职，缺少硬仗的磨砺，同样容易销蚀普通士卒的锐气。高仙芝认为，若不能以强力树威，振奋军心，所谓天下第一的安西官军将会变成任人宰割的绵羊。

"葱岭道路难行是事实，官军数次征讨无果，令人气馁，这也是事实。我们这次远征，就是要打破这个局面。"高仙芝把酒杯一摔，呵呵冷笑，"以力死战，血染沙场是军人本色。仙芝受朝廷重托，生死已置之度外。我立志必胜，如若失败，愿以死谢罪，请诸位把高某首级带回长安！"

诸将见高仙芝动怒，有些惊悚。

"从今日起，不破了连云堡，任何人不得饮酒。你们还要听仔细了。今晚我等畅饮，自可称兄道弟。一旦上了战场，谁敢怯阵，别怪军法无情！"高仙芝说。

这个时候，营地中的各路官军也吃喝得热闹，主食是大块炖羊肉和小米饭，每人只分了一碗奶酒。卢云吃了些肉，向羊皮要了块面饼。干硬的胡饼烘烤十分地道，是羊皮从龟兹带出来的。卢云和羊皮一样喜欢面食。临行前，碧丝奴特意跑到集市上买了半口袋面饼，让羊皮带上。

羊皮把饼撕碎泡在热汤中，吃得热汗直流。羊皮说，龟兹城有很多人喜欢这种吃法，长安呢，有更多的花样。

卢云捧了发烫的铜碗，啜了口热汤，说："长安城中豪富人家喜欢吃大张的羊肉饼。厨子们将羊肉切碎，拌上牛油，铺在锅盖大的面饼上。摊一层肉，盖一层饼，这样的大饼光羊肉就要用掉十几斤。"

羊皮使劲嚼饼，附和道："这种饼叫古楼子，龟兹也有这种吃食。"

卢云认为，龟兹的肉饼偷工减料，不如长安城的好吃。出色的打饼师傅都跑到长安赚取银钱、娶妻生子，甚至忘掉了故土。

羊皮打开酒囊，扬脖喝了几大口酒。羊皮出来时，在集市上买了些杂货，途中便用这些小玩意跟土著居民或牧人换酒。进入葱岭后，人烟稀少，所谓的酒多半只是发酵的酪浆。酪浆喝多了同样让人迷糊，羊皮并非海量，只是想让自己变得麻醉一点。

羊皮有了醉意，开始唠叨留在勃律的女奴。只有红毛不在跟前时，他才肯说这些话。羊皮害怕红毛为了姐姐的缘故，跟他翻脸动粗。羊皮说，女奴是羊皮从一个吐火罗人手里买来的，模样有些像波斯人。自从来自沙漠的大食武士灭了波斯，许多不甘臣服的当地人向东逃避。羊皮确信，女奴的身世不详，但绝对不像吐火人所坚称的那样，是波斯贵族的女儿。女奴性情活泼温柔，愿意扭动蛇一样的腰肢光着脚丫跳舞，这个样子，很讨羊皮喜欢。羊皮说，离勃律越近，他越想这个女奴。回家后，一定要让她穿上汉地的丝绸，围着炉火转圈。

"你该知道，多情惹火烧身。"阴影中，卢云看到红毛晃晃悠悠地走过来。

"你最好死了这份心。"卢云说。

"为什么呢？"羊皮反问。

"有个漂亮女人等你回龟兹，这个女人难对付，更难惹的是她的兄弟。"

"谁说不是呢？你说中了我的心事。"羊皮有些沮丧，"我喜欢红头发的娘们，可是半旧的靴子穿在脚上很舒服。这两个女人，都让我难舍。"

"人总会变的。那个会跳舞的女奴，没准已委身别人，把热乎乎的酥油盛在银碗中端给另一个男人了。"卢云说。

"你的话让我扫兴呢。"羊皮的脸涨红了。

红毛坐在了羊皮面前。姐姐将这个男人视为心肝，让他颇不以为然。他眨巴着眼睛，没头没脑地说："眼看要打勃律国了，我听人传言，吐蕃来的公主嘴脸吓人，两只尖牙露在唇外，喜欢咬人吸血。"

"没见过世面的蛮子才这么胡说八道。"羊皮说。

"还人有说，公主是红蜘蛛女魔的化身，每到夜里都吐出金灿灿的丝网，把她喜欢的男子缠住。"卢云笑道。

"诬蔑王妃是魔女的人，日后要遭报应。"羊皮下意识摸了摸腰里的短刀。羊皮死去的父亲是个酋长，曾经暗中反对夺位上台的勃律王。苏利失王迎娶王妃前，把羊皮打发到长安，颇有公报私仇、借刀杀人的意思。羊皮没能参加苏利失的大婚典礼，但他相信王妃是个让人迷恋的女子。从勃律来的人说，公主曾当众拉开遮脸的面巾，她面带红晕、如月亮般美丽。

羊皮喝光皮袋里最后一滴酒，心更乱了。羊皮跌跌撞撞出了帐，坐在一块圆石上醒酒，朦胧中，看见参军范伯阳带着猛虺和一名军校走了过来。

"大唐的两个公主都嫁给了吐蕃人。用和亲的手段拉拢强敌，真没出息！"凉风吹过，羊皮有些反胃，嘴里还在絮叨。

"骚胡。为何烂嚼舌根？"范伯阳踢了羊皮一脚，让他闭嘴。羊皮急了，伸腿把范伯阳绊倒在地。范伯阳"啊哟"了一声，猛虺勃然大怒，俯身揪起羊皮，抡拳便打。羊皮的鼻子流出了血，使劲挣脱出身体，摸出了肋下的短刀。猛虺吃了一惊，抬脚便揣，羊皮捂着肚皮倒在地上。

猛虺踩住羊皮的手腕，迫使他丢了刀。羊皮使劲挣扎，无奈猛虺力大，让他动弹不得。吵闹声惊动了卢云,他呼喝了一声,要猛彘松脚。

"反了。"范伯阳冷笑道,吩咐另一名军校拿下卢云。

军校有些不知所措,他知道卢云是将门之后,武勇过人。

"勃律人是我军的向导。除了都护有令,谁都不能动他。"卢云说。

"嘿嘿,我偏要动他。"猛彘放了羊皮,一跺脚抽出横刀,红毛冷眼旁观,此时也亮出兵器。

"请范大人回帐休息,留些力气,跟吐蕃人斗吧!"卢云夺下红毛的刀,冷笑道。

"你等这是要反吗?"范伯阳脸涨得通红。

"听说长安恶少厉害,我倒要见识一下。"猛彘话里带刺,险些激怒了卢云。

猛彘挥刀便砍,卢云急忙退步避让。猛彘的第一刀只是试探,第二刀逆转刀锋向上斜挑。猛彘使出最常用的横刀招式,力道和速度却非比寻常。卢云回刀向下斜磕,化解了攻势。卢云轻轻把刀收住,竟没有反击。猛彘微微一愣,知道卢云有意承让,不想让事情激化。

"果然好刀法。"猛彘赶紧住了手,口气也变了。

范伯阳脸气得发白,转身便走。

"别走。"红毛拦住了范伯阳的出路,从腰里抽出牛耳尖刀,使劲一蹲身,刀子紧贴范伯阳的一只皮靴插进沙土。

"蛮人,等我报告大将军,斩了你这颗贼头。"范伯阳更加恼怒。一甩袍袖,头也不回地走了。

羊皮趴在地上吐了两口,感觉舒服了许多。他钻进帐篷,想再找些酒喝,可是另一只皮袋也空了。"这个狗屁官人真是无礼,若是在勃律,身上早被捅出好几个血窟窿了。"羊皮说,勃律人喜欢用短刀打架,有时候只是为了女人或咩咩叫的山羊,就动起手来。只有敢玩命才是真正的男人……

红毛拎起一只靴子,扔到羊皮身边,要他闭嘴。红毛困极了,埋头昏睡,不知过了多久,他恍惚置身于一片暗黑色的草原。月光幽寂,羊群在浑圆的海子里饮水。人喊马嘶,营地里火光冲天,红毛看见父亲冲出帐篷,用矛刺穿一个长须武士的胸膛。另一个骑手从侧面冲上来,挥刀砍倒了父亲。混乱中,红毛的头发被人揪住,带上马背。他仿佛落到无底的水中,手脚拼命扑腾。

红毛想爬起来，身体竟无法动弹。他伸手摸出枕下的短刀，猛听起床的号角呜呜吹响。红毛睁开眼，枕边淌了一摊口水……

第二天大军拔营继续行进。空旷的谷地沿一条河道延伸，水若隐若现。黄褐色的峻岭从两边缓缓挤压过来，形成了山口。卢云带队越过山口时，特勒满川出现在眼前。视野骤然敞阔，远处时隐时现跳动的银线是另一条河流。

一路上，红毛几乎不离羊皮的左右。这既然是军中的职责，也是为了姐姐的嘱托。尽管卢云向碧丝奴打了保票，碧丝奴仍不放心。临行前，她向弟弟交代，这个男人是她的命根子，必须把他带回龟兹。红毛觉得勃律人除了长相英俊，简直一无是处。他想让羊皮吃些苦头，但姐姐的要求没法拒绝。

行军途中，红毛渴望看到女人。在红毛眼里，除了姐姐，其余的年轻女子都是让人解渴的骚货。眼前出现了一片麦地，青黄色的麦子随风起伏，马匹为谷物的清香吸引，时而扬脖抽动鼻孔。羊皮告诉卢云，再走半天的路程，有一座依山而建的土城，住在城里的，是识匿国的国王。

"这里有多少女人呢？识匿国的王妃，是不是也很漂亮？"红毛说。

"这是一个贼人众多的地方。"羊皮在马背上打起瞌睡，他没心思搭理红毛。尽管在对付范伯阳时，这个小舅子帮他出了口气，他仍然讨厌红毛。

唐军快要接近识匿王的城堡时，国王跌失伽延正坐在王宫的屋顶休息。国王的面前摆了一大盘当地出产的果子。两只开口的泥罐散发出酸溜溜的气味，罐子里灌满当地人嗜饮的酒浆。这种饮料制作起来并不麻烦，只需将果实捣碎，任其发酵直至冒出泡沫。肚皮里塞满食物的时候，这种酒喝下去让人舒畅。

识匿国曾有过风光的日子，后来各路酋长占据山谷称雄。从汉地前往天竺国求法的僧人路过此地，向当地人询问内情，于是在后来的官方记载中，有了识匿国的称呼。跌失伽延的曾祖父是一名大酋长，实力最强，被诸部首领尊称为王。跌失伽延称王的时候，分布在险僻谷地的其他酋长表面服从，私下里却不太买账。除了酋长们定期送来一定数量的羊肉干和麦子，以示臣服，跌失伽延得不到太多的好处。完全听命于跌失伽延的，只是特勒满川周边散居的不足两万名部众。

当地人喜欢居住冬暖夏凉的洞窟，唯独国王才拥有土堡。除了七八百名军兵，土堡中充其量只居住了数百户人家，甚至比不上汉地一个村镇热闹。跌失伽延的王宫位于城堡的东南角。厚实的屋墙由石块和泥土垒砌而成,色泽暗红。宫室连成一体,跟部众们的房屋相比,显得格外醒目。屋顶自然形成十几处大小平台,跌失伽延居住的房屋居中,本身便是高大、结实的堡垒。由于日光充足,年深日久,顶层的泥土变得陶罐一般干硬。国王喜欢居高临下的感觉,站在平台上,远处的河水、平川以及牵着毛驴在堡子内悠闲行路的子民尽收眼底。一年间约有一半时间,国王在城外度日。跌失伽延喜欢带领卫队、马匹和毡帐四处游逛,这么做,可以威慑各部,从其他的酋长手里多获得一些贡物。

一个侍卫躬身爬上屋顶,说国相就等在下面。

国相原是护密国的一名失意酋长,后来依附了跌失伽延。由于足智多谋,深受跌失伽延信任。识匿国原本没有国相,由于国王接受了唐天子封号,跌失伽延敬畏大唐朝廷,为了体验国王的权威,便设立了国相的职位。见多识广的国相曾经去长安朝贡,带回整整十匹骆驼的赐物,这些好东西令跌失伽延满意,国相也受到重赏。

跌失伽延挥手赶走两只扎向盘子的花斑蝇虫,大声说:"让他快来见我。"

国相气喘吁吁地来了,他略微上了点年纪,身上的衣服很干净,花白的胡子一尘不染。他是国中为数不多的几个喜欢用滚热的香汤沐浴的人。虽说居住在葱岭,但毫无疑问,他的骨血里沾染了一点波斯人的味道。

国相打了个饱嗝。刚在家里吃罢午饭,正要美美睡上一觉,却被国王匆匆传唤,让他有点不大情愿。空气中飘出一缕腐败的肉香,跌失伽延说:"看来你吃得不错,难道你没发现,城外来了大队人马?"

国相眯起眼张望,看到很远的地方扬起尘。他煞有介事地抽了抽鼻子,说似乎有马粪的气味被风吹过来。

跌失伽延训斥道:"别装腔作势的,我讨厌你这副样子。"

国相嘿嘿一笑,伸手摸索袍子里的香袋,不紧不慢地说:"我的主人,这里装的是雪白的盐粉和黑色胡椒,喝汤的时候撒一些,滋味真是妙不可言。"

国王挥手拍死了一只苍蝇,生气地嚷道:"我在问你对策。"

"大王千万不要动怒。"国相神秘地一笑,"我已派人打探过,远道而来的是大唐兵马。天朝对大王向来礼敬有加,大王又受到唐天子的封赏。大军前来,并非为了难为咱们,而是要攻打不听话的勃律。"

"攻打勃律人？这么说，他们的到来对我们有好处。"跌失伽延眼前一亮，示意国相吃果子。

"有好处，而且好处还不少呢。"国相对眼前的形势胸有成竹。他还说，最好进一步弄清对方的来意。跌失伽延等不及了，呼唤备马，要出城去见唐军首领。恰在这时，高仙芝差使捎来口信，宣称发兵是为了攻打勃律，希望识匿国派人马随军远征。信使还说，只要攻下小勃律，朝廷肯定重赏。

跌失伽延很快拿定主意，他要亲自带三百人前行。

"路途凶险，大王何必遭那个罪。"国相赶紧劝阻。

跌失伽延表示，久居宫中特别没意思，应该出去散心了。国相建议跌失伽延称病，只需派一个得力的首领就能应付官军。

"唐天子富有，只要立下奇功，自然获得厚报。更何况我们自己有手，为何不到勃律弄些好东西回来呢？"跌失伽延大笑道。

国相知道，除了乐于跟别的部族打仗，跌失伽延跟许多山地部族的国王一样，特别喜欢财宝和女人。他既然拿定主意，便无法阻拦，索性由他去吧。

见国相不再反对，跌失伽延说："我出去的这段日子，你要辅佐好我儿子。王子已经成人，即便他父亲战死了，照样能把识匿国管得服服帖帖。"

国相抬头遥望河谷，眼前晃动着几只野鸟的阴影，仿佛田地里的麦芒飞散在空中，刺痛了他的眼睛。国相有种不祥的预感，还想再说话，看到跌失伽延露出不耐烦的模样，便闭紧了嘴巴。

国相躬身离开了跌失伽延的宫殿，他累了，只想回去美美睡上一觉。

04

连云血战

　　一只肥大的绵羊被牵到旌旗下，被军士按在地上，瑟缩着身体哀叫。操刀的军士向掌心吐了口唾沫，对准羊的喉咙抹了一刀，鲜血咕嘟嘟涌出来，染红了雪白的羊皮。血被接到一个个铜碗中，泛起一层泡沫。

　　高仙芝和诸将饮血盟誓，三军欢声雷动。

　　按照事先拟定好的行军路线，行营兵马分成了三路。中军由高仙芝统率，通过护密国直抵连云堡。赵崇玭、贾崇瓘二将各率本部军马，沿北谷、赤佛堂两条线路包抄。高仙芝认为，分兵而进，既可相互策应，又能阻断连云堡与周围的联系。高仙芝和诸将立下军令状，七月十三日辰时前，三军在连云堡会师，过期不至军法严惩。

　　大军晓行夜宿。葱岭深处冷热无常，白天烈日灼晒让人汗流浃背，到了晚上，凉风透甲，又让人恨不得披上皮袍御寒。

　　五天后，卢云的小队人马穿过一处地势狭窄的山口，山风呼呼吹过，忽如男儿咆哮，忽如女儿哭泣。行至中午，进入平川地带，一条河挡住了去路。

　　漫过石滩的水清澈见底。羊皮摇摇头，说对这一带不太熟悉。卢云询问另一名当地向导，得知这条河便是娑勒川。过河后，骑马再走半天，差不多就能看见连云堡了。

　　卢云派人向后方传递消息。

　　高仙芝闻报，传令大军当晚在距河边十里开外的地方休息，备足三天的干粮，次日黎明过河。

天刚蒙蒙亮，高仙芝亲率五百马步骑兵抵达河岸，得知娑勒川昨夜水势暴涨。高仙芝不动声色，命令宰杀三牲祭水，又焚烧了几只黄纸扎成的牛羊。

红毛脱了甲胄，光着上半截身子，驱马冲进河中。快到河心时，水刚没过到马的大腿。众人松了口气，红毛催马前行，眼看接近对岸，水陡然深了，顷刻间吞没了人马。红毛拉住马缰，人和马在水中折腾了一会儿，上了对岸。红毛简单察看了周围的地形，重新下水折返回来。

安西位于干旱的内陆，大部分军兵不识水性。高仙芝紧锁双眉，闷闷不乐。这时候对岸出现一簇黑影，影子越来越近，原来是一队吐蕃骑兵。

吐蕃兵停在河边，他们已经发现了对岸聚集的人马，特地赶过来察探。大唐官兵来了！带队巡逻的小头领心口突突乱跳，刚想回转马头，忽然意识到敌人已被河水阻挡。吐蕃武士们变得兴奋起来，有的人高声谩骂，有的人从马背跃下，模仿鸟的姿态跳舞。

高仙芝勃然大怒，用手一指对岸，吩咐熟识水性的军兵出列，准备强行渡河。

气氛骤然紧张，李嗣业急匆匆赶到高仙芝面前，压低声音说，河上游有一片浅滩，水深不过马腹，可以直接过河。原来，发现河水上涨，卢云让红毛原地留守，自己连夜去上游探路，终于在上游三十里处，发现可以直接渡河的浅滩。

高仙芝闻言眉头舒展，立刻传令后退。

眼看官军回马而去，消失在山谷深处，吐蕃骑手咯咯笑了。

连云堡位于山顶，宽阔的山口被坚固的石墙封住，堵住了通往小勃律的要道。

镇守连云堡的白驹喝着热腾腾的奶茶。最近一段日子，他喜欢把自己关在土屋内，除了到外面晒太阳，整日里都在沉思默想。

按照朗措的推荐，白驹最初获得的官职名为扎热。一般来说，扎热属于城池、要塞首领的属将，这说明在吐蕃人心目中，身为吐谷浑人的白驹不值得过分重用。面对白驹的抱怨，朗措表示这只是权宜之计。转眼过去五六年，几次挡住唐军对连云堡的进攻，让白驹声名远扬。朗措趁机大力推举自己的这位朋友，白驹终于被加封为大守备长，获得了白银告身。守堡的士兵约有千人，除了八九百名吐蕃军卒，还混杂一些负责杂役、喂马的勃律人。升官晋爵后，白驹曾派人到后方送信，把朗措请到城堡里游玩。他再次向朗措发牢骚,想要更多的人手,暗示说凭他的功劳,完全应该得到黄金告身,最起码是镀了金皮的银告身。朗措收下银子,用整整一个下午,轮番享用了三个女奴。临行前,朗措依然绷着脸,毫不客气地指责说,如此轻松就弄来上好的女人,还有大堆银子,可见白驹活得滋润。白驹面红耳赤地辩白,朗措说,要来守堡的军官多得是,如若再生贪念,这个职位就得让给别人。

碰了钉子的白驹闷闷不乐。为了扩充实力,他又从故地招来一百多名弓马娴熟的骑士,这些人多是白兰、多弥部落的羌人。对于白驹,他们十分恭敬,这让他心中颇为受用。

头一天夜里,白驹得到唐军出现在娑勒河对岸的消息。巡逻的小头领禀报说,大唐官兵来了好几百人,见河水深流急,已经后撤了。说不定跟前几次一样,见势不妙,滚回了安西。

白驹斥责道,唐军远道而来,绝对不会轻易撤退。

"看上去,他们没有多少人马。"小头领还想分辩。

"脑袋长在你的脖子上,还不如挂一只羊头。"白驹恼怒了,"这多半是前来探路的人马,大部队肯定跟在后面。"

白驹让小头领继续打探。第二天刚蒙蒙亮,小头领惊慌失措地跑回来报告说,唐军的大队人马果然来了。

白驹顾不得让手下备马,立即起身到堡上察看动静。

白驹登上城头,眯起眼睛远眺。风吹过来,耳边传来微妙的马蹄声,紧接着,密密麻麻的黑点滚过山口,直向山坡涌来。

"这些不知死活的跳蚤,出来咬人了。"白驹咬牙切齿地嚷道。

听到山头堡寨里吹响号角,高仙芝知道敌人有了防备。高仙芝决定趁热打铁,传令擂鼓进攻。一千五百名盾牌手分成五队,各由两名校尉督率,呐喊着发动轮番冲锋。盾牌手直扑山顶,堡子里乱箭如雨。士卒持盾遮挡,坚持前进,缓慢靠近了城堡大门。

吐蕃兵急眼了,居高临下抛出石块,一些士卒手上的盾牌被砸落,死在堡下,还有些受了伤,浑身是血地滚下山坡。攻击持续了半个多时辰,三队官军先后败退下来。

高仙芝纵马冲到坡下。眼看伤折了数百人，竟没能撼动连云堡一根毫毛，高仙芝心急如焚。

"大将军，让我来啃啃这块骨头。"话音未落，跌失伽延挥舞弯刀，带手下沿一条小路向山顶攀登。葱岭山险谷深，识匿王的部众习惯于居住山间石窟，不仅耐得住苦寒，而且个个脚力强健。跌失伽延带人摸索到堡垒底部，正要使用牛毛绳索挂住城堡的垛口，没想到堡上的人已发现他们的企图。一顿乱石抛出，砸死了十几名跌失伽延的部下。其余的人见势不妙，保护国王退下了山坡。

高仙芝的目光转向李嗣业和田珍。

二将明白了他的意思，表示立即率领陌刀手攻堡。

"陌刀军是我安西军中的精锐，本来是用来对付骑兵的，若非紧急关头，不该动用你二人攻城。但若拿不下这个堡垒，你我有何颜面再回龟兹？"高仙芝说。

又有两拨盾牌手冲上山去，死战不退。白驹喝令停止放箭。转眼间官军扑到了堡寨之下。由于地势险要，连云堡的城墙并不算太高。官军士兵以为得手，蜂拥而上，架起十几架木梯，呼号着攀上石墙。

按照白驹发出的号令，吐蕃兵在堡墙上抡刀挥斧，攻击探身进来的敌人。狂躁的嘶喊声，在山谷回旋。进攻的官军支撑不住，乱纷纷地跌落下来。城头鲜血漫流，散落着残肢断臂，受了伤的士兵发出惨烈叫喊，一些人跌下了深谷。

高仙芝命部将传令诸军，限午时拿下连云堡，畏缩不前者就地斩首。

田珍率领五百人向山头冲击，吸引吐蕃守军向正面集中。李嗣业另率五百名陌刀手迂回，沿着一条险要小路冲上去。等到吐蕃人意识到危险，李嗣业已带人冲到城堡的侧面。十几名陌刀手登上城堡，被吐蕃兵砍倒，尸体全被扔了下来。更多的人蜂拥直上，盾牌手遮挡箭雨，掩护陌刀手架梯猛攻。李嗣业挥动大刀猛砍城堡的木栅门，身上中了三箭，幸而铠甲坚厚未伤皮肉。栅门被砍开一道缺口，身后的众多兵卒抬起圆木一顿猛撞，里面的守军乱了阵脚，伴随栅门洞开，李嗣业指挥兵将涌进了城堡。

堡中的守军乱了阵脚，一小队吐蕃骑兵增援城门，见大势已去，掉转马头便逃。田珍率领的另一队陌刀手趁机从正面杀上来，一些身手灵活的士兵攀上堡墙，杀退了守军，紧接着打开了大门。

白驹手下的兵士丧失了斗志。白驹且战且退，眼看一名官兵小校挥动陌刀冲上来，他有意放慢脚步，让对手进入攻击范围。小校的陌刀直劈白驹面门，白驹侧身闪躲，陌刀砍了个空。小校正想收刀再砍，白驹抓住了时机，身子稍向前纵，小校来不及招架，被白驹挥刀削断了半个脖子。

灼热的血浆溅了白驹满脸。白驹伸出舌头舔了舔嘴唇，用手在额头上抹了一把，转身城堡中央奔去。

阳光刺眼，李嗣业杀得性起，索性丢弃身上的铠甲。四名吐蕃骑手挥刀扑过来，李嗣业屹立不动，将陌刀举过头顶，待冲在最前的骑手靠近，刀头一转斜砍过去。这一刀运用得恰到火候，借助马的冲力削开马的半个脖子。灼热的马血喷溅到骑手的脸上，战马猝然翻倒在李嗣业面前，将骑手压在马身子下面。骑手折断了椎骨，眼睛翻白，身子动弹不得。另外两名骑手冲到近前砍倒一名陌刀手，转眼间就被唐兵斩杀。最后面的骑手见势不妙，勒转马头回逃，恰好被跌失伽延拦住去路。

吐蕃骑手挥矛直刺跌失伽延，试图冲开一条道路。跌失伽延翻动手中的弯刀拨开矛尖，放吐蕃骑手冲过去。两匹马交错而过，跌失伽延回手一刀，吐蕃骑手后背受了伤，身躯晃了晃继续奔逃。躲藏在侧面的一名匿识国武士突然出手偷袭，长矛穿进吐蕃骑手的肋骨。吐蕃骑手从马上折滚下来，识匿国武士来不及松开矛杆，竟被拖翻在地，摔得满脸流血。

倒地的吐蕃骑手咬紧牙关，使劲拔出身上的长矛。血从骑手的肋下喷溅出来，骑手呻吟两声，歪头死掉了。

城堡里乱成一锅粥，来不及脱逃的吐蕃兵隐藏在土屋内抵抗。大队官军乘势蜂拥而入，杀掉了不肯投降的吐蕃士卒。李嗣业冲出连云堡后门，外面竟出现了一块平整的场地。白驹跨上马背迟疑着不肯奔逃。李嗣业丢下陌刀，抢过身边小校的长枪奋力投掷，白驹一伏身，枪从头顶上滑了过去。

白驹仍立在原地不动。城堡里冲出了两名官军骑兵。白驹见状调转马头便走，眼看骑兵追上来，白驹有意控制住坐骑。一名骑兵扑到他的身后，白驹回身轻松一挥刀，那名骑兵便被砍落马下。

李嗣业大怒，跳上战马欲追白驹。

白驹仰天狂笑，顾不得对付另一名官军，用靴跟使劲一磕马肚，白马前蹄腾空向前一蹿，快速奔跑起来。白驹在马背上挥刀划了半个圆圈，沿着下山的坡路，影子般地消失了。

"这个杂种果然身手了得，可惜白白放他跑了。"李嗣业猜出逃走的正是白驹，恨恨地说。

由吐蕃重兵驻守的大寨在另一座山头上，距连云堡约十五里。两支兵马各不相属，驻守山寨的吐蕃守备长依仗兵多粮足，从没把白驹放在眼中。

连云堡发生激战时，他看到了报警的烟火，甚至有些幸灾乐祸。

连云堡方向隐约传来的厮杀声持续到中午。当天下午，大唐官兵向山寨发动进攻。吐蕃守备长大惊失色，把全寨兵马分成两班，轮流守寨。

攻打连云堡前，高仙芝已传令给赵崇玭和贾崇瓘，要他们督率本部兵马封锁山寨，不让吐蕃人分兵驰援连云堡。让二将惊奇的是，山寨一直很平静，根本没派一兵一卒驰援白驹。连云堡破了，二将汇合了李嗣业的人马，立即向山寨发动冲锋。

山寨底部塞满坚硬的大块鹅卵石，木栅纵横排列，斑斑驳驳有如晒得焦枯的丑陋的鱼皮。为了寻找树木，吐蕃人伐光了娑勒河岸边的一小片林子。

战至黄昏，唐军的攻势缓和下来。高仙芝亲率数千大军开到山下，重新发起一轮攻击，还是未能破寨。

云霞笼罩中的太阳，宛若一只折翅的血鸟扑腾腾跌落到远山的背后。高仙芝传令收兵时，空中缓缓悬起半轮白月。飞扬的尘土落地，空气中弥漫的血腥气味被风吹散。午夜时分，寒意弥漫山谷，月亮被大团的暗云笼罩，山寨上空泛起层层紫气。

卢云挑选了三十名善于攀爬的军兵，换上吐蕃人的装束，悄悄摸到山寨外。众人屏息等待，趁巡夜的吐蕃兵不备，悄悄翻进寨子。

黎明时分，大风吹破乌云，寨子里隐约亮起来。山下的大唐官兵再次吹响进攻号，黑压压涌上来。站在高处的哨兵高声呼喊，吐蕃兵从梦中惊醒，凭借石墙和木栅拼命放箭。官军决意克寨，死战不退。眼见天光大亮，山寨的栅门突然被打开了。

官兵涌进大寨。吐蕃守备长得知官军细作混进来里应外回，气得大声咆哮。守备长率领亲兵抢夺寨门，无奈军心已乱。双方混战到正午时分，守备长和一千多名吐蕃兵战死，近千人做了俘虏。还有上千人突破包围，逃到娑勒川边。靠近山寨的这段河流水势湍急，大部分吐蕃兵溺水身亡，只有数百人侥幸生还，逃往小勃律去了。

监军使边令诚躺在帐中把玩一颗大若鹅卵的圆珠。这是一颗宝珠，色泽微黄，能够在暗室中散发柔和的微光。珠子原本是识匿王带给高仙芝的见面礼，高仙芝说，这样的物件，还是转送边大人好。跌失伽延急忙称是。边令诚收下宝珠时，高仙芝说，识匿王还打算献两只狗崽，这种当地特产的狗，长大后跟驴驹一般高大，可以轻松杀死野狼。由于行军途中不便，狗崽没有带来。边令诚讨厌狗，觉得还是宝珠让人喜欢。大军经过护密国时，国王同样很识相，派人送来两匹好马和一只镶有宝石的银盒。高仙芝留下马，把宝盒送给了边令诚。银盒由波斯匠人打造，价值不菲，恰好用来放置宝珠。对于高仙芝的大方，边令诚十分满意，只是连续行军一个月实在乏味。按汉地皇历，节气已过立秋，早晚寒意袭人，边令诚睡觉时不小心露出肚皮，腹中纳入凉气，身子骨觉得很不舒坦。

边令诚想知道宝珠的来历，把跌失伽延请来喝酒。跌失伽延笑声爽朗，潦潦草草施个礼。边令诚咳嗽两声，他很喜欢这个土王，粗鲁中不失恭敬，看样子是见过些世面的。跌失伽延做出坦率的模样，把知道的东西和盘托出。跌失伽延说，一名大盗专门劫杀过境的朝贡者，抢夺了许多宝物，他的富有让人眼热。后来跌失延伽带兵杀了这伙贼人，仔细搜索他们藏身的洞穴，终于得到这颗宝珠。跌失伽延煞有介事地说，有了血的滋润，珠子更加珍稀。

"昨夜看到珠子闪光，谁知道背后还有这些故事。"边令诚说。

"宝珠中埋藏了天上的月光，这是让人快活的光亮。"跌失伽延神色诡异，讨好地说。

跌失伽延身上散发出腥肉的味道，边令诚感觉喉头发痒。跌失伽延知道，这个无法搂女人睡觉的废物是大唐天子信任的人，连高仙芝都敬他三分。跌失伽延表面不露声色，心里倒很有数，在把宝珠送给边令诚后，另外献了一口刀给高仙芝。这把刀的刃挺宽，刀柄镀了银，刀身比横刀短了约半尺，握在手里沉甸甸的。宝刀据说是天竺良匠打造，锋刃上布满乌亮瘢纹，看起来不大干净，其实格外锋利。高仙芝很满意这件礼物，承诺攻取小勃律后厚赏跌失伽延。

刚攻下连云堡时，高仙芝立刻告诉跌失伽延，根据俘虏招供，连云堡后面的山谷中驻有白驹的一队亲信，洞窟中藏有粮草、财物。跌失伽延表示愿意带人出击。

04 连云血战

"白驹难对付,我给你派些人手助战。"高仙芝说。

"我的手下人个个能征善战,根本不用帮手。"跌失伽延使劲摇头。

高仙芝知道跌失伽延意在私吞战利品,既然他肯出力,便有心送个人情给他。

白驹从堡中脱逃后,径直前往吐蕃大寨。负责看守后山营地的,只有百十名羌兵。连云堡丢了,他们本想打探白驹的消息,没想到跌失伽延带人杀来。羌人首领跟跌失伽延交手,只两个回合,便被跌失伽延挥刀削落皮帽,险些掉了脑袋。

羌人首领把手含在嘴里,打了个撤退的呼哨,手下人听了,纷纷逃逸。

跌失伽延吩咐搜索营地。谷地尽头,地势逐渐上升,蓝天映衬的褐色山峰裂开一个巨大缺口,视线尽头的雪峰,隐约闪现白光。逃命的羌兵在谷地上移动,朝缺口的方向奔驰。

跌失伽延看得眼睛有些发花,收刀入鞘。营地里的十几顶帐篷已被部下人搜索了一遍,里面的东西不多,让他们很失望。

"你们这帮没鼻子的东西,难道没嗅到女人的气味吗?"跌失伽延兴致勃勃地说。降服女人,是跌失伽延特有的本事。无论多么野性的女人,只要到他的手上,都能变成熟透的果瓜,由着主人解渴。

跌失伽延跳下马,轻手轻脚地爬上山坡,转到一块风化的岩石背后,眼前竟然出现一个石窟。跌失伽延示意两名卫士进去探个究竟,工夫不大,里面传出兴奋的呼喊。

跌失伽延闯进石窟。洞口只能容三个人并行,里面倒挺宽敞,像是个大肚子葫芦。跌失伽延吩咐点起羊油火把,把洞子照得通明。跌失伽延揉了揉鼻孔,打了个喷嚏。里面暖烘烘的,他闻到了人的汗气和油脂的味道,还有一种令人心神不定的气息从铺满兽皮的地面散发出来。跌失伽延眯起眼,看到了七八张被长发遮住的脸。跌失伽蹲下身,撩起其中一个人的头发,这是个漂亮的女人,脸上沾了些油污和皮毛碎屑。跌失伽延以为女子会惊骇得大叫,没想到女人咧嘴微笑,雪白牙齿在火光中亮得扎眼。跌失吩咐手下人将其余的女俘带到洞外,只留下白牙女子。

云团从空中掠过,将至黄昏,阳光反倒灿烂起来。山洞里传出女人的尖叫。跌失伽延的手下竖起耳朵,死死盯住洞外瑟瑟发抖的女俘,满眼都是火气。

又过了一段时间,跌失伽延的声音传出来,招呼手下进去。

洞中的女子已经胡乱穿起袍服，上面留下刀割的痕迹，仿佛进行过挣扎，或者她本来没想挣扎，而是跌失伽延为达到某种效果故意做出吓人的举动。女人默默起身出来。跌失伽延吩咐洞外的女人转过脸，逐一打量她们。女人们身穿勃律或吐蕃服饰，其中两个人的面孔看起来更像来自识匿国。

在跌失伽延的追问下，两个女人吞吞吐吐地说出了她们的遭遇。

这对姐妹果然居住在识匿境内。一年前，她们正在草地上牧羊，忽然出现了十几个骑手。羊群被惊得四散，两名骑手直奔姐妹二人而去，她们尖叫着逃跑。骑手很快赶上来，把她们拎上马背。两姐妹被骑手们挟持，一路跋涉，后来被带到这个地方。藏在洞中的女人，都是从各个地方掳来的，有三四个女子已经得病死了。

跌失伽延得知，他在洞中享用的漂亮女子，专归白驹一个人所有。唐军进攻连云堡前，白驹派手下把她送到这里。女人的家乡很远，没人知道她来自哪个部族。

跌失伽延累了。他对贴身卫士吩咐道，除了他选中的这个女人，其余的美色大家可以轮流分享。

官军在连云堡留了数日，高仙芝派人掩埋、处置双方战死的兵将。连云堡周围弥漫着死人的气味，远在数百里外安家的一小群苍鹰，急急赶来聚餐。腐肉气息同样吸引了周边的乌鸦。食腐逐臭的鸟群在半空盘旋，惹得军兵用弓箭一顿狂射。这些嘴馋的鸟变得格外精明，经常趁士兵午睡时扎到地上争夺尚未掩埋的尸首。这片荒寂的山地从未经历过如此惨烈的厮杀，众多勇士的死亡成为飞禽的盛宴。

05

马踏怛驹岭

高仙芝外出访察地理,返回连云堡时,觉得肚子咕咕直叫,很想吃些东西。刚迈进白驹的官厅,便吩咐赶紧上饭。

厚实的泥土屋内散发出炖肉的味道。汤锅里撒进了大把胡椒,外加几样削成薄屑的香料,辛辣的肉香直透鼻孔,让人禁不住打喷嚏。边令诚席地而坐,屁股底下铺了两块兽皮,嘴里被食物塞得鼓鼓的。他伸手拿起牛角杯,酒浆在油烛的光影中晃动,泛起一层泡沫。简陋的木案上摆放着两个热气腾腾的大木盘,一只盘子盛放着砍成两半的羊头,另一只盘中则是肥美的羊腿。军中的厨夫抹了把脑门上的热汗,端来一大盘羊肉块和一小盘羊肝,旋即从伙房里摸出一把锋利的短刀,轻轻扎在熟羊腿上。

边令诚打了个激灵,面皮发热,现出愠怒的神情。

盘腿坐在对面的高仙芝见状,吩咐厨夫把刀收起,将肉切成碎块后再端上来。

"边大人在宫中吃的都是精致东西,行营中的这些军人,生性粗野,不懂礼数。"高仙芝说。

"老奴同样喜欢口味重的食物,即便是天子,吃东西也不见得样样精细。宫中的妃子更是嘴贪,每逢宴饮聚会,对大块的肥美羊肉毫不忌口。瞧她们吃得口齿流油,真叫个快活。"边令诚有些皮笑肉不笑地说。

"宫人女子大多身姿丰美,想来也是贪图口福呵。"高仙芝调侃道。

边令诚的气色好看起来。作为可以接近天子的内侍,每逢各路达官贵人表现出对宫中生活的兴趣,他总是喜欢卖些关子,体现身在宫中的优越感。监军使的身份更特殊,夫蒙灵察、高仙芝这些手握重兵、久经战阵的边将,在边令诚面前的恭敬、客气,让他更加飘然。

唐军攻破连云堡的消息传来时,边令诚不顾高仙芝劝阻,执意要进城堡察看。在众人的簇拥下,边令诚气喘吁吁地进了城堡。堡子里到处都是尸体,地上凝结着紫黑色的血迹。白驹的官衙前,一个身穿皮袍、样貌丑陋的壮汉仰面朝天,旁边躺着一个浑身是血的吐蕃军官。几只黑斑鸟在两个人的脸上蹦来跳去,发出讨厌的喳喳声。军校告诉边令诚,壮汉是识匿王的卫士,他砍倒这个耳戴金环的吐蕃首领,伸手去扯耳环,结果被暗箭射杀。看到识匿人的两只眼被乌鸦啄成空洞,边令诚的胃里泛出酸水,几乎呕吐出来。他赶紧扭过头,伸手捂住了嘴巴。

经过一夜睡眠,边令诚淡定了,不去想昨天的血腥场面。

高仙芝劝边令诚吃几块酥烂的羊肉。

"将军下一步打算怎么办呢?"边令诚抿了抿嘴唇说。

"我军要趁勃律人尚无防备,直捣孽多城。"高仙芝说。

"依老奴的看法,拿下连云堡,等于扼住了吐蕃人进出勃律、图谋西域的通道。将军已经立了奇功。天气渐冷,进攻小勃律还要翻山越岭,恐怕军兵难以抵挡瘴气。"边令诚的脸红了片刻,又变白了。

高仙芝正要回话。部将韩履冰急匆匆赶来,边令诚露出愉快的神情,让韩履冰坐下吃肉。韩履冰抓起一只刚端上来的羊蹄,烫得直咧嘴,索性放了手,挑了块晾凉的肋骨,大口啃起来。韩履冰说,方才登上城堡,发现远处弥漫凶气,大军应该见好就收了。

"韩将军有拿下小勃律的好办法吗?"高仙芝喝了口酸溜溜的酪浆,不动声色地问。

"我安西兵马几次都没能攻下连云堡,这回算是彻底雪耻。不如见好就收,得胜凯旋。眼下许多士兵疲病交加,若深入险境,恐怕难有胜算。"韩履冰瞅了边令诚一眼。

"天子下了狠心,一定要收服小勃律,难道你不知道?"高仙芝冷冰冰地说。

"韩将军的建议未必无理。依我看,不如先守住连云堡,来年再继续进兵。"边令诚打断高仙芝。

"边大人说得极是。士兵们一番苦战克复连云堡,已经折了锐气。前方敌情未明,实乃用兵大忌。"韩履冰见高仙芝动怒,脸上热汗直流,这时听了边令诚的话,马上恢复了常态。

高仙芝明白,私下为韩履冰撑腰的是边令诚。旅途漫长,战事艰苦,边令诚已经萌生退意。他想痛斥韩履冰,转念一想,边令诚是天子的红人,若让他难堪,回朝廷后胡乱上奏,足以毁掉自家前程。高仙芝话头一转:"大人说得极是。连云堡地势险要,确需重兵把守。既如此,大人不妨带三千人马留驻此处,我继继前行攻打小勃律。"

"有大人在后方坐镇,末将就没有后顾之忧了。"高仙芝见边令诚沉吟,补充道。

边令诚觉得这个主意可行。高仙芝这么做,已经给足他面子。如果留在连云堡休养,倒也自在。高仙芝愿意继续建功立业,索性由着他去干吧。

"将军所言极是。"边令诚笑道。

边令诚的表态让高仙芝很高兴,更让他欢喜的是,摆脱了这个喜欢指手画脚的"太岁",更有利于指挥全军作战。饭后,高仙芝立即传下将令,凡不适应高山瘴气,以及身体疲弱、生病受伤的军兵留下守卫连云堡,其余人马继续出征。

三天后,大队人马顺利通过怛驹岭下的一个山口。

一片微红的山峦消失在背后,连云堡就隐藏在那片山中。军兵牵着马步行踏上怛驹岭,在陡坡上盘桓、行进了一天,山势变得更为险峻,仿佛没有尽头。天黑了,大军选择在平旷处宿营。第二天全军行进半天,赶到了山岭的半腰,高仙芝传令休息,次日清晨登顶过岭。卢云抬头仰望,紧靠着怛驹岭,有几座戴了雪帽的山峰寒光刺眼。向导说,雪峰里住满了神怪,只有脚力强健的野羊才能在山间出没。

道路果然险陡,沿着峭壁,旁边是深不见底的深谷,偶尔可以看到鸟儿在脚下盘旋。羊皮叫苦说,此处山路连绵数十里,再往上去只是羊肠小径,而且有些地方更狭窄。

第二天,人马缓缓而行,士兵们气喘吁吁地拉着马的缰绳。

李嗣业来到高仙芝面前。

"瘴气果然厉害。"李嗣业说。士兵十分疲惫,一些军官也对强行翻越怛驹岭颇有怨言。

"让一座山峰挫尽了锐气，居然还敢妄称是天下精锐，简直是纸糊的废物。"高仙芝白了李嗣业一眼，继续向上攀登。李嗣业转过身，给众人打气，要他们紧紧跟上主帅。

又过了约一个时辰，旗牌官捂着胸口来见高仙芝。

"后面的情况如何？"高仙芝问。

"落在后面的人马停步徘徊，谁都不愿意动弹了。"旗牌官说。

"传我将令，除了三日口粮和马匹装备，其余的东西一律丢弃。"高仙芝紧皱眉头。

旗牌官面露难色。

"向诸将传我命令，凡有兵士拖延偷懒，立刻拿走口粮，让他留在岭上自灭。"高仙芝厉声说。

半个时辰过后，旗牌官跌跌撞撞赶上高仙芝，刚想说话，忽然口鼻流血，跌倒在地。高仙芝吩咐手下人把旗牌官放在马背上继续行进，又过了半个时辰，旗牌官死了。

即将翻越怛驹岭的头天晚上，高仙芝将跌失伽延请入大帐。

高仙芝亲自给跌失伽延倒酒，军中的通译脸上直冒油汗，结结巴巴地传达了高仙芝的意思。

跌失伽延得了高仙芝将令，拍着胸口说："将军放心，这件事包在我身上了。"

两个人唠得开心，临走时，高仙芝让几名亲兵跟随跌失伽延回营。跌失伽延上马告别。

高仙芝说："你身上有股女人的味道，到底是怎么回事？"

跌失伽延咧开嘴："要是没女人陪伴，男人简直活不下去。"

高仙芝笑问："识匿人喜欢什么样的女人呢？"

跌失伽延说："自然是脸蛋好看身体结实的女人，这样的女人抗折腾。"

高仙芝笑出声，说："我听人传言，有些吐火罗女子可以同时拥有好几个男人，这是真的吗？"

跌失伽延说："我们跟吐火罗人不一样，从来没有过这样的风气。一个男人有好几个女人，倒是很正常。特别是做国王的，在这方面有更多的好处。只要你喜欢，可以随便拉上任何女人陪睡。即便这个女人有了男人，他们也只能忍气吞声。"

高仙芝说:"你们这些好色的国王,做得有些过分呢。"

"我睡了别人的女人,一般都用一只羊做补偿,甚至什么都不给。只要有了羊,她们的男人就不吱声,也不再烦恼了。"跌失伽延说,"等回到识匿,我挑选几个好样的女人送给将军。我们的女人野气十足,你得使足力气才能降服她们。"

高仙芝的思绪有些游移。跌失伽延的目光在高仙芝脸上扫过,得意地打个饱嗝:"将军,我该走了。有正事要连夜办呢。"

高仙芝点点头。跌失伽延挺直腰板,他的头上戴了一顶勃律尖帽,皮毛中露出一颗乌溜溜的珍珠。

高仙芝说:"我等着看你的好戏。"

跌失伽延一行人消失在夜色中。高仙芝回味方才的对话,隐约有些冲动。在女人方面,高仙芝还算节制。行军打仗时,他不会带女人出征,让她们扰乱军心。作为位高权重的一方将领,高仙芝当然不是吃素的人。跟长安城喜欢丰盈女子的风气不同,他更偏爱能歌善舞、腰肢纤细的女人。去年,龟兹城中新来的两个漂亮胡姬,可以在原地旋转得天昏地暗,这样的女子颇合他的胃口。

中午时分,高仙芝带卫队登上山岭,偏将乌库怒气冲冲地赶上来,身后跟了十几名军校。

"将军,你要把我们引上绝路吗?"乌库大声质问。

高仙芝被激怒了,却没有发作。

乌库的先祖居住张掖一带,有粟特血统。其家族子弟不喜经商,多以从军为业。乌库勇武过人,曾几次跟随夫蒙灵察征战,深受夫蒙灵察偏爱。乌库统管的八百名骑兵大部分是胡人,在安西军中以蛮悍著称。乌库说:"我的部下有许多人染上瘴疫,如果再驱赶他们过岭,恐怕未到勃律就会折损大半。"

高仙芝强压火气,淡淡说:"大军既已上岭,绝不能半路返回。"

乌库咄咄逼人:"如果破不了小勃律,我军难道要挤在荒野过冬?"

"按你的意思,我们必须退兵?"高仙芝环顾四周,感觉气氛有些紧张。高仙芝深知许多士兵对继续讨伐勃律颇有怨言,这时候乌库站出来挑衅,显然是在动摇军心。

高仙芝沉默无语。一股强风沿山崖旋转,险些吹折了旗杆。旗手趔趄着稳住身体,差点掉进深谷。

高仙芝凝视下山的方向。这时候山崖转弯处闪出一小队人马。来人逐渐上行，停留在一小片平地上。高仙芝眼前一亮，吩咐中军官安虎下去查看来人的身份。

安虎很快带一个人上来。来人手执棍棒，头戴尖顶皮帽，略显破旧的皮袍撕破两个口子。

安虎禀报说，来的是阿努越城的胡人，他们听说安西发兵攻打勃律，派人前来请降，愿意带路前往阿努越城。

胡人比比画画说，过了这道岭，下面就是平缓的谷地。从阿努越城直到王城孽多，再没有峻岭拦路。胡人还说，山谷中没有瘴疫，任何地方的人和牲畜都很安全。

高仙芝冷冷瞅一眼乌库，背过身便走。

乌库愣了片刻，"扑通"跪伏在地，冲着高仙芝的背影喊道："乌库知罪了。"

大队人马下山后，果真见到平坦的山谷，一时人欢马跃。

大军随后翻过阿努越岭，在山谷中又行进两天，眼前出现更为敞阔的平川。高仙芝传令加速前进，距阿努越城还有一天路程，阿努越首领已经带人前来请降，这倒有些出乎高仙芝的预料。原来，为督促全军下岭，高仙芝暗命跌失伽延的手下人假扮阿努越商人上岭，编造了阿努越人归顺的谎话。没想到阿努越人果然望风归降，有如神助。

据阿努越的首领说，他们对苏利失亲近的吐蕃举动十分不满，早就盼望大唐出兵收拾这个叛王。首领还透露，吐蕃人在娑夷河上修建了藤桥，从对岸过桥，到达王城孽多只有六七十里路程。河的对岸，驻有吐蕃兵马。

高仙芝命将军席元庆率轻骑直取孽多，同时分一支兵马破坏藤桥。"只要吐蕃援军被挡在河对岸，收服勃律王易如反掌。"高仙芝说。

06

勃律擒王

正午时分,两名守卫孽多城堡的士兵揉了揉睡眼,惊讶地发现远处飞扬的大团尘埃在不停地推移。勃律诸王原本居住在大勃律,后来吐蕃人占领大勃律,勃律王被迫率一部分部众迁移到小勃律,将一座荒弃的土堡扩建、改造为王城。孽多的城墙使用石头、泥土混搭而成,十分坚固,只是表皮斑驳陆离。

一千多名安西轻骑策马疾行,在快要接近城堡时,将军席元庆勒住了坐骑。队列前面是身披明光甲、手执长矛的骑兵。麦粉似的沙尘沾满席元庆的脸,他感到口中焦渴。

城堡上骚动起来,号角手鼓足腮部,吹响一只弯曲的大个儿牛角。把守城门的小头目跌跌撞撞地跑下城墙,赶去给国王报信。一个满脸胡须的老兵拔出刀,用袍袖擦拭,嘴里嘟囔:"大唐的兵马说到就到,这些人莫非长了翅膀?"

"有我们把守,他们别想进城。"另一个勃律兵满不在乎地说,这是个好勇斗狠的年轻壮汉,总惦记跟人比试刀法,砍下对手的人头。

"他们竟然翻过了怛驹岭,那个地方,鸟儿飞过来都要拼命喘气。"老兵说,"好孩子,相信我吧。大唐官兵真不是好惹的呢。"

"再这么胡诌,我割了你的舌头。"老兵的屁股上挨了重重一脚,他踉跄几步,身子扑到城堡的垛口上。他扭回身子,想咒骂两句,看到的是一张瘦如刀条、两腮布满短须的疤脸。老兵闭紧嘴巴,不再吭声了。

气咻咻地站在背后的人，是国王的卫队头领羚角。

羚角说："吐蕃大军马上赶来助战，到时候，大唐的兵马就得滚蛋了。"

"谁说不是呢，王妃是赞普的女儿，有人要来抓他的心肝儿，她的父王怎能坐视不管？"有人附和道。

羚羊曾和监国朗措比武，对这个吐蕃人的刀术深有领教。他使出浑身解数，还是成了朗措的手下败将。监军的功夫让他心服口服，颇为敬畏。更让他心存感激的是，朗措视他为可以信赖的朋友，慷慨地送给他好多来自藏地的礼物，除了食物、油茶，还有些稀奇古怪的东西。羚角相信一旦吐蕃援军开到，来犯的大唐兵马将比遇了狂风的枯叶还惨。

"昨天晚上，我听到呜呜的风声，腰刀不停地磕碰我的屁股。我抽出刀，看到上面沾满红色的血水。"羚角说，"大王若肯放我出城，准把他们一个个宰掉。"

"竟有这样的事情。让我看看你的刀？"老兵讨好地说。

"等我砍断你的脖子，你就会看到血，还有眼泪。"

"只有女人才流泪，比如说我那个喜欢哭哭啼啼的老婆。"

"滚开，你个没出息的老东西。还让大唐军兵试试吧，只有他们的黑血能够喂饱我的刀。"羚角的吼叫在城堡内回荡，惊飞了几只灰斑雀。吱吱喳喳的鸟啼被揉碎在高低不平的土屋间，散发出惊悚的气息。

大唐官兵到来的消息很快引起了恐慌。一些人赶到王城的寺庙询问吉凶。几名年轻的僧人把守着门，传话说，高僧伽罗密多正在密室中打坐。这样的时候，任何人都不能打扰。

当天中午，朗措求见了苏利失。王庭中的气氛有些寂寥，女奴们躲藏在重重帘幕的背后，大气都不敢透。朗措略微弯腰施礼，便坐到一个硬邦邦的鹿皮椅上，他发觉国王有些心不在焉。侧面半掩着一道门，后面传来脚镯碰撞的声音，朗措感觉到有一双眼睛在盯视着自己，热辣辣的，含着毒刺。

朗措觉得不自在，脸不受控制地涨红起来，渗出了汗水。苏利失望了他一眼，又移开目光。

朗措开口讲话了："我听说唐军已攻破连云堡，大王应早做准备。"

"收复连云堡是赞普的事，或许他们没有胆量翻过怛驹岭呢。"

"他们肯定要来。"朗措说："不过，安西军远道来袭，粮草缺乏，不识地利。我们只需坚守。等大赞普的援军一到，唐军怕是插翅难逃。"

"他们要是真来了，赞普现派兵过来，只怕远水不解近渴。"苏利失神色犹疑。为驱走唐军引来吐蕃的虎狼之师，只怕他们借机彻底吞并了勃律。这样的场景令人恐慌，好像夹在两条狼中间的一只山羊，苏利失左右为难。

"我看，娑夷川就是他们的归魂之所。"朗措显得踌躇满志。

苏利失觉得肚子有些饿，吩咐先端上热腾腾的奶茶招待朗措。厨役们正在忙碌，两只被刚刚宰杀的羊羔，喉咙处留着血淋淋的刀口。操刀的厨夫身体略微发胖，有一张讨人喜欢的面孔。他的两腮仔细地刮过，呈现出青亮的胡茬。两个肥壮的女子给他打下手，露出讨好的神情。厨夫的眼光瞟过女人的屁股，伸出舌头舔了舔上唇。他用油污的袖口使劲抹掉让人发痒的汗水，鹰钩鼻下保留的一簇黑须变得湿滑。羊羔雪白的皮毛被轻松剥去，女厨将羊肉投入汤汁沸腾的铜锅，撒进几把来自天竺的香料。过了不久，弥漫的肉香使人感到阵阵倦意袭来。

苏利失沉默地望着朗措，觉得这个年纪尚轻的监国，对自己还算客气，另一方面，他的笑容总有种神秘莫测的意味，遮掩了深藏的敌意。当年，就是这个吐蕃人督率众多掳来的奴隶，花了足足一年的时间在娑夷河上架起藤桥。作为归顺的报酬，他迎娶了公主，从此以后，强悍的吐蕃人恍若阴暗的影子挥之不去，遮住了令人舒畅的阳光。

"我已经派使者赶往大勃律搬兵，用不了三天，娑夷河对岸的援军就会赶到这里。"朗措喝光了碗里的奶茶，脸上冒出油津津的汗珠。

苏利失心里不快。朗措用眼睛的余光盯着几只飞动在殿堂上的牛蝇，意味深长地说："我闻到了血腥，不自量力的唐兵，只是一群蝼蚁。他们的牙口很好，可是遇到比铁还硬的骨头，肯定要倒霉了。"

苏利失刚要开口，守城的头领慌里慌张地闯进来。他胸脯起伏，大口喘着粗气："大王，唐军骑兵开到城外了。"

"来了多少人？"苏利失脸变了颜色。

"人很多，全都是骑兵，他们身上的铁甲把人的眼睛都晃瞎了。"

苏利失心头狂跳，没想到刚得到连云堡失守的消息，安西军就攻到了家门口。

"可恶，连云堡的守军成了摆设，难道怛驹岭上的瘴气，都没能他们知难而退吗？"

朗措觉得苏利失的话有些刺耳，他站起身作别："大王怕什么？别忘了我手下还有三百精兵，我亲自带他们去守城。"

苏利失苦笑，他深知只要唐军和吐蕃人的战事不断，自己就能稳坐王位。这几年，唐军和吐蕃人的战事只限于连云堡一带。尽管他们来势汹汹，可面对占尽天时地利、不受疫瘴干扰的吐蕃军，每次都销挫了锋芒、无功而返。这一回，局面确实变了。

朗措的背影消失在厚硬的黄土墙边，他的皮袍子晃动起来，后背刺绣的一头半睁眼睛的野兽格外刺眼。

苏利失咆哮道："我才是这里的王，你只是个不知天高地厚、喝狼奶长大的野狗。"他的声音透过羊毛帘幕，传进了王后的耳朵。

"两个人同样可怜。"她低声嘟囔着，摘下手上的银饰扔到地上。王后感觉，镯子发出的声音充满了不祥。

"去给我端一杯奶茶，要热的，再加上一些松树上摘下来的果子。"

"您说的是松仁吗？以前您好像不喜欢这种东西。"女侍有些多嘴，王妃想发作，随后抑制住冲动，改口道："快按我说的去做吧。"

王妃的侍女算不上聪明，但也隐约觉得外面传来了不好的消息。她心里特别恐惧，很怕做错了事情受到惩罚。让她奇怪的是，王妃的表情有些疲倦。女主人眼神一旦柔和，倒是个美丽动人的女子。王妃叹息一声，眼睛有些潮湿。看着女侍的身影滑出门外，王妃抬手摸索脸颊，使劲用食指摁住两鬓，缓解慢慢发作起来的头疼。

苏利失很快来到城头上，看见到了散布在外面的大唐骑兵。城里约有一千五六百名士兵，并不缺粮食，凭借坚固的城墙，足够应付一阵子。苏利失担心的是，与唐军血拼，一旦等不来救兵，勃律人要大难临头。苏利失紧皱眉头思忖出路，忽听后面传来喧哗。他轻轻侧身，看到郎措的手下人沿一条死气沉沉的巷道急匆匆赶来。

苏利失的视线又转到城外，看见几个骑兵打着别放箭的手势，护着一个人来到城下。苏利失想了片刻，认出了这个人。

羊皮隐约看到城头上的苏利失，开始大声呼喊。羊皮仍然活着，而且和如狼似虎的大唐官兵混在一起，苏利失心里很生气。

为防备城上放箭，羊皮的左右各有一名手持盾牌的骑兵护持。羊皮告知苏利失，大唐的上万军队随后便到，迎接天朝兵马，可以既往不咎。

羊皮知道，这么做便是彻底背叛了勃律王，但苏利失虽有王族血统，实际上是一名窃位者。连云堡一战，羊皮深知安西官兵的厉害，凭苏利失的那点本钱，根本没办法守住孽多。如若苏利失审时度势拱手投降，或能保性命，城中的勃律部众亦可免受刀兵屠戮。

城上有些人认出了羊皮，他们窃窃私语。众人记得这张面孔的一个原因，一半是因为他曾是个显贵的人物，另一半是因为女人。羊皮的女奴被国王送给了监国朗措。朗措大人特别喜欢这个女奴，而且她的眉目跟墀玛王妃有点相似，让人印象深刻。

苏利失权衡再三，决定派人出城探听对方的虚实。

席元庆得知勃律王打算讲和，决定暂时退兵，在距城二里开外的地方扎营。过了约莫一顿饭的工夫，苏利失的使臣，一个身板瘦削、胡子肮脏的勃律人骑马来见席元庆。

使者说："唐天子的大军兵临城下，是想攻占勃律么？"

席元庆说："我军奉诏征讨吐蕃，无非是在这里借个便道，何必大惊小怪。"

"吐蕃境内雄兵数十万，凭你们这点人马，欲取吐蕃，这不是拿鸡蛋往石头上碰么？"使者眨巴着眼睛说。

席元庆道："闲话少说。我大军已经从东边发动进攻，吐蕃人的主力都被调去守护吐谷浑故地，屯驻在大勃律的那点人马，根本就不是我们的对手。"

使者心中狐疑，脸上仍不动声色。

"将军现在想做什么？"

"让国王派人出城，送些麦子和草料。另外，再给你们一天时间考虑，除了投降，别无出路。"

"如果大王不肯这么干呢？"使者的口气强硬起来。

席元庆冷笑道："如若这样，我们只能刀兵相见，彻底捣毁你们的老窝。"

使者挺直身躯，大声说："杀了我吧，勃律人可不怕刀子。"

帐下的一名校尉喊道："将军，把他交给我。"

"好吧，拎到城下砍了，让勃律王看着。"席元庆说。

使者有些慌乱。他想维护面子，但是看到对方真有动粗杀人的意思，口气变软了："将军息怒，我只是个传递消息的人。这样吧，我回去后立刻把将军的意思转达给大王，他在城头等着呐。"

使者伸出舌头舔了舔干巴巴的嘴唇，咽了口唾沫。席元庆给校尉递了个眼色，虎着脸说："我带来一些丝绸，是专门赏给酋长们的，让大家拿出来吧。"

校尉把使者拉扯上马，一直带到城堡前。校尉用刀背在使者的马屁股上拍了两下，马惊跳起来。使者用力拉住马缰，低头溜进了城堡。

听了使者的回报，苏利失更加慌乱。使者说，唐军虽然自称是借道，但来者不善，还是让监国大人帮助拿个主意。

朗措决意守卫孽多。他坚称只要支撑两天，吐蕃的援军就能赶来消灭敌人。朗措说，刚才要不是怕伤了使者，早就命人放箭，把城下的那名唐军首领射成刺猬了。

苏利失表示回宫和王妃商量对策。

"大王是勃律的主人，这样的大事何必和女人商议？"朗措冷笑道。

"细论起来，王妃还是你监国大人的主人呢。"苏利失说。

"监国大人，守护城堡的重任就交给你了。"苏利失吩咐守城士兵随时察看安西军的动静，若有风吹草动立刻报告。他还要手下的兵马听从朗措的吩咐。朗措点点头，使劲抽着鼻子，扭头向城外观望。

苏利失怀着一肚子心事赶回宫堡。

"大王尽管宽心，听说朗措监国已派人搬兵，我父王会很快派人来救勃律。"公主早已得了消息，安慰苏利失说。

"我怕是难逃此劫了。朗措到处指手画脚，让人讨厌。"苏利失说。

"对我父王，他忠心耿耿，大王还是别说他的坏话。"

"坏话？"苏利失气红了脸，"毕竟我是国王，他想骑在我头顶厕屎吗？"

"别再窝里斗了。"王妃抚摸胸口，叹口气说。看到苏利失还要发作，她赶紧吩咐侍女倒上奶茶。她要尽量保持镇定，毕竟是赞普的女儿，生死存亡的关头，绝对要体现出气度。

苏利失恢复了平静。

"让朗措和唐军开战吧，我们必须避避兵锋。"

"大王，我不想离开王宫。"

"为了我们的儿子，绝不能束手就擒。"

"坚持两天，救兵就来了。"

"只有女人才信这样的鬼话。眼看大祸临头，没人帮得了我们。"

"你说，我们能躲到哪里去呢？"王妃叹口气，她觉得苏利失的话其实颇有道理。

"我们藏到山上，等唐军撤退了再回来。"

"既然是这样，我们就避避风头。不过这件事，还是要派人告诉朗措。"

"监国大人正在守城呢，凭他的本事，或许撑得住。"苏利失说。

"把他留在城里，你真够狠心。"王后责备道。

"你心疼了？这是他自己的主意。他比牛还要固执。朗措说过，吐蕃拥有天下最好的士兵，个个以一当十。手底下有多么勇士，何愁杀不退唐军。"

王妃觉得苏利失的话有些刺耳，她想反驳，终于没吱声，把头低下了。

苏利失立刻有了主意。

黄昏时分，在卫队保护下，苏利失和王妃带两个儿子从城堡后门溜出。城堡依山而建，官兵没有办法彻底包围城堡，给苏利失提供了出逃机会。

苏利失一行进入后山。坡路慢慢变陡，只能下马步行。回头望去，隐伏在谷地中的城堡越来越小，恍若一只耷拉着翅膀的黑鸦。苏利失脱口骂道："都是些畜生。"

卫队首领羚角为国王选好了落脚的地方。

苏利失和王妃走进一个山洞，几名侍女手忙脚乱地收拾睡铺。两个王子连声喊饿，王妃拿出肉干塞进孩子的嘴巴。

"救兵很快会来的。"王妃说。

"桥断了，他们能飞过来？"苏利失瞅一眼王妃，心里不是滋味。王妃面带愁容，娑夷河距离孽多城约六十里。有人传递消息说，藤桥被烧断了，对此，她将信将疑。

"该去看一看藤桥了。"她轻声提醒道。

"我现在就差人连夜赶过去。"苏利失说。

一名侍女蹑手蹑脚地溜过来，哈腰看着王妃。

"我们还该干点什么呢？"侍女的脸蛋通红，鼓胀的胸脯隐约起伏。

"你说，除了像狐狸一样躲藏，我们还能做什么？"王妃怒从心生，揪住侍女的一只耳朵，在她脸上赏了个响亮的耳光。还是个小女孩的时候，墀玛就特别任性，喜欢惩罚犯了过错的下人。自从当了王妃，她的性情柔和多了。打人的感觉颇爽利，很久没这么干了，王妃甚至想把苏利失摁到地上抽两鞭。

城堡里的勃律人陆续逃跑。第二天，官兵再度开到城下，人数远远超过昨天。恐慌在勃律士兵中蔓延，一些人索性跑下城墙，躲进家中闭门不出。朗措大声咒骂，试图阻止这些胆小鬼。他挥刀砍杀了两个从他身边跑过的勃律人，血弄脏了他皮袍上刺绣的兽头。朗措要自己的手下坚持守城。话音刚落，耳边传来令人心碎的号角，城堡的另一个大门已经洞开，一些勃律人跑出去投降了。

朗措感到绝望。亲随牵过战马，跪伏在地，让朗措轻踏后背上马。另一名亲随捧过锁子甲，试图让主人披挂。朗措把软甲丢开，冷笑道："只穿袍子杀得更痛快。"

朗措率三百骑士冲出城门，狂杀乱砍，城外的官兵措手不及，闪开一条通道。奔走中，朗措杀死迎头阻拦的两名官兵。一名剽悍的胡族火长策马追赶，长槊擦伤了朗措的左臂。朗措放缓坐骑，在长槊刺向他的后心之际，扭身让过槊尖，抡刀将对手斩落。

得知城中有人突围，何元庆指挥骑兵围堵。眼看官兵越聚越多，朗措不敢恋战，带领残部脱离战场。

凭借熟悉地形，朗措摆脱了追兵，身边只剩下了数十名武士。朗措想逃往大勃律，藤桥近在眼前，他已经看到河水忧郁的阴影。日色略显浑浊，朗措发现自己左臂负了伤，鲜血从伤口流出来。到了桥边，他觉得天地轻旋，眼前的景象变得模糊。藤桥被烧断了，悬崖下的河水变成流动的深渊。对岸晃动着一大片黑压压的人影，那肯定是自家的人马。

一名平日里服侍朗措的吐蕃老军，从污迹斑斑的牛皮靴筒中抽出短刀，又把身上的皮袍割下一段袖管，手抖着为主人裹伤。残余的近百名吐蕃骑兵默望着首领，几乎每个人的身上都血迹斑驳。朗措回过神，打算带手下人逃往附近山谷，忽见尘头荡起，随后被一队骑兵拦住退路。

卢云率一百多名骑兵缓缓压上来。破坏了藤桥后，他料定能在桥边捉到吐蕃兵，没想到一下子遇到这么多人。

朗措激励部下奋力一搏，一马当先冲过来。双方骑兵看准了对手，捉对厮杀。

一名官军小校挥刀直取朗措，结果反中了朗措一刀，翻身落马。第一轮厮杀，双方各自折损了十七八个人。见小校在尘土中翻滚，卢云跳下马将他抱起。小校断了一条胳膊，血流如注，昏死在卢云怀中，眼看没救了。

朗措见状，策马直奔过来。卢云松开小校，明光甲上满是血污。朗措的马转眼靠近卢云，红毛"呀"了一声，但见朗措手腕翻转，乌油油的快刀直取对手的脖颈。卢云仰身避过刀锋，朗措反手一挥，卢云的身体已经移出了吐蕃刀的攻击范围。朗措冲出百米开外，拨转马头反扑回来。

卢云翻身上马等待朗措。

朗措的刀直劈卢云面门，被卢云抬刀隔住。朗措的刀锋逆转横扫，又被卢云化解。二马相错，朗措冲到了河崖边。卢云没有趁势进攻，他从对手的衣袍和马匹的金饰上，猜到了这个人的身份，想捉住这个活口。

朗措支撑不住了，在马背上伏下身。马儿跪伏下来，朗措慢慢脱离马背，跌倒在尘埃中。

两边对阵的骑手伫立不动，斜阳投影在褐色的土地上，闪烁出微蓝的、刀光一样的斑纹。骑手们的视线被河流吸引，黏稠的河水微微旋转，深不见底，仿佛变成了凝固的血液，不再流动。

红毛缓慢移马过去，想生擒朗措。朗措脸上流露出不屑的神情，翻身挣扎着站起来，在众人惊惧的注视下，一步步靠近崖边。朗措没有回头，身子向前一栽，宛若一只断翅的大鸟飞进水中。紧接着，又有十几名吐蕃骑手催马跳崖，河水涡流旋转，不大工夫便吞没了人马。

徘徊在对岸的吐蕃援军骚动起来，前面的人隐约看到了这个场面，贴着水皮飞旋的风，送来人马的狂吼。

官兵开进城中搜寻苏利失。城里的民户逃走不少，一些土屋门户大开，没来得及带走的青稞、谷物撒在门外的硬泥地上。马蹄声杂沓地传过，土巷间到处都是手执长矛、横刀的安西骑兵。城外巡游的弓手，向空中射箭，一只惊慌失措的山隼撞到城头，摇翅跌落到地上，扑腾了几下，居然又飞走了。

识匿王跌失伽延进城后，率一群亲兵冲向苏利失的王宫。

孽多城的地势不太平坦，勃律王的宫室控制着全城制高点。与周围分布齐整的众多高矮不一的土屋相比，苏利失的居所气势逼人。

跌失伽延赶到勃律王宫门外，发现已有十几名全副武装的官兵把守大门。军队尚未进城，高仙芝已传下将令，不许破坏、掠夺。跌失伽延没有听到这个命令，即便有这样的命令，他也不会在意。对跌失伽延来说，勃律人的财物是树上的果子，谁先得到就该由谁品尝。

守门的士兵虎视眈眈，让跌失伽延觉得没有面子。他抚摸着马耳，这种亲昵动作意味着主人在考虑事情。跌失伽延的随从中有一名吐火罗商人。跌失伽延深知，这是些熟知诸地风俗、会讲唐人语言的杂种，总是想方设法骗取财宝。他讨厌油嘴滑舌，喜欢动脑子算计的人。可若没有这些商人，他又如何跟大唐朝廷，特别是安西都护府的首领们打交道呢？

吐火罗商人来到宫门前，告诉负责把守宫门的唐军校尉，识匿国王手中有大唐天子册封的文书，身份跟安西都护府大首领相当。

"他可不是我的国王。"校尉毫无买账的意思。

"我们要进去搜寻勃律王，别让他跑了。"商人说。

"我得到的将令是任何人不得踏进王宫半步。"校尉推了商人一把，让他滚开这个地方。

吐火罗人自觉没趣，干咳了两声，低头对跌失伽延说："大王，我们最好去别处转转。"

跌失伽延刚要开口，手下的一个亲兵滚鞍下马，挥拳打倒一名把门的军兵。校尉又惊又怒，抄起盾牌砸倒了跌失伽延的部下。眼看局面失控，跌失伽延呼喝了一声，部众们立刻退到了他的身后。

跌失伽延调转马头，带领手下离开了。

没有放这些蛮子踏进王宫半步，让校尉心生快意。风循着墙角吹过，校尉从腰间摸出一把短笛，放到唇边吹了两声，随即插回了原处。

孽多城外，席元庆率军搜寻苏利失的踪迹。

兵马转过两个山口，地势变得险峻，骑兵们下了马，准备步行上山。副将靠近席元庆，疑惑不解地问："勃律王的藏身处，将军是如何知道的？"

"我从一个俘虏口中得知了这个秘密。"席元庆说，"这个人是苏利失的卫兵，最初不肯讲出实情。"

"他怎么开的口？被皮鞭抽烂了屁股吗？"

"我放这个背叛国王的人回家，并送给他一匹缴获的吐蕃马，他全招了。"

两个人相视而笑。席元庆下了马，随从们支起一顶行军大帐，在里面铺上一块厚实的兽皮。贴身侍卫帮将军解甲宽衣，席元庆坐到皮子上，两眼酸涩。副将笑道："大人安心休息，我即刻带人搜山。"

席元庆摆手道："暂且不必大动干戈。高将军想要不战而屈人之兵，已经派来劝降的使者。"

"苏利失若执意对抗，我很乐意杀上山去，多斩几颗首级。"副将摸索着刀柄说。

当天下午，勃律王见到了官兵信使。

在卢云和红毛的保护下，羊皮被带进一个宽敞的洞窟。

干燥的山洞中点了十几盏羊油灯。苏利失面色冰冷，让羊皮有些不寒而栗。

"你到这里来见我，是心里惭愧，还是想寻死？"

"大王投靠了吐蕃人，又派我出使，原本就是害我。"

"无论如何，你都是个勃律人。"

"我是勃律人，才不忍眼睁睁看着勃律被毁。"见苏利失沉默不言，羊皮劝道，"城中的首领都投降了，只要我们跟官兵合作，高节度使保证不伤大王和全家人的性命。"

"你竟敢引狼入室，我宰了你。"羚角吐出嘴里咀嚼的肉干，拔出腰刀。红毛几乎同时抽刀，怒瞪羚角。

洞里的气氛骤然紧张，苏利失的卫士纷纷亮出手中兵器。

卢云冷笑道："既然大王不愿下山，我们现在回去复命。"

"让我砍了这畜生。"羚角挥刀直取羊皮。

红毛闪身上前，两把刀碰出脆响。卢云以极快的速度拔刀，紧盯住苏利失。

羊皮喊道："安西兵漫山遍野，他们若冲上来，每一条石缝都不会放过。"

苏利失叹口气，喝令羚角住手。

苏利失扫视周围的几名首领，看到这些人虽然拔出刀，神色却有些犹豫，显然是各怀心事。只有羚角和一名亲近吐蕃的酋长，满脸杀气腾腾。

苏利失恢复了镇定："我听说娑夷河的对岸开来大批吐蕃士兵，你们孤军深入，恐怕不是吐蕃人的对手。"

卢云说："我们烧毁了藤桥，吐蕃人的援军被隔在河对岸，插上翅膀也飞不过来。"

苏利失脸色青紫，现在他想知道监国的下落。他讨厌朗措，但是在大祸临头的节骨眼上，他希望这个人能够挽回局面。

羊皮似乎猜到了国王的心思。羊皮说："朗措监国被大唐骑兵追杀得走投无路，投娑夷水自尽了。他的吐蕃武士们大部分战死，剩下的成了俘虏。"

想到苏利失当年对自己的冷遇，羊皮的鼻子发酸。以这种不光彩的方式回家，更让他伤感。

苏利失沉思默想了一会儿，答应次日归降。

卢云带人回去复命。苏利失愣了半天，直到墀玛出现在面前，他依然未拿定主意。苏利失佩服这个女人的冷静。王妃说："我隐约听到你们的对话，是不是朗措死了，父王的军队没办法渡过娑夷河？"

王妃告诉苏利失，她曾得国师指点，十年之内必有灾咎，命中注定要两度背土离乡。

"哼，我很快要死掉了。"苏利失没好气地说。

王妃靠在苏利失身上哭泣："宁可我死也不让你丢掉性命。"

苏利失闻言颇为动容，虽说吐蕃人早就想控制勃律，但是他看得出来，墀玛公主对待自己颇有情义。他想起国师曾经预言，那个骄傲的吐蕃监国来自于冰冷的雪域，依洁净的湖水而生，终将与融化的雪水为伴。他的身体将远离故土，灵魂几经辗转终归要回到出生的地方。国师的话令人费解，如今看来，国师倒是个了不得的先知。他知道朗措迟早要死在水里。

朗措的死亡让墀玛有些难受，她知道苏利失讨厌朗措，更不想暴露埋藏在心里的某些念头。她喜欢苏利失，不仅仅因为苏利失长相英俊，知道疼爱自己的女人，而是觉得，嫁给这样的人，其实是最好的选择。她相信，如果不是夹杂在两个强邻的中间，苏利失会成为一个受人爱戴的国王。当初得知父王要把他嫁到小勃律，墀玛未免怨恨父王，现在，她真心实意地想替丈夫分忧。

更年轻些的时候，苏利失很想成为一个显赫的国王，向外开拓领地。他曾经听人描述过波斯的宫廷，也喜欢来自波斯的银器。波斯人被来自西边沙漠里的骑士彻底击败后，他们的王子跑到大唐天子的宫中搬兵求援。唐天子无力干涉远邻，只能许下空头人情。王子在失意中一点点老去，怀着恢复祖业的梦想客死他乡。波斯王尚且如此，更何况勃律？

王妃的声音幽幽地传来："朗措是个心高心气傲的人，如今他死了，大王应该高兴。"

墀玛摘下腕上的镯子。心情不好时，向地毯上扔手镯是她的习惯。墀玛扬手欲摔，忽然自觉失态，便将镯子重新戴到腕上。王妃说："这是一只青玉雕成的宝贝，若碰到石头，没准碎成两段了。"

苏利失觉得她的话有暗示的意味。

"别等救兵了，归顺大唐或许还有一线生机。"苏利失说。

王妃没有吭声。苏利失咬牙切齿地拔出短刀，向石壁上扎去，刀子"咔嚓"一声折断了。

苏利失手中握着刀柄，风吹进来，灌满石洞的缝隙，回荡一种乐音。苏利失的心头空荡荡的，觉得自己变成一只折断翅膀的鸟，孤独号叫，再也飞不到天上去了。

第二天上午，苏利失带领一群神情沮丧的士兵走出山谷。王妃用纱巾围住半边脸，头上戴了皮帽。羊皮曾说，王妃的眼睛明亮迷人，闪出宝石的光泽，能勾走人的魂魄。红毛想看王妃的眼睛，结果只瞧到马上的背影。

见到高仙芝，勃律王极力保持尊严，高仙芝态度和气，让他心里好受了许多。苏利失这才知道，城中的大小豪酋确实投降或是被官兵控制住了。

第二天中午，俘虏们被带到城外的土场上。三千大唐骑兵围绕四周，勃律百姓们也被驱赶出来，拥挤在土场上。十几名手执大刀的行刑人散漫地站在场子中央，让人不寒而栗。

军校们忙乱一番，从人群中推推搡搡拉出七个勃律首领，带到场地中央。这些人都是平时亲近吐蕃的大小酋长。四个人默不作声，三个人高声叫骂。

高仙芝骑坐乘一匹骏马，面色威严，身姿优雅。勃律王骑马陪伴，神色有些凄惶。

"将军，你答应过我，只要归降便不追究过错，为何要抓这些人！"

"别的人可以放,这几个人是吐蕃人的铁杆走狗,罪不容赦。"

监斩官举旗发出号令,行刑者举刀斩落了七颗人头。

勃律王垂首无语,站在高仙芝另一侧的跌失伽延看了一眼苏利失,突然提出让识匿国的勇士跟勃律人比武。

高仙芝微笑着转向苏利失。高仙芝暗想,二虎相斗必有一伤,捉对攻杀,倒在血泊中的未必是勃律人。跌失伽延未免过于好勇斗狠,既然如此,就让他和勃律人结怨,争个高低上下吧。

"我成了阶下囚,死不足惜,望将军放过勃律军民。"苏利失环顾四周,心里颇不是滋味。

如何处置勃律王,高仙芝早拿定了主意。攻陷小勃律,等于掐断吐蕃人挺进安西的通道,向天下人宣示这一战果,莫过于将生擒的勃律王和吐蕃公主送到长安。向长安献俘,特别是身份尊贵的俘虏,是一员武将展示军功的最好机遇。高仙芝深知,自本朝开国以来,太宗皇帝对周边诸族实行羁縻策略,听任各国、诸族自治,彼此制约。攻克小勃律后,必须想方设法保存这块飞地,而且尽量取得当地人的支持。杀死亲近吐蕃的首领,只是为了杀鸡儆猴,让勃律人知道背离大唐的后果,至于苏利失,他乐意做个顺水人情,给他一条生路。

"如果公平较量,勃律人乐意接受挑战。"尽管是失败者,但苏利失无法向一个土王低头。对于跌失伽延的挑衅,他必须针锋相对。

"好。最好是点到为止。"高仙芝说。

双方各自挑选了三人。经过一番杀斗,六个人中,有五个人倒下了。勃律王的侍卫长羚角毫发未伤,站在场子的中央。

苏利失的脸上恢复了一点血色。跌失伽延大为恼火,要亲自跟羚角决斗。

"身为国主,何必逞一时之勇呢?"高仙芝劝道。

"我只想杀掉这个狂妄的吐火罗人。既然是决斗,就必须公平。我若死在他刀下,还望将军饶他性命。这可是规矩。"跌失伽延笑道。

跌失伽延抖出一串刀花,跑到对手面前。跌失伽延的刀法,据说是一名天竺高手传授的。跌失伽延杀人,从来不会手软。

高仙芝感到有些意思。尽管高仙芝本人武艺高强,但身为主帅,主要依靠谋略取胜，非到生死关头，不可逞一时之勇。高仙芝欣赏上阵时舍命相搏的虎将李嗣业，但也不止一次告诫，为将者不可贪生畏死，亦不能轻弃生命。

跌失伽延和羚角斗在一起，每一刀都直取要害。观望者屏住了气息。

两人打斗了半个时辰，未见输赢。土场中央的血迹被日晒风吹，变成了几片污渍。高仙芝怕跌失伽延有闪失，想制止这场格斗。跌失伽延摇头拒绝，继续向对手进攻。羚角稍一犹豫，被跌失伽延抓住时机挥刀砍中肩膀，羚角身子轻晃，回敬了一刀，跌失伽延闪身避让，紧接着横扫一刀。羚角中了招，站不住脚，扑倒在地上。跌失伽延喘息稍定，看到血从对手的脖子涌出，羚角的脸上露出惊讶的神情，似乎不相信刚才发生的一切。

羚角的脸忽然变得狰狞，跌失伽延感觉后背涌上一股寒气。

"他死了。"跌失伽延狂笑两声，把刀扔在地上。

07

夺命刀锋

刚进入城堡时，跌失伽延没能进入王宫，心有不甘。他的部下们趁机打劫城中的民户，每个人的马鞍上都挂着两三个鼓鼓囊囊的皮口袋。小勃律王城中的民户，大多穷困，又藏匿了值钱的东西，跌失伽延的部下除了争抢到一些青稞、兽皮、肉干，获得的金贵东西很少。看到寺院的屋顶上似乎镶了些金银，他们又围绕寺院打转，没想到寺院也被官兵保护起来。高仙芝又传将令，除了少部分精兵，大队人马一律驻扎城外。跌失伽延不敢抗命，气呼呼地带部下离开王城。在跌失伽延的授意下，识匿人抢掳了几个女人，为掩人耳目，又让她们换上男人的衣服。这些女人被锋利的刀子逼迫，吓得浑身发抖。跌失伽延将部下带到一个空旷的谷地，以便好好享用这些战利品。

杀掉羚角，让跌失伽延在高仙芝面前感到风光。令他烦恼的是，自从征讨小勃律以来，先后有五六十名识匿国的勇士战死。付出这样的代价，本该获得更丰厚的回报，他对高仙芝的做法感到不满。

勃律人酿造的奶酒，刚喝到嘴里带有奇怪的味道，接着喝就变得可口，让人恋恋不舍了。这种酒容易让人陶醉，跌失伽延心里闹腾的时候，除了大口喝酒，便是找女人解闷。

跌失伽延喝光一口袋奶酒，又开始喝青稞酒。他抓起一把干涩的青稞放到嘴里咀嚼。帐中弥漫着青稞酒的气味。从连云堡掳来的女人为他倒酒，醉眼朦胧中，跌失伽延发现女人眼中有些怨气。

跌失伽延恼怒了，伸手扯开女人的袍子。在他的领地内，只要某个女人被带到他身边，都要自动解开衣袍。这个女人本来是顺从的，现在似乎有些异样。跌失伽延将女人推倒在地毯上，女人挣扎着起身，这更让他愠怒。跌失伽延感到背后吹过一股冷风，女人的眼睛睁圆了，跌失伽延猛回头，看见大帐的门幕悄悄掀起，现出一张陌生的面孔。

昏暗的灯影下，意外现身的男人脸盘狭长，鼻头有一点尖锐。男人身穿白色皮袍，前襟上沾有两团血污。

"白驹。你来得正好。"跌失伽延认出了来人。

白驹轻巧移步，挥刀直取跌失伽延。

跌失伽延随手抛出一只酒碗，被白驹挥刀拨开，发出清脆的响声。跌失伽延顺势向后一仰，弯腰抓起腰刀。白驹抢刀便砍，跌失伽延抬刀格挡，向后退步钻到帐外。原来这顶大帐暗藏玄机，后面留有虚掩的幕布。

白驹的身体刚探出帐外，侧面刺来一根铁矛。白驹向前一跃闪过矛尖，转步回头杀死了偷袭他的武士。

跌失伽延打个呼哨，十几个侍卫奔跑过来。白驹刀法凌厉，没有人能够靠近。跌失伽延手下的一名酋长扑到跟前，两只铁斧抡得有如旋转风车。两个人斗了几个来回，白驹抓住对手的一个空隙，刀锋逆挑，酋长向后踉跄了半步，仰面倒在地上。酋长的肚皮被划开了，血如泉涌，肠子流了出来。

跌失伽延挥刀来战白驹。眼看难以脱身，白驹使劲打个呼哨，一群黑影从南北两个方向飘进了营地，狂杀乱砍。前来劫营的是白驹的部下。白驹原想向吐蕃驻军求助，没想到唐军随后攻破了山寨。白驹知道大势已去，打算带连云堡后山的部众逃走，却发现老窝被跌失伽延给端掉了。白驹悲愤交加，立誓杀掉跌失伽延，带人隐藏在孽多城外，寻机复仇。

双方杀得难解难分，白驹看占不到便宜，更担心引来官兵，急忙脱身，带手下人消失在夜色中。

跌失伽延追出营寨，偷袭者躲进了山里。跌失伽延折腾到天快亮了，没有找到一个人，怒气冲冲地返回营中。

跌失伽延掀开帐门，感到阴风掠过额角。跌失伽延看到女人坐在兽皮上，面色惊惶。跌失伽延走近女人，大声说："白驹光着屁股逃走了。"女人"哦"了一声，跌失伽延感到眼前现出白光，稍微一愣神，一把短刀直飞出来，扎进他的胸口。跌失伽延立住身子没让自己倒下，眼看女人身后跃出一个刺客。跌失伽延挥刀便砍，对方用手中的兵器接了一刀。受了暗算的跌失伽延手头迟缓，来不及反击，刺客的刀已经砍在他的肩上。跌失伽延倒在地上。

守候在附近的识匿国卫士看到一个人影从大帐蹿出，急奔过来。帐中跑出的人身着黑衣，身手灵活，抢了一匹战马，使劲抖动缰绳，那匹马嘶叫一声，居然顺从地带刺客飞奔出营盘。

侍卫们冲进了大帐，看到跌失伽延满身是血，胸口上插了一把刀。女人同样倒在地上，被刀割断了喉咙。

跌失伽延睁开眼，吃力地告诉手下人："回去后，让我的儿子做王，告诉他不要责罚你们任何一个人。"

"我要死了，是被白驹暗算的——"跌失伽延再也说不出话，喘息了一会儿，圆睁着眼，咽下了最后一口气。

孽多城只有几条泥土街巷，唯一一条石板路，是通向王宫的。长年累月受到阳光抚照，再加上靴子、马蹄的摩擦，石路变得有些平滑。城里的房屋多由干硬的泥土垒砌，高度在二三层的房子，属于大小头领。最为坚固高大的是苏利失的王宫，其中的部分居室拥有石头底座，还有几间彻头彻尾的石屋。

羊皮想一个人在城中逛逛，红毛答应了，命令两名部下跟着他。尽管对于官兵来说，羊皮是自由人，去留随意，但是红毛答应过姐姐，必须把这个男人带回龟兹。

眼前飞动着亮晶晶的牛蝇，羊皮略有些恍惚。羊皮打听到，苏利失把他的宅邸和女奴都送给了朗措，尽管如此，他还是要回家看看。这是一处装饰彩绘的院落，屋顶比一般人家高许多。羊皮掏出两枚银币，让士兵守在门口。他闯进宅院，在一间密不透风的屋子里找到浑身发抖的女奴。

过去的那段日子，尽管身份低微，可是女奴深受朗措宠爱。朗措喜欢她身上散发出来的甘草和酸马奶混杂的气味。他们在这间屋子里狂欢，她曾经一边跳舞，一边接受着朗措的爱抚。朗措的身边从来不缺女人，可别处的女人总会让他乏味。只有这个女人，长时间吸引朗措。

羊皮的意外现身，让女奴十分惊讶。她听说昔日的主人已被大唐天子杀掉，没想到他毫发无损地回来了。

羊皮抱住女奴，她想挣扎，终于还是顺从了。

"无论如何，我决定留在自己家里。"羊皮说。

"我听说，朗措大人死了。或许，他还活着，只是逃回吐蕃再也不回来了。"女奴喃喃自语。

"你说什么？"羊皮的脸变得难看，使劲推开了女奴。

羊皮刚进了宅院，监视他的一名士兵便跑去报信。卢云和红毛很快来了。

红毛闯进屋，抽刀砍碎了一只陶罐，奶酒溅到羊皮和女人的脸上，女人尖叫起来，躲到了墙角。

"这是我的家，你离我远些。"羊皮急了。

"你的家在龟兹呢。"红毛冷笑着，吩咐手下人用结实的皮绳把羊皮捆了起来。

女人跪地哭泣。红毛使劲扯着羊皮的袍襟，拉他出门。

"你们别想让我丢下自己的女人，放开我。"羊皮使劲挣扎，被红毛打了两拳。

"你在龟兹城已有了个很好的女人，还是回去吧。"卢云说。

"我宁愿留在自己家里。"

"可是，我在你家中发现一个秘密呢。"

"什么秘密？"

"有一个老妇人躲在马房，怀里抱着一个男孩。"

"一定是朗措留下的野种。"羊皮急了，喊道，"我要宰了那个小魔头。"

"朗措是个难得的勇士。杀死一个娃娃，算什么本事。"卢云说。

两天后，高仙芝传令留下一千士兵驻守勃律，主力人马押送俘虏班师。

苏利失得知唐军要回去了，心情变得沉重。尽管投降后受到了礼遇，但他对自己的前途感到渺茫。

"离开勃律，吉凶未卜，我不会再向他们屈服了。"苏利失对墀玛说。

"国师伽罗密多曾去过长安,他了解一些那里的情形。安西兵马占据勃律,是为了防范我父王的大军攻打安西。我们去了长安,大唐的天子或许会留情面。"公主安慰丈夫道。

"国师为何不显神通灭了来犯的唐军?"苏利失哼了一声道。

"国师可以作法,难道大唐天子就没有护法?"公主道。

"不管谁的神通更大,反正我们的命握在别人手上。"苏利失叹气道。

国师伽罗密多在官兵进入孽多、城内众人纷纷逃离之际,没有丝毫慌乱。寺庙位于城西,地势较高。整个孽多城,只有庙里的屋顶被镀上极薄的金箔。黄昏时分,残阳照耀寺院,泛出耀眼光焰。

国师表情平静,告诉两个年轻弟子及早打点行装。国师准备带二人远行,他们会骑着马或骆驼,前往一个极大的城市。那里的皇宫比整个孽多城都大,里面到处是手执宝戟的士兵,其中不少卫士是来自四面八方的胡人。

国师喝了半碗油茶,低声说:"我年轻时去过那里,这座城市的街道比蜘蛛网编得更细密。威仪无比的唐天子坐在殿堂上,一边听美妙的音乐一边喝酒。他活像一只随意杀死虫子的大蜘蛛,可是只要不冒犯他,对他表示臣服,他还是仁慈的。"

"为什么会这样?"徒弟怯生生地发问。

国师打起瞌睡,不再说一句话。

伽罗密多安静地坐在羊毛坐垫上,过了半天,他终于睁起眼睛看着户外。喧哗、惊恐的声音渐渐平息,躲在土屋里的勃律人透过窗户窥望巡逻的骑兵。两个弟子看到,师傅的脸上掠过冷寂的白光,头顶悬浮的尘埃飘忽不定。一个弟子说:"师傅,大王的命运将会如何呢?"

"他么,舒舒服服客死他乡,算是很不错的归宿。"

伽罗密多的表情淡定。弟子还想发问,师傅似乎已经进入另一个世界。他身后的墙壁上,悬挂着一幅面目狰狞的挂像,尊神手中挥动宝杵,怒气冲冲地面对眼前的一切。

08

坚硬的石堡

河西地带有若狭长的脖子,是汉地通向西域的咽喉。

自从唐军从吐蕃人手中夺回河西,双方战事不断,吐蕃人咄咄逼人,难以突破唐军的阵线。为将吐蕃人赶回雪域,唐军几度发动进攻,但是在高原腹地攻势很难奏效。吐蕃人占了天时地利,唐军诸将协同作战不力,时常顾此失彼,在吃了几次大亏后便收缩了战线。大唐采取守势,在河西走廊布置重兵,确保西域通道的安全。

在边镇诸将中,董延光勉强算是个能征惯战的人物。他曾经带兵和吐蕃人发生几次小规模的冲突,各有胜负。他的最大功绩,是擒杀过亲附吐蕃的吐谷浑酋长。董延光认为,必须主动进攻吐蕃人,才能确保河西直至安西的稳定。河西节度使王忠嗣拒绝攻打石堡城,让他觉得机会来了。董延光主动请缨,得到了天子首肯,除了他本部近万人马,朝廷还命王忠嗣抽调八千精兵配合作战。根据探马回报,董延光得知石堡城守兵不足千人,以将近两万人马进攻石堡城,让他信心十足。

石堡城依山而建,控制着通向吐蕃内境的要道。从山下直至半山腰,地势较宽阔,呈台阶状缓缓向上延伸。接近山顶时地势险陡,只有一条通路抵达城堡。对于双方争夺石堡城的经历,董延光心里清楚。开元十七年,大唐奇兵远道突袭,吐蕃守军措手不及,石堡城失守。攻陷石堡城的消息传到长安,皇帝大喜,立即传旨改石堡城为振武军,留下军兵驻守。唐河西、陇右地区连成一片,吐蕃人派使者表达了求和的意思。第二年,双方约定以赤岭为界,在甘松岭及赤岭互市。十一年后,吐蕃人卷土重来夺取石堡城，并对城堡进行了彻底加固。两年前，时任河西、陇右节度使的皇甫惟明试图夺回石堡城，双方展开激战，城中守军眼看支撑不住了，吐蕃派大论莽布支率军昼夜兼程赶来支援，吐谷浑小王趁火打劫，从另一个方向出兵攻击唐军。皇甫惟明损兵折将，副将褚利也在恶战中阵亡。

风吹绣旗哗哗作响，空气中弥漫着杀气。董延光督率本部人马，沿一条山谷推进到达石堡城所在的山脚下。唐军选择平坦、背风的地方扎下营盘，各个营盘相互照应。董延光有意让营盘远离山头，借助山势遮掩，城堡里吐蕃人很难察看到唐军调动的情况。

简单用过午饭，董延光带人来到山下，石堡城折射道道白光，董延光仰视良久，仔细研究周边的地势，直到脖子有些发酸才回过神。董延光心中忐忑起来。刚出行时，他对王忠嗣颇不以为然，觉得王忠嗣上了些年纪，变得胆怯保守，已失去了大破吐蕃的锐气。现在当他真正面对石堡，不得不承认王忠嗣对形势颇有见地，想敲开这道通向吐蕃的门户，确实十分困难。

即便如此，董延光依然相信能够拿下石堡城。让他心里特别不痛快的是，王忠嗣派来的军队本该先期到达，现在却延误了时机。据军中的斥候报信，前来配合作战的河西军马遇到吐蕃人。最近两年，吐蕃人犯境的事情比较少见，或许对方已经预料到唐军要发动攻势，所以才派人骚扰。不过，由于地理条件所限，吐蕃人很难在短时间内调动足够人马迂回到唐军后方。董延光认为，王忠嗣的部将是在有意拖延。

董延光事先已经得知，王忠嗣派来助战的将领是慕容守忠。这是一员猛将，正因为勇悍，而且军阶跟自己差不多，这个人才不容易节制。眼看太阳西斜，山谷里凉风刺人，董延光焦躁起来："慕容匹夫今天若不能赶来，我就剁他的脑袋。"

副将郭彦有些小心翼翼："眼下攻城要紧，别过分责怪慕容将军了。"

"这是什么意思，难道让我受他摆布？"董延光瞪起眼，瞅得郭彦心里发毛，"我向朝廷夸口，一个月攻占石堡。此战关系到天子的颜面，无论是谁，胆敢消极怠慢，一律军法伺候。"

太阳落山前，董延光见到了慕容守忠。

慕容守忠身材高大、面容冷峻，腮边留着浓密的短须。他的祖上是鲜卑人，族人虽说流散各地，但多以骑射为生，出了不少勇士。

董延光说:"慕容将军,我在山下已经停留两个时辰了,为何你的人马慢吞吞地在山沟里磨牙?"

慕容守忠紧咬嘴唇,满不在乎:"董将军,匆忙上路,半途中遇到一支吐蕃骑兵,我驱散了他们,因此来迟了。"

"军中误了时辰,你该知道后果。"

"既然董将军这么说,就按法度裁处好了。"

慕容守忠不想搭理董延光,这种一见面就想给人下马威的做法,他见得多了。

董延光仿佛猜出了他的心思,话锋轻松一转:"慕容将军果然性情火爆,刀是刀,枪是枪,容不得半点含糊。并非我有意为难你,只是皇上对此次用兵十分重视,拿不下城堡,你我都脱不了干系。"

慕容守忠说:"临行前,王大人嘱我听从董将军调遣。守忠与吐蕃人素有仇怨,即便刀架脖子也不会畏缩。"

"将军说得痛快,不愧是名门大族之后。"董延光意味深长地说,"丑话得说在前面,将军既受我节制,上了战场怕难徇私情。"

"董将军用不着说这些夹枪带棍的话来敲打末将。"慕容守忠冷笑道。

"既然如此,请将军回营安顿,明日一早拔营攻堡。"董延光有些无趣。

临行前,王忠嗣曾告诫慕容守忠,石堡城地势险要,被吐蕃人经营得固若金汤,从后方调度资粮困难,攻破后也不易坚守。"如能以最小代价趁机取城,自然是件奇功。若吐蕃把守严密,诸军恐怕无法施展力量。"

王忠嗣说:"为将者应追求不战而屈人之兵。前些年,边庭流血太多了。我因为不愿意白白牺牲众人性命,受到指责。如攻下此堡,我无非丢了颜面,或许受到今上原谅。如若攻不下此堡,恐怕反而担责。"

慕容守忠感到困惑,王忠嗣并不解释,只是轻轻说:"到时候你自然明白其中道理。这八千河陇子弟交付给你了。你要善待他们,千万别作无谓的牺牲!"

第二天,慕容守忠率所部兵马集中在山下。石堡城头紫雾缭绕,宛若盘踞了一只恶兽。

董延光用马鞭指了指山头,对慕容守忠说:"如何攻堡,我想听听将军的高见。"

慕容守忠说:"此堡只宜偷袭,若想强行仰攻,怕是要血流成河了。"

董延光说："我听说慕容将军当年与突骑施人交锋，单枪匹马连挑两员悍将，何等英勇。为何现在畏敌如虎呢？"

慕容守忠说："我不怕与敌对阵，只是背后射来的冷箭让人难防。"

董延光觉得慕容守忠话里带刺。

"是狼是羊，到了阵前就知道了。"

慕容守忠冷笑道："我手里的刀可不是用来杀鸡宰鸭的。"

董延光传令发动进攻，为了表明没有私心，他把自己的兵马安排在前面。慕容守忠的人马作为后备力量，准备发动第二波冲锋。

唐兵布满了陡峭的山脊，远远望去如同蝼蚁蠕动。眼看快接近山顶，城堡里传出呜咽的号角声。董延光暗叫不妙，他看到涌近城堡的人流顷刻间崩散，随后潮水般四处漫延，溃退的士兵在山腰处凝结成一片黑乎乎的阴影。董延光催马来到坡底，恰好看见一名偏部将带人败下阵来。

偏将摘掉破损的头盔扔在地上，头上满是污血。

董延光打量偏将一眼，发现这一群军兵几乎个个身上带伤，轻声咒骂了两句。受伤的偏将尉勉强支撑住身子，向董延光禀报说："城堡上投出大量石块，还扔出一些浸了油的火把。山坡陡峭，光溜溜的没有地方隐蔽，头一番攻击损失了二三百人。有些军兵被矢石杀死，有些军兵滚进深谷丧生。"董延光气黑了脸，命令三百名弓弩手持硬弓上阵，另派二百名盾牌手掩护，继续向山上强攻。

董延光回头望去，看到慕容守忠率人马赶来，稍微松了口气。

唐军发起新一轮攻击。盾牌手躲藏在牛皮盾牌的后面，向山顶缓缓推进，快接近城堡时，列成三排的弓弩手利用前面盾牌手的掩护，依次向城堡垛口处放箭，守兵赶紧伏身闪避箭雨。混战中，城堡上的几面旗帜被乱箭穿透，成了千疮百孔的布片，碗口粗的旗杆上扎满了箭杆。看到吐蕃人被压制，唐军的步卒全力出击，一些人爬到了城墙下。守军见势不妙，隔着城垛抛出更多石块。董延光派出的督战将领杀红了眼，挥刀砍死了好几个怯阵者。军卒们冒死向上冲锋，半个时辰过后，城堡下血流成河，崖谷中亦堆积了众多尸体。盾牌手抵挡不住大小石块，终于乱了阵脚，弓弩仰身放箭，在跟堡上守军的对射中明显处于劣势，死伤过半。唐军支撑不住，又一次溃退到山腰。

08 坚硬的石堡

进攻持续了两个时辰，伤亡足有上千人马，督战的董延光禁不住心惊肉跳。他使劲儿抹了一把脸上的冷汗，感到后背透过阵阵阴风。

董延光紧握刀柄，眼前不停地浮现王忠嗣冷峻的面孔，他使劲摇摇头，心底萌生了一种不祥的预感。

副将郭彦神色紧张地跑过来。

"将军，我们的人马损失惨重，让慕容守忠继续进攻吧。"

"收兵。"董延光咬着牙说。

次日天刚透亮，董延光要慕容守忠随自己上山察看敌情。两个人来到山腰，仔细察看了周边形势。慕容守忠脸色阴沉，一言不发。董延光有些尴尬："昨天我军吃了亏，今日全看慕容将军的表现了。"

慕容守忠抚摸着胡须："看了一个早晨，本以为董将军能拿个好主意。既然是这样，就让你的人躲在后面观战吧。"

董延光笑了，慕容守忠觉得他笑得不自然。临阵对敌，慕容守忠恨不能立刻破了石堡城。让他心头冒火的是董延光怀有戒心，这个人算是个能打仗的主儿，但骨子里的一点妇人习性让人极不痛快。慕容守忠感觉胸口窝了股闷气，想把这口气全撒出来。如果不是临行前王大人再三叮嘱别跟董延光闹翻，他根本就不会买这个人的账。

慕容守忠离开董延光，传令将士兵分六队，每队一千人，依次攻堡。慕容守忠告诉手下人，使劲摇旗擂鼓大造声势，但不可离城堡过近，特别是注意防备山上投掷的石头。

六队兵马轮番进攻，直到下午依然未能靠近城堡。守堡的吐蕃兵面对一波又一波的攻击有些慌乱。几轮攻击过后，守堡的吐蕃将领发现唐军意在消耗城中军械，逐渐镇定下来。吐蕃将领传令，直到攻击者迫近城堡才进行回击。慕容守忠的人马采取强硬攻势，几次攀上了城堡，守军以逸待劳，动用各种器械、兵器，击杀攻城的敌人。慕容守忠损失了五六百人，攻势缓缓停下来。

董延光见慕容守忠想要收兵，挖苦道："所谓的虎狼之师，原来也是一群草包。我今天算长见识了。"

慕容守忠吐了口浓痰："用士兵的血肉换取军功，这便是董将军的治军之道？"

董延光刚要发作，忽然看见慕容守忠部下的一名小校跌跌撞撞跑下山，董延光抽出寒光凛凛的障刀，吩咐护卫捉住了那名小校。小校被绑到董延光面前，腿上流着血。

　　董延光命令将小校推到慕容守忠跟前，小校默然垂头。

　　团聚在周围的将校沉默无语，董延光环顾四周，抬起了握刀的手臂。

　　小校紧闭了眼睛。

　　"慢些动手！"一声吼叫响在耳畔，宛若晴空炸开了霹雳，董延光稍一分神，手腕已被慕容守忠扼住。

　　董延光用力抽臂，慕容守忠不由分说，顺势夺下他手中的刀。

　　"将军的刀果然锋利，不过临阵拿我的部下开刀，未免手段太狠。"慕容守忠吐了口唾沫，眼里透出寒气，"即便是杀人，也该由我动刀。"

　　董延光的心头微微一震，冷笑道："既如此，就由你来操刀。"

　　慕容守忠背对小校："你临阵退却，今日是不能苟活了。"

　　小校的腿有些发颤，嘴里却十分硬气："将军莫手软，快些送我上路吧。"

　　董延光不动声色："砍吧，这可是你的部下。"

　　慕容守忠咬一咬牙，随手挥刀，小校的头颅应声滚落。一腔血喷涌出来，在董延光的衣袍上溅出几朵血花。慕容守忠将刀扔在地上，满脸怒意。

　　董延光稍微愣神，恢复了平静。慕容守忠冷冷指点董延光的侍卫："你们几个随我上山。谁若后退半步，我照样砍他的脑袋。"

　　慕容守忠命部下取来镔铁横刀。董延光感到有些丢面子，示意身边的护卫跟随慕容守忠。

　　慕容守忠换上一副皮甲，督率众人冒着箭雨向山顶仰攻。身边的藤牌手一个接一下身亡，慕容守忠一手执盾，一手持刀，靠近了石堡。后面的弓手冒死向城头射箭，压制守军向外投石。三四丈高的堡墙用坚硬的石块叠垒而成，光滑而坚固。慕容守忠命令搭起轻便的木梯。慕容守忠的部伍中，有一群归降的羌兵，这些人惯于穿行山路，此时派上了用场。羌兵口中衔刀，轻捷地沿梯攀上城头，有的士卒甚至直接搭起人梯。吐蕃兵迅速反击，利用分叉的铁器推翻云梯。十几名已经跃上城头的羌兵被长矛刺穿胸膛，血淋淋地跌落下来。

08　坚硬的石堡

城堡传来凄厉的号角声，吐蕃兵见形势危急，奋力反击，唐军死伤惨重，堡外堆满了尸体。慕容守忠举盾挡住一杆抛掷下来的长矛，手下人架定云梯，眼看主将紧贴云梯攀了上去。

血腥的气息弥漫山谷，董延光打了个冷战，拎刀来到靠近城堡的一块巨石后，观察战事的进展。

慕容守忠爬上城头，刚挺出半个身子，一把长刀迎面劈来，他急忙举盾格挡，对手的刀飞了出去。慕容守忠丢开盾牌，试图翻进城堡。几名杀红眼的吐蕃兵呼叫着跃出城堡，砸倒扶梯的几名兵卒。一名受伤了吐蕃兵抢刀砍断云梯，被周围的唐兵杀死。慕容守忠脚下不稳，丢了盾牌，用一只手攀住了城堡边沿，身子悬贴在石墙上。城堡里的吐蕃兵砍向他的手臂，慕容守忠手一松，从堡上滑落，重重砸在几个士兵的尸身上。慕容守忠刚要起身继续进攻，堡上抛出一堆碎石。慕容守忠身上中了几块石头，还有一柄短矛扎在他腿上。慕容守忠浑身是血，被几名部下拼死护住背下山来。主将受伤，唐军失了锐气，再一次败退下来。

斜阳透过山峰的缺口直射下来，热汗浸湿了董延光的衣甲。跟随慕容守忠上山的卫士战死了一半，其余的人个个带伤。董延光心中沮丧。由于慕容守忠负伤，董延光传令休战两天。第二天，董延光看到石堡城里腾起三股烟柱，他知道这是守军向后方发出了求援信号。尽管吐蕃人把信传到后方需要十几天时间，他仍然感到心中不安。

副将郭彦同样焦虑。他精心挑选了十几名精干的小校，连夜潜伏在石堡城。等了整整一个晚上，终于捉住两名溜出城堡打探消息的吐蕃兵。

董延光亲自审问俘虏，得知堡中只有八九百名士卒，但粮草充足，囤积的青稞、牛肉干足以支撑两年。董延光心中更加郁闷。死伤了将近两千兵马，差一点搭上慕容守忠的性命，石堡城岿然不动，看来还是老道的王忠嗣深知其中利害。董延光躺在铺了厚毛毯子的行军床上，浑身直冒冷汗。董延光宣布暂且休战，他染了风寒，在帐中猫了三天，才感到恢复了元气。

董延光的肚子饿了，大声唤人传饭。贴身侍卫使劲咽下一块肉干，刚进帐篷，副将郭彦也急匆匆闯了进来。

郭彦苦着脸说，石堡城里的守兵连续用烽烟报警。虽说短时间内吐蕃派不出大军驰援，但城中哪怕多添百八十号人，都很难对付。

"究竟难到什么程度，你跟我说心里话。"

"依我看，吐蕃人要是躲藏在石头壳里坚守，我们搭上全部人马，恐怕也难得手。"郭彦说。

"简直是废话。"董延光支撑起身子，大声指责郭彦是孬种。

"既然如此，还是将军拿主意吧。"郭彦不软不硬地回了一句。

"照你这么说，我只有传令回军，拱手认输了。"董延光的脸冷得像石头。

"如果从背后偷袭，或许能得手。"郭彦说。

郭彦原本是个书生，后来弃笔从戎，言行举止颇具军人气度。郭彦多年来一直追随董延光，两个人私交很好。见董延光的脸色好看了一些，郭彦慢吞吞地说："我捉到两个放羊蛮子，他们熟悉方圆百十里的路径。我拿出一点金银，蛮子乐意带我们从险要的羊肠小道绕到城堡后面。"

"这倒是个主意，不妨试试。你挑选五百精兵连夜出发，我随后在山前布置兵马佯攻，吸引吐蕃人的注意。"董彦光精神一振。

"石堡城果然凶险异常，王忠嗣那个老儿并没有对天子撒谎。"郭彦转身欲走。董延光叹口气说。

"我们确实轻敌了。我带人从背后包抄，至少要走三四天，才能绕到指定地点。"郭彦说。

董延光跟郭彦约定，三天后的子夜时分，两路人马同时向城堡发动突袭。

郭彦带人走了。董延光寝食不安地等待了三天，终于到了约定进攻的时辰。董延光亲自督率三千兵马向山头进发，接近城堡时点起了几堆大火。一时间红光冲天，火焰碎屑借助风势飞扬，飞星点点直冲城头。唐军发起佯攻，呐喊声响彻山谷。死一般寂静的城堡复活了，吐蕃守卒涌上城头，对着冲上来的人影乱射。

天光大亮，董延光变得神色恍惚，城堡未损分毫，反倒又损折不少官兵。

董延光的眼睛血红，心头隐约还有一线希望，他在等待郭彦的消息。

第三天正午时分，营寨外出现了十几个人影。董延光得知郭彦回来了，来到帐外。日光像尖锐的刀子一样刺眼，侍卫看到董延光原本鼓胀的腮帮子塌瘪了，眼窝深陷，颇像混血的胡儿。董延光战袍上的两块血迹已经风干，宛若难以破解的符咒。董延光眯起眼,看到郭彦一瘸一拐走过来。郭彦铠甲残破,头上流着血,靴子被山石刮得开口。跟在他后面的是两名校尉和十来个士卒。

"将军,我等在山谷中了蛮子的埋伏,血战到天明,只有我们几个人拼死突围出来。"郭彦哭诉道。

董延光抽刀横在郭彦的脖子上。

"攻击我们的像是吐谷浑人。郭某既然兵败,死不足惜。"郭彦指着手下人说,"这些兄弟个个神勇,若不是他们舍命相救,恐怕我连个信都不能捎给将军了。"

董延光有些手软,他看到郭彦的手下冷淡地看着他,脸上并无恐惧。

两名部将为郭彦求情,董延光默默无语,将刀插回鞘中。

一连数日,大唐军营中都没有动静。风向又变了,这一回是从石堡城的方向吹来的。奇怪的鼓角声循山谷游荡。城堡里似乎正在举行宴会,送出来焦煳的烤肉气味,弥漫的炊烟在空中变幻成了牛马驼羊。每到夜晚,城堡上的火把和空中的星星揉碎成一团,对峙的双方都格外沉默。

郭彦躲在帐中养伤,他有意回避董延光。小股援军陆续进入石堡,吐蕃守军更加嚣张。守堡的吐蕃将领吩咐带上两名被俘的唐兵,割掉他们的耳朵。"回去告诉你们的主帅,赶紧滚回老家,否则到了大雪封山时节,想回都回不去了。"

董颜光怒气冲冲地巡视各营,明显感觉到士气低落。再打下去,他的威信将如同渗透到沙土中的流水,逐渐消失殆尽。经过慕容守忠的营盘时,董彦光打算进去看看,略微迟疑,还是拨马离开了。

慕容守忠的部下漠然注视着董延光离去。董延光深知,这些人同样怨恨自己。回到大帐,董延光派人唤来郭彦,让他前去问候慕容守忠。郭彦脸上缠着一块柔软的白绸,乌黑的血渗出来。

听说官兵再度失利,慕容守忠痛骂董延光为了邀功,视手下军兵如草芥。

郭彦反讥道:"慕容将军受伤了,正好可以保存实力呵。"

慕容守忠大怒,将一碗马奶泼向郭彦,将他轰了出去。

郭彦回到中军大帐报告了事情经过,董延光吩咐手下人备马,准备找慕容守忠算账。郭彦怕事情闹大了,急忙劝止。

第二天，董延光打算传令慕容守忠，让他派部下出战。刚迈出帐门，慕容守忠派人送信说，据后方探马来报，吐蕃人已抽调兵马驰援石堡城。领兵前来的吐蕃将领准备夹击唐军，前锋已至坎儿谷。如果粮道断了，大军势必腹背受敌。

董延光知道其中利害，羞愤交加，当着送信人的面扯碎信纸。董延光并不死心，随即分派了几路斥候，打探回来的结果表明，大约四千名吐蕃骑兵正火速赶来，而且这是先头部队。吐蕃兵马来得迅速，让董延光百思难解，或许为防备大唐官兵进攻石堡城，吐蕃人事先做了准备。荒山蛮岭中另有一条险要通道，供吐蕃人暗中调度兵马。董延光同时得知，慕容守忠在派人送信的同时，已经分兵迎敌，巩固了官兵的退路。

天空堆起大团乌云，越聚越厚的云团向四周扩散。令人称奇的是，石堡城上空形成浑圆的云涡，露出一片清澈天空。山顶传来嗡嗡蜂鸣，大唐军营中熟悉蕃情的胡族士兵仔细听了一会儿，肯定地说，城堡中正在举行驱魔仪式。

郭彦站在董延光面前，空气中飘来了酥油的香味。郭彦强打精神驱赶睡意，董延光问："城堡里在搞什么鬼？"

"听说是在施展调集天兵天将的法术，逼迫我们退军。"

"我们就是天兵。"董延光冷冷地打量郭彦的脸，忽然觉得这张蜡黄的面孔后面藏了一些心事。郭彦嘴角那颗红里透黑的斑痣，也让他极不舒服。

郭彦猜出了董延光的心思。目前，吐蕃援兵的数量不算太多，可以应付。军中的粮草还够支撑半个月，但即使不惜血本强攻，恐怕也拿不下这座坚固的城堡。既然攻城受挫，眼下最大的问题便是如何收场。必须拿出个全身而退的主意，否则的话，董延光会把失败的怒火撒在他身上。

09

黄叶温泉

　　通往长安的驿道上，两匹快马疾驰，骑在马上的，是边令诚、高仙芝派出的军使。高仙芝回师到连云堡与边令诚会合，大军返回到播密川时，天气变得越来越冷。二人立即派出军使，要他们以最快的速度，向朝廷传递攻克小勃律、俘获了勃律王和吐蕃公主的消息。军使急急赶路，每来到一处驿站，驿卒立即牵走热汗淋漓的马匹。使者只是匆匆地喝些水，或者在饭口时狼吞虎咽地吃一盘干粮，便跨上新备下的马匹继续赶路。

　　正是晚秋时节，长安城一片萧瑟。宫院中笼罩着寒意，秋风时紧时慢，金黄的叶片在太液池中轻旋，水面时而冒出泡沫露出红鱼的嘴巴。早朝归来，玄宗李隆基坐在寝宫中，显得有点郁郁寡欢。近侍的宫人掀开锦幄，阳光在回廊下徘徊，留下栏杆斑驳的影子，凉气吹进来，明皇打了个寒战。

　　宠妃杨玉环偶感风寒，不能陪侍。玄宗面对殿外的两只铜兽出神，他觉得身子酸涩，很想去泡温泉，让疲惫的筋骨恢复活力。天下承平，在这样的时节，去华清宫沐浴、休养，几乎成了惯例。特别是杨氏姐妹伴驾，让人的心情舒畅。贵妃滑腻、滋润的身体活像温软的鲶鱼，伴他度过缱绻良宵。性情率真的虢国夫人同样让他着迷。他想立刻派人传唤这个女人进宫。

　　玄宗吩咐太监把最重要的奏折拿来处理，高力士劝道："天有些冷，皇上要保重身体。"

玄宗脸上不悦，虽说高力士是在劝他休息，可是这番话让他想到了皇帝的职责。他起驾到处理公务的偏殿，勉强看了几张折子，站起身踱步。玄宗很想到杨妃的寝宫探望，不过上午刚去过，这时候再去未免显得琐碎。玄宗是个重情的人，可也不能不顾及颜面。疲倦的感觉袭来，玄宗更想闻到贵妃宫室里的幽香，这个念头让他心绪不宁。高力士悄悄过来，低了头想再劝，不料玄宗发起脾气："西边不宁，我如何能够放心？这些个臣子，只思封赏，对于国家大事全不肯尽心竭力。"他挥拳拍打着桌案，纸卷上的浮尘呛入高力士的鼻孔。高力士微微皱眉，立刻又恢复平静："皇上莫非还生那个王忠嗣的气？"

高力士说中了玄宗的心事。

想到敢于抗命的王忠嗣，玄宗心中不悦。眼下四海升平，各路使者纷纷来长安朝拜，唯有吐蕃仍是心腹大患。吐蕃自恃兵雄将勇，总想趁机占据大唐地盘。玄宗很想彻底制服吐蕃，夏天时曾下旨给河西、陇右节度使王忠嗣，要他攻取吐蕃人占据的石堡城。

王忠嗣上奏朝廷说，石堡城地势险要，又有吐蕃重兵镇守，如果派大军攻夺，恐怕要牺牲成千上万的士兵，得不偿失。按王忠嗣的说法，石堡城只是一块鸡肋。玄宗对此十分不快，后来将军董延光主动请缨，表示愿领兵出战。玄宗传旨，让王忠嗣分兵助战，没想到打了一个多月，损失不少兵马，还是不能攻克石堡城。玄宗又想到同样手握重兵的范阳、平卢节度使安禄山，近两年连破奚族、契丹诸部，捷报频传，各种牲畜、奇兽异禽和珍源源不断送进京城。虽说安禄山是个杂种胡人，手握重兵，可他对皇上格外忠顺。相比之下，王忠嗣真是不知天高地厚。如果不杀一儆百，边将们真以为皇上已经变成了心慈手软的窝囊废。

高力士看皇帝不悦，给跟进来等候吩咐的小太监使了个眼色。过了一会儿，一溜烟跑出去的小太监轻手轻脚地回来，手里拿着一管装饰别致的玉笛。

高力士说，安西都护高仙芝差人进京，送来几件乐器，这一管笛子，想必是好东西。

玄宗拿过笛子端详说："看起来果然不错，改日宣教坊中的龟兹乐师前来，我自度个曲子试笛。"

秋末的长安城时有阴雨。风很凉，几个在殿外打扫的小太监被淋湿了衣服，狼狈不堪地跑到宫墙下躲避。台阁高檐上悬挂的风铃，传递出此起彼伏的悦耳交响曲。

夹杂了风声、雨声，变成了混合各种滋味的轻喧，传进深闭的宫室。玄宗觉得有些疲倦，很想在歌舞中排遣寂寞。玄宗令太监传唤乐坊的班头事先做好准备，等待云散雨收后，他要欣赏新排的音乐。

两天后，天转晴了，杨妃病体痊愈，玄宗的心情顿时好了许多。听说皇上有兴致，杨妃特意换上色彩绚艳的罗裙，贴身所穿的是一件薄如蝉翼的丝衣。她用丰润的手指捻出一粒血红的樱桃，撩逗着白鹦哥儿，那只鸟焦急地用尖嘴争抢食物。鸟儿的模样，让她想到了皇上，在这样有些阴冷的日子里，多情的三郎又何尝不是一只贪馋的大鸟呢？杨妃懂得，鸟儿如果喂得太饱，就不再对食物有兴趣，她乐于玩弄这些把戏，只要能够拥有皇上的欢娱，她觉得自己就是天下最有福气的女人。杨妃眼看廊柱外的天空中渐次透出乌青的颜色，黄昏时分，大明宫西方的那一片烟树上，远远地涂抹了艳似胭脂的落霞。

自从进入这座宫院，杨妃对皇上的性情已摸得熟透。尽管当年她曾经有过一个年轻英俊的丈夫，而且这个男子是天子的儿子。可是那个丈夫性情柔弱，似乎对她略显丰腴的身体并不十分倾心。倒是天子人老精壮，让她感到十分快意。这个一意宠她、喜欢弄乐赏花的天下至尊颇有童心，她喜欢他的温存、粗暴，更乐于使出浑身解数逢迎。二人播云弄雨的间歇，甚至会吹一段幽幽的笛管，令人在子夜时分感到缠绵、销魂。月光洒在树梢上，激发了他的放荡，当他云收雨止，有时脸上会不自觉恢复天子的尊严。当然了，即便他表现出幽默和诙谐，她仍然是有些被动的，她的所有取悦甚至放浪，难免带有一丝表演的意味，只是这种表演在时光的推移中，不断变换花样，形成了她和天子之间难以言传的默契。

席上摆了许多精美的食物，贵妃感觉玄宗瞅她的眼神有些恍惚，有意变换了一个姿态。

玄宗吃下一片黏糊糊、色泽微红的肉片，觉得滋味不错。这道菜是一种鸟肉，来自遥远的康国，那个地方出产的好马，甚至比石国的瑟瑟石还出名。玄宗的先人对马匹情有独钟，他更不例外。玄宗还喜欢漂亮的石头，乐于听西域各国的音乐。

来自康国的鸟毛色光鲜，喜欢吞吃河鱼。宫中的厨人私下窃窃私语，说鸟儿被宰杀前，黑乎乎的眼珠紧盯他手中的钢刀。厨人不想动刀，于是拧断了鸟的脖子。鲜血留在体内，鸟肉竟然更加可口了。

相当长一段时间，宫中的气氛颇怪异。玄宗似乎更喜欢参禅论道，有些时候，他站在宫殿的最高处，望着远处出神。当年杨妃出家当道姑时，修行的场所距离玄都观不远。杨妃能够猜中玄宗的心事，深知皇上的心中时常晃动着那位戴冠女子的身影。

杨妃有意沉吟片刻，轻轻回答皇上的问话。

"那个安禄山。我看他只是一个贪图安乐的肥猪。"杨妃的口气中有几分鄙视。

前些日子，朝廷为手握重兵的安禄山新修了豪华府第。安禄山朝见时，拖着肥大的肚皮，在殿前旋转起舞。玄宗说："这些胡人其实不太可靠，更何况手中握有重兵。"

杨妃说："他如此肥胖，恐怕上阵已经骑不得马匹了。"

"我之所以重用这些出身寒素的边将，是因为他们远在边地，无法和朝中大臣结党营私。"对于掌管重兵的边将，明皇存有戒心，他有意在诸将间制造一些矛盾，让这些人彼此制约。

自从天下承平，玄宗就接受了宰相李林甫的建议，起用寒族将领出任各军镇的节度使，特别让能征善战的胡人担当大任。自天宝以来，天下日益承平，玄宗觉得他的策略很成功。

玄宗望着明眸皓齿的贵妃，不觉被一根细嫩的骨头卡了喉咙，索性咽了下去。玄宗再度想到王忠嗣，心里又觉郁闷。王忠嗣居功自负，公然违抗圣旨。他决定借此机会处置王忠嗣，顺便警示拥有重兵的边帅。

掌灯时分，大明宫内一片祥和，为了庆贺贵妃娘娘病体初愈，晚宴后安排了乐舞表演。

当天夜里，掌管星相的官员登台窥星，看见西北方星气混沌，继而透出一线明光。随侍在旁的一个小吏说："大人，我看到天子的宫掖中紫气飞升，莫不是有喜事降临？"

星官回转过头："你这厮真是有眼无珠。什么瑞气？无非是天子宫中多张了些彩灯夜烛，又有番国的歌舞乐师前来献艺了。"

星官面色冷峻："天下承平日久，我看东边兵气甚重，只是眼下未成气候。"

小吏附和道："大人是说那个姓安的杂种胡人吧，他真能哄骗天子，手下的兵将也个个生猛。"

星官叹道："我听说，前些日子安大人晋见皇上，带了一队卫兵。他手下三四个亲兵到酒肆饮酒，要了一整只肥羊，每个人又大吃大嚼了十几张胡饼。店里的酒被喝空，他们依然要喝，后来竟砸碎桌子扬长而去。天子脚下，如何能容这等野兽。"

"大人。你曾说长安城里胡气太重，难道这里日后竟会成为胡人的天下？"

星官瞪了一眼聒噪的下属，让他闭嘴。小吏知趣地说："大人，属下听说东坊新开了一家酒肆，店家是刚从龟兹过来的杂毛胡人，做一手极地道的羊杂碎，小的想请您去尝个鲜儿。"

星官觉得肚中饥饿起来，转嗔为喜："你这么一说，倒勾起老夫的馋虫。今日公事已经完毕，我们不妨前去喝个痛快。"

二人脱下官衣，换了轻巧便装，骑马沿官道直往城东去了。

初冬时节，朝廷收到前方的战报，得知攻克小勃律的消息，玄宗喜不自胜。军使说，来时已看到几个小国使者聚集在疏勒换取关文。再过一段时间，朝贡者就能赶到长安。

天冷了，玄宗决定过两天带杨氏姐妹去骊山。一想到热气腾腾、腻滑酥骨的温泉，玄宗心花怒放，决定把温泉宫改为华清宫，这是个绝好的名字。

大明宫内有一处专供乐舞的殿堂。几名顶尖女伎手执琵琶，神情专注地弹奏教坊里新近排练的曲子。曲调忽急忽缓，飞沙鸣石，流泉呜咽。玄宗听了半天，神色有些倦怠。贵妃见状，向一个小太监低语几句，这时候恰好曲子终了。玄宗说："此曲甚妙，只是朕从中听出一点杂音，想是演奏者习曲尚未纯熟。"乐官跪伏在地，连说"皇上圣明"。"此曲刚刚谱就，想让皇上听个新鲜，没想到尚有疏漏，实是罪该万死。"

玄宗以手捋须，面露得意之色。乐官向上瞥一眼，赶紧低了头。

杨妃说："皇上自是乐中圣手，谁能瞒哄？我看不妨让那弹曲的女伶打教曲者两个嘴巴。"

女伎闻言伏地不起。

玄宗微笑道："按贵妃说的办，让两个妙龄女儿掌掴她们的教师。"

陪侍在近旁的高力士躬身求情："若是挨了小女子的嘴巴，那教师如何服众，如此罚他，莫不如砍了他的头痛快。"

玄宗望了一眼杨妃："力士说得极是，我和贵妃只是开个玩笑罢了。既然如此，赏他们师徒每人一匹丝绸。"

杨妃白了高士力一眼，当她发现玄宗的目光回转，神情立刻和缓下来。杨妃眼波流盼，似笑非笑中千娇百媚，真个是令人心神荡漾。

高力士退到阴影中。殿内的气氛变得活跃，乐声再起时，奏起羽衣、霓裳二曲。这两个曲子由玄宗亲自谱写，他曾告诉群臣，自己梦游了一番仙境，醒来后竟得到这两支绝妙的曲子。

曲声婉转、曼妙，玄宗微微闭目倾听，不停地用手中的玉如意击打玉案。醉眼朦胧中，他看见杨妃的脸上泛起石榴花般的红晕，四周的灯影渐次迷离，宛见螭龙飞腾，又似千万条金光闪闪的小蛇盘桓。玄宗更加迷糊，又见一个面似芙蓉的女道士手托玉盘，珠光宝气，里面是夜明珠般的一粒粒葡萄。他想拉住女子的手，女子闪转回避，身上散发出诱人的香气。女子肌肤若雪，放浪地扭动身体。这个女子的脸上不着铅粉，笑脸盈盈，却不是杨妃。他伸手握住她的指尖，感到有些凉意。

10

押赴长安

被送往长安的路上，勃律王苏利失受到礼遇。人马、车仗行进得比较缓慢，当献俘的长龙离开安西地界，进入河西，时令已是冬天。漠野茫茫，关隘和城镇相距遥远，时常行进数日看不到人烟。苏利失骑在马上，感到前所未有的孤独。

大唐疆域如此辽阔，抵达终点的行程一再被拖延。尚未进入玉门关，一路经过了几处边城。押送苏利失的官军说，和内地比，这都是些格局极小的城市。尽管如此，城中的繁华景象仍让他震惊。直到现在，他才真正意识到，昔日那些前往大唐朝廷的使者、商人，为什么视大唐为乐土，迟迟不肯踏上归途。

王妃坐在一辆车中，眼望外面的风景，经常一连几天不吭气。两个儿子与母亲同行。每当途中休息，小王子经常好奇地围着全身披甲的士兵打转。王子身着暖和、肥大的袍子，跌跌撞撞，不时还兴奋地嚷嚷。两个孩子几乎没有离开过父王的宫室，关于这次出行的终点，他们毫无所知。有一次，大王子扯下一名小校的雕弓，使劲拉弦，累得脸通红。士兵的笑声传到王妃耳中，她掀开帘布的一角偷看，眼里滚出了几颗泪珠。

"如果没有你父亲，我怎么会沦落到今天这个地步。"苏利失心情不好的时候，常用这样的话刺激王妃。

王妃对他的牢骚习以为常。她从国师的暗示里，知道他们能够保住性命。为了这个结局，她要让这个失掉王位的男人重新打起精神。

"别指责我的父亲，他是一个英武的赞普。你当然知道，我的先祖们曾经让大唐吃了很多苦头。"

"他们喜欢向大唐求亲，迎娶大唐的公主。"

"谁不想娶公主呢？"

"是的，我娶了一个公主，结果变成了可怜的俘虏。"

"如果你没娶我，恐怕早没命了。"

"因为我娶了公主，所以赞普耐着性子保全勃律。若大唐天子饶我们不死，恐怕也是惧怕你的弟弟报复。"

苏利失苦笑两声，王妃脸上露出怒气，耐着性子说："大王的话里处处是刺，让人听了揪心。"

王妃垂下眼皮，苏利失讨个没趣，自我解嘲道："天真冷了。"

天气果然越来越冷。在一个雪花飘荡的中午，苏利失看到国师伽罗密多面容平静，身上围着一块黑色毛皮，口中念念有词。他慢慢走过去，国师向他施礼。

"夹在两头吃人的狮子中间，真是很难受呵。"苏利失说。

"你看到了什么？"国师问道。

"远处那片草地全被雪染白了，缺少草料，马会挨饿的。"

"你想看到雪地背后是什么吗？"国师显出高深莫测的神情，苏利失知道，只有国师打定主意时，才不动声色。

"我该不该去长安？"苏利失迟疑片刻，直截了当发问。对于这个的问题，他获得过模糊的答案，可依旧心里没底。

"雪可真大。到了冬天，总要下雪刮风。草原会变色，但是土地里的种子不会消失。"

苏利失觉得心头笼罩了白茫茫的颜色。那个居住在富丽堂皇宫殿中的皇帝，手中握刀，可以随时将违背他意愿的头颅砍掉。如今，这把刀高悬在头顶，让他在漫长而又折腾人的旅途上丢失了魂魄。苏利失对自己表面的镇定感觉满意。在失去王位的同时，他感觉王妃的态度发生了微妙变化，他试图捉摸其中的奥妙。他知道这个女人有一颗坚强的心，他能感觉到女人的眼睛从他背后扫过。

"这样的天气，大王应当让王妃煮些我送给你们的草叶，趁热喝下去，身子很快会暖和。"伽罗密多主动搭话。苏利失白了他一眼，国师装作没看见，继续说："今天我们要烧些火来取暖，可惜没有牛羊的干粪。"

伽罗密多的语调不温不火，苏利失有些愠怒。这样的时刻，他特别恨这个装聋作哑、说话不着边际的僧人。苏利失觉得，在勃律国生死存亡的关头，伽罗密多的镇定自若，简直是隔岸观火、幸灾乐祸。苏利失转念又想，作为一个受到敬重的人，或许他确实洞悉了纠缠不清的生死秘密。国师的地位难以动摇，由于能够通神，所以无论面对高高在上的国王还是埋头放羊的牧人，他都从容淡定，因为这个人已丧失了俗人的乐趣。

对于供奉这样一个人，能得到什么好处，苏利失反而有些糊涂了。

国师装作看不出苏利失的表情，眯起眼睛说："我将会从原路回来，一样的风、一样的雪，还有一样的水。你大概得留在长安，由你的王妃、儿子陪侍在身边。当不成国王了，活得倒自在。"

国师用眼睛的余光扫视车帐，似笑非笑："王妃的前世今生，注定跟你结缘，她将变得比现在更善解人意。这种话，或许我不该说呢。"

"把你知道的通通告诉我，别吞吞吐吐，行吗？"苏利失板起脸，按捺不住心头的火气。

"难道这些还不够？"国师抖动身上的僧袍，雪花结成的粉末飘散开来，形成小小的涡旋。苏利失下意识地抚摸胡须，国师身上总像笼罩着一团迷雾，让他无法控制。苏利失伸手摸腰，除了系袍的带子，腰间空空荡荡。作为精致的战利品，他的配刀落在高仙芝手中，听说要被送到长安，呈送给唐天子。

苏利失心里难过，狠狠揪住袍襟叹了口气。

"到时候大王就知道了，朝见大唐皇帝，远比见吐蕃的赞普开心。当大唐官兵来到孽多城，我就想到会出一次远门。这是个定数。"国师的表情变得更平静。

"我不觉得这是出门。"苏利失没好气地说，"我们要前往的，是国师所说过的阿鼻地狱吧？"

伽罗密多说："表面上看，我们难逃厄运。不过事情会改变。与其说被人戏弄，成为笼子里的鸟儿，莫不如将这次远行当成一次朝拜。大王肯定能习惯异乡的生活，过滋润的日子。"

"你完全可以把话说得更清楚。"国师的话让苏利失有些宽慰。

"我说得够清楚了。这是天意。无论神仙还是皇帝，谁能违背天意呢？"

国师现出疲惫的样子，伸了个懒腰。

苏利失感觉又受到了羞辱，想用脏话回敬这个似乎能预知未来的人。话到嘴边，他还是改了口："天神为何不站在勃律人这边。"

"天可汗同样有神佑护，他的后代同样不好惹。唐天子有强大的军队，不容小国挡道。"大概是看出苏利失不满，国师抬头望望天，喃喃低语，"大王，你的选择其实很英明。"

"英明？"苏利咽下了口水。这些唾沫，他原本要吐在国师的袍子上，他必须极力克制这样的念头。

国师神秘莫测地笑了。他仿佛看透苏利失的心思，摸了摸有些肮脏的袍子。

"我会有新袍子的，可是这些对我来说毫无用处，我的心思不在这里。"国师又一次抬头，他说看到了阳光，就在云幕后面。雪片在他红润的脸上融化，仿佛凝成了热腾腾的汗珠儿。

"今天你会吃到牛肉，而我，只要有一块沾着油脂的面饼，再来一碗热气腾腾的羊奶，就足够了。"国师显出饥饿的神情，他的眼皮垂下来，打了个哈欠。

苏利失转身走开，把国师晾在一旁。当天晚上他们果然吃到了热乎乎的牛肉。

苏利失说："这个不知天高地厚的家伙，我要用鞭子抽他。"

"你手中还有把小刀呢。"王妃的话暗含一丝嘲讽，让他心里感到刺痛。忽而，王妃的语气变柔了："狼永远别跟狮子对抗，我们要活下去。"

"我们是要活下去，而且要好好活。"苏利失想到了温暖的城堡。当年在卫士的簇拥下，骑马在街巷中游荡的场面历历在目。在苏利失还是个热血少年时，很在意一些窗户后面的动静。他知道某些屋子或帐篷里，有明亮的眼神关注着他，那是一个个胸脯刚刚鼓起、期待被异性搂抱的多情少女。说不定一转眼，她们变成了牧羊汉子的女人，面庞逐渐失去生气。昨天的梦里，苏利失看见几条目光呆滞的鱼。这样的眼神属于逐渐老去的女人。在勃律地面上，鱼比较少见，听说吐蕃境内的几个大湖中，有泛着白光的鱼群游动。苏利失知道，汉地的人们喜欢吃鱼。但他对这种身子里有刺的食物，则没有胃口。如今，他俨然成为一条被捉进泥罐的鱼，如果远在长安的皇帝想吃掉他，真是毫无逃生的希望了。

11

集市上的决斗

　　羊皮把马拴在粟蜜的院子里,使劲拍打,弄净了袍子上的尘土。羊皮走进居中的一间土屋,看见粟蜜盘腿坐在地毯上,手端一碗滚热油茶,嘶嘶呵呵吹拂热气。

　　粟蜜睁大了眼睛:"吐蕃人没杀死你吗?"

　　羊皮四下打量,寻找碧丝奴的蛛丝马迹。羊皮随军出征,碧丝奴只得重回姐姐家居住。临行前,红毛和羊皮来见粟蜜,要他善待两个姐姐。红毛威胁说,若有一星半点的差错,他手中的刀子绝对不认人。粟蜜得知红毛是妻子失散十年的兄弟,又在军中服役,心中早生了几分畏惧。粟蜜说:"我们是亲戚,自然要相互帮助。"见红毛仍然虎着脸,粟蜜向妻子挤眉弄眼,让她劝说弟弟,随后又诅咒发誓,说了一堆好话。

　　"别跟我说什么吐蕃,我先问你,我的女人过得好吗?"羊皮怒气冲冲地说。

　　"你的女人?"粟蜜故作迟疑,端起茶碗,用指尖沾了一点溅出的油茶,放到鼻子下面闻个不停。

　　内室的帘幕掀开了,露出一个女人的脸蛋儿,原来是碧丝奴的姐姐。

　　这个漂亮女子有些发福了。姐姐向羊皮打个招呼,冲门外轻轻一努嘴儿,羊皮会意,转身便往外走。

　　"你去了差不多半年,我每天保护、养活你的女人,即便没什么功劳,总也有苦劳吧。"粟蜜提高声音说,"难道你是个木头人,竟没带回些礼物吗?"

"是啊,你这个杂种提醒我了。"羊皮转过身,从怀里摸出个巴掌大的软皮口袋,向几案扔去。口袋翻了个儿,砸中瓷盘的边沿,盘子落地碎裂成几片。

"该死的勃律人,你毁了我的爱物!"粟蜜抓起口袋,刚要发作,感觉手上有些沉重,眼睛立刻放光了。粟蜜把口袋捧到鼻边闻嗅,小心翼翼地解开袋口,从里面摸出一点沙金。

"果然是金子。好你个勃律人,还算有些情义。我想,你的肚子一定饿了?"粟蜜回头吩咐妻子拿些吃食,再来罐葡萄酒,羊皮却已经出门去了。

外面寒气扑面,羊皮推开另一间屋门,脚未站稳,一个身影旋转而起,扑到他身上。室内搅动的微尘中夹杂了羊毛碎末,呛得羊皮咳嗽起来。碧丝奴兴奋地尖叫,双臂盘住羊皮的脖子,直透肺腑的奶香让他眩晕。

羊皮脱下了皮袍,碧丝奴已急不可耐,把自己扒得精光,两个人扑倒在厚实的皮褥上。折腾了好一阵子,羊皮感觉褥子下有一个坚硬的物件,伸手一摸,竟是一把锋利的尖刀。碧丝奴笑道:"别怕,这是我的护身宝物,专门用来对付我不喜欢的男人。"

"这么说,除了我,还有让你喜欢的男人?"

"除了你,我不喜欢任何别的男人。"见羊皮有些醋意,碧丝奴笑得身子直颤。

粟蜜吃了两大块奶饼,来到院子里消食。尽管得到了金子,让他感到很满意,但心里总是有些酸溜溜的味道。紧闭的土屋中隐约传出碧丝奴的呻吟,粟蜜使劲扬起皮鞭,吓得羊皮的马咴咴叫了两声。

在碧丝奴的怀抱里,羊皮犯困了,迷迷糊糊中,他仿佛看到被卖掉的母绵羊,这只畜生经常伸出带刺的舌头向主人表达爱意。皮褥子散发出青草的气味,这样的感觉特别奇妙,把羊皮带回到了勃律河谷。他打起呼噜,怎么也睁不开眼,身边的女人肉身百变,化成一只吓人的蜘蛛,却毫无敌意。蜘蛛伸出香喷喷的触须和纤细的长腿,抚摸他的身体。昏沉中,濒临死亡的感觉弥漫他的全身,预示即将到来的凶险……

羊皮睁开眼,已经是次日上午。屋里溢满了肉汤的香味,碧丝奴守在他的身边。羊皮推开门,呼吸一口鲜冷的空气,听到粟蜜沙哑的声音嗡嗡回响,似乎是让妻子快点上茶。

11 集市上的决斗

两只苍蝇在屋中追逐。一只苍蝇飞累了,停在昏暗的墙壁上,另一只苍蝇抓住机会,紧紧粘住了伴侣。两只苍蝇嗡嗡欢叫,上下翻飞盘旋,闹哄了半天,终于藏进了黑暗角落。

大唐官兵俘虏了勃律王和吐蕃公主,消息很快传遍龟兹。都护府中传言,大都护夫蒙灵察即将被朝廷召回。

知道内情的人说,高仙芝直接派人向朝廷报捷气坏了夫蒙灵察。高仙芝功勋显著,但是这么做,毕竟有些隔着锅台上炕的意思。高仙芝刚回安西,便被夫蒙灵察召见。夫蒙灵察指着高仙芝的鼻子,劈头盖脸一顿臭骂,甚至威胁说砍掉他的脑袋。高仙芝等夫蒙灵察发泄完了,连声谢罪。

离开夫蒙灵察,高仙芝急派两名亲信向返回长安的边令诚报信。边令诚得知消息,连夜写了加急密奏传送长安。边令诚向皇帝奏报说,夫蒙灵察嫉妒高仙芝的功劳,很可能找碴儿杀掉高仙芝。玄宗得知内情,气得直拍桌案。夫蒙灵察屡立军功,特别是在击败突骑施可汗吐火仙的过程中出了大力,由镇守使坐上安西大都护的位子。夫蒙灵察和他的前任都试图拿下小勃律,但毫无成果。高仙芝带兵出征,不但攻克小勃律,而且擒获勃律王,盘活了在大唐在西域跟吐蕃争锋的棋局。玄宗正欲提拔重用高仙芝,没想到夫蒙灵察心胸狭隘,竟欲加害功臣。玄宗当即下旨,传夫蒙灵察入朝述职,由高仙芝升任安西都护府大都护、四镇节度使。

使者骑着快马,从长安出发,穿过丝路上一个又一个驿站,一路换马不换人,以加急的速度赶赴龟兹,传递天子的旨意。

高仙芝得了圣旨,底气立刻足了。夫蒙灵察既感到震惊,更有些后怕。高仙芝见了老上司,态度十分恭敬。失掉了兵权,往日的显赫威势顷刻烟消云散,夫蒙灵察的心里颇不是滋味。

临行的日子到了,高仙芝在城门外备下饯行酒,送夫蒙灵察离开龟兹。白雪茫茫、北风劲吹,这样的酷烈天气,在安西的冬天倒也平常。高仙芝向夫蒙灵察致意,赠送了一匹吐火罗良马。

夫蒙灵察极力推辞,高仙芝诚恳地说:"我等镇守边塞,为朝廷出生入死,原本情同手足。区区劣马,不成敬意。"

高仙芝的大度让夫蒙灵察有些感动。高仙芝传令，命夫蒙灵察的卫队护送旧主出境，直至阳关再返回安西。夫蒙灵察心头又是一热。雪势小了一些，高仙芝端坐马上，岿然不动，目送夫蒙灵察的人马一路向东，消失在旷野深处。天色更加阴暗，寒气浸透肌肤，诸将肃然侍立，副都护程千里、押牙毕思琛和行官王滔面面相觑，神色不安。高仙芝回身打量诸将，把目光投到程千里、毕思琛的脸上。"你二人低头不语，难道肚子里埋藏着什么心事吗？"高仙芝没等他们回话，转而用犀利的眼神盯视王滔，吓得他脸上变了颜色。三个人是夫蒙灵察的亲信，平时没少为难高仙芝，自从高仙芝受理了安西帅印，便一直心中忐忑，害怕遭到报复。

高仙芝面色冷峻，厉声说："夫蒙将军视你等为心腹，你们背后嚼了我多少舌根，以为我不知道吗？"

军中法度森严，得罪了最高长官，恐怕在劫难逃。程千里把心一横，咬紧牙关，低声说："要打要杀，千里听凭高将军处罚。"

诸将的心提到了嗓子眼。高仙芝沉默片刻，忽然大笑起来。

"高某没那么小肚鸡肠。我今天如若不把这层纸捅破，你们肯定日思夜想、寝食难安。今日有众将为证，高某既往不咎，如果你等日后无事生非，或触犯了军法，就不会这么便宜你们了。"

"将士搏命沙场，必须本领过硬。从现在起，安西各路人马加紧练兵，以备大战。"高仙芝抬头看天，雪渐渐停了，露出一角青空。

他话锋一转："听说城中新来了一个乐舞班，颇有几个善跳胡旋舞的美人儿，我已备下数十坛美酒，明天晚上令她们到都护府中表演，与诸将同庆。"

众人松了口气，欢呼起来。

冬天刚过，天气仍然有些寒冷。羊皮走在集市上，心情愉快，他已经打心眼里喜欢上了龟兹。从小勃律回来，羊皮又成了富人。尽管失去了家中的房屋，但他获得了许多浮财。羊皮在龟兹购置了宅院，乱蓬蓬的胡子重新梳理得油光乌亮。羊皮换了崭新的皮袍，头戴尖帽，完全是当地人的打扮。碧丝奴跟在他的身后，步履轻盈，身上散发出羊奶、甘草的气息，用羊皮的话说，这是让男人着魔的味道。

集市上的人不多，羊皮看到两个男人坐在集市上喝汤，脸上冒着油汗。其中一人胸膛厚实，面目狰狞，宽鼻阔嘴。另一个人身材细瘦，面目猥琐，骨架却也结实。两个人各端一个人头大小的黑瓷碗，浓汤中浮动着乳白的羊杂碎，香气扑鼻。

常在集市上转悠的当地人，背地里将粗壮的男人称为狮子鼻。瘦子名叫李尕尔，总是影子似的追随狮子鼻。

"你认识那个用纱遮脸的女人吗？"狮子鼻指点着碧丝奴说。

"红头发的女人，肯定让人解渴。"李尕尔谄笑说。

"我心里现在就着火了。"狮子鼻看得入神，放下了汤碗。龟兹是大都护府驻节的地方，民风强悍，却容不得随意胡闹，扰乱城中的秩序。集市上人多，狮子鼻知道其中的利害，心中却刺痒难耐。

当时的大唐都城长安，正流行一种带有皂纱的女帽——帷帽。皂纱缀于帽檐上，称为帽裙，通常以轻薄的白纱或乌纱为材料，有的则宛若流苏。帷帽的样式最初来自边陲，可以很严实地保护脸蛋，遮挡呛人的沙尘。经过长安城里的衣匠改头换面，再配上特有的裙袍，受到众多仕女的追捧。龟兹城中略有点身份的女人，同样喜欢穿这样的衣服，她们的帽裙一般都是垂到脖子根儿，有的刚超过鼻子。半遮半掩中，常常会不经意间吸引男人的视线。女人们知道其中的奥妙，表面上看去，却仿佛浑然不觉。

狮子鼻起身迎上来，李尕尔一脸坏笑地跟在后面。两个人故意让过羊皮，拦住碧丝奴的去路。

"嘿嘿，我还纳闷，刚才冷不丁闻到了一股母羊的骚味，原来是碰上了你这个坏女人。"

狮子鼻嬉笑着，使劲抽动鼻孔。周围的几个人知道他的厉害，赶紧向旁边躲避。碧丝奴从面纱后瞪了狮子鼻一眼，侧身欲走，李尕尔伸开胳膊，挡住了她的去路。碧丝奴尖叫一声，羊皮回过头，看见狮子鼻扯掉了碧丝奴的帽子。

碧丝奴胆量很大，可是仍被吓到了。狮子鼻的面颊上长了两片铜钱大小的青斑，加上一道紫红刀疤，宛若盘了条冻僵的蚯蚓。由于经常刺痒难耐，他将腮上的胡须刮得溜净，只在阔大的嘴巴上留下一抹胡须，显得更加怪异。狮子鼻来集市闲逛的时候不多，关于他的来历，有一种私下的传言，说这个丑陋的壮汉曾在北庭一带以偷盗马匹、劫杀商旅为生；后来，他惹怒了一名游牧部落的酋长，遭到追杀，于是他孤身跑到龟兹隐身。狮子鼻在龟兹唯一的朋友，是来自关西的流浪汉李尕尔。

集市上的空气紧张起来，人们暗暗为羊皮担心。曾冲撞过都护府的一名军官，两个人提出用比试刀术的方式私了。官军小校自恃本身高强，没把对手看在眼里。两个人打斗了半条街，小校被狮子鼻逼到墙边，丢掉了手中的兵器。狮子鼻得胜，这段故事被好事者添油加醋，传得神秘兮兮，狮子鼻从此声名大噪。

四周聚了一群人，谁都不敢靠近。羊皮冲向狮子鼻，被李尕尔拦腰抱住。两个人扭打起来，李尕尔身上散发出来酸肉气味，差点熏吐了羊皮。碧丝奴趁狮子鼻不备，踢了他一脚。狮子鼻大怒，扯住碧丝奴的头发，把她拉到自己胸前。碧丝奴使劲挣扎，想挠狮子鼻的脸，她的一只手腕被握住了，根本无法动弹。狮子鼻稍微用了点力气，碧丝奴疼得尖叫，把一口唾沫吐在他的脸上。

羊皮的力大，终于挣脱了李尕尔。他跳到狮子鼻背后，向他的耳根使劲打了一拳，没想到拳头仿佛打在沙包上，被硌得生痛。"好你个恶人。"狮子鼻甩开碧丝奴，抬脚便踢，羊皮的肚子挨了一脚，倒在地上。狮子鼻一顿暴踢，羊皮的鼻子、嘴都流血了。狮子鼻伸出牛皮靴踩住羊皮的胸脯，羊皮难以动弹，只是用眼睛狠狠盯住狮子鼻。

狮子鼻松开腿，把皮靴伸到羊皮脸边。

关于狮子鼻的来历，人们的传言基本属实。命人舔靴子，是让他快乐的一桩游戏。为了活命，落到他手里的俘虏都会这么做，偶尔有宁死不屈的人，都被丢到草原喂狼了。

狮子鼻仿佛重新回到了月黑风高的夜晚，颐指气使地说："用舌头舔净这只靴子，我便饶过你。"

羊皮似乎屈服了，伸手摸索那双肥大的靴子。周围的人凑得更近，但没有谁挺身而出。当地的男人崇尚武勇，遇到纠纷，除了让有威望的长者说和，最常用的方式就是动武。官府禁止平民滋事，但对于野蛮的私斗，往往睁一只眼闭一只眼。对于两个男人的较量，他们宁愿瞧热闹。

狮子鼻的皮靴散发出令人恶心的臭气。羊皮半跪着爬起，用一只手抱住皮靴。

"对了，你是个懂事的畜生。舔了靴子，再当着众人的面把你的女人送给我。"狮子鼻用挑衅的目光四下打量，围观的人们低下头。碧丝奴既不忍心羊皮挨打，更怕自己的男人甘心受侮，成为众人的笑柄。碧丝奴向人群喊道："你们的眼睛瞎了吗？"

"他们本来就是瞎子。"李尕尔笑嘻嘻地说,"舔了吧!"

"我弟弟是官军的人,让他知道这件事情,绝不会放过你们。"碧丝奴说。

李尕尔瞅一眼狮子鼻,似乎有一点儿心虚。

"狗屁官军。"狮子鼻用靴尖踢了踢羊皮,示意他别再磨蹭。

羊皮半跪着爬起,突然从自己的靴筒中抽出一把短刀。白光闪闪,两个围观者发出惊呼,羊皮的刀向下一落,狠狠插进了狮子鼻的靴面。

狮子鼻痛叫一声向上蹿起,随即跌倒在地。他咬紧牙关细看,才明白发生了什么事情。

"嘿,看我宰了你这个杂种。"狮子鼻握住刀柄想把刀拔出来。

"先别拔刀。"李尕尔急忙阻拦,"拔了刀,血就止不住了。"

"尕儿,把他的脑袋给我砍下来。"狮子鼻吼道。

羊皮站直了身子。李尕尔掀起肮脏的袍襟,从腰里摸出短刀,慢慢逼近。这时候,人群中扔出一把刀,羊皮拾刀在手,等待李尕尔靠近。李尕尔见状,有些犹豫了。他向人群咒骂,要帮助羊皮的人出来,却没人搭腔。

这时候,集市上传来"嘚嘚"的马蹄声。

"官军来了。"有人喊叫起来,李尕尔一愣,趁机收了刀。

羊皮吐了口血水。一队巡逻的骑兵从他身边经过,人群散开了。碧丝奴拾起帽子,跺着脚,一把撕碎了面罩。碧丝奴将乱糟糟的纱团抛出去,恰好来了一阵风,白纱飞旋起舞,仿佛一只断翅的雪鹦鹉在半空扑腾。

"尕儿。先扶我找郎中,咱们回头慢慢收拾他。"狮子鼻疼痛难忍,顾不得理会碧丝奴。狮子鼻从来没吃过这样的亏,特别是栽在一个外来胡人手中,更让他感到颜面扫地。狮子鼻平静了一些,慢慢咀嚼刚才遭到暗算的滋味。公开杀人,难以在当地存身,可是无论如何也得宰了这个蛮子。

李尕尔找了匹马,扶狮子鼻骑上,赶紧去找郎中。他们走过十来条街道,进入一个狭小院落,里面有三间并列的土屋。李尕尔扶狮子鼻进了正屋,里面有些阴暗,弥漫着呛人的药香。两人眯起眼,看清桌子上摆放了几只敞口瓷罐,还有大大小小盛放黏稠药浆的盘子。

一个面容憔悴的黄脸汉坐在胡床上啃吃甜瓜,身边有个泥火盆,暗红的火苗蹿出来，瓜汁滴在火上吱吱作响。

郎中的老家在凉州，移居龟兹十多年了，论医治金伤的本事，在城中算是个响当当的人物。郎中看了看狮子鼻脚背上的短刀，皱起眉头，从角落翻出一根绳子。他吩咐李尕尔将狮子鼻扶到院中，绑在一根圆木上。狮子鼻龇牙拒绝，表示不怕疼痛。

郎中说："你倒是能忍，拔刀时，万一你失手弄伤了我，该咋弄呢？"郎中摆布停当，返身从屋梁上摘下一小块腊肉，让狮子鼻咬在口中。

"弄利索点，否则剁掉你手指。"李尕尔说。郎中冷笑一声，让李尕尔按住狮子鼻的靴子，手上一使劲，将刀拔了出来。

李尕尔在郎中的指点下，脱了狮子鼻的靴子，从里面倒出一大摊污血。狮子鼻的脸抽搐得吓人，咬透了口中的腊肉。郎中赶紧弄了些黏糊糊的草药敷在脚背上，血立刻止住了。

"脚会很快好起来，但是走路不会像从前那么利索了。"郎中面无表情地说。

"你弄疼我了。当然了，腊肉的味道很好。"狮子鼻说。李尕尔会意，从梁上摘下两条腊肉，说要带回去下酒。

郎中说："看样子你可没少挨刀啊。"

"我当然挨过刀，可那些用刀伤过我的人都被削掉了脑袋。"

"在凉州时，我医治过不少玩刀的汉子。"郎中的口气不卑不亢。

"我见识过凉州的刀手，颇有些玩命的人。不过，一个人若是断了头，就再吃不得酒肉、耍不了女子。"狮子鼻把羊皮的刀塞进腰里，冲郎中大声说，"你能把断掉的脑袋接上吗？"

李尕尔说："今日来得急，没带银子。改日上门补吧。"

"肉里再加些盐，更有滋味。"郎中叹口气，眼睁睁地看二人扬长而去。

接下来的日子，狮子鼻窝在家中养伤。

"真是把好刀，它弄坏了我的骨头。"狮子鼻在阳光下翻来覆去察看羊皮的短刀，发现刀尖微微钝挫了锋芒。狮子鼻有些兴奋了："我的脚背也硌坏了刀子呢。"

李尕尔来了，把一只野兔悬挂在柱子上。狮子鼻用刀划开兔子的脖子，血溅了出来。李尕尔觉得头顶的太阳刹那间变黑了。狮子鼻将刀一晃，刀锋翻转，割下李尕尔的一绺头发。

"你知道杀人如麻是什么滋味吗？"狮子鼻的头发吹到李尕尔的脸上。

两个月后的一个下午，李尕尔闯进羊皮的宅院。李尕尔对羊皮说，狮子鼻约羊皮三天后决斗，这是男人了断恩仇的最好方式，地点选在了城外的马市。羊皮知道，李尕尔所说是马市，距离龟兹城三十里，附近是一大片空旷场地。由于靠近一个沙湖，水源充足，很多贩卖牲口的人习惯在此交易。这里还是私斗的场地，人们结下血仇，如若求助官府，会被视为没有男人气概，被唾沫星子淹死。

羊皮慷慨地答应了。李尕尔笑了。羊皮根本不是狮子鼻的对手，他敢于应战，意味着一场好戏开场了。

羊皮的应战让碧丝奴紧张起来，自从和狮子鼻结仇，她已经打听了那个恶人的来历。打发走李尕尔，碧丝奴立刻给红毛报信，想让弟弟制止这场实力悬殊的决斗。红毛说，解决这桩事，可以不费吹灰之力。送走了姐姐，他找出一块石头，专心致志地磨刀。卢云感觉到了红毛的反常。

"一个叫狮子鼻的刀手找我姐姐的麻烦，被羊皮用刀扎穿了脚背。现在这个人伤好了，派人约羊皮决斗。"红毛道。

"你想代替羊皮上阵吗？"卢云问。

"我本来看不起羊皮。经过这件事，说明他算是个男人。我咋能眼睁睁看着他被别人宰了。"红毛向刀锋吐了几口唾沫，扯了块破布把刀擦净。

"听人传言，狮子鼻曾打败过一名军校，这个军校本事不错。羊皮不是他的对手。"红毛道。

卢云拿起红毛的刀，用手指试了试刀锋："磨得飞快了，一只牛蝇撞上，也得变成两半。"

三天后，决斗如约进行。马市上有一段时间没闻到血腥味了，这个令人刺激的消息，很快传播开来。好勇斗狠的牧人、牲口贩子和以打架为生的流浪武士，对此颇有期待。看客们从怀里摸出大把铜钱或银币打赌，有人押上了坐骑和镶银嵌铜的鞍子。绝大多数人看好狮子鼻，认定他能宰了勃律人。也有人觉得，敢把刀子插透狮子鼻脚背的人，肯定是个玩刀高手。他们相信勃律人身怀绝技，对他寄予厚望。

狮子鼻手执砍刀，这把刀的形制跟汉代官军曾流行的环首刀相仿，但刀身长了足有半尺，分量颇重。

羊皮很早便来了。他把手中的弯刀举过头顶，左右晃动。在大食武士中，善使弯刀的高手多如牛毛，一些醉心格斗技艺的龟兹人同样喜爱这种兵器。无论横扫或迎面砍击，弯刀使起来更省气力，同时杀伤力惊人，如果运用得法，会很难对付。李尕尔神色阴冷，在他看来，羊皮手中的刀只是一件摆设。李尕尔隐约看到，面对强大的对手，羊皮眼神迷惘，是一只跌进陷阱垂死挣扎的绵羊。

李尕尔策马跑了一圈。细碎的沙粒飞溅到围观者的脸上，一群粗野的牧人被刺激得兴奋，捧起酒袋狂饮。

"尕儿，别再跑了。"狮子鼻等得不耐烦，大声吼叫起来。

李尕尔听话地停住了。狮子鼻刚要放马冲向羊皮，身后忽然马嘶人沸，隐身在树林中的一名骑手摧马蹿进土场。

拦住狮子鼻的是卢云。狮子鼻眯眼打量，看到对面这个人骑了匹上好的汗血马，手中的横刀寒气逼人。

狮子鼻说："你虽是便服，看你的刀马，恐怕是营中的军校。"

卢云说："官家不许民间私斗，我劝你们二人罢手。"

狮子鼻冷笑说："这是两个人的私事，别人休想插手。"

围观的人群骚动，大声催促两人快动手，一些人哄笑着，向场中投掷土块。

狮子鼻说："你看，拔出来的刀如果喝不到血，没人会答应。"

"既然如此，你先过我这一关。"卢云用刀挡开砸来的土块，目视人群，众人立刻安静了。

"我的刀没留过活口。"狮子鼻心中恼怒，大声呼喊李尕尔。这个时候，他需要李尕尔的帮助。李尕尔用手掌拍打马屁股，一溜烟儿冲进场内。狮子鼻对李尕尔说，如若卢云使用羊皮的弯刀，他同意决斗。羊皮见卢云出面，又惊又喜，但仍然不愿退出决斗。红毛把羊皮揪下马，把弯刀交给了卢云。这是一把当地匠人仿制的弯刀，虽说做工尚可，但绝对称不上合手。卢云轻瞄一眼狮子鼻的刀，立刻明白了他的意图。狮子鼻是一个富有经验的刀手，他的兵器经过名匠打造，普通的刀无法抗衡。单凭两把刀的质地，狮子鼻已经占了上风。如果对手再使不惯弯刀，在这场对弈中必死无疑。

两个人在场中静止对视。狮子鼻很狡猾，有意选择了背靠阳光的一面，当他看到一缕阳光射到卢云脸上时,立刻猛摧坐骑冲过来。狮子鼻挥刀直取卢云肩颈,卢云没用弯刀硬架,而是借力轻拨。两把刀刚一接触,狮子鼻刀锋一滑偏离了目标。

二人拨转马头再次交锋,狮子鼻还是没能伤到卢云。第三轮对阵,狮子鼻变换了刀法,卢云依然使巧周旋。狮子鼻顺势斜砍,刀紧贴卢云的臂膀掠过,旋转出一缕寒气。众人发出惊呼,狮子鼻运刀速度很快,有人感觉他的刀已砍中了卢云。狮子鼻紧接着又劈一刀,卢云的弯刀在划向狮子鼻肋部的同时向上格挡,两把刀碰撞发出清脆的音响。

二人拨转马头相对,卢云手中的刀变成了半截。

"该死的羊皮,用这样的劣刀,明摆着是来送命的。"卢云深吸一口气,此时狮子鼻已经拍马冲到近前。卢云用断刀化解攻击的同时,实施反击。狮子鼻想趁机结果卢云,再次调转马头,忽然觉得右肋疼痛,低头一看,污血已经浸湿了衣袍。

"尕儿快走,改日再跟他算账。"狮子鼻呼喝了一声,头也不回,带着李尕尔驰离了土场。

连日来,高仙芝的心情不错。从长安传来消息,朝廷宽大为怀,赦免了勃律王苏利失的罪过,不但没砍他的头,而且还给他一个金吾卫将军的封号。苏利失一家留在长安,由朝廷出钱,给他盖了一座比勃律王宫住得更舒服的宅第。国师的预言应验了,朝廷本打算将这位高僧也留在长安,但国师极力推辞。在长安留住了数月后,勃律国师取道返回了小勃律。朝廷颁旨,在小勃律另立了一个国王,随后将驻守当地的官兵增加到三千多名,统归安西都护府管辖。高仙芝名扬天下,安西官军的声誉压过了各方边镇。

闲暇的时候,高仙芝喜欢少量饮酒。最近一段时间没有战事,他觉得轻松了许多。为了厚奖高仙芝,朝廷在长安城给他新置了豪华府第。长安城人口众多,土地特别金贵,一些王公贵戚为争一块好地闹得不可开交。皇恩浩荡,让他在京城安置家人,免掉了后顾之忧。这样的举动,同时也在提醒他努力报恩,别做有背朝廷的事情。

高仙芝打了个盹,面前出现了两名高丽女子。她们小心翼翼,低眉顺目,眼看天色渐近黄昏,高仙芝觉得应当好好享受温柔乡的乐趣。这样的念头闪过,高仙芝又想,如若置身于长安城中,身上的气力会一点点消失。高大的宫殿和威严的皇帝,令人心生敬畏，远离天子的地方其实让人更自在。

几天前，镇守黄羊堡的慕容守忠直接派人给高仙芝送信，说是近来发现吐蕃人出没，堡中多是老弱残兵，希望派人手协助守堡。对慕容守忠的遭遇，高仙芝着实有些同情。

12

虏骑来袭

　　董延光退兵后,玄宗传旨召王忠嗣进京,王忠嗣刚到了长安,就被看押起来。知道内情的大臣私下议论,董延光没能按期攻下石堡城,怕受到责备,上奏说王忠嗣暗中阻挠出兵,导致将士无功而返。宰相李林甫看了呈文,趁机指使心腹朝臣诬陷王忠嗣谋反,玄宗震怒,传旨三司收审羁押了王忠嗣。

　　身兼两个节度使的王忠嗣丢了官,朝廷任命王忠嗣的部将哥舒翰为陇右节度使,河西节度使一职给了朔方节度使安思顺。

　　负责审案的官员受了李林甫暗示,给王忠嗣拟定了死罪。

　　突骑施人哥舒翰在边庭屡立战功,受到皇上的招见。他犯颜直谏,甘愿以身家性命作担保,证明王忠嗣对朝廷决无二心。玄宗闻言,气慢慢消了,觉得杀死王忠嗣未免做得太绝,于是否决三司的提议,只是将王忠嗣贬官,打发到汉阳任太守。

　　王忠嗣的爱将慕容守忠失去庇护,又在攻打石堡城的时候得罪了董延光,不久也被安上延误军机、临阵畏敌的罪名,连降了三级,派到安西都护府治下的黄羊堡担当守将。

　　黄羊堡十分偏远,慕容守忠去赴任时,只带了十几名愿意追随他的亲兵。行路途中,经过一片沙碛,由于没带向导,他们险些迷了路。风沙弥漫了数日,将慕容守忠一行人折腾得够呛。赶到黄羊堡时,除了饿瘦的马匹和身上的甲胄、兵器,他们几乎扔掉了所有的物品。

黄羊堡距焉耆镇约八百里。距黄羊堡较近的要塞是白水城，取近道横穿沙碛，也有五百里之遥。白水城位于焉耆、西州、沙州间的交通要道上，最高军事首领是守捉使。黄羊堡虽然直接隶属焉耆镇管辖，但兵微粮少，在安西都护府的地盘内，向来是一个备受冷落的地方。

慕容守忠进了黄羊堡，顾不得休息，立即登上土墙视察。黄羊堡呈长方形，总长度约二里。城墙年久失修，从整体上看还算坚固。周围地势平坦开阔，一里开外的地方有一片树林。这里位于沙漠和绿洲的边缘，附近有一条小河，水流和缓，是且末河分出的一段支流。小河进入荒漠后，逐渐干涸了。沙漠深处生长稀疏草木的地方，是地泉涌出的标志。沿河一带常有成群的野羊出没，引来寻着气味追踪而至的野狼。

由黄羊堡一直东行，可达蒲昌海。

从石堡城退兵后，慕容守忠身上留下好几处金疮，天气阴冷时，伤口总是隐隐作痛。

"山高皇帝远，从此再没有管老夫的了。"慕容守忠自我解嘲地说，"这是个晒太阳的好地方，要是能打猎就更好了。"

亲兵们不喜欢待在这里，既然主人随遇而安，他们也不敢抱怨。

黄昏时分，慕容守忠站在城堡西门转角处，看老军在铁炉上打制马蹄铁。铁花飞溅，慕容守忠想起一些陈年旧事。有一次，王忠嗣率部行猎，中了吐蕃人的埋伏，慕容守忠拼命保护主帅突围。当时天气昏沉，只有西边的天空透出冷艳紫光。吐蕃骑兵中夹杂着吐谷浑人，在令人恐怖的号角声中潮水般涌来。一名手持长矛的吐谷浑酋长接连刺杀两员官军战将，直取王忠嗣。慕容守忠出马拦截，两个人都是使矛的好手，一时杀得难解难分。危急关头，官军的援兵赶到，吐谷浑酋长回马便走，被慕容守忠一矛刺中后背。吐谷浑酋长率部退入山谷，后来因伤重不治身亡。这一番较量，让慕容守忠声名大震，成为王忠嗣的爱将。

慕容守忠刚打算回去休息，卢云带人来到了黄羊堡。

慕容守忠腮边的胡须略显花白，脸膛黑紫，目光咄咄逼人。慕容守忠说："我千里迢迢派人送信，高仙芝却只派来百十号人马，看来真没把老夫的话当回事。"

老军仍在不紧不慢地敲打蹄铁，显得专心致志。蹄铁在冷水中发出滋啦啦的声音，冒出一团白烟。慕容守忠说:"我需要的是些亡命之徒,你们的本事如何,试试便知道了。"

第二天清晨,慕容守忠派人传唤卢云,说要去野外打猎。

五十名骑兵簇拥着慕容守忠进入草原。天空碧蓝,高悬着一轮烈日,草叶儿微微泛黄,更远处是黄沙莽莽的图伦碛边沿,那是一片极其浩瀚的大漠。草与沙的临界处,有一个光斑闪耀的湖沼,伴随地势起伏,在视野中忽隐忽现。马儿放纵奔跑,偶尔惊起欢蹦乱跳的草兔。骑士们心情快活,跟随慕容守忠嘀嘀大叫。

红毛的马稍稍落后,忽见靠近湖泊的地方跳出一群黄羊,紧接着羊群轰然四散,在草地上疯狂奔逸。穿过一条荒弃的驿道,植被变得稀疏,羊群不顾一切地蹿进沙碛。红毛看得出神,却见羊群的后面出现了狼的身影,它们原本潜伏在一片荒丘中伏击羊群,马队的意外出现惊扰了它们的猎物。

骑手们冲了过去,狼群同样受到惊吓。两只狼高高跳起,试图避开围猎的人。慕容守忠的马紧紧咬住一只狼,那只狼体格健壮,看样子是头狼。狼的速度稍稍放慢,好像有意吸引猎人的注意。慕容守忠的马快要接近的时候,狼忽然加速奔跑。头狼很聪明,几次变换方向甩开追杀者,仿佛有意掩护其余的狼趁机脱逃。骑手们开始收拢包围圈,从四面压向这只狼。狼看来绝望了,掉头冲向一名骑手。马上的骑手挥矛便刺,矛尖擦过狼的身体,却没能刺中。飞跃的狼几乎与战马迎头相撞,卢云看到那只头狼竟然在悬空中改变路线,身子一晃避开战马。狼灵活地迂回蹿跳,跑进荒碛。

慕容守忠被狼惹得兴奋,策马追赶上去。

又一头狼从草丛中跳出来,狩猎者的注意力被分散。狼在慕容守忠的右侧奔跑,慕容守忠搭箭弓疾射,先后有两支箭紧贴狼的脖子钻进沙土。慕容守忠有些恼怒,策马追逐这只狼。马和狼呈一条平行线竞跑。慕容守忠瞅准了时机,一箭射进狼的肋部。狼猝然一蹿,栽倒在地,两名骑手同时放箭,又有一支箭射中狼的身体。狼挣扎起来跑了两步,趴在地上咆哮两声,肋部又挨了一箭。狼低了头,咽下最后一口气。

卢云和红毛从两个方向夹击头狼。慕容守忠调转过马头赶来,一支箭射出去,箭擦着狼头飞过。慕容忠又射一箭,同样落空了。

卢云策马向狼靠近。少年时节，他多次随父亲去野外射猎，关中一带的郊野中狼狐众多，磨炼了他的射技。如此剽悍、狡猾的老狼，卢云却是头一次见识。

头狼的速度放慢了，卢云感觉到马身上热腾腾挥发的汗水。狼被逼得走投无路，索性停下喘息。慕容守忠从箭壶中抽出第三支箭，手刚搭上弓弦，狼腾身而起，来了个以命相搏。将军来不及拉弓，狼已经跃过马头，前爪搭上了他的手臂。

慕容守忠顺势将狼甩出去，狼扑倒在地，口中涌出鲜血。慕容守忠低头一看，狼的肚皮上插了一支箭。

"好箭法！"慕容守忠赞道。眼看狼的眼神逐渐暗淡，卢云的心中竟有些惋惜。莫名的惆怅笼罩在心头，他恍惚看到一顶浑圆的、散发香草气味的帐篷。帐边竖立着一面飘忽翻腾的狼头旗，锦绣的狼眼，似乎吐露着某种心事。他看到一双眼睛望过来，目光中带一点野性，极清澈，绝对不是狼的眼睛。

慕容守忠朗声大笑："你这一箭射得恰到火候，但也险些害了老夫。"

卢云说："我只是随手放箭，根本来不及细想。"

"除非饿急了，狼肉没人喜欢吃。"慕容守忠说，"我们得去抓两只肥羊。"

"将军，那边出事了。"卢云向远处张望，忽然看到了一股狼烟缓缓升空。荒碛东边一个建有烽火台的堡垒，距围猎地点约二十里。黄羊堡在另外的方向，距离烽堡约三十里，两地之间还有一个小烽火台，只有六七名士兵看守。从狼烟的方向判断，发出信号的正是东方。那座烽堡中驻扎了四十多人，周围有一大片军兵开垦的麦地。堡中建有粮仓，贮存了足够三四百人食用一年的麦子。

慕容守忠皱紧眉头。前一段时间，有人报告说，百余里外发现大队骑兵。慕容守忠派亲兵打探，获得了一些蛛丝马迹。慕容守忠觉得来者不善，立刻维修、加固了黄羊堡，并让打铁的老军带人加紧打造箭头。

慕容守忠转身点了四名亲兵，命他们分路赶回黄羊堡，让城中士兵做好战斗准备，其余人马赶往烽堡。

众人向东疾驰了十来里地，慕容守忠的两名亲兵看见一名骑手飞马冲过来，立即左右夹击逼住了对方。马上的骑手见是官军，使劲勒住了缰绳。这是个惊魂未定的年轻牧人，长得结实、英俊。红毛听得懂当地土语，为慕容守忠充当翻译。牧人结结巴巴地说，大祸临头了，一队人马占据烽堡，杀死了官军。牧人的羊群被抢，

12　虏骑来袭

新婚妻子也被掳走了。

慕容守忠示意众人继续前进。牧人犹豫片刻，随后赶了上来。红毛冲牧人大声喊道："你的女人被抢了？好一只肥羊，咋掉进了狼窝！被那么多野男人围着，可真够她享受的。"

"别说了，你这个该死的军爷！"牧人在马上捂住了耳朵。

慕容守忠的人马很快赶到烽堡附近，驻马观察。中午的阳光灼人，卢云的甲衣里散发出酸溜溜的汗味，他看到堡上隐约晃动着人影，马匹从堡垒中进出，马背上驮着粮食口袋。

烽堡上的人呐喊着，打出一面黑旗，他们发现了慕容守忠的这一小队人马。附近有一条半干的河流，对面是麦田。河谷前方有一大片隆起的坡地，看不清楚后面的情形。慕容守忠催马前行，却见河谷里尘土飞扬，一群骑兵从前面涌向了坡顶。

牧人吓坏了，调转马头便跑。

敌骑约有二百人。慕容守忠命部下散开，在对方快进入射程时，连续放箭。慕容守忠掌握得恰到火候，借助对方马匹的冲力，既延长箭的有效射程，又可以多放一箭。敌骑靠近时，已被三排箭放倒了二三十人。慕容守忠呐喊一声，抽出刀，率部卒与敌短兵肉搏。自从来到黄羊堡，慕容守忠每日严格督促训练，并挑选了五六十名精壮士兵，亲手教习骑射格斗。双方人数悬殊，但慕容守忠的部下技高一筹，一轮接战便砍杀对方二十多人，己方只损失了两人。

双方变换方向。第二轮交锋，官军又杀死二十多人。尽管数量仍占优势，但敌骑明显畏惧了。慕容守忠策马扑过去，对方竟不敢接战，四散奔逸。

混乱中，卢云看到一群贼兵涌上驿路，马群中夹杂着一匹高大的骆驼，驼背上隐约蹿起红色火焰。卢云冲上去。迎面的一名贼兵搭箭便射。卢云身体一伏，箭射空了。贼兵拔刀应战，卢云虚晃一矛点刺对方前额，对方急忙挥刀格挡。卢云的矛锋略微回转，瞬间刺透了对方心窝。卢云连杀二贼，靠近了骆驼，只见骆峰间捆绑着一个女人，一条猩红丝巾系在女人头上迎风飞舞。

一名赤裸上身的贼兵回马来战卢云，卢云侧身闪避，矛尖紧擦着护甲上的铜镜滑了过去。卢云手中的长矛一磕，砸在对手太阳穴上。贼兵栽落马下。另一名贼兵胆寒，回马便走，被红毛从后面赶上，结果了性命。

红毛下了马，把尖声喊叫的女人从骆驼上扯下来，搂抱在胸前。女人双腿悬空胡乱踢蹬，撕扯他的头发。红毛恼怒，向女人脸上吐了两口唾沫，威胁说再喊就宰了她，女人被吓住了，再也不敢吭声。

原野上沉寂下来。野外的贼兵逃散了，其余的人躲在烽垒中闭门不出。敌情不明，慕容守忠不敢久留，吩咐带上捉到的两名俘虏返回黄羊堡。

牧人跪伏在地，直劲向将军道谢。牧人说，这里太可怕了，他要领着妻子离开这片草场，到别的地方谋生。慕容守忠抬抬手，示意牧人起身。慕容守忠看着牧人的妻子，眼神闪烁了片刻，很快变得冷峻。女子的脸上沾了些沙尘，麻布织成的衣袍被刀割破，半遮半掩地绽出饱满的胸乳。女子害羞地拉紧袍子，她面庞美丽、体态丰满、健壮，惊魂未定的模样显得格外迷人。

慕容守忠冷笑道："贼兵人多势众，你们若是单独走，没准连命都搭上了。"

牧人闻言，神色恐慌，女子低头盯着脚下的沙地，沉默不语。

"大人，我们该怎么办呢？"牧人结结巴巴地说。

"跟我们走，到黄羊堡就安全了。"慕容守忠的口气不容置疑。

烽垒上的贼人摇旗呐喊，红毛说："我们索性攻进去得了。"

"回去！"慕容守忠说，"我们这点人，没法再打。"

红毛对卢云耳语道："为啥回去呢？"

卢云说："将军说得不错，贼兵势大，我们不能蛮干。若丢了黄羊堡，损失才大呢。"

"黄羊堡，一个连像样女人都没有的土城子，真没劲！"红毛瞅一眼牧人的妻子，恨恨地说。

晚饭前，慕容守忠一行回到黄羊堡，事实证明了他的老道。刚进了城，一名肩头带着箭伤的军校便向他哭诉了遭到偷袭的经过。小校是守卫烽垒的主官，烽垒是当天上午遭贼兵偷袭的。贼兵十分狡猾，事先埋伏在野外，将几个收麦的老军俘虏。他们换上戍卒的号服，强迫被俘的老军引路来到烽垒门外，趁机冲进来。烽火台上值守的士兵发现烽垒被袭，赶紧点燃狼烟。贼兵进攻烽火台，冲上去杀死守卒，弄灭了烽火。小校从烽垒上溜下来，夺了一匹马跑到黄羊堡报信。

慕容守忠连夜派出了三拨探马。第二天正午前，探马传回消息，烽垒四周聚集了更多贼兵，足有上千人马，驻守官军全被杀死弃尸荒野。

12　虏骑来袭

卢云说，贼众为粮草而来，接下来肯定会攻打黄羊堡。慕容守忠点了点头。

慕容守忠吩咐手下人立即查点军械、粮草，对堡中出入的民户、商旅严加盘查。卢云在堡上布置防务，里里外外忙乎了一天，直到黄昏时分才坐下来吃饭。

红毛说："这个老杂毛打起仗十分凶狠，是个人物。"

卢云说："慕容将军久经战阵，曾统领过上万兵马。你再胡说，小心他割掉你的舌头。"

红毛笑道："我只服有本事的人，现在真有些怕他呢。"

掌灯时候，慕容守忠咐吩红毛把俘虏的贼兵押过来，他要亲自审问。

这是个矮壮的汉子，眼睛不大，看模样是个吐谷浑人。

"杀了我吧。"壮汉的嘴巴很硬，"我死了，大首领会血洗城堡。"

红毛说："杀死你，跟宰一只羊没啥区别。"

慕容守忠一阵冷笑，吩咐把另一名俘虏带上来，要他招供。俘虏欲言又止，慕容守忠见状，吩咐把人推出去砍了。俘虏腿一软跪倒在地，指着壮汉说："这个人，是大首领的堂弟。"

壮汉狂笑起来，大骂慕容守忠。

慕容守忠说，既然如此，成全他吧。

天色黑了，吐谷浑壮汉被绑在土场的柱子上，四周挂起十几只纸糊的白灯笼。堡中的民户听说要处死贼人，都出来看热闹，土场上聚集了二三百人。

牧人被带上来了，行刑的刽子手把一把尖刀交给他。红毛说："这个人抢了你老婆，现在交给你处置了。"

牧人举刀的手有些发抖。

卢云说："还是让刽子手干这个活吧。"

"尝了血的味道，他就知道该怎么对付强盗了。"慕容守忠扫视人群，眼光停留在牧人妻子的脸上。女人受不了将军灼人的目光，赶紧低头。她惊魂未定，脸上仍带着惊惧。

慕容守忠的眼睛如刀锋一样凌厉，女人没敢看他，但是觉得胸口透不过气。

围观者怂恿牧人动手。灯笼在风中晃动，天空中飘来一大团乌云，干燥的空气变得湿润，滴下了几颗雨滴。众人有些不耐烦，周围响起一片催促声。牧人咬咬牙走上前。雨云很快消散了，卢云产生了不祥预感。

"杀呀。杀了才痛快。"牧人在众人盯视下更加紧张，宰杀羊只，他可以干得干净利落，可是从来没有杀过人。眼前就是毁了他的羊群、抢夺他的女人的仇敌，本该像宰羊一样杀了他，但为何如此害怕呢？牧人使劲握刀，汗水浸透了全身。

"快些动手吧。"吐谷浑壮汉看了看牧人，又转向慕容守忠，"现在放了我，我的兄长没准会饶了你。"

"只要你当着众人的面求饶，我可以放你一条生命。"慕容守忠说。

"你这个鲜卑狗，吐谷浑人没你这样的杂种。"壮汉大声嚷道。

"既是这样，你只能尝一尝砍刀的滋味了，而且死在一个不会玩刀的人手上。"慕容守忠说。

红毛踢了牧人一脚，让他快干。牧人大叫一声举起刀，没有向下砍，而是闭起眼把刀刺进壮汉的胸窝。壮汉惨叫着，身体痉挛，红毛将刀拔出来，血一下溅了他满脸。壮汉挣扎了几下，头一歪咽气了。

慕容守忠瞅了一眼跌坐在地上的牧人，吩咐亲兵："一会儿多给这个人灌些酒，让他好好睡一觉，他的仇已经报了。"

第二天，卢云带全队人马赶奔烽垒。周围死一般沉寂，游荡的狼群夜里赶来啃食死尸，听到马嘶，纷纷逃避到荒原深处。

卢云带人掩埋了面目全非的尸体。通过审问俘虏，卢云猜测到贼兵的头首可能是白驹。处置完守卒的尸体，他带人继续搜寻，发现了两处宿营地，里面有火堆的余烬、打碎的骨头，还有扎帐的痕迹。

三天后，卢云返回黄羊堡，看到牧人牵了两匹马，带着他的女人从城门洞缓缓出来。女子有些魂不守舍，见军兵们神色贪婪，赶紧用纱巾紧紧遮住脸。

牧人的马鞍上插着杀人用过的长刀，眼神愣怔。打铁的老军向炉中吐了两口唾沫，低声告诉卢云，慕容将军看上了牧人的妻子，吩咐亲兵把她带进官宅，关进一间土屋。这是个密室，墙壁厚足有两尺厚，连耳朵灵敏的马匹都听不见里面的声音。

老军说："整整两天，这个女人才被送出来交还牧人。"在这段时间，牧人被将军的亲兵灌得酩酊大醉。迷迷糊糊中，这个可怜的畜生想找自己的女人，每当他摇摇晃晃出屋，亲兵们就嬉笑着把他拖进来。他们捉弄牧人，揪住他的耳朵往嘴里灌酒，直到他再也爬不起来。

红毛说:"真不该放走那个女人,将军吃了独食,未免太不仗义。"来黄羊堡前,卢云已听到军中传言,慕容守忠勇猛,亦喜欢女色。年轻时,他曾经为了一个漂亮舞女跟顶头上司拔拳相向,打得对方鼻口流血。幸亏王忠嗣暗中撑腰,只是命令军士打了他二十军棍。

"黄羊堡这个鬼地方,哪怕娶个丑女人,都足够向别人吹嘘好几年了。"

老军叹息说:"天冷了,酒和女人是让人兴奋的好东西。日子过得无聊,将军们可以随便玩弄女人解闷,可怜苦了我等这样的军卒。"老军告诉卢云,牧人离开时额外得到一匹马、两匹丝绸,还有几串通宝。让自己的女人献出身子,出些力气,这也算是一笔划算的买卖。见卢云无语,老军喝下一口温热的粗茶,用长钳从炉中夹出一块烧得发红的铁片,使劲敲打。闪烁的火星飞溅,老军的脸紫成了猪肝,他向炉中啐口唾沫,把成型的铁掌丢进水中,哧啦啦冒起一股白烟。

"放羊小子灌饱了奶酒,或许不知道他的女人被将军给玩弄了。"红毛淫笑着,也向炉中吐了一口。

老军也笑了:"将军是个仗义的人,把女人还给他了。虽说那个女人吃了点苦头,却给男人赚了许多东西。"

老军大约四十多岁,跟慕容守忠年龄相仿。年轻时,老军屡立战功,差一点当上校尉。只因饮酒好色误了军机,十几年前被贬到黄羊堡,后来便成了一个铁匠。

炉火烧得更旺,老军感叹唏嘘:"等你们上了些年纪,就知道伤心了。没准你们的运气好,也当上了将军。不过,当了将军又如何,一旦得罪了更大的将军,或许连命都丢了。"

"比如我,算是侥幸活下来了,结果变成一个打铁做饭的老光棍,连老家都没脸回去了。"老军摸索着下巴上略带花白的胡须,微闭双目,"年轻时节,每当立功受奖,我都把银钱大把大把地花出去,除了喝酒吃肉,多半都是送给了那些嘴巴上抹了蜂蜜的女子。"

红毛说:"如果一个女人既给你身子,又供你吃喝,那才叫真美。"城堡里虽有一些女人,但大多面色粗黑、枯瘦。红毛喜欢肥俊的女人,觉得没劲。

老军说:"堡中的民户,不是退役的老兵,便是粗手大脚的工匠,他们根本讨不到模样俊一些的女人。"

　　一年中的某些日子,一般在秋季,散居的牧人经常赶羊进入黄羊堡,换取盐、干果和粗劣的茶饼。经过长途跋涉的商人别无选择,同样在此歇脚。休整几日,他们或是前往繁华的汉地,或是到偏远的播仙镇、石城镇,只要有生意做,商人们不怕吃苦。

　　除非退役返乡,驻守此地的官军很难换防。山高皇帝远,黄羊堡的兵不招人待见。时间久了,从军变成谋生手段,难获升迁的老兵们一个个变成了心灰意冷的懒汉。空闲的日子很多,城堡里缺少女人,越是这样,越是让戍卒们饥不可耐。怀里紧抱一个扭动腰肢的女人,单是想一想,就让人浑身瘙痒。随着时间推移,面孔不一、性格各异的女子被带到堡中,和一部分军兵大模大样过起了日子。随军的女人多半老丑,稍有半分姿色,给人的感觉简直赛过西施。月黑风高的夜晚,拥有女人的老兵啃罢面饼、喝饱了热汤,在土屋中弄出各色快活的声音时,年轻的戍卒经常气得恨不得杀人。黄羊堡设制已有三十多年,城中聚集起二百多户人家。除了当地土著、外来移民,百余名退役老兵索性留在这里,他们乐天知命,断了回乡的念想。

　　多年来,堡子里的男人谈论得最多的话题总是女人。卢云听了老军的一席话,暗想昔日汉将李陵被匈奴围困,怕影响士气,曾号令杀死军中所有的妇人。军兵需要女人,但女人往往又是牺牲品。真是没有非常手段,难做将军。卢云见老军絮叨个不停,转身欲走,忽见老军睁圆了眼睛,神色机警。凭借掠过城堡的疾风,卢云听到远处传来马蹄声。卢云赶紧登上城墙,向远处察看,马蹄声越来越近,隆隆作响,惊起林中的飞鸦,弥漫的尘土遮暗了月亮。

　　"贼兵来了,快守城。"卢云呐喊着,使劲敲响了望楼柱上悬挂的铜钟。

　　慕容守忠得知有变,扬脖喝干了海碗中的葡萄酒。这个地方,除了大粒葡萄干、血汁一样的酒浆、大块的肥羊肉,没有更好的美味。慕容守忠起身出了官衙,径直上了城墙。

　　贼众包围城堡的消息,有如旋风吹遍各个角落。胆小的民户躲进自家的土屋,有些人胆大,想跑到城头看热闹,被守卫的军兵喝退。过了一会儿,贼众逼近了,停留在一箭地以外的地方,没有贸然进攻。

　　距城堡半里开外,有一大片青稞,成熟的麦穗随风摇晃。这些麦子,除了做吃食,

12 虏骑来袭

还可以酿成酸涩而又令人贪恋的酒浆。寒冷的日子,麦饭、肉干和酒浆,是打发时光的好东西。

贼众打着呼哨,将马匹赶到麦地撒欢,马儿践踏啃咬带有芒刺的麦子。空气混合着马尿、青稞的味道,随风弥散,漫过了城墙,慕容守忠气得咬牙切齿。

初到黄羊堡,卢云已察看了周围地形。黄羊堡位于绿洲和沙碛的分界点上,唯一互通声气的就是三十里外那座被贼众攻破的烽垒。北去四百里的白水城难通消息,南边的石城镇相距二百多里,位于四面环沙的一片绿洲上,驻守城中的胡人首领接受了大唐封号,但兵微将寡,即便知道消息亦无力发兵来救。

子夜时分,城堡内外都安静了。贼众首领果然是白驹,他吩咐在野地扎下四座营盘,监视守军动静。慕容守忠吩咐拿来几张羊皮,准备铺在城头过夜。刚到丑时,红毛带领两名火长,顺着牛皮绳悄悄溜下城堡……

13

黄羊堡之殇

　　白驹召集各路首领议事。十几只盛满麦酒和葡萄酒铜盆摆放在大帐中央，在油烛下泛滥出紫红、微黄的光泽。首领们盘腿围坐，屁股下面铺着厚实毛毯。白驹吩咐端上大盘，里面是大块的羊肉、肋骨，还有热腾腾的羊头。肉块上撒了一层胡椒，看着就让人嘴里冒火。十几个蛮族少年满脸油汗，来回小跑，不停地端肉倒酒。少年嘴里直泛酸水，眼巴巴地盼望宴会结束，分享众人吃剩的骨肉。

　　帐外的沙土地上炭火熊熊，几十只剥了皮的肥羊悬挂在木头架子上，油脂淋下来，火焰咻啦啦响个不停。

　　从小勃律逃出来后，白驹刻意避开连接各个大小军镇的驿道，在荒碛的边沿行进。丢掉了连云堡，又失去了靠山朗措，白驹怕被砍掉脑袋，从此不敢再返回吐蕃。他派人放出风声，谎称自己阵亡了。白驹躲藏了一个冬天，在第二年开春后终于按捺不住寂寞，开始四处招兵买马。白驹欺骗众人说，连云堡附近的洞窟中埋藏了金银财宝，只要能够打回去，每个人都能分到一大块金子。白驹的镀银告身帮他树立了威信，后来他索性宣称自己是赞普派来的特使。

　　白驹以来自故地的吐谷浑人为核心，纠集起一批乌合之众。他还设计了一面旗帜，上绣狼头豹身的怪物。这面旗据说是他装扮成商人潜入凉州，找到一名沦落青楼的江南绣女，足足花费了大半个月的工夫绣成。为了这面旗，白驹花费了足足二两金子。当然了，他借机揩油，把绣女折腾了好几个晚上。

重返碛西后，白驹联络起十来个马贼首领，将兵马扩充到将近两千人。受伤离开龟兹的狮子鼻，想借助白驹的势力报复官军，重新出山，联络了一群旧部和流浪汉参加了白驹的队伍。

白驹集合起人马，沿赤河流域在沙漠边沿行进，一直绕过蒲昌海，辗转迂回到黄羊堡附近。追随者们弄不清首领芦葫里到底卖的什么药，一些人中途开了小差。白驹追杀了几个逃跑者，向众人许诺，只要到达目的地，就可以大开杀戒，获得足够的粮食、金银。

端掉烽垒后，白驹虽然夺了不少麦子，但损失了百十号人马。初战失利，让白驹有些沮丧，特别是折了堂弟的性命，更激起了他的仇恨。白驹举起一只酒碗，将酒浇在地上。

"我的兄弟被慕容老贼杀了，血海深仇一定要报。"

狮子鼻喝了一口酸涩的麦酒，略微皱了皱眉。在龟兹城中隐姓埋名三年，他几乎喝遍了城中所有的酒铺。在他看来，黄羊堡私酿的酒浆，味道的确差劲。

"只要攻下这座土堡，除掉慕容守忠，简直比捻死只跳蚤还容易。"见一些首领神色狐疑，白驹话锋一转："堡子里的粮食、财物，足够我们享用一年了。"

聚集在白驹身边的各路马贼，出身各异，血统驳杂，有些人连自己都说不清祖先是胡是汉。白驹深知，只有以厚利打动人心，他们才肯玩命。听了他的这番话，首领们果然兴奋起来。

"最让人高兴的，是城堡里有许多女人。"白驹抹了抹油腻的嘴唇，故意用富有磁性的音调说。

"我可不稀罕土得掉渣的女人。龟兹城中的女人，才真正够味呢。"狮子鼻有点醉了，瞪起眼睛说。

"说说你为啥离开龟兹？你喜欢的龟兹女人，没让你摸到一根寒毛吧？"一名来自庭州的马贼首领奚落狮子鼻。这是一个带有回纥血统的突厥人，一直跟狮子鼻不合。狮子鼻起身揪住对方的袍领，两个人扭打起来。众人大声吆喝助阵，狮子鼻使出全力，将对手摁倒在地。

白驹哈哈大笑，一手抓住一个，硬是将两人分开了。

"你们这帮畜生，别光想堡子里的女人。慕容守忠是个难对付的狠茬儿。"狮子鼻既喜欢女人，也憎恨她们。有一次喝多了酒，狮子鼻告诉李尕尔。当年，他曾经得到过一个颇有姿色的女人。女人厌恶他的长相，为此没少挨打。后来，狮子鼻发现女人与手下的一个凉州小厮偷情。狮子鼻杀死偷吃荤腥的小厮，女人面对尖刀十分惊恐，但是紧闭嘴巴不肯讨饶。狮子鼻将女人绑在一根木桩上，一箭射穿了女人的喉咙。此后一段时间，女人阴魂不散，总是在夜里站到他面前。直到狮子鼻跑到龟兹隐姓埋名，女人的身影才慢慢消失了。

"狮子鼻，你害怕了？"白驹咬了咬嘴唇，鄙夷地说。

"我谁都不怕。"狮子鼻把手中的匕首向下一扎，刀子插透肉块，把铜盘戳了个窟窿。

白驹的宴会直至午夜才散，尽管料定城中官军不敢偷袭，他还是布置了众多岗哨。白驹的部下见头领们喝得畅快，颇有怨言，对值夜的事情并不热心。

天快亮的时候，红毛返回黄羊堡。

一名小马贼躲在暗处打盹，被红毛用刀柄砸昏，装在口袋中背回来。俘虏被倒出来时刚刚苏醒。红毛用刀一片片切割风干的腊肉，吃了两条，恶狠狠地说，想弄条活人的舌头下酒。

马贼吓坏了，招供说，城外聚集了一千五六百人，大头领是吐谷浑王爷，身上有一块吐蕃赞普赐予的银牌。大头领刀术高超，曾将一只从身边掠过的飞鸟斩落。官军杀了大头领的兄弟，他一定要报仇。

卢云心生怜悯，打算放马贼回去。马贼哭了，他怕回去被杀头，宁可装成死人留在城中。

"留下这个杂种，每日得供他吃喝，不如一刀抹了痛快。"红毛咬牙切齿地说。

"看模样，他还是个孩子。"卢云说。

第二天下午，白驹将人马分成四路同时进攻，大部分人马集中在西门。太阳偏斜，刺眼的阳光射向城堡，对守军的注意力影响很大。白驹有意选择这个时间进攻，他要抓住一切有利的因素。

最先靠近城堡的是长弓手，他们轮番射箭压制城墙上的守兵。黄羊堡没有护城壕，借助弓箭手的掩护，大群贼兵蜂拥而上，一直冲到堡墙下。白驹挥动令旗，马贼呐喊着架起十多个云梯，还有一些贼兵抬着圆木猛撞堡门，幸好门洞早已用泥包封死，急切难以撞破。

"杀啊，跟贼人们拼命。"慕容守忠呐喊道。十几个贼兵攀上墙头，慕容守忠将军手起刀落砍倒两人。守堡的军兵掀翻了云梯，贼兵纷纷滚落，侥幸爬进堡墙的也被乱刀砍死。

混战了一个时辰，贼兵死伤惨重，渐渐失了锐气。白驹摇旗呐喊，驱赶众人轮番进攻，又过了半个时辰，仍然夺不下城堡。

白驹十分沮丧，收刀入鞘，命令吹号收兵。

周围一片沉寂，直到黄昏时分，贼兵依然没有动静。

卢云拭净刀上的血水，来到慕容守忠跟前说："贼人势众，看样子是有备而来。"

"一群乌合之众，除了抢夺粮食、财物，还能图什么呢？"慕容守忠若有所思。

"白驹的父亲是吐谷浑酋长，归降吐蕃后屡次在河西一带制造麻烦。王忠嗣将军派军追讨，终于把这个死对头除掉了。"卢云说。

"这么说，我当年杀掉的吐谷浑首领，很可能是白驹的父亲。"慕容守忠话音未落，卢云用手向外一指："看，贼人又上来了。"

贼众发动的新一轮攻击更凶悍，但依然没能得手。空中移来一片乌云，在城堡上空变成细碎的斑点。喜欢食腐的秃鹫又被吸引过来，鸟群在空中盘旋，每一只鸟，都兴奋地拍动翅膀。

让白驹大失所望的是，这一轮攻击又被挫败。"哪怕是大唐天子亲自坐镇，我也要拔下这颗虎牙。"他背对一轮夕阳，连续射出三支鸣镝，这是收兵的暗号。白驹一言不发返回寨中，拒绝见任何人，甚至连他最喜欢的一个女奴都躲在另外的帐篷里不敢露面。白驹在帐中闷坐了半宿，有意让自己饿肚子，体味仇恨的感觉。第二天，白驹改变策略，将人马分成好几拨，连续发动佯攻。贼人们轮流休息、吃饭，守堡的军兵明知白驹玩弄诡计，却不敢丝毫松懈，被折腾得疲惫不堪。混乱中，白驹拍马冲到城堡近前，拉弓指向慕容守忠。卢云手疾眼快，急忙用横刀一撩，拨开了白驹射来的这一支箭。

城堡上的军兵向白驹的身上射箭，白驹回马疾走，脱离了险境。中午时分，白驹派人喊话说，双方再打下去没有意义，他要派人收拾城外留下的尸体，随后便撤军。

慕容守忠冷笑着答应了。

黄昏时分，白驹竟然真的兑现承诺，率人马拔寨而去。

慕容守忠查点军兵，黄羊堡的守军伤亡了近百人。慕容守忠颇感忧虑，吩咐卢云赶往白水城通报军情。

卢云担心白驹诡计多端，很快卷土重来。

"外围有白驹的部众，别人去，我担心出不去。"慕容守忠说，"贼众损失了数百人，肝胆俱寒，只要你速去速回，我这里尚可支撑一阵。"慕容守忠叮嘱卢云，如果白水城守捉使彭飞龙不肯发兵，立刻取道奔赴焉耆，直接向镇守使汇报敌情。

四天后，卢云和三名骑兵出现在白水城外，随身携带的干粮已经吃光了，人和马都汗水淋漓、饥肠辘辘。

白水城守捉使的官衙散发出苜蓿草和黑豆的味道，一群拴在厩下的军马正在咀嚼草料。卢云让两名部下补充食物和水，把马喂饱，自己顾不上吃东西，立刻让守门的军兵通报，求见守捉使大人。等了半天，彭飞龙没有露面。临行前，慕容守忠告诉卢云，白水城守捉使彭飞龙曾经是慕容守忠部下的一名校尉。当年受命追击一股叛乱羌兵，无功而返。彭飞龙的祖上原本是羌人，慕容守忠怀疑他念旧放水，赏了他一顿鞭子。后来在另一场战斗中，彭飞龙斩杀了对方首领，身上留下两处刀伤。彭飞龙雪洗前耻，受到慕容守忠称赞。此后，彭飞龙心中仍然怨恨，暗中托请朝中派来的监军使者，从河西调到安西都护府，升任了白水城守捉使。所谓三十年河东三十年河西，慕容守忠被贬黄羊堡后，却变成了彭飞龙的下属。

彭飞龙的副将潘勇终于露面了。听说黄羊堡遭到贼众进攻，他冷冷地瞅了卢云一眼，轻描淡写地说："慕容大人是久经沙场的虎将，居然被几个流贼草寇吓破了胆，看来徒有虚名。"

卢云强压住火气说："连日厮杀，贼众尚有一千余人，领头的是曾经镇守连云堡的吐蕃将领白驹。目前守堡的老弱军兵只有三四百人，很难顶住进攻。"

"黄羊堡一带的野羊肥美，慕容将军为何不让你带几只来，给我们尝尝鲜呵？"潘勇笑道。

卢云隐约听人说起过，潘勇的先人曾经在东边的卢龙镇为将，到潘勇这一代，家道早已衰落。潘勇本人骑射本事平常，但粗通文字，曾在安西幕府中充当笔吏。此人势利刻薄，依靠献媚行贿，谋到副守捉使的差事。

卢云起身，欲闯官衙的内厅："我随慕容将军血战数日，除了几百颗贼寇首级，找不到一颗羊头孝敬大人。"

潘勇有些愠怒，用手一指卢云，厉声说："你想干什么？"

卢云说："我要面见彭守捉使说话。"

潘勇吆喝道："快把他拦下。"十几名军兵涌进前厅，其中一个人拔出短刀放到嘴边吹气儿。端坐内厅的彭飞龙已经知道卢云的来意，但仍未露面。潘勇摆摆手，说："回去复命吧。"

彭飞龙根本指望不上了，卢云推开身边的一名军兵，转身准备离开。手持短刀的军兵是条壮汉，故意拦住卢云去路。另一名军兵手拿一支箭，向卢云挑衅。卢云劈手夺箭，持刀的军汉扑过来，卢云侧身一闪，将对方踢倒在地。另一名军兵挥拳欲打卢云，被卢云抓住手腕。军兵粗口咒骂，卢云勃然大怒，手中的箭用力一扎，将对方的手背生生钉在堂柱上。

卢云出了厅堂飞身上马，潘勇带人追出来。卢云从马鞍上抽出横刀，雪亮的刀从潘勇的头顶掠过，削掉了他的一束盔缨。

潘勇吓愣了，等他回过神，卢云一行已经出了白水城。

就在卢云离开黄羊堡的第二天，慕容守忠再次派人出城打探消息。探马回报说，白驹的人马直奔石城镇方向去了。看来，白驹捞不到油水，打算换个地方打劫。

实际上，白驹走到半路便停下来，他在等待一个特殊人物。

白驹传唤的人，是一名劣迹斑斑的马贩。他在荒原游荡了两天，找到白驹的营寨。这个人曾在河西一带游荡，除了贩马，干的多是杀人越货的勾当。一次，马贩被官军追杀身中两箭，白驹出手相救，让他逃过一劫。从此以后，马贩视白驹为恩人，愿意为他效力。

白驹吩咐摆酒待客，两个人咬了半天耳朵。白驹很高兴，因为马贩交游广泛，不仅到黄羊堡去过好几次，而且跟打铁的老军相熟。

白驹把客人送出营寨，大声吩咐小侍从拿来十几块黄澄澄的金饼，塞进客人的鞍袋。

两天后，白驹的大队人马乘夜返回，在距黄羊堡十余里远的地方扎寨。白驹精心挑选了五十个人，埋伏在堡外的麦田中。子夜时分，城堡的大门忽然被打开，白驹带人冲了进去。城墙上守兵发现情况不妙，试图堵住城门，被接二连三地砍倒。白驹控制了城门，向外面发出信号，大队马随后涌了进来。

"贼人进城了。"城堡中人喊马嘶，乱成一团。慕容守忠从梦中惊醒，翻身跃起冲到宅门口。几名亲兵牵过战马，想要保护他突围。

慕容守忠推开亲兵，横刀站到街心，看见大群贼众蜂拥而来，狂杀乱砍，守城的军兵顷刻间崩溃了。

慕容守忠率亲兵和贼众肉搏，击退了跑在最前面的一群贼兵。白驹随后赶了过来，挥刀驱赶众人继续向前。慕容守忠苦撑了一阵子，见身边的人纷纷倒下，只好带领剩下的数十名军兵，退回被贼众围得水泄不通的镇守使官宅。

"慕容老儿插上翅膀也逃不掉了。"狮子鼻说，"如果里面有女人，最好留活口。"

"我只想宰了他。"白驹说。白驹的心中确实只有一个念头，杀死慕容守忠，最后让他慢腾腾地死掉。黑暗中的狮子鼻，看起来更加丑陋，白驹感觉胃中作呕。如若不是狮子鼻尚有利用价值，白驹根本不会让他站在跟前，这样的人，最好滚得远些，越远越好。

狮子鼻眼前晃动的全是女人的身影，白驹许诺过，只要除掉慕容守忠，财帛、女人任他挑选。他现在只想把城中最好看的婆娘弄到手，还有没经历过男人的闺女，更是让人受用。

天亮了，贼兵被射死了三四十人，畏缩不前。白驹怒了，用刀逼迫众人进攻。慕容守忠眼看只剩十几个亲兵，箭也用光了，把心一横，命令杀死坐骑，将菜油浇在粮食和干草上。慕容守忠用刀背砸破酒坛，将火把扔向草垛，火"轰"的一声着了。白驹闻到弥漫的酒香，又看到院中升腾起大火，知道粮草被烧了，一时气恨交加。这时候院门大开，慕容守忠带人冲出来。白驹狂呼乱叫，指挥部众包围官兵。没多大工夫，所有的亲兵都倒下了，只有浑身是血的慕容守忠举刀挺立，身边横七竖八躺着二十多个马贼。

贼众被震慑住了。

白驹知道难以捉住活口，冷笑一声，举弓向慕容守忠放箭。慕容守忠挂刀靠墙，努力支撑住身体，身上连中了十多箭。

13　黄羊堡之殇

白驹喊道："慕容老儿，还记得当年你杀死的吐谷浑大首领吗？我是他的儿子。为了报这个血海深仇，我咬牙等了十多年。"

慕容守忠口吐鲜血，似乎微笑起来。白驹勃然大怒，对准慕容守忠的咽喉又射一箭，将军身子一歪，倒地身亡。

白驹带人进了官宅，里面的粮草、布帛全部被烧毁了。白驹看到将军的战马胸口插了把尖刀，皮毛烧得焦煳，散发出难闻的气味。白驹愣了片刻，感觉后背有些阴冷，仿佛将军的阴魂不散，追索他的性命。白驹惊出一身冷汗，使劲拍拍手，用刀冲天划了两个圈，赶紧离开了这座宅院。

堡中的商户、居民被洗劫一空。三四十名年轻女子被贼人的头领瓜分，狮子鼻抢到得最多，险些跟其他人火并。白驹微笑着纵容部下施暴，但是阻止杀戮民户。

白驹说："这些不敢玩刀子的人，只是一群绵羊。我们把他们全都宰了，今后还有肉吃、有奶喝吗？"

大队人马离开黄羊堡，白驹传令扎营，休息三天。

坐在帐中的白驹满脸含笑，一边抚摸耳朵上的金环，一边劝立了大功的客人喝酒。黄羊堡里打铁的老军和另外两名戍卒，受到很好的款待。三个人都认识马贼，他们贪图财利，很快被收买了。三个人想利用开城纳贼所换来的金银，返回内地安家立业或随便找个角落隐姓埋名，哪怕上面沾满了鲜血。

白驹说："你们是来要报酬的？放心，我的银钱会压垮你们的马匹。"

老军避开白驹的目光。"你杀了很多的人。你答应过，说是只要粮草，可是你的人进了堡子就乱杀一气。"

白驹轻蔑地说："做鬼的人天生就是恶鬼。那个把你生出来的女人，恐怕不知道她怀了个鬼胎。"

老军叹息一声："打铁，让我的心更硬了。"

坐在席侧的狮子鼻说："我们前后损失了四五百弟兄，只拿下一个没有多大油水的破堡子。他这样的杂种，竟然还敢伸手向我们要银子。"

白驹故意拉长了声音："依你看该怎么办？"

狮子鼻道："把他们拉出去，像宰牲口一样抹了脖子。"

老军苦笑道："我这个狼心狗肺的家伙，碰见更恶的狼了。"

白驹笑道："你倒真像一条汉子。打开了城堡，让我杀了一个大唐将军。这个人是我的杀父仇人，你让我报了仇，做得够多了。"

　　老军露出绝望的神情。白驹挥了挥手，说："我不是背信弃义的人，拿走你们该得到的东西，赶紧上路吧，只要你们能拿得动。"

　　狮子鼻咆哮起来："杀了这三只狗。"

　　"杀了他们，往后还有人乐意给我们当内应吗？我喜欢杀人，愿意看别人倒在我的刀下，热血溅污了我的袍子，这很有滋味。"白驹阴冷的目光掠过眼前每个人，脸色慢慢缓和了，"我是讲信义的人，不能胡乱杀人，对于帮助了我们的人，更不能杀。"

　　白驹命人拿来三大袋铜钱，另外给了老军一包银子。老军本来期望能得到白驹许诺的真金，但他很识趣，知道如果白驹翻脸，没准会立刻让他们脑袋搬家。

　　老军和另外两个伴当收拾好马匹，三人刚出了白驹的营地，狮子鼻也向白驹告退。

　　"确实是便宜了他们。这三头肮脏的驴，为了牛屎大的一点小利，竟然不惜断送几百条性命。"白驹自言自语道，"我最讨厌背叛的人。"

　　狮子鼻道："大人改主意了？"

　　"我没改主意。不过嘛——"白驹面露微笑，"如果你能追上那条老狗，他的东西自然归你。"

　　老军一行疾行三四十里，看到身后扬起了一团沙尘。

　　带人追上来的是狮子鼻，他们骑的是快马。

　　老军的两个伙伴狂奔，但还是很快被杀了。老军把铜钱口袋丢下马，试图跑得更快些。狮子鼻知道他身上还有银子，紧追不舍。老军刀术精湛，周旋中砍杀了三个贼兵，李尕尔的脑袋也差点被削掉。老军且战且走，终于被众人围住。老军跟狮子鼻打斗，挨了一刀，身后又冲上来几个贼兵，乱刀齐下，老军身负重伤，倒在沙尘中挣扎。李尕尔带人收拾起银钱、马匹，满脸堆笑。

　　"我回不去家了。你再补一刀，"奄奄一息的老军哀求道，"让我走得痛快些，好吗？"

　　"很好，你慢慢死吧，让野狼啃光你的骨头。"狮子鼻说。迎面吹来一股冷风，让他感觉脚背隐隐作痛。狮子鼻向老军脸上啐了口黄痰，带着手下头也不回地去了。

　　老军口吐血沫，颤动的嘴唇发不出一丝声音。

14

厮混的日子

乌云掠过，月亮在云幕中旋动，宛若悬浮的鸟窝，阴凉、柔和的光斑在树梢起伏，原野上吹来的风一波波涌动，直到花粉般细微的黄尘拂过街市，吹痒了夜行人的鼻孔。

天色更晚，龟兹城门紧闭，不再放任何人进出。负责瞭望的军兵伸了个懒腰，看巡逻的伙伴沿街走过。领头的火长有些郁闷，抽出刀，在空中反复划动，刀身闪烁冰冷的柔光，仿佛黑油油的水面游过一条银鱼。

卢云端坐于城头冥想，一年多来，他带着全队人马东闯西奔，英俊的脸庞在风沙消磨下，显得有些粗糙。当年人在长安，和众多游侠少年驰驱古原，纵谈天下大计，现在想来，着实有几分可笑。军旅残酷，若非当年疯狂磨炼枪法、刀术，恐怕早已弃命沙场。传授给他武艺的叔叔曾说，许多孟浪少年武艺超群，但是心性散漫，这样的人根本做不了职业军人。临阵厮杀，除了有本事，更须有胆识。只有血战沙场，从死人堆里挣脱出来，才知道自己是不是真勇士。

"身无甲胄，只是皮囊松快，心无挂碍，方能任性自在。"卢云出塞前，金柳寺老僧对他说过这样的话。老僧面目慈和，似乎又阅尽沧桑，他在卢云眼中看到冷冷的杀气，似乎更洞悉其骨子里的仁厚。老僧说："当你年岁渐长，自会放下屠刀，做一个归隐田园的自在人。"

从黄羊堡回到龟兹，卢云心里十分愧疚，觉得慕容守忠的死跟他有关。离开白水城后，卢云命两名部下携慕容守忠的书信前往焉耆，他和另外一个官兵准备抄近路返回黄羊堡。两人走了没多远，便遇到沙暴，随后又险些迷路，折腾了两天总算重新回到正道。卢云昼夜兼程，眼看快到黄羊堡时，看到了红毛和二十多个弟兄。第二天中午，他们又找到了一些突围出来的散兵游勇，等卢云带人赶回黄羊堡时，贼兵已撤走，堡子里到处都是尸体。乱箭穿身的慕容守忠被绑在拴马桩上，尸身已有些腐臭。一名老者告诉卢云，穿白袍的贼首吩咐把所有被俘的官兵拉到官宅前砍头。黄羊堡遭血洗的消息传到焉耆镇，守将急调兵马围剿，白驹损失了一大半的人马，只分得了金银细软，让各路马贼分散隐藏。白驹带着亲信部众，又一次逃得不知去向。由于无法对证，又拿出大把的金银打点，见死不救的彭飞龙毫发无损，逃脱了处罚。黄羊堡失陷，卢云的本部人马损失过半，将功补过后，依然被罚掉半年的俸禄。

最近半年，红毛常去粟蜜家中吃喝，粟蜜心中气恼，却又害怕红毛撒野，只得勉强应付。一个月前，红毛帮粟蜜讨回一笔欠债，那人本是个凶悍泼皮，被红毛打得卧床不起，马上还了银钱。粟蜜从此改变了对红毛的恶感，对自己的女人也温柔了不少。

子夜时分，红毛悄悄回营，怀里掏出一块油腻的布巾，得意地打开，里面包着几张胡饼和一大块煮熟的羊肉。帐中弥漫着浓烈的肉香。红毛从腰里拔出刀，切一块肉大口吞嚼着。

卢云拿起两张胡饼递给身边的两个官兵，并让红毛再割一些羊肉给他们。

红毛道："你这是用我的肉食收买人心呢。"

卢云笑道："有福同享，才能有难同当。如果吃独食，等上了战场，就没人乐意陪你玩命了。"

红毛不以为然道："只怕这两个杂种没人性，到时候照样射我的黑箭。"

跟上一年相比，碧丝奴略微发胖了。她喜欢在嘴唇上涂抹红色的油脂，让身体散发出撩人的花草香气，因为羊皮喜欢这样的味道。每当碧丝奴到集市割肉买酒，或是挑选水果，她饱满的胸脯和微翘的屁股总是能吸引男人的目光。羊皮在集市上挑战狮子鼻的情景，在当地人的复述中增加了许多佐料，变得更加丰富，碧丝奴随即也成为魔力附身的女人。人们说她有本事让她喜欢的男人变成听话的绵羊，如若生气了，更可以让令她讨厌的男人死于城外的恶风谷。那是一个经常风沙咆哮、能在沙丘中扒出死鱼骨刺的邪性地方。

如今走在集市上,碧丝奴更能嗅出男人们心中酸溜溜的味道,她觉得很受用。羊皮反倒无所事事,每天除了照料红毛送给他的一匹好马,他最喜欢的娱乐就是练习刀术。羊皮嘴里喷出酸葡萄的气味,发出毒蛇一样的咻咻声。在卢云的指教下,他的刀术有明显的进步。现在,他想让碧丝奴的肚子里怀上个孩子,为了做成这件事,两个人折腾得更欢。

二人独处时,碧丝奴仍然喜欢用牙齿轻咬羊皮的耳朵,让她的男人略感疼痛。

马在外面发出嘶鸣。羊皮说:"牲口不停地叫唤,得添些草料了。"

碧丝奴搂住羊皮的脖子,不让他动弹:"做完你该做的事情再出去。我想生个骑马杀人的儿子。"

"我累了,想卢云和红毛了。"羊皮絮絮叨叨地说,"他们是我的好兄弟,除了雪山上的神灵,没谁能让我更佩服了。"

羊皮打开门,在阳光的刺激下使劲眨眼。

"你若是再敢动回勃律的念头,我就咬断你的喉咙。"碧丝奴露出雪白的牙齿。她嘴里有一颗小虎牙,咯咯笑的时候,让羊皮十分着迷。

羊皮喂了马,忍受不住碧丝奴的挑逗,又回到屋中。羊皮抽动鼻孔,惊讶地说:"这么一会儿工夫,你身上怎么有了新的香味儿?"

"我刚在脸上搽了些揉碎的花粉,都是从香喷喷的花朵上采来的好东西。"碧丝奴说。

"只是些花粉?"羊皮打了两个喷嚏。

"这是我向一个流浪法师求来的好方子,我给了他一枚金币。法师说,你只要闻到这种香味,便会忘掉别的女人。"

"胡说。这些黄灿灿的玩意儿,数量不多,是我费尽心思跟康国的商人换来的。"

"我看到金币上雕刻着大胡子武士,还有长着翅膀的小飞人,大概是些妖精。"

"你太大方了。这些金币,每一枚都能换一把大食国银币。制造宝贝金币的这个国家很富裕,他们的都城靠近大海,那里不属于大食管辖。听说金币上的武士,是个令人生畏的国王。"

"我觉得国王的模样很有些像你。"碧丝奴抚摸羊皮的胡须,笑嘻嘻地说,"法师是天竺人,他喜欢这些让人眼睛发亮的东西。"

羊皮刚想说话,红毛拍门闯进来。红毛身上热烘烘的,散发出混杂着酒肉、胡葱的气息。

"别在乎什么金币银币的,你要多使些力气,让我生一堆小羊皮。"碧丝奴喝干一碗奶酒,眼神迷离,手中的木碗散发出琥珀一样的光亮,酒浆沾到柔软的手指上。

"兄弟,别跟卖羊肉的娘们儿鬼混了,让你姐姐帮你找个像样的女人。"羊皮没理碧丝奴,转脸对红毛说道。

"我喜欢吃她炖的羊肉,这就够了。"红毛咧开嘴,露出几颗微黄的利齿。

"你喜欢羊肉,她喜欢野人。那是一个身上掐得出油的娘儿们呢。"羊皮笑道。

15

突骑施酋长

龟兹西北两百里有一片天然草场，地势平坦、辽阔，草场的中地带形成一个不大的湖泊，更远的地方是起伏的山峰。湖岸芦苇丛生，温暖的夏日，候鸟时常贴着水皮翻飞，寻找靠近水面的游鱼。鸟儿俯冲捕捉猎物，溅起雪白的浪花。湖畔甚至还有一些树木，花朵散发的浓郁香气中掺杂着酸果子的味道。这里是连接安西、北庭两个边疆都护府的中转通道，环境宜人，巡视的军人喜欢在此停留休息。夏秋时节，水草丰肥，草场上常有牧人扎帐。没有战争和冲突的日子，牧人们各自占据一块地盘，没有事先约定，却大致保持既定格局，彼此互不侵犯。对于偶尔路过的陌生人，牧人们亲热而友善，大家围聚在草地上饮酒、交谈，讲述听到的传闻，很快便熟悉得仿佛一家人。吃饱喝足后，牧人们敞开袍襟，让凉风吹干汗湿的胸脯。着急赶路的过客跨上马背打一声招呼，人和马的影子很快便消失在草场深处。

把守了一年城门，都护府派卢云带领五十名轻骑到龟兹周边巡逻。从荒碛地带进入这片草原，卢云喜欢这里的景致，吩咐扎帐休息两天。红毛馋了，跑到一个牧人的帐中，跟主人唠得热络。回来时，主人馈赠红毛一只肥羊。红毛亲自宰了羊，吩咐两名军兵把羊砍成两片，放到火上慢烤。吃肉的时候，卢云招呼牧人一同饮酒。饭后闲谈时，牧人说昨天看到一队武士路过，这些人赶了很远的路，人马疲惫不堪。武士们昨夜留宿在湖边，曾经询问去龟兹的路线。

卢云起身上马，点了二十名部下，急急赶奔湖边。行进了七八里路，隐约看到前方有一群人马。对方也发现了他们,缓慢地靠拢过来。

卢云命部下散开,张弓搭箭等候号令。不明身份的骑兵即将进入射程时,却停住了。"突骑施人!"卢云话音未落,一匹乌黑的骏马从对面直冲过来,卢云扣箭的手停在弦上,心头涌起莫名的兴奋。

来人是突骑施部的酋长史那尔。

史那尔是一名英俊威武的酋长,脸庞棱角分明,腮边黑须浓密,双目有神。史那尔肋下挂了一口突厥样式的长刀,身上披挂的却是官军将领特别喜爱的明光甲。

"没想到在这里见到你。"史那尔大声说,"这块地盘水草丰肥,真是个幽会饮宴的好去处。公羊、母羊扎堆,生下的羔儿成群,赛得过天上的星星。"

"你直接冲过来,我的手一松,难免伤了你。"卢云从马下跳了下来。

"你算是个神箭手了,但比起我嘛,恐怕略差点儿火候。"史那尔笑道,"若是玩长矛,我恐怕没你高明。"

史那尔也跳下马,上下打量卢云的坐骑,称赞道:"这匹马绝对是上好的牲口。你从谁手里弄到的?"

卢云告诉史那尔,为买这匹马,他当时差点变成穷光蛋。

史那尔说:"真正的骑手,决不会卖掉心爱的坐骑,但是把一匹好马赠给真正的朋友,则是另一码事儿。"

卢云看史那尔全副武装,脱口问题:"你那里难道发生了战事?"

"我确实得到了不好的消息。"史那尔告诉卢云,半个多月前,他的人在距离石国不远的地方,与一队大食骑兵发生冲突。当天夜里,吃了亏的大食人偷袭了他的另一个营地,杀死几十人,抢去了一些马。

"前两年大食发生内乱,如今已换了国王。形势刚一安定,他们就要向东扩张,真是野心勃勃。"卢云说。

"看来要打仗了,突骑施人原本是大食的克星,没想到你们和大食联手对付苏禄可汗,让突骑施人分崩离析。"史那尔愤愤不平地说。

"苏禄可汗不把朝廷放在眼里,对自己的人又很刻薄,他纯粹是自取灭亡。"卢云反驳道。

史那尔痛恨苏禄,但是他不能容忍外族人羞辱一位曾给突骑施带来无比荣耀的首领。史那尔熟知突骑施人的历史，在他是个孩童时，部族中的老人就用说唱的方式讲述过苏禄可汗的丰功伟绩。

五十年前，突骑施首领乌质勒将牙帐移到碎叶，大周皇帝武则天授乌质勒为瑶池都督。后来西突厥各部纷纷降唐。突骑施可汗娑葛死后，苏禄暗中扩充实力，很快发展到了二十万人，被唐朝授以功禄左羽林大将军、金方道经略大使，成为举足轻重的西域之王。苏禄在西突厥的统治权巩固后，与唐庭的臣属关系逐渐稳定。开元十年，唐庭册封原十姓可汗王族阿史那怀道的女儿为金河公主，嫁给苏禄为妻。苏禄臣服大唐，在娶了金河公主后又遣使南通吐蕃、东附东突厥，东突厥和吐蕃也嫁女给苏禄。苏禄把三国的公主都立为可敦，又分立几个儿子为叶护，周旋在各大势力间，好不风光。

十二年前，苏禄死于内乱，黄、黑二姓突骑施人矛盾重重，彼此混战。大首领都摩度和莫贺达干争权夺利，都摩度立苏禄的儿子骨啜为吐火仙可汗，占据碎叶和怛罗斯两座城池。第二年，安西都护盖嘉运和莫贺达干共同出兵，连破二城，生擒了吐火仙。随后两年，玄宗以昔日西突厥可汗直系后裔的阿史那怀道的儿子阿史那昕为十姓可汗，统领西突厥及突骑施部，莫贺达干十分不满。阿史那昕徒有显赫的身世，阿史那氏在十姓故地已没有实际影响力。朝廷的官军护送阿史那昕返回故地赴任，到达碎叶西南的俱兰城，突遇骑兵袭击，阿史那昕死于乱军中。阿史那昕的死亡终结了朝廷在西域扶植阿史那氏的梦想，玄宗震怒，发誓铲除桀骜不驯的莫贺达干。朝廷随后传诏，令边将发兵征讨，最终将莫贺达干斩杀在荒碛中。莫贺达干死后，诸部酋长群龙无首，史那尔的堂叔吐脱试图成为突骑施人的盟主，为增强实力，他暗害了史那尔的父亲。

"现在大食人杀过来了，突骑施人毁了，你们的日子也不会好过。"史那尔眼中闪过一缕寒光。

"是毁了，不过我们不怕大食人。"卢云道。

"我本不该跟你们走得太近。我为什么要这么做？"史那尔冷笑道。

史那尔的父亲是一个突骑施酋长，年轻时曾到长安寻求出路，在宫廷担任高级侍卫。作为突厥人的一支，西突厥汗国败灭后，突骑施部在西域逐渐兴盛，到苏禄可汗时达到顶峰。苏禄依靠软硬兼施的手段，慑服了一盘散沙的突骑施诸部，成为名副其实的突骑施可汗，兵锋最盛时拥有二十万骑兵。大唐朝廷为了对抗大食，册封苏禄为忠顺可汗。苏禄羽翼丰满，变得骄横起来，既攻掠大食的地盘，也经常派骑兵进入北庭辖区，抢夺人口、财物。屡次被突骑施人击败，视突骑施人为东征障碍的大食为除掉腹心之患，派使者到唐庭示好，借机挑拨大唐跟突骑施人的关系。大食的离间终于获得成功，玄宗决心铲除不听摆布的苏禄。突骑施人两面受敌，逐渐陷入困境。在进攻大食受挫后，苏禄的势力锐减。被失败的阴影笼罩，经常喝得酩酊大醉的苏禄中了风，一只胳膊抬不起来，需要两个人扶着才能上马。此前，由于过分贪婪，苏禄对待部众比较苛刻，获得战利品后大多据为己有，很少赐给部众，已经埋下了祸根。兵败后，突骑施各部更是心怀异志。在一个夜黑风高的夜晚，苏禄和几名部下赌博，苏禄赌输了，气急败坏，命侍卫痛打大首领都摩支。回到营地后，都摩支又气又恨，另一名大酋长莫贺达干趁机提议干掉苏禄。二人一拍即合，天亮前各率部众冲进苏禄的牙帐，杀死了苏禄可汗。

史那尔的母亲来自汉地，父亲姓李，是驻守北庭的一名汉将。李将军在征战中身受重伤，临终前嘱咐部下把女儿送回汉地。护卫队从庭州出发，路过一片沙漠时，遭到薛延陀人袭击。汉兵人数很少，带队的校尉战死，剩余的士卒放弃抵抗，四处逃散。薛延陀酋长看到车仗中有一名美丽女子，立刻把她拉出来，放到自己的马背上。薛延陀人走了没多久，前面出现了一队突骑施骑兵。

突骑施人的首领旋风般冲过来，挥刀砍杀了薛延陀酋长。薛延陀人四散奔逃，突骑施人夺走了将军的女儿。

将军的女儿不甘受辱，使劲咬住突骑施酋长的胳膊，酋长镇定地看着她，连眉头都没皱。她从头上拔出银钗，想刺穿自己的喉咙，被那个英武的男人握住了手腕。她感觉身上的气力一点点消失，酋长用脸贴住她的耳朵，用汉家的语言说："别闹了，我去过长安，很喜欢汉家的女子。"

将军的女儿惊讶了，她看到突骑施人露出雪白的牙齿，这口坚硬的牙齿似乎能嚼碎骨头。酋长的身上散发出热烘烘的气息，似乎不太难闻。

将军的女儿说："你们是一群野狼。"

酋长笑了："我们原本就是狼的后代，我们需要女人，好女人能让男人们更有血性。"

半个月后，她终于接受了这个男人，她相信这原本就是命中注定。将军的女儿通晓文墨，两年前失去了母亲。小时候，她曾听母亲说过和亲的故事，对天子把公主嫁给胡人感到不解，没想到这种不可思议的事情现在发生在了自己身上，她成了一个胡人的妇人。

据说，死去的李将军曾向一个居住在西州的相士问卜。

相士说："你的女儿要远走高飞，在天狼星闪光的地面上生活。她的身份显贵，但难免遇到灾星。她留下的一粒种子，会重新回归故土。"

将军的女儿生下两个儿子和一个女儿，大儿子史那尔，二儿子呼陵。在女儿降生时，帐外飞扬着铺天盖地的大雪。她想到故地的兰花，心里有些忧伤，于是给女儿取名雪兰。

一年前，到龟兹互市的史那尔受邀来到官军校场，看见卢云教授军校枪法。卢云手中的长矛如同一条吞吐信子的毒蛇，挑飞了木垛上的一块块木牌。卢云告诉史那尔，这种检验枪马技艺的方式，属于官家武举考试的必备功课，但只是一种简单、实用的操练手段，欲练成得心应手的枪术，除了悉心领悟，必须掌握更精湛的技巧。卢云说，对阵厮杀只凭借手上的感觉，稍有偏差便会生死两隔。那一天史那尔特别兴奋，连喝了几大碗马奶酒后，索性站到马鞍上放马狂奔。卢云的骑术在长安一带的游侠少年中首屈一指，但史那尔玩弄的花样让他自愧不如。

卢云决定跟史那尔一起回龟兹。当天夜里，史那尔在帐中摆酒邀卢云同饮。

三碗酒下肚，史那尔提到了母亲。去年秋季，卢云奉命去北庭都护府送交书信，回来时恰好路过史那尔的牙帐，见到了他的母亲。李夫人年近五旬，身着突厥贵妇的服饰，显得气定神闲。她身边的两个女侍同样略上了些年纪，身着汉服。这个置身于荒碛的女人，肤色依然细腻，犹存一点昔日风韵，说话的声音轻柔和缓，又隐含强韧。

"你看我，就是风中的一片叶子，世代漂泊。"李夫人说。大唐军队威名远播，不少被掠为奴隶的汉人男女得以重返汉地。像她这样的人，无力回天，只能茹毛饮血，埋骨于荒野大漠，过四处为家的游牧生活，不能再见到故土了。

"您的身份尊贵，又习惯了这种生活，倒没有什么不好。"卢云安慰道。

"我失去了丈夫，幸好生下两个儿子和一个女儿。史那尔和弟弟呼陵自幼骑马射雕，比纯粹的胡人更野。可是我的女儿雪兰，还不到十六岁，我用汉家的方式教养她，这个孩子真是冰雪聪明呵。"李夫人似乎若有所思，轻声呼唤道，"雪兰！"

后帐转出一个身穿胡服的女孩，头发乌黑，脸庞明净，长相有几分像母亲。特别是一双明亮的眼睛，清纯若水，隐约带了一点忧郁。

卢云的呼吸有些急促了。

"喝碗奶茶吧，这是我的女儿，她不应该成为胡人。我决不忍心让她像我一样，埋没在这个风沙弥漫的地方。"李夫人道。

雪兰倒了热茶，脸红红地走开了。李夫人吩咐侍女取出一张银灰色的豹皮，执意要卢云收下。她说只要看见汉地来的人，都感到亲切，特别是看到卢云英气勃发，更觉得打心眼里喜欢。卢云离开营地时，雪兰没有再露面。

卢云和史那史尔对饮了十几碗葡萄酒，感觉天地微微旋转，史那尔也开始打瞌睡。卢云正打算悄悄离开，忽听史那尔的坐骑嘶叫，声音里有一种悲戚。史那尔惊醒了，翻身跃起冲到帐外。卢云紧跟着出去，看到史那尔抱住自己的坐骑，那匹马喘了几口粗气，死在了史那尔怀中。史那尔沉默不语，站立了良久。史那尔的一名部下说，这匹马在途中曾经受伤，大食人的一支箭射在它身上。史那尔拔出箭后，用混合着烧焦马粪的碎末为马止血。本以为马痊愈了，没想到它伤得这么重。这是匹有灵性的牲口，或许明知道自己会死，却不想让主人看到它的痛苦。在主人即将到达目的地的时候，马儿终于撑不住了。

四天后，史那尔一行赶到了龟兹。刚进城，史那尔立刻拜见了高仙芝。让史那尔略感宽慰的是，高仙芝待他还算客气。史那尔讲述了跟大食游骑遭遇的经过，这件事引起了高仙芝的警觉。高仙芝说，如果大食人真敢犯境，安西铁骑会给予迎头痛击。史那尔沉吟片刻，又告诉高仙芝，他的堂叔吐脱目前正在招募兵马，而且吞并了碎叶一带的几个小部落。吐脱不仅试图作乱，而且私下里跟大食人勾搭。

对于吐脱的行为，高仙芝没太在意。在高仙芝看来，无论是分崩离析的突骑施还是河中地带的九姓胡，都不可靠。史那尔前来求助，说明突骑施部族间的矛盾激化。史那尔无非是想取得安西都护府的支持，获得更高的地位。

"他可是你的叔叔。"高仙芝提醒史那尔。

史那尔知道自己的话引起了误解。他说，吐脱是害死自己父亲的凶手。有一次，

15　突骑施酋长

父亲在外出巡猎时遇见吐脱，被邀共同饮酒，第二天返回自己的牙帐后不久便吐血身亡。十八岁的史那尔发誓报仇，又感势单力薄，只好星夜带领本部人马远遁。史那尔说，吐脱一直想把自己的部众赶尽杀绝。为避免遭到灭顶之灾，他一直在靠近安西、北庭的荒漠、草原上游牧，尽量避开吐脱的势力范围。现在，吐脱的狼子野心已经开始暴露了。

离开都护府，史那尔有些郁闷。临走时，高仙芝送给他十几匹上好丝绸，他很想抽刀挑碎这些东西，脸上却露着微笑。高仙芝也笑了，看得出来，这个英俊的突骑施人很有尊严，不容轻易冒犯，又颇懂待人的礼数，这在胡人首领中并不多见。史那尔在街头大口呼吸，闻到了马粪的气味，他想到了死去的坐骑，心头涌上莫明的伤感。史那尔的鼻子一酸，只有十年前父亲死去的时候，他才痛哭失声。除了那一次，他以后再没哭过，他不想让眼眶里涌上泪水，可是想到爱马，还是难以抑制内心的难受。史那尔想到自己的处境，暗骂了一声高丽奴。他当然不希望突骑施人相互残杀，如果不是吐脱咄咄逼人，不是为了保护自己的部落，何必要求官兵提供帮助。史那尔暗想，天上不会掉下来骏马和肥羊，唐军为了西域安定，同样不愿意扶植强大的对手。或许每个人都在心里盘算得失，高仙芝是精明的，他知道尽管实力悬殊，但在吐脱和史那尔这对叔侄间，除了冤冤相报的血仇，自然还有更吸引人的东西。在刀兵相见、势同水火的背后，无论汉人还是胡人，都渴望掌执权柄，这是结结实实埋在心头的秘密。

史那尔身上出了热汗，他解开袍子，露出结实多毛的胸脯。史那尔到营中去找卢云，为了表示友好，值日的牙将允许卢云陪同史那尔到城里转转。史那尔身边只带了两名人高马大的侍卫，他要卢云带他到集市饮酒。

史那尔很快丢开了烦恼。十五岁时，父亲把他送到长安学习。第二年，他喜欢上一个歌馆舞伎，为她没少破费银两。度过一段风流胡闹的日子，史那尔返回故地。半年后，史那尔的父亲死亡，他开始挑起部族的大任。

史那尔酒量惊人，轮番喝着米酒、葡萄酒和奶酒。史那尔说，若论滋味，终归是本部族的奶酒更美。

"酒是令人开怀的好东西，但作为一个负责任的首领，决不可因酒误事。"史那尔道。只有心情放松时，他才能痛快饮酒。

"我不太喜欢汉地的女人。"回到驿馆，史那尔叹息一声。

"李夫人便是汉家的女子，我知道你很尊敬她。"卢云道。

"母亲承受了很多苦楚，是个了不起的女人。"史那尔点点头，随即又说，"汉家女子的心思有时让人摸不透。她们心里特别不高兴，也能强作欢颜，有时候很坚强，有时候又特别软弱。"

"你还在牵挂那个青楼女子？"卢云问道。

"少不更事嘛，你敢取笑我？"史那尔故意板起面孔，"在长安城，很多人称我为胡儿。有一个卖烧饼的汉子骂我是小骚胡，我踢飞了他的担子，烧饼滚了满地。那个汉子抽出扁担冲过来，我拔出腰里的刀子，吓得他转身就跑。"

"胡儿果然凶猛。"卢云大笑起来。

"说起女人，还是我们突骑施女人爽快。"史那尔兴奋起来。

"马和女人，是突骑施男人最喜欢的东西。"

"你是大酋长，是部落中自封的汗王，有多少女人做梦都想成为你的可敦。要是胆子大些，她们会主动钻进帐篷，向你投怀送抱。"

"部族里的女人倒没那么大胆。在我面前，她们得装出低眉顺目的样子。"史那尔漫不经心地说，"听说你们的天可汗，喜欢把公主嫁给我们这些天马行空的骄胡。"

"当然，娶了天可汗的女儿，可以得到堆积如山的嫁妆，还能向其他部落发号施令。"

"我不想巴结你们的天可汗。"史那尔说。

卢云喜欢史那尔，是因为认定他是个冷静、勇敢的异族首领，特别是身临险境时，他的从容镇定体现出一种王者风范。在本部族人面前，史那尔是至高无上的，但是面对朋友，史那尔显露了性情中宽容、诚恳的一面。除了饮酒、厮杀、处理部族事务，容纳心爱的女人到帐中陪侍，史那尔独处时，经常显得落落寡欢。他身边有几个亲近的女人，但未立正式的妻子。按照部族传统，他应当跟另一个酋长的女儿成婚。如果实力更强大，他甚至可以迎娶某个国王的公主。

"在长安，皇帝的女儿多半都有脾气，她们对驸马颐指气使。"卢云说。

"无论多么霸道的女人，总能被揉搓成软和的皮子。"史那尔笑了。

史那尔喝了两口水，有些絮叨，无论如何，世间最让他钦敬的女人，确乎是母亲。从母亲身上，史那尔体验到女人的力量。

"可惜我的双亲过世了。我念着他们，又总是在心里回避，怕勾起伤心。看到你的母亲，我心里难受，她确实让人敬重。"卢云有些伤感。

"你是个有气度的汉人，她自然待你亲近。"史那尔呼唤手下人拿水，"知道吗？我妹妹雪兰，美得出格，更是个聪明姑娘。"

"她像一个汉家女子。"卢云揉了揉眼睛。

"雪兰十六岁了，想娶她的人不少。母亲不想把她随便嫁人，特别不乐意让她嫁给胡人。"史那尔咕咕嘟嘟喝了小半罐清水，"母亲教她认字，让她翻看用细线扎成的书本，甚至还让她用细针绣花。"

"她煮出的滚热奶茶，香气醉人。"卢云说。

"她喜欢汉地的茶饼、首饰。"史那尔说，"有些地方与汉家姑娘不同，她骑术很好，能在马背上搭弓射箭。"

"前些日子，有人从长安捎来两包上好的茶饼，送给你吧。"卢云说。

"好吧。我喜欢你的茶饼。"史那尔咕哝着，头一歪，竟呼呼睡着了。

卢云离开驿馆时，天已经黑透。街市淹没在黑暗中，只有城头闪亮着几只暗红的灯笼，和天上的星光呼应。冷风拂面，细微的沙尘扑打在脸上，卢云的头昏沉沉的。大都护府的方向现出跳跃的白光，忽急忽缓的乐音盈耳，胡琴、琵琶弹奏出一个熟悉的曲调。过了片刻，悠扬的笛管响起，隐约飘出女人的歌声。卢云眼前一亮，隔着沙碛，仿佛看到一片碧绿的草地融合了湖水，摇晃的水波中，浮现一个笑意盈盈的身影。

16

九姓胡的背叛

　　城楼上响起了沉闷的更鼓。每天都传来各种各样的消息，散布口信的人，有军中的斥候、巡哨的骑兵，以及来自四面八方的商人和马贩。龟兹的驻军加强了训练，种种迹象表明，西边不太平了。

　　早在大唐立国前，雄兵百万的突厥人已在北方草原和西域发号施令。为了维持和平，与突厥人接壤的中原王朝君主，争相结好于突厥人。唐太宗即位后，经过连年战争，终于击败了突厥人。突厥部落四分五裂，其中一些著名的酋长被赐予荣耀的封号，成为领兵护边的名将。一时间，长安城中诸胡云集，很多人乐不思蜀。面对气势恢宏的长安，胡人们难免自卑，可是一回到草原、大漠，他们立刻恢复了野性。为了争夺丝帛和女人，胡人不断在边疆制造麻烦。如今，西域诸胡分崩离析，已难成大气候，只有强大的吐蕃令唐朝十分头疼。改朝换代的大食人卷土重来，即将成为另一个令人生畏的对手。近百年来，大食人开疆拓土的速度很快，他们不仅要控制河中地带的昭武诸国，还想继续东进。这样的局面令人担心。

　　接掌安西帅印后，高仙芝很快树立了权威。去年秋天，吐火罗叶护夫里尝伽罗派使者上表，称靠近吐火罗边境的揭师国王自恃地势险要，和吐蕃人勾结，与大唐为敌，希望发兵征讨。揭师国驻扎了吐蕃兵马，不仅直接威胁到小勃律，而且阻塞了安西四镇通往吐火罗的要道。朝廷向高仙芝传旨，让他解除这一祸患。三个月前，高仙芝在吐火罗人的配合下，一举破了揭师，俘虏了揭师王勃特没，另立勃特没的

16 九姓胡的背叛

哥哥素迦为王。

打通连接吐火罗的要道，同样触犯了大食的利益。大食野心勃勃，一心想彻底吞并吐火罗，对于这一点，高仙芝心里有数。

高仙芝喜欢西域音乐，都护府中有十几名官伎，为他唱歌、跳舞，排解寂寞。另外，龟兹城从来不缺乏歌舞胡姬，康国流行的胡旋舞、石国的柘枝舞、胡腾舞，都是都护府饮宴时最受欢迎的节目。

高仙芝和父亲高舍鸡一样，喜欢白色。高舍鸡是高丽人，有王族血统，自幼被迫离开故土。高舍鸡告诉儿子，故乡天气寒冷，有一条白练似的大河。高仙芝觉得，那片传说中江清雪白、树林茂盛而又阴冷的土地，并非真正的故土。置身于西域旷野，更让他充满斗志。不到四十岁，便成为权倾一方的安西节度使的高仙芝，感激给予他权柄和荣耀的玄宗皇帝，希望再建奇功报答知遇之恩。

高仙芝吩咐传令官，急招史那尔来都护府衙议事。

昨天有些受到冷遇，史那尔心中不满，本来打算离开龟兹。没想到高仙芝再次召见了他。

高仙芝在偏厅摆酒款待史那尔。除了几味寻常菜肴，他特地让厨役蒸了一只羊羔。高仙芝颇有酒量，两个人几碗葡萄酒下肚，气氛热烈起来。

高仙芝对吐脱的事情很感兴趣，要史那尔详细说一说。

史那尔告诉高仙芝，近年来，吐脱和另一名实力雄厚的突骑施酋长经常在碎叶周边游牧，二人都想聚兵反叛，谋取突骑施大酋长的权位。北庭节度使王正见感觉情势危急，调集兵马先发制人，一举摧毁了碎叶城。吐脱得了消息，及时率部众脱逃，另一名大酋长拼命抵抗，兵败自杀。吐脱向西逃避，先是躲进药杀水以北的大片草原中，等待东山再起的时机。北庭兵马回撤，他招兵买马，很快纠集了数千骑兵。如今，吐脱游荡在热海一带，继续收罗被打散的突骑施武士。史那尔还说，目前大食人已派使者跟吐脱取得联系，很可能是要勾结起来攻打安西。

"这件事，你昨日为何隐瞒？"高仙芝说，"如果吐脱真和大食人联手，我一定灭了他。"

"吐脱逼人太甚，时刻想吞并我的部曲，希望都护大人除了这个祸根。"史那尔表示，如果官军跟吐脱开战，他乐意听从调遣。高仙芝点点头，他相信史那尔确实遇到了麻烦。强大的突骑施部已难成气候,依然内讧不断,从军事角度看,现在正是彻底解决他们的天赐良机。王正见横扫碎叶,让高仙芝心里既高兴,又有些嫉妒。高仙芝渴望进行一系列战役,只有再传捷报,安西才能尽显风头,彻底盖住北庭。鹬蚌相争渔翁得利,让突骑施人自相残杀,然后再出面收拾残局,是减少损失的上策,但眼下史那尔的力量较弱,无力撼动吐脱。除掉这一心腹大患,只能动用安西的兵马。安西境内清平了,方可集中力量对付更强大的敌人。

酒宴散了,高仙芝命人在府库中取了上百段丝绸赠给史那尔,要求他先回去整顿人马,准备配合官军作战。高仙芝向史那尔许诺,打败吐脱后将上表朝廷,为史那尔请一个更高的封号。为了表明态度,高仙芝当着史那尔的面派出两哨探马,前往热海探察吐脱的动静。

打发走了史那尔,高仙芝静心考虑用兵的事情。他有一种不祥的预感。自从大唐军队重新控制西域,表面的和平掩盖不住扑面而来的杀气。安西地广人稀,兵力部署比较分散,两万多名士兵震慑周边的部族绰绰有余,但对付用心险恶的大食和吐蕃人绝非易事。大食国的呼罗珊地区驻有重兵,而且是一支精锐之师。目前河中一带的昭武诸胡虽然名义上还尊重朝廷,实际上已成大食附庸。自从攻破勃律、灭掉揭师,夺回河中控制权的念头一直搅得高仙芝寝食难安。高仙芝觉得,对反叛者不能过分怀柔。安抚和退让,只会让这些身处边地的野蛮人不知天高地厚,离心离德。

前些日子,石国骑兵劫持了朝廷派往大食的使者。两天后,使者被放行,石国王车鼻施特勤解释说,石国武士并不认识大唐使者,因为队伍中夹杂了波斯商贾。使者从大食返回,路过安西,向高仙芝通报了情况。使者说,石国人最初表现得挺凶狠,看守他们的武士不时用目光悄悄打量他们,而且交头接耳,似乎在商量对策。后来,石王派出一名会说汉话的臣属,表达了歉意,并安排丰盛的酒宴给使者压惊。对待商人,他们也算友好,归还了抢走的财物。

石国人的无礼决非空穴来风,或许石国想通过此举投石问路,试探大唐朝廷的反应。既然各方面传来的信息,已经印证了车鼻施特勤私交大食的事实,高仙芝觉得,目前已经初步找到解决问题的突破口了。出头的椽子先烂,目空一切的石国,就是这样一根不自量力的椽子。

吃过午饭,高仙芝眯了一觉,醒来后立即召集众将议事。

都护府议事厅里的气氛有些紧张。消息灵通的将官,已经知道突骑施酋长史那尔前来求助。吐脱和大食人勾勾搭搭,大食人又不断对石国威逼利诱,如果这几股势力联合起来,麻烦很大。此前,都护府中的幕宾们已过对石国最近两年疏于纳贡,跟朝廷关系冷淡的事情议论纷纷。按照朝廷的意思,石国的先国王死后,接替王位的应是亲唐的王子伊奈吐屯,可是在石国境内,车鼻施特勤的势力更大,通过武力排挤伊奈吐屯取得王位。车鼻施特勒曾上表请求朝廷册封,面对既成事实,尽管朝廷不乐意让他称王,但是为了维系宗主国的名分,还是做了让步,给了车鼻施特勒王号。

高仙芝端坐于堂,不动声色:"石国不讲信义,极可能串通反叛的突骑施残部与我作对。诸位说说,我们应静观其变还是先发制人呢?"对于如何惩罚石国,高仙芝已经有了打算。他之所以抛出两个方案让众将商议,只是想试探军心。

一名年纪略大些的参军说,突骑施人四分五裂、难成气候,他们曾跟大食势同水火,想必不会结盟。河中地带的九姓胡人,其诸王原本出自同族,跟他们开战,恐怕牵一发动全身。另一名偏将反驳道,对付反复无常的诸胡,必须使用铁腕手段。忍让退避,只会让局势变得糟糕。高仙芝征询李嗣业的意见。

"以我们的实力,攻灭石国不难,只是要找准时机,代价越小越好,最好能不战而使之屈服。"李嗣业说。

"石国怠慢朝廷或意在投石问路。河中群龙无首,大食虎视眈眈兵锋日盛,这个时候应当稳住昭武诸胡。"别将段秀实提出了自己的担忧。

"大食虽有东征的野心,但我天朝威势远胜于彼,料其不敢轻举妄动。"高仙芝故意说。

"听说目前呼罗珊军势强势,若倾力来攻,怕不易对付。"段秀实说。

"你虽被人称为秀士,可是骨头硬得很,为什么示弱呢。"高仙芝大笑,目光再一次转向了李嗣业,"我倒是很乐意看到李将军的陌刀手与大食骑兵对阵,这样的较量迟早会发生。"

"冲锋陷阵,是陌刀手的本分。是战是和,得由大将军定夺。"李嗣业说。

幕府中不乏饱读兵书的幕僚,经常讨论兵法。高仙芝深知,用兵之道在于审时度势,出其不意。敌未动而己先动,是控制对手取得胜算的先决条件。石国的这团乱麻，只能用快刀来斩。

"身为武将，畏战让人耻笑。扩大战果，才能声名远播，让朝廷中坐享其成的文臣武将对安西都护府的更加刮目相看。"高仙芝说。

众将闻言，知道都护已打定了主意。高仙芝不再多说，宣布散会，只是留下了段秀实。

"段将军，你一向果断有谋，今日为何温吞？"

"我朝自太祖皇帝登极以来，平息内战，统一江山，为了对付周边的强敌，最初只能韬光养晦等待时机。后来兵马雄壮，一举平定了最为棘手的敌人突厥。灭掉突厥后，吐蕃人的势力逐渐强大，历经苦战，如今总算压制住了吐蕃人。吐蕃人惦记卷土重来，而大食国已经快要控制住河中地带。将军镇守一方，当以大局为重。"段秀实不紧不慢地说。

高仙芝希望平定外患，让安西军马直接控制河中地区。

"只怕兵力不足，我等又得不到朝廷的全力支持，到时候捉襟见肘。"段秀实仍有顾虑。

"先下手为强，正因为如此，才要果断出击。"高仙芝说。

"昭武诸国，若能很好利用，倒不失为屏障。"段秀实说。

"朝廷以怀柔的方式对待诸胡，埋下了诸多隐患。"高仙芝将茶碗向案上一蹾，提高了声音，"为将不敢言战，誓必被人轻视。更何况如今局势微妙，九姓胡心存异志，必须杀一儆百，打消他们投靠大食的杂念。"

段秀实坚持己见，认为投一石而惊百鸟，同样会惹麻烦。

"秀实颇有见地，但是带兵打仗，绝不可有妇人之仁。所谓时也势也，如今我朝承平日久，诸胡骄横，做出种种怠慢姿态，试探官军的底线。姑息纵容，后患无穷。"高仙芝笑道。

段秀实看出，高仙芝已经决意搬掉石国这块绊脚石。

段秀实相信，以高仙芝运筹帷幄的能力，拿下石国毫无问题。如果此举震慑住了昭武诸国，以官兵为核心，在河中形成反对大食的军事同盟，被动的局面就彻底扭转了。

"只要将军拿定了主意，我愿意随军出征。"段秀实心动了，诚恳地说。

16 九姓胡的背叛

"杀鸡何用牛刀。我军远征石国,须防吐蕃人兴风作浪。我走后,你可协助副都护封长青镇守龟兹。后方稳固,三军心安,其他三镇的布防,也要多加留意。"高仙芝话锋一转,神情变得轻松,"秀实平日作风谨严,人所共知,但人非草木,孰能无情。龟兹城中的胡姬,别有滋味、各具风情。特别是放浪形骸的时候,令人神魂颠倒。铁打的汉子难过美人关,依我看,你该找个善解人意的女子,好好放松一下了。"

"秀实该走了。"段秀实急忙起身道。

"今天晚上难得闲暇,本想约你和嗣业观看胡笳歌舞。可惜嗣业急着回营选调军马,你又是个拘泥的人。也罢,我这里有上好的茶饼,你喝碗热茶后再走。"高仙芝的心情很好。

话音刚落,两名身段轻盈的侍女款款走出,端上热气腾腾的茶汤。茶汤浓厚似乳,香气扑鼻,段秀实一时神情恍惚。两杯茶下肚后,段秀实向高仙芝道别,急急返回了军营。

十天以后,高仙芝派出的两路斥候回来了,报告吐脱的行踪。在此期间,都护府的准备工作已经就绪,高仙芝选兵调将,亲率八千兵马出征。除了最信任的将领,没人知道官军的最终目标是石国。

史那尔带来的消息的确可靠,吐脱召集来自北庭的突骑施残部,扩充势力,目前已聚集了将近五千人马。最近,吐脱率部离开热海,移师向南,将牙帐设在吉布谷地。这片谷地适合骑兵机动迂回,距离真珠河较近,无论石国还是拔汗那部,都试图控制这片水草丰美的地域。

高仙芝派信使联络史那尔,要他立即率领部众向官兵靠拢,吸引吐脱的注意。他又传栩东曹、拔汗那诸部首领,要他们不得以任何形式援助吐脱。高仙芝还答应史那尔,一旦打败吐脱,可任凭史那尔收容其部众。他将上报朝廷册封史那尔,给他一个都督的封号。

一切安排就绪,高仙芝命官兵分批开拔。七天后,官军前锋已经接近吐脱的牙帐。

突骑施大酋长吐脱尚不知危险临近,正在帐中宴请两个石国的使者。

吐脱的头发散乱、卷曲,两腮布满卷曲的黑须。他长了两只小眼睛,眼神凶光灼人,偶尔也会露出一丝柔和。生气的时候,他的双腿略微发抖。

离开碎叶川后,吐脱一直心情沮丧,原本令人生畏的突骑施人,现在竟变得不堪一击，几乎失去生存的地盘。吐脱至今不想承认这个现实。遥想苏禄可汗纵横西域的日子，突骑施人曾经助河中地带的昭武诸国对抗大食，九姓胡不断派使者纳贡。如今，九姓胡慑于大食的压力，根本不买突骑施人的账。唯独带有突厥血统的石国国王车鼻施特勤，跟吐脱藕断丝连。

使者在吐脱的逼迫下，连喝了七八碗奶酒，有些吃不住劲了。使者摸着肚皮，打了个响亮的饱嗝，表示自己到量了。吐脱不依不饶，吩咐侍卫继续倒酒。

"想当年，苏禄可汗西拒大食，北袭大唐，连吐蕃赞普都把女儿送来和亲，何等风光。"吐脱喝了一口酒，渐渐高兴起来。见使者低头不语，他又有些恼火："你们石国，当年也是依靠我们突骑人的保护，现在反而投向了大食。"

"大食强盛，呼罗珊军府拥有最厉害的骑兵，连康国的飒秣建城都被呼罗珊的兵马占据了。为了对抗大食，我九姓诸国曾向大唐朝廷求助，虽说这是棵大树，但远水难解近渴，唐天子只是个摆设。"使者说。

"别提什么唐天子，让人心烦。我想知道，你的国王到底有啥打算，别吞吞吐吐的，好像嘴里含了个羊蹄。"吐脱用刀割下一片羊肉，直接塞进嘴里。见使者不吱声，吐脱瞪起了眼睛。

"我听说石国已经投靠了大食，有没有这回事？"

"车鼻施特勤大王并不喜欢大食人，只是为了保全石国，才接受大食的册封。"

"前些日子，高仙芝派使者前来索要贡礼，碰了个不软不硬的钉子。"使者略一迟疑，还是告诉了吐脱一个秘密。

"你们这是想彻底和高仙芝对着干了？"

"大食兵锋强盛，离我们石国又近，更不好得罪。"使者苦着脸说，"大王权衡得失，才选了这条道。"

"难道得罪唐天子就能平安无事吗？我可是听说，那个高仙芝不太好惹。"吐脱说。

"您不是要和高仙芝打仗吗？"石国来的副使用袍襟抹抹嘴巴，偷偷瞄了一眼吐脱。

"看样子你们没喝多。"吐脱哈哈大笑，吩咐继续倒酒。

自从苏禄死后，吐脱一直梦想得到汗位。为了达到目的，他害死了好几名本部族首领，其中包括史那尔的父亲。吐脱有些鲁莽，但是也明白，为了夺取大位，必须采取最冷酷无情的手段。无论大唐皇帝、吐蕃赞普，还是大食的阿里发，没一个人心慈手软。吐脱清楚，在突骑施诸部，他的势力不强、名头不响。当年吐火仙可汗被生擒后，朝廷并没杀他，而是把他留在长安城养活了好几年。玄宗看到吐火仙诚心归顺，便册封他为突骑施可汗，派兵保护，把他放归到故地。去年吐火仙得病死了，突骑施部的几个大酋长各怀心事，都想拥有汗位。诸部不和，让北庭都护王正见钻了空子。王正见以平叛为名，一举捣毁碎叶城，击溃了诸部兵马。

为摆脱困境，吐脱同样想到了军力超强的大食。如果大食人能帮他取得汗位，何乐而不为呢？吐脱以为，只要突骑施人的力量足够强大，很容易东山再起，继续称霸西域。

石国的使者了解到吐脱的心思，当即表示，石王车鼻施特勤希望跟吐脱联手对抗大唐。吐脱难掩心中的喜悦，几天前，大食人的使者已经带来厚礼，表达诚意说，乐意帮助吐脱对抗唐军。吐脱明白，别人主动示好，看中的是他手中的数千铁骑。

吐脱有意捉弄石国的使者，故意板起脸，继续逼他们饮酒。

使者带来三个舞女，这是车鼻施特勤特意备下的礼物。

女子被带到帐内，吐脱喜笑颜开。舞女身穿丝绸裙衣，扭动腰肢的时候，丝绸摩擦的声音应和佩饰敲击出的叮咚声，疯狂而悦耳。吐脱紧紧盯住舞女露出的一段肚皮，让他惊讶的是，她们的肚脐眼挂着亮光闪闪的金环。

使者讨好地说，这三个女子的家乡远在波斯，在那块土地上，这样的女子多如牛毛。当然，这三个年轻女子属于百里挑一精选出来的上等尤物。

"只要让姑娘们陪你睡一次，就知道她们和其他女人有何不同了。"使者在酒力的作用下，露出淫邪的笑脸，声音里充满挑逗。

"我看，不如先让她们尝尝鞭子，然后再享受她们。"吐脱说。

"对付这样的美人，谁舍得用皮鞭呢？"使者把酒洒到地上，挤眉弄眼地说。

"我当然不会辜负你们大王的美意。至于突骑施人的女人，不妨也让你们两个试试。她们的身体结实，没准会弄断你们的胯骨。"吐脱哈哈大笑。

波斯女子在帐中又表演了几段舞蹈，吐脱眼睛冒火，示意她们退下。吐脱吩咐手下人继续服侍使者，转身离席。手下人会意，立即将一名舞女带进吐脱的寝帐。吐脱扯掉了女子的丝裙，女子惊叫了一声，吐脱示意女子为他脱掉袍子，女子顺从地做了。吐脱急不可耐，立刻将女子推翻在地毯上。女子有若黏滑的水蛇，身体弥漫的香味刺激着吐脱，让他感觉酒已经醒了。他肆意地蹂躏女子的身体，着迷于这样的气味，这让他感到了前所未有的欢畅。出行前，女子和她的伙伴曾在香水池中浸泡沐浴，吐脱当然不明白其中的奥妙。

两名使者相视一笑，他们的酒量很大，只是故意装出有些不胜酒力的样子。作为使者，他们知道如何审时度势，赢得主人欢心。

吐脱终于回来了，得意扬扬地告诉使者："你们带来的女子昏睡过去了，她让人很来劲。等到明天，她肯定乐意到我的帐中继续跳舞。"

使者故意露出惊讶的表情，反复表示，回到石国后一定多寻几个绝佳的女子，奉献给吐脱。

"现在，我要看看你们对付女人的本事了。"吐脱的眼神变得柔和，他有些喜欢这两个善解人意的粟特人了，特别是石国正使含笑的样子，让他心里舒服。

使者被分别带进两顶小帐篷中，等待他们的是两个身体强壮的灰眼睛姑娘。使者闻到她们身上散发出的浓烈体味，这和石国的女人有些不同。突骑施女子果然野性十足。连日来的鞍马劳顿让他们渴望发泄，尽管在路上，他们私下里共同染指了一名舞女，但是面对吐脱回馈的礼物，他们也不会客气。

帐外传来刺耳的鼓乐，男人们扯开喉咙欢唱牧歌，词调粗野。石国使者使尽全身气力对付女人，满身热汗，他们揪扯女人的头发、肌肤，女人似乎被激怒了，用力纠缠使者，向他们的眼睛里吐唾沫。正使年纪略大，又喝了许多酒，最先支撑不住，推开女人呕吐起来。副使多撑了一阵子，但也有些狼狈。一阵风吹进帐幕，吐脱的侍卫闯进来，不容分说，将几乎光着身子的使者拉回大帐。

"在女人面前，你们竟变成这副模样。"吐脱和手下人开怀大笑。使者讨要自己的皮袍，吐脱不允，命人拿来大张的羊皮将两人包了起来。

"他在嘲弄我们呢，真是个蛮不讲理的杂种。"副使低声说。

吐脱继续劝酒，石国的正使说，车鼻施特勤国王有意将最小的一个妹妹嫁给吐脱。

吐脱眼前一亮。在昭武诸胡中，石国的势力不弱，如果彼此联姻，证明国王确实有拉他结盟的诚意。

"这是个令人高兴的消息，我会很好地对待你们的王妹，让她做我的可敦。"吐脱说。

"石国是个出美女的地方。"使者说。

"除了美女，我还喜欢你们的骏马。"吐脱兴奋得眼睛放光，吩咐换上大盆的酸葡萄酒，"我听说石王有一个漂亮妃子，让男人们魂不守舍。"

"这个美丽迷人的王妃已不幸亡故了。她生下两个儿子、一个女儿，后来患病死了。"使者答道。

"你们这次来，为什么不顺便把她的女儿带来？现在，我不喜欢王妹了。"吐脱提高了声音。

"大王的女儿还不到嫁人的年龄。大王子已经成人了。"使者说。

"王子能陪我睡觉么！"吐脱打了个酒嗝，热烘烘的酒肉气息从大帐中飞散出去。大帐的缝隙钻进一股邪风，在穹顶打了个轻旋，银碗中的油脂发出吱吱微响，昏暗的灯光上下跳动。

"好吧。我还是答应娶国王的妹妹吧，只要她足够漂亮。"吐脱嬉笑道。

一个差点没被大唐官兵砍掉脑袋的家伙，竟然如此狂妄。使者闻言，心中气得要命，恨不能抽刀割下吐脱的耳朵，表面却显得很平静。

使者拒绝再喝葡萄酒。吐脱吩咐部下向二人嘴里灌马奶。

"只有母马身上流出来的奶汁，才能让你们这两头刚撒完欢的公驴清醒。"吐脱握紧了拳头。他的手指骨节粗大，伸张起来却十分灵活。据说在一次格斗中，他用手把对方的刀折成了两段。

"你们待在结实的城堡中，跟我们这些四处游荡的人不一样。可是你们要记住，只有两样东西可以放倒突骑施男人，那就是女人和酒。若没有这两样东西，我们这些不怕流血的男人，活在世上还有什么意思？"

吐脱拿起面前的银柄尖刀。这把刀的样式奇特，刀柄有若鱼头，镶嵌的两粒宝石沾满油污，如同死鱼的眼睛。吐脱用刀挑开一块肥肉送到嘴里大口咀嚼。

吐脱的全部家底约有五千骑兵，其中包括少部分老弱残兵。使者对此心知肚明，不过这仍然是一支令人生畏的力量。

早在三四年前，吐脱已经积聚力量准备反唐，他曾派出一小队使者悄悄越过葱岭，辗转躲开官兵的防线进入吐蕃。吐脱的使者受到客气接待，但是赞普拒绝了吐脱迎娶公主的要求。使者在返回途中被葱岭守捉所的巡哨骑兵捉住，他们守口如瓶，坚决不肯透露真实身份，几乎被砍掉脑袋。由于没抓到把柄，使者被放还，他们从吐蕃获得的赐物被全部没收。使者返回碎叶川后，吐脱十分恼火，用牛皮鞭将他们的屁股抽开了花。随后，吐蕃人也放话说，只要吐脱打开吐蕃通往安西的通道，就可以考虑他的结亲要求。吐脱招兵买马、收罗部众，但是随着小勃律失守，吐蕃人被困雪域无法出击，他的希望变得渺茫了。

折腾够了石国使者，吐脱真的醉了。

吐脱冲部下吼道："安西的汉兵，还有被唐天子拉拢过去的草原武士，迟早有一天变成沙尘，被大风吹散，远离这片土地。只有我，才是这里的主人。"

话音刚落，一名武士驱赶烈马冲进大营。武士直奔大帐，眼看马头快要撞到帐门才勒缰停下。烈马抬起脖子，长嘶了一声。

"达赤来了。"武士翻身下马，大声吼叫，向帐内通报了自己的名字。

守候在帐外的两名胡儿惊魂未定，赶紧跑上前牵过达赤的坐骑。

达赤闯进帐篷。他的身材粗壮，肩背看上去仿佛一堵厚墙。由于自幼长在马背上，达赤的双腿有些罗圈。达赤的脸盘滚圆，嘴唇很厚，鼻孔外翻，一头略微卷曲的黑发和浓须粘连在一起。特别吓人的是，他的两只眼睛凶光毕露，总是杀气腾腾。

达赤是吐脱最信任的首领，性情火爆，喜怒无常。高兴起来，对待部下亲如兄弟，一旦发怒又经常把人打得头破血流，达赤是个大力士，部族里的武士没有能胜过他的。在一次角力比赛中，达赤拧断了一名勇士的脖子。只有在吐脱面前，达赤才显得驯服。

达赤说，驻扎在龟兹的高丽蛮子发兵了。几只牛蝇闹哄哄地飞来，围绕达赤旋转。

吐脱瞅瞅石国的使者，故作镇定地说："瞧，你身上的血迹引来了蝇子。"

原来，外出劫掠的达赤和官兵探马遭遇，探马很凶悍，杀死了达赤的两名部下。不过他们吃得亏更大，被达赤一口气砍杀了四五个人。

"只有一个探马跑了，否则的话，我会杀光他们。"达赤从怀中掏出几只血淋淋的耳朵丢在使者面前，凶巴巴地说，"如果你们喜欢吃这样的东西，我多弄些来。"

两名使者已经明白发生的事情。一个月前，石王曾派人追杀了高仙芝的使者，因为使者发现了石国与大食勾搭的蛛丝马迹。眼下，石国还在犹豫观望，并不想彻底投靠大食。大食人频派信使，在肆意威胁的同时，开出了很多优厚条件。安西都护发兵，如果进攻的目标只是吐脱，石国可以隔岸观火，按兵不动。最令人担忧的是，大唐官兵在灭杀吐脱后，将兵锋指向石国。

这个消息，必须尽快报告国王。想到这里，石国的正使向吐脱深施一礼，起身告辞："军情紧急，我们该回去复命了。"

"石国要和我联手对付官军，总得留下信物。也罢，你们留一人在我帐中，闲时可以陪我喝酒。"见使者面面相觑，吐脱冷笑道，"除了酒，我这里还有更带劲的女人。"

17

出使石城

　　大唐安西都护府参军范伯阳仰面朝天，没发现一只飞鸟。远处丘陵起伏，山口卷起昏黄的尘暴。

　　最近两年，石王车鼻施特勤以路途遥远、容易遭到游牧部族打劫为借口，停止向长安派遣使者。得不到来自石国的良马和宝石，高仙芝心中同样恼火。他派范伯阳出使石国，既是讨要说法，也是为攻打石国寻找借口。

　　猛虓率三十名骑兵护送使者，他已被提拔为队正。卢云和红毛一左一右，和正使范伯阳、副使韩元忠并列而行。他们受命侦察石国的动向。

　　范伯阳一行足足赶了七八天的路，来到了石国的王城。

　　听说安西都护府派来了使者，车鼻施特勤先是吃了一惊，但很快镇定下来。

　　车鼻施特勤狮鼻鹰目，颧骨略微突出，盯视别人的时候，双目寒光凛凛。他的身材中等，但体格十分壮实。

　　石国武士把范伯阳的卫队拦在王宫外面，只允许四个人晋见国王。

　　车鼻施特勤劳头戴一顶珠光闪闪的尖顶皮帽，帽子的边缘裸露出柔滑的皮毛。高大的石头宫殿中站立两排武士，各自手按刀柄，冷冷面对使者。气氛有些沉闷，卢云看到一个身上背刀的武士晃过。那是一把形状古怪的弯刀，刀柄较短，刀身似乎比相同式样的弯刀更宽。武士披一件黑色长袍，用黑巾遮起半边脸，眼神咄咄逼人。

　　一名样貌颇像汉人、留着短须的男子凑到国王身边，两个人窃窃私语。男子磕磕绊绊的关中方言告诉范伯阳，无论什么话，他都可以传达给国王。

出使前，范伯阳知道石国有一个名叫柯木诃的谋士，颇受车鼻施特勤器重。柯木诃的父亲原是驻扎西域的汉军将领，因为兵败不敢回去复命，只得带一伙残兵游荡在怛罗斯附近，依靠游牧为生。后来这队蕃汉混杂的大唐武士被石国收留，与当地人融合。柯木诃的母亲是石国人，父亲怀念故土，让家中的一名汉人女奴教柯木诃汉话，甚至学习一些汉家书籍。父亲死后，足智多谋的柯木诃受到车鼻施特勤重用，一路飞黄腾达。车鼻施特勤称王后，柯木诃当上了国相，娶了个漂亮的石国女人，这个女人先后给他生了一个女儿和两个儿子。两年前，柯木诃的女儿嫁给拔汗那部的一名酋长。柯木诃希望两个儿子是地道的石国人，没有教他们学一句汉话。

范伯阳挺直胸膛，大声责备车鼻施特勤："石国既受我大唐庇护，为何不派使者朝贡？"

柯木诃将范伯阳的意思转达给国王。

"真是一个狂妄的人。"车鼻施特勤冷笑道。

"他在说什么？"范伯阳问道。

"这是在石国，大王让你们注意礼数。"柯木诃说，"惹恼了大王，小心一刀割了你的舌头。"

"自古华夷不同伍，你白长了一张汉人的脸。"范伯阳的脸涨得通红。

"汉人中有英雄豪杰，也有迂酸腐儒。我看，你才是个不中用的人呢。"柯木诃反唇相讥。

"杂种胡。"范伯阳急了，"你认贼作父，居然这么厚颜无耻。"

"你们的高将军，难道不是地地道道的胡种吗？"柯木诃笑道。

车鼻施特勤揉了揉胸口，略微闭起眼睛。范伯阳脸色发白，一时语塞。石国武士见状，一齐哄堂大笑。

范伯阳有些文才，性情孤高，不善于审时度势，并非使者的最佳人选。眼前的场面让卢云心机一动，大都护派这么个狂士出使，或许暗含深意。发动战事的主动权掌握在高仙芝手中，既要出兵，总得有个像样的借口。高仙芝让范伯阳出使，或许是为了进一步激怒石国人，让他们引火烧身。

"我先人的铁骑纵横西域，受到天可汗封赏。前些年，为了抵挡大食，石国战死了很多人，你家天子不犒赏我们也罢了，为何还要横加指责、吹毛求疵？"车鼻施特勤板起脸道。

"我天朝何曾逼迫过九姓诸国？反倒是你等贪图大食利诱，一意孤行，试图跟朝廷为敌。大食人反复无常，一旦翻脸，你们将吃更多的苦头。"范伯阳激动道。

"谁说我们投靠了大食？"柯木诃反问道。

"世间没有不透风的墙，石国还是赶紧悬崖勒马，老老实实悔过、乞求朝廷的宽恕才是。"范伯阳神态傲慢，让副使韩元忠有些担心。石国的武士们听了柯木诃的翻译，目光全都集中到国王身上。

"鄙国眼下饱受大食骚扰，自顾不暇。本人对大唐忠心耿耿，没有及时朝贡，其中自有苦衷。"车鼻施特勤强压心头的火气。

"不守蕃臣之礼就是犯上作乱。"范伯阳嚷道。

王子堪素闻言，欲伸手抽刀，被柯木诃使个眼色阻止了。

"我是不怕死的。"范伯阳说。

车鼻施特勤狠狠盯住范伯阳，见对方怒目回视，忍不住笑了。他表示一定认真考虑这件事，随后吩咐护送来使回驿馆休息。

车鼻施特勤口气软了，让范伯阳觉得不辱使命。晚宴时,他在驿馆中喝了许多酒。卢云叮嘱红毛和猛虺加强戒备,当夜平安无事。第二天,车鼻施特勤派柯木诃捎信说,半个月后,石国将派出使团朝贡,让范伯阳回去复命。中午,柯木诃杀羊摆酒款待使者,表现十分殷勤。双方一直喝到天近黄昏。柯木诃恭劝远来的使者好好休息一晚,范伯阳闻言,竟说要趁夜赶路。柯木诃说主随客便,随后送上两匹好马,鞍袋里装满当地特产,还有两块名贵的瑟瑟石。

连续五天平安无事。第六天傍晚，使团进入了拔汗那人居住的盆地。

范伯阳吩咐在草原上支起帐篷。卢云提醒说，远处有飘忽不定的人马跟踪，为安全起见，不如连夜赶赴距此百里的一座唐军城堡。范伯阳却表示，皓月当空，天野苍茫，正好吟诗作赋。

"长安城随便拎出个诗人，恐怕也比大人做得好。"卢云挖苦道。

"一介武夫，你懂诗吗？"范伯阳笑道。他要人取来酪浆，将猛虺射杀的两只野兔烤熟，和韩元忠对饮。

17　出使石城

"我觉得今夜情势不妙，要多加防备。"卢云说。

"石国怕了，怎敢太岁头上动土！"范伯阳用力撕咬一块兔子腿，头也不抬地说。

"要是真动了土，恐怕就晚了。"卢云冷冷一笑，告诉军兵休息时全副武装，马匹配鞍。

夜半时分，众人沉沉睡去，只留两个人放哨。卢云辗转反侧，索性躺在草地上聆听远处的动静。月华如水，疏星散乱，夜色纱幔一般在旷野间缓慢围拢。倦意缓缓袭来，卢云微合双眼。不知过了多久，卢云眼前发亮，仿佛一条微弱的溪流漫过草地，虫声微鸣，水沫溅湿征袍，卢云睁开眼，耳畔传来马蹄踏过地面的交响，他鱼跃而起，循声望去，看到夜色中扑闪着一束火星。飘移而来的星星，是一队疾驰的骑兵。

两名哨探也发现情况不妙，惊呼起来。卢云跃上马背，抽出长弓，呼唤军兵迎敌。红毛挥刀冲出帐篷，猛虺也从梦中惊醒，使劲踢打身边的几名军兵。十几名军兵跳上马背，其他人刚抓起随身武器，一队蒙面武士挟着冷风猛扑过来。

袭击者约五六十人。卢云连发两箭，射中两名冲在前面的武士。没等他再放箭，第三名武士已经到了跟前。武士手挥一柄短斧横扫卢云的头颈，他伏身躲闪，避开了斧锋。卢云抡弓反击，长弓的尖角打在对方脸上，持斧武士从马上栽落。卢云收了弓，单手持矛，对准另一名蒙面武士。对方举刀欲砍，卢云抢先发力刺中对手的咽喉。两匹马交错而过，对手伏在马鞍上，气绝身亡。

范伯阳被猛虺拉出帐外，骑上马夺路奔逃。一名袭击者扑来，红毛纵马阻拦，两个人刀锋相撞，红毛的反应略快，砍杀了对方。

副使韩元忠抄起佩刀跳出帐篷，迎头撞上一个人高马大的袭击者，韩元忠急切中砍伤对方一条腿，却被三个蒙面武士围住挥刀乱砍，韩元忠扑倒在地，被剁得血肉模糊。

明月当空，人马的影子在草地上摇晃。短兵相接只持续了极短时间，官军只剩下十多个人。猛虺保护范伯阳疾奔，被一名白袍武士纠缠不放。猛虺回身用长矛猛刺，白袍武士受了伤，不再追赶。断后的卢云挑破对方首领脸上的黑巾，袭击者失去了斗志，停留在原地。

天亮的时候，范伯阳带人进入官兵驻守的城堡。

城堡里的镇将杀羊摆酒，为众人压惊。

"为了救你，二十来个兄弟丢了性命。"卢云把酒碗摔在范伯阳眼前，溅了他一身奶浆。

"韩大人死了，他是条血性汉子。"猛彪说。

"没听你的话，我很后悔。"范伯阳低下头，命镇将立刻派人去荒原上收拾尸体。

范伯阳一行在堡中休息了两天，收拾行装起程。路上，红毛和猛彪成为好友。红毛许诺，回龟兹后请猛彪吃大扇羊排，汤锅里要加厚厚一层胡椒。红毛得意地告诉猛彪，开肉铺的女人跟自己相好，长了个滚圆的屁股。红毛说，石城的女人身材高挑、胸脯丰满，如若把她们弄到手，肯定带劲儿。猛彪认为，最迷人的是石国舞女，只是她们腰肢柔软，看样子不经折腾。

卢云认定偷袭者来自石国。对方的头领使用的弯刀形状有点怪异，刀头有个分叉。兵器的主人，是车鼻施特勤的贴身武士。

18

取其大首

"官兵来得比兔子还快，真是寻死。"吐脱用手掌抚弄刀锋，"我要割掉高仙芝的脑袋，做成一只镶金酒碗，每天都喝个痛快。"

使者陪吐脱走到帐外，侧耳倾听远处的动静。绿草沿干涸的河谷延伸，风吹拂过一片胡杨林，发出的声音仿佛女人呻吟。

"可汗，我现在就回去复命。听说高仙芝善出奇兵，千万不可轻敌。"石国正使凑到吐脱跟前，小心翼翼地说。

被尊称为可汗，让吐脱心里十分受用。官兵将至，他其实有些打怵，不过在使者和部众面前，必须极力保持尊严。

"只有突骑施勇士，才是荒碛和草原的主人。我等食肉饮浆、天生剽悍，高仙芝手下的汉儿，以五谷杂粮为食，怎么会是我们的对手。"

"安西军中骑兵很多，其中一些军校出身军人世家，自幼熟习骑术。更何况，汉军的陌刀手十分了得，可汗不可轻敌。"

"我会跟高仙芝血拼到底。"吐脱吼道，"无论是谁，都不是突骑施人的对手。"

风吹来马奶的香味，舞女从帐中伸出头，立刻又隐藏起来。使者急于脱身，略微皱了皱眉头。

"回去问候你们的大王，别忘了多送女人过来。"吐脱淫笑道。

"好的。"使者躬身施礼跨上坐骑。

眼看使者消失在荒漠中，吐脱立即传令拔营转移。自从进入安西，吐脱分出千余兵马，保护老幼妇女，带着辎重转移到河中地带。吐脱打算轻装上阵，跟官兵好好较量一番，现在却觉得心里没底了。最近半年，大食、吐蕃先后派人跟他取得联系，支持他重振突骑施部。小勃律通往安西的要道被唐军扼守，吐蕃人远水难解近渴，大食人按兵不动，似乎是等着坐收渔人之利。吐脱深知，大食跟突骑施人宿怨颇深，对方说了一堆漂亮话，却难免在背后捅刀子。大敌当前，吐脱意识到，不待时机成熟便擅自对抗大唐官兵，未免唐突。如今石国得罪了大唐，急于寻求外援，或许只有车鼻施特勤，才是靠得住的帮手。

吐脱的人马急退一百余里，在拥有水源的一片开阔地上扎营。官兵来者不善，吐脱希望凭借骑兵的优势打了一场胜仗，让吐蕃和大食刮目相看。如若不能取胜，索性向西逃避，寻找落脚的地方。拿定主意，吐脱心里变得轻松了。

卢云率一队轻骑沿路追来，远远望见了吐脱的大营。

烈日当头，宛若在空中吊了一个灼热的火盆。吐脱正在帐中和舞女厮混，听说官兵露面了，赶紧推开女子，让侍卫帮助自己披上铠甲。根据探马报告，一天前，官兵的主力尚在三百里外屯驻，这些兵马莫非是天上冒出来的？吐脱亲自出营观察，发现敌骑只有二三百人，暗自松了口气。

达赤轻蔑地说："这么丁点官兵，还不够我一个人宰的呢。"

为了争夺势力范围，游牧部族间的仇杀特别血腥。一个又一个武士被砍掉头颅，锋利的长箭射穿了敌手胸膛，鲜艳、黑紫的膏血凝结，被俘虏的女人受到粗暴的对待。吐脱仿佛再次看到了这样的场景，闻到了血腥气息，只不过，这一次并非是自相残杀，而是要对付游牧部族的共同敌人。

吐脱命两名首领各率五百骑兵发动攻击。达赤急不可耐地抽出砍刀、呼唤部众。吐脱让达赤留在原地待命。在吐脱眼里，达赤是一头嗜血的野兽，必须先给他戴上笼头，然后再放他出马。达赤心里越焦躁，上了战场上就越凶狠。

突骑施骑兵冲过来，官兵回马便撤，突骑施人穷追不舍。地平线上腾起大团黄云，吐脱凭经验断定，这是大队骑兵在移动。

果不出吐脱所料，赶来助战的官兵铁骑足有三千人。突骑施追兵被冲散了，卢云的兵马返身杀了回来。

吐脱指挥部众跟官兵决战。达赤渴望厮杀，直接率一队人马冲进官兵的核心。双方人马在呛人的尘埃中搅成混沌，打得难解难分。激战中，达赤砍杀三名官兵火长，一名武艺高强的校尉也死在他刀下。双方战了约一个时辰，高仙芝派出的增援部队赶到了。吐脱的人马见敌人越来越多，军心动摇，渐渐溃散了。吐脱身边的卫士杀红了眼，拼死将官兵的包抄大网撕开一条口子。吐脱松了口气，带领部下绝尘而去。

残阳弥散成大团的血色，寂静的战场上留下七八百具突骑施人的尸体，一些失去主人的马匹在原野上徘徊。

吐脱沿途收拾残兵，一路西行，打算赶到数百里外的苏木海荒碛休整。

途中，吐脱草草清点人马，发现只剩下二千五百余人。营盘中的辎重全部丢给了官兵，刚从石国得到的女人也成了高仙芝的战利品。刚一交手便折损三成人马，高仙芝的狠劲胜过北庭节度使王正见。吐脱气恨交加，越想越怕，觉得眼前一片黑暗。

让吐脱近乎绝望的是，高仙芝根本没给他喘息的机会。

天色渐晚，吐脱刚想传令休息，手下人喧哗起来。迎着风，吐脱看到一面绣有狼头的大旗，狼是突厥人尊崇的生灵，只有突厥人的各个部落才喜欢将狼的形象绣在旗帜上。

史那尔骑着一匹高头骏马直奔过来，停在吐脱面前。

吐脱镇定下来，用手中的马鞭轻点史那尔："侄儿，你是来接应我的吗？"

"我来接你，是为了我死去的父亲。"史那尔冷笑道。

"想到你的父亲，我同样伤心。"吐脱道。

"你下在碗里的毒酒，现在还没干呢。"史那尔脸色变得铁青。

当年，史那尔按照父亲临终前的嘱咐，派人给吐脱报信，声称父亲死在半路上。那一天风雪弥漫，甚至冻死了一些绵羊，吐脱以为是上天助他一臂之力，既除掉了堂兄，又隐瞒了真相。吐脱欲寻找机会除掉史那尔，吞并他的部众，没想到史那尔随后拔帐离开碎叶川，游牧到了很远的地方。看来，他早已知道事情的来龙去脉，并且一直在为复仇做准备。

吐脱转身便走，达赤出马拦住史那尔的去路。

史那尔刀锋一转抡向达赤，达赤仰身躲避，随即挥刀斜砍，史那尔运刀上挑化解了致命一击。

两匹马交错而过,史那尔不想跟达赤纠缠,策马直取吐脱。双方的武士绞杀在一起。

按照高仙芝的将令,随军出征的几股胡人骑兵由史那尔统领,总共有三千人马。诸部首领为了保存实力,纷纷退出战场,只剩下史那尔的一千多人马。吐脱的人马拥有数量优势,越战越勇,史那尔只能率部众苦撑。为了避免更大的损失,史那尔主动脱离了战场。

吐脱怕再遇到官兵,并不下令追赶。眼看天黑了,史那尔率部众退得无影无踪,吐脱下令休息。部众们累坏了,一些人啃吃肉干,另一些人顾不上吃东西,把肮脏的皮袍一铺,倒在草地上呼呼大睡。达赤的牛皮铠甲沾满血污。退出战场后,让吐脱高兴的是,失散的达赤也回来了。追赶大队的途中,达赤的部众遇到一股官兵,对方人马较少,很快撤退了。达赤穷追不舍,捉到了二十多个官军弓箭手。

俘虏们多半受了伤,脸上和身上沾着血迹,被牛皮绳拴住胳膊,站在草地上等待发落。达赤在袍子上揩着沾血的刀身,来到一名体格健壮的军校面前,军校低下头。达赤狞笑着举刀,手腕翻转,刀锋在军校的脖子上一抹。军校倒在了地上,痛苦地翻滚,满脸都是血污。

达赤伸出舌头舔了舔刀锋,得意地说:"这个人的血有点甜丝丝的味道,好喝。"

一名身材瘦小的俘虏跪地磕头,哭叫着求饶。紧接着又有两个人跪下了。其余的人默不作声,或干脆闭紧双眼。

达赤用刀背使劲一磕,砸开了小俘虏的脑袋。

达赤挥刀杀了另一名求饶的俘虏,命令手下人动手。早就等得眼红的突骑施武士挥刀冲上来乱砍乱剁,号叫、咒骂声响成一团。一名壮汉用头撞倒扑向他的刽子手,被乱刀砍成了两段。

片刻工夫,俘虏们全都变成了血淋淋的肉块。

吐脱不动声色地目睹了屠杀。这样的场面对他来说已经司空见惯。吐脱的目光移向远方,仿佛看到远处移来一个骑马的人影,他感到口中焦渴。当年堂兄返回营地时,回头瞅了他一眼,似乎看穿了他不可告人的心事。

吐脱抽出短刀晃动,眼前的人影不见了。

达赤摇摇晃晃走到吐脱面前,身上溅满鲜血。

最近一段时间，吐脱开始讨厌达赤。一年前，吐脱派达赤找到史那尔的牙帐。史那尔为了迷惑吐脱，让达赤带走一群绵羊和十几匹好马，说是送给叔叔的礼物。史那尔的驯服让吐脱放松了警惕，他甚至觉得害死堂兄的举动做得天衣无缝。就在那一次，达赤意外看见了雪兰，回去后竟变得魂不守舍。达赤立刻向吐脱道出了心事，吐脱答应说，只要吞并了史那尔的部众，便将侄女嫁给达赤。

"可汗，抓住了史那尔，可别忘了答应我的事情。"达赤说。

"我累了。"吐脱挥手将达赤赶走。这个鲁莽的畜生正变得失控，这是他绝对不能容忍的。

随后几天，官兵兵分三路追杀吐脱，史那尔的部众也神出鬼没，实施骚扰，吐脱彻底失去了跟官兵决战的底气。

高仙芝穷追不舍，终于把吐脱包围在一片空旷的谷地中。吐脱在达赤的保护下，杀开一条血路，又损失了七八百人。

吐脱奔逃了一天，继续赶往既定目的地。第二天中午，前方又出现官兵。官兵弃马布阵，挥动手中的陌刀迎战。吐脱见对方是步兵，大喜过望，督促手下人纵马冲锋。没想到刚一接战，骑手们竟被纷纷斩落马下。达赤杀红了眼，呐喊一声直扑过去。他挥刀隔开了两把砍向马头的陌刀，翻身跳下马背。达赤冲进陌刀阵中连杀几名官兵，他的亲兵们也都下了马，跟陌刀手展开步战。陌刀手本是骑兵克星，短兵相接中，长刀显得不太灵便，面对悍勇的对手，竟有些支撑不住。指挥陌刀队的牙将见情势危急，急令后队人马调整队形稳住阵脚。

恶战持续到午后，双方的骑兵搅成一锅粥。吐脱被一支长矛刺伤了胳膊，幸而伤势不重。黄昏前，吐脱率数百名部下逃脱了追杀。

死寂的荒原上再也听不到官兵的呐喊。吐脱喘息稍定，隐约看见扎营的官兵点起篝火，恍若夜幕上点缀的残星。

吐脱转回身，发现达赤没在身边。

一名首领报告说，冲破包围后，达赤率人脱离大队，向另外的方向去了。吐脱咆哮道："这个忘恩负义的畜生。让牛虻叮在他身上，抽干他的血好了。"

达赤统领着部落中最精锐的骑兵，没有他护驾，吐脱心中没底。

第二天黎明时分，达赤带领残兵找到了吐脱。

吐脱瞪了达赤一眼，火气消了。

"我想宰了史那尔那个畜生，可惜没找到他。"达赤喘了口粗气。

"你浑身沾满了血，可没有一滴是我侄子的。"吐脱一阵冷笑，故意把脸扭向别处。

"我杀了史那尔部的两名首领，而且抓了个活口儿。"达赤说，"只要撬开这个人的嘴，我们就能端掉他的老窝。"

吐脱转怒为喜。达赤吩咐手下人将一个鼻青脸肿的拔汗那人拖上来。

史那尔的部落吸收了一些异族武士，拔汗那人是其中的一名头领。

"说出史那尔的老营。"吐脱逼问道。

拔汗那人把头扭开，咬紧牙关不开口。

"别跟他啰唆了。"达赤抽出短刀，让两个手下摁住俘虏。他用刀在自己的胡须上来回磨了几下，故意向刀锋上吹了两口气。达赤伸出另一只手，使劲揪住拔汗那人的耳朵。

达赤手中的尖刀轻轻一落，割掉了拔汗那人的耳朵。鲜血迸溅到达赤脸上，他狞笑着，把耳朵放在嘴里咀嚼，和血吞了下去。

拔汗那人疼痛得喊叫，依然不肯说出史那尔的下落。达赤急了，用刀抵住对方的眼皮，轻轻一旋挖出一个眼珠。拔汗那人狂号，拼命挣扎。

达赤用刀扎烂拔汗那人的嘴，使劲撬开牙齿，吼道："再不开口，就挖掉你另一只眼睛。我会在火上将你慢慢烤熟，砸碎你的骨头，吃光你的皮肉。"

拔汗那人屈服了，喊出一个地名。

"让我死吧。"拔汗那人痛苦地哀求。

"好，我答应你了。你可得好好谢我。"达赤咧开嘴，将刀子插进拔汗那人的心窝。

凭借当地向导带路，吐脱摆脱了官兵，眼看就要进入大食人和九姓胡控制的地盘，吐脱放下心来。更让吐脱欣喜的是，一支骑兵从药杀水方向赶来，带兵的首领萨布是吐脱的妹夫。

吐脱的妹妹姿色出众，她的丈夫萨布是西突厥叶护的儿子。西突厥诸部分崩离析，这个叶护带领余众进入大食领地，大食人看重突厥骑兵的作战能力，给了叶护一个封号，允许他在河中地带游牧。叶护死后，他的儿子萨布承袭了名位，依然跟大食人周旋。河中九姓胡的各路国王习惯筑城而居，这种生活方式影响了萨布。他在自己的地盘内建了座城堡，由波斯匠人监督建造，样式是波斯式的。萨布定期派人到大食呼罗珊军府纳贡，统管呼罗珊地带的大食总督，被唐人称为军使，其地位与大唐节度使差不多。呼罗珊军使波悉林拥有众多精兵猛将，实力和当时大唐最有实力的节度使安禄山相当。

萨布脸色黝黑，胡须浓密，母亲是一个粟特贵族的女儿。

萨布扎营在一条小河边。水波的晃动忽然让吐脱感到心神不定。

萨布命人点燃了羊油灯，牙帐中早就摆上了煮好的大块羊肉。吐脱连喝了几碗奶酒，面皮红紫，仿佛刚从肚子里掏出的牛肝。

"我恨透了高仙芝，想把他活活烧死。"吐脱说。

"仇恨的火种一旦点燃，很难扑灭。"萨布若有所思，见吐脱脸色不悦，他转移了话题。萨布告诉吐脱，大食人的皇帝被称作哈里发，其实最可怕的是被派到各地的将军。这些人手握重兵、胃口很大。

"如果大食人能帮我报仇，我乐意和他们结盟。"

"结盟？就凭你手头的这点人马？大食人绝对不会平等待你，除非你称臣纳贡，别说是向大食的皇帝称臣，即便是驻守呼罗珊的大食军使，就足够你喝一壶了。"

"大食人是突骑施人的手下败将，有什么可怕！"

"苏禄可汗死了，死去的人不可能再复活。昔日的二十万突骑施勇士，早已像秋风中的羊毛，到处飘零。"萨布伤感地说，"大食人要我们贡奉牛羊、皮毛，而且特别喜欢汉人的丝绸。他们贪得无厌，对待臣服的部族，并不像大唐天子那么仁慈、大度。在他们的眼皮子底下生活，我经常寝食难安。"萨布叹了口气。

"无论如何，我都要报仇。"吐脱打断萨布的话，挥着拳头说，"近百年来，突厥铁骑与大唐军队多次争锋，最后因内部不和陷于败亡。我突施部重振雄风，没想到苏禄可汗功亏一篑，死于乱军之中，实在是苍天无眼，难容我突厥呵。"

"既是这样，还是审时度势，少惹是生非吧。"萨布劝道。

"不，我要用他们的血祭祀先人。把所有亲近大唐天子的人，无论是汉人还是胡人，绑在石柱上砍下脑袋。"

吐脱越说越气，吩咐达赤带领人马去端史那尔的老营。达赤得令，十分兴奋，立即让手下人牵来战马。达赤说:"我要让史那尔营帐里血流成河。"

"杀吧,你可以痛痛快快地喝血了。"

"那个让人动心的女子,我一定要带回来。"达赤说。

吐脱亲手递给达赤一碗奶酒,看着他喝下,又用刀子扎了块肉送进他的嘴里。吐脱很想用刀划开达赤的脸,不过他深知,眼下必须尽力喂饱这条恶狗,只要他还忠于主人,就必须加以利用。

目送达赤率领七八百骑绝尘而去,吐脱摔掉酒碗:"萨布,你来得正是时候。现在我们合兵一处,乘夜杀高仙芝个回马枪。"

萨布答应道:"好吧,我出去召集人马。"

萨布出去了一会儿,带进来一群武士,不容分说将吐脱捆了起来。

"萨布,你竟敢暗中下手?"吐脱的酒醒了。

"我本来不想这么做,但你一意孤行,毁了你的部族,现在还要把我带上绝路。"

"别忘了你的女人是谁?"

"苏禄可汗娶了金河公主,还不是照样跟天可汗为敌吗?"萨布笑了起来。

"金河公主原本就不是天子的亲生骨肉,她是个突厥女子。"吐脱说。

萨布知道,金河公主本是大唐册封的继往绝可汗三世阿史那怀道的女儿,为了安抚突骑施部,唐庭将她册封为公主,嫁给苏禄和亲。对于游牧部族来说,迎娶大国公主能获得很多实惠,即便娶到的是个假公主。何况,阿史那家族的金河公主出身显赫,绝对没有辱没苏禄。

"萨布,你要是个男人,现在就杀了我吧。"吐脱向萨布脸上吐了口唾沫,咆哮道。

"一个风暴袭来,竟然不知道到何处避风的人,不配当首领。你让众人迷失方向,赔光了突骑施人的老本。"萨布擦掉脸上的口水,笑了。

"没有你们的背叛,我怎么能失败?"

"你暗害了自己的哥哥,又把侄子逼到绝境。"萨布冷笑道,"别以为你做得隐秘,我若是放过你,说不定你也在我的酒里下毒了。"

19

袭营

高仙芝接见了萨布派来的信使,得知吐脱被俘,喜出望外,立即派部将带一千兵马前去接应。

被押往官兵大营的路上,吐脱连声咒骂,见众人故意不理睬他,更是气炸了肺。吐脱呼唤天空飞来恶鸟、地下钻出野兽,吃掉落井下石的小人萨布。萨布命人用纱巾蒙上吐脱的脸,塞住他的嘴巴。

萨布的妻子是吐脱同父异母的妹妹,美貌而又野性十足。表面上,她敬重丈夫,甚至还有些畏惧,但这个女人喜欢权力,占有欲极强,特别是对丈夫中意的女人毫不留情。她曾经用皮鞭将一名漂亮女奴抽得皮开肉绽,随后把她赐给一个相貌丑陋、性情粗暴的武士。这名武士酒醉后做得最多的事情,就是强暴自己的女人,使劲抽她的耳光。女奴忍受不了这种折磨,跳进一个浅浅的海子,扑腾了半天终于被淹死了。得知这个消息,萨布骑马来到武士的帐篷外。武士当时没喝酒,意识到这件事的后果很严重,立刻跪在萨布脚下求饶。

萨布微笑说:"没关系,我给你送酒来了。"武士喝下整整两袋奶酒,肚皮胀成了圆球。萨布也喝了两碗酒,转身上马,武士含笑站在原地。萨布驱马小跑,在十几丈远的地方停下来,回身射出一箭,武士仍然在笑,这一箭正中他的肚皮。武士哼了一声,倒在草地上翻滚,爆裂的肚皮中流出大摊污浊的液体。萨布头也不回地纵马而去,武士痛苦地折腾了一个多时辰,才咽下最后一口气。得知这个消息,萨布的妻子才收敛了许多。

　　萨布审时度势，觉得站在吐脱一边跟大唐作对没有好结果，他更担心放虎归山，吐脱投靠大食后威胁自己的族人。几经权衡，他决定除掉吐脱。萨布希望取得大唐的好感，给部族找一条退路，于是威胁部下：回去后谁若敢泄露消息，他将采取最严厉的手段，灭其家族。

　　高仙芝的部将在半路上迎到了萨布，两部人马同返大营。

　　口干舌燥的萨布松了口气。没想到在越过一处坡地时，遇到了伏兵。对方的首领骑在一匹黄马上挥刀呐喊，来人正是达赤。

　　达赤直奔萨布队伍的核心，砍杀了看守吐脱的两名武士。萨布的部众见达赤来势凶猛，纷纷避让，达赤趁机救走吐脱。官兵见吐脱被劫，急忙围追堵截。达赤指挥部众抵抗，且战且走，逐渐摆脱了追兵。

　　达赤的人马在残阳下渐行渐远，萨布悲叹一声，率部离开了。

　　吐脱获救后，决定连夜赶往石国求助。达赤给主人留下三百名骑兵，率领其余人马继续寻找史那尔的老营。

　　第二天中午，达赤赶到史那尔的老营，却没看到一个人影。

　　几顶破旧的帐篷散落在沙地上，篝火余烬中钻出袅袅白烟。一名骑手用袍袖拭去额头上的汗水，还有人将手探进袍子抓挠刺痒的胸背。骑手们的身上酸臭难闻，几乎所有的马儿都开始排便、撒尿，空气中弥漫了难闻的臊气。

　　被杀掉的拔汗那人招供的地点没错，只是达赤来得晚了。在部下看来，达赤的表现格外反常，他没有大发雷霆、迁怒于部下，而是似笑非笑，使劲舔了舔肥厚的嘴唇。达赤脸上的汗水流淌到脖根，引来乌黑的苍蝇。他愣怔了一阵儿，仰头张望天空，白日的光焰刺激了他的眼睛，恍惚一个女孩翩翩掠过。女孩身穿绣花丝袍，乌黑的头发散落一朵朵飘香花瓣。达赤试图看清女孩的面容，可是她的脸似乎被遮上半透明的纱幕，眼中洋溢出清亮水波，转而变成烟波浩渺的海子。

　　达赤清醒过来，眼前依然是大片植被稀疏的荒漠。

　　达赤回想起去年在史那尔帐中饮酒的情景。

　　雪兰出来给哥哥倒酒，达赤伸手抓她的胳膊。雪兰瞪了他一眼，厌恶地躲开了。

"你这条醉狗,别忘了这是我的牙帐。"史那尔斥责达赤。

"我想娶这个女孩儿。"达赤用挑衅的目光盯住史那尔道。

"别做梦了。"史那尔毫不客气地拒绝了他。

达赤知道史那尔刀法出众,而且能拉开沉重的牛角大弓。他总想找机会和史那史较量刀法,可是史那尔没心思搭理他。史那尔命力士把达赤推到帐外,达赤气呼呼地离开史那尔的营地。达赤并不知道,史那尔之所以放他一条生路,是因为不想让吐脱生疑。

见到了主人吐脱,达赤说:"我想娶一个女人。"

"你坑害了不少女人,现在又看中谁啦?"

"雪兰。我是真心的,这是一个让我着迷的女人,我一定可以善待她。"达赤咬了咬嘴唇,认真地说。

"十年前我曾见过这个姑娘,她幼小得就像纯洁的羊羔。雪兰现在一定出落得十分迷人,但她绝不会看上你。"吐脱得知达赤看中的女人竟是史那尔的妹妹雪兰,板起脸道。

"有史那尔在,的确不那么容易弄到手。我只看了她一眼,就喜欢得不得了。"达赤咽了口唾沫说,"别的女人在我手里就像一张破弓,让人心烦。这个雪兰,我要定了。"

随后,吐脱又在一次狩猎中遇到史那尔。

"自从我哥哥不幸亡故,你已经成为顶天立地的勇士了。"吐脱的样子很亲热。

"除了几匹马和一群羊,我没有更好的东西孝敬你。"史那尔的态度不卑不亢。

"按照突厥人的规矩,你的母亲可以做我的可敦。没想到你们去了让我很难找到的地方。"吐脱话头一转。

"我们要活下去,所以一直寻找草场。"

"整个碎叶川都将成为我的领地,回到我身边来吧。"

"让我好好考虑后再做决定。我的母亲不想离汉家的地盘太远。"史那尔敷衍着,极力克制内心的仇恨。

吐脱勉强笑了笑。史那尔不动声色,让他觉得心中没底。他认定,这个表面温和的史那尔同样是只狼,而且比他的父亲更难对付。

"你母亲当年是个招人喜欢的美人,现在肯定老了。女人离不开强壮男人的怀抱,就像羊群舍不了青青的草地,不过,我现在更喜欢鲜嫩的女子。"

"你喝醉了,叔叔。"史那尔面色冰冷。

"达赤看上了我的侄女雪兰,她取了一个汉人的名字,听起来很顺耳。我觉得,能嫁给一个勇士是她的荣耀。"吐脱感觉到了史那尔的不悦。

"这样的事情,我必须和母亲商量。"

夜色从远处游移过来,弥漫于荒原。史那尔咬了咬嘴唇,向吐脱告辞,吐脱邀请史那尔去他的营地饮酒,史那尔回绝了。当时双方所带的人马数量相当,吐脱不敢造次。史那尔摸了摸袍带上斜插的短刀,感觉刀柄很滑腻。他克制住了内心的冲动。

达赤纵马在周围转了一圈,黄骠马同样烈性,仰头嘶叫。达赤抽出刀挥舞,手下立刻小心翼翼地拉开距离。他们看见达赤的眼睛里冒火,这样的时候,千万不能招惹他。

在达赤看来,杀死男人,把拼命挣扎的女人抢到手里,是天经地义的事情,让人十分畅快。受到达赤惊吓的女人,时常跪下来抱住他脚上散发着恶臭的皮靴求饶。尽管掳掠过不少女人,可是雪兰的出现,让达赤感到无法自拔。如果得不到这个女孩,他觉得自己会死掉。

一名手下根据地上遗留的牲口粪便,判断出营地里的人们在向东转移。达赤立即传令追赶。众人疾驰了十几里,从侧方赶过来的几名骑手大声呼叫,拦住了达赤。骑手是吐脱的亲兵,他们告诉达赤,可汗被暗算了,所有的部众都在吃酒时被萨布的人生擒。几十名反抗的人被当场杀死。

"这么说,可汗被抓住了?"达赤吼道

"是的。只有我们夺了马匹跑出来了。"一名骑手说。

"你们为什么能跑出来,是不是想把官兵引到这里?"达赤不容分说,抓过一柄长矛,穿透了这名骑手的胸膛。另外几个骑手大惊失色,快马加鞭逃走了。

达赤刚要追赶,身后上来一个人拉住了达赤手中的马缰。

拦住达赤的是汉人周鹑儿。跟达赤手下那些身高力大的武士比,周鹑儿个头略矮,看上去也不算粗壮。不过周鹑儿绝非善茬儿,他的刀法纯熟,骑术出众,与部落里

19　袭营

的力士相扑，周鹑儿难讨便宜，但持刀格斗时，除了达赤，他的本领丝毫不弱于吐脱手下几个最出名的勇士。因为这个缘故，达赤对他特别高看一眼。周敦儿的父亲曾是大唐边军的一名下级军官，不幸染病身亡。三年后，也就是周鹑儿十五岁那年，他的母亲也撒手去了。周鹑儿的姐姐远嫁关中，自从没了母亲，他混迹于西域，盗马挖墓无所不为。周鹑儿曾拜出名的刀手为师学习刀术。十八岁时，周鹑儿到北庭都护府从军，本想凭本事博取功名，没想到刚过了半年就因违反军规屡次受罚。一次，他遭到官兵痛殴，一时火起，夺过棍棒将那名校尉打翻在地。周鹑儿连伤三人，抢了一匹快马逃出军营。周鹑儿跑了三天，精疲力竭的时候，被吐脱的手下人捉住。吐脱憎恶官兵，当时便要杀他。周鹑儿会说胡语，表示愿意成为胡人，为吐脱效力。吐脱看了一眼这个灰头土脸的汉军小卒，表示没必要收养一只病弱的兔子。周鹑儿涨红了脸，声称自己曾经赤手空拳杀死过一条恶狼。吐脱哈哈大笑，让手下的一名头领跟周敦儿比武，没想到双方只交战几个来回，周鹑儿就用刀背把对手砸昏了。吐脱见状，立即刮目相看，将周鹑儿留在营中。转眼间十年过去，饮酪食膻的周鹑儿已成了地道的胡人。

周鹑儿要达赤息怒，说可汗遭遇毒手，肯定被送往高仙芝大营。他推测史那尔的部众可能移往龟兹附近，因为他们害怕遭报复。

周鹑儿熟悉通往龟兹的道路，建议先营救吐脱，然后偷袭洗劫史那尔的老营。

"如若捉不到雪兰姑娘，我割掉你的舌头。"达赤点点头。

周鹑儿果然聪明，不但帮助达赤设伏救出吐脱，而且猜中了史那尔老营迁移的方向。

史那尔的弟弟呼陵带领两千多名老弱妇孺缓缓行进，身边只有三百名武士。史那尔的母亲和雪兰坐在车帐中，一匹白毛骆驼抽动鼻孔，凑近怀揣盐粉的年轻侍女。骆驼身上散发出难闻的气味，女子打了个喷嚏。侍女眼窝深陷，鼻子坚挺，两片薄薄的红唇微微颤动。她推开骆驼热烘烘的嘴巴，转脸看到骑在马上的呼陵，立刻眼神闪亮。侍女暗恋英俊的呼陵，没想到去年由史那尔做主，她被送进另一个男人的帐篷。男人是个箭法出众的勇士，只是长相丑陋、举止粗鲁。她根本不喜欢这样的安排，甚至希望他死在沙场上。

呼陵目视远方，心里焦急，只想尽快把族人带出险境。天刚亮的时候，母亲把呼陵和雪兰招呼到身边，说昨夜梦见一朵黑云卷过荒碛，羊群到处狂奔，自己的胸前沾满血迹。母亲说，这是个很不祥的兆头，会有很多人流血。呼陵安慰了母亲一番，母亲说："我今生注定埋骨荒碛，除了为你们兄妹几个担忧，早没有任何牵挂了。"

眼看过了中午，呼陵传令扎营。这个地方距黑石山不远，一天前，史那尔派人捎信，让呼陵在黑石山一带等候他的接应。呼陵抹了把额头的热汗，看到马耳竖了起来。呼陵心头一振，回头凝望，见地平线上隐隐滚出一团阴影。

呼陵特别希望这是哥哥史那尔带来的骑兵，可是他错了。

"史那尔营中的女人比发情的母羊更风骚。让我们杀死男人，夺走女人。"达赤啊啊喊叫，带队扑上来。

骑兵抵近时，呼陵已经意识到敌人来了，急令手下人放箭。达赤抡刀拨挡箭镞，还是有两支箭刺进皮甲，但他没有受伤。

达赤的骑兵掀起滚滚热浪，冲散了呼陵的人马。

一个脸皮焦黄的骑手冲到呼陵马前。两个人长矛刚刚相碰，呼陵抽矛突刺，双膀一较力，将对手挑落马下。呼陵的火红色战马吸引了达赤，他猜出马上的骑手是史那尔的弟弟。呼陵眼看达赤飞马冲来，急忙迎战。达赤迫近了，面露狰狞，握刀的手臂高高扬起。呼陵用力刺向对手胸膛，达赤刀锋一转拨开矛尖，几乎是在同时挥刀劈砍下来，呼陵纵马闪避，被达赤紧紧咬住。

达赤的部众涌进营地，受到惊吓的女子尖叫着奔逃。

呼陵跟达赤打斗了几个回合，长矛被达赤砍断。史那尔部落的一名酋长从侧面进攻达赤，掩护呼陵脱身。暴怒的达赤追赶酋长，跑出一里多路，终于砍杀了对手。达赤转身寻找，周围已不见呼陵的身影。

达赤想到了雪兰。

呼陵纠集起惊慌失措的残兵，杀了个回马枪。营地一片混乱，达赤的手下人四处抢夺物品和女人，呼陵趁乱进入了车仗围成的壁垒，见到了雪兰和母亲。

李夫人喘息着告诉兄妹二人："赶快逃出去，这里就是个坟墓。"

呼陵吩咐十几名贴身武士保护雪兰突围,雪兰坚决不肯舍弃母亲。呼陵吼道："快走，这里有我撑着。"

雪兰被呼陵强行抱到马上。她的坐骑是一匹温顺的母马，奔跑的速度却很快。

武士们杀退拦路的敌人，簇拥雪兰向东奔逃。他们选择这个方向，是因为史那尔和呼陵事先约定，他将从东边返回接应老营。

风吹散雪兰的乌发，吸引了达赤的目光。

由数十辆大车拼成的车垒中，聚集了三四百人，其中除了妇女儿童，还有七八十名武士。

李夫人预备了一把短刀，打算在紧急关头自尽。外面杀声不断，她不禁想到史那尔的父亲。作为部族首领，他难免喜欢其他的女子，但顶重要的是，他对李夫人表现出特殊的钟爱。别的女人曾为他生过孩子，那几个孩子或半路夭折，或长大成人后远走高飞。只有她亲生的史那尔兄妹三人留守在部族。

李夫人告诉呼陵，达赤多半是冲雪兰来的，要想办法保护她。呼陵点头答应，咐吩手下人把所有的弓箭集中起来，坚守待援。

敌人逐渐围上来，呼陵决定冲出去引开达赤。

史那尔部的武士们保护雪兰脱逃，经过一番血战，雪兰身边只剩下两个人。眼看四周没有了敌兵，雪兰刚松了口气。达赤居然单骑追赶上来。两名武士左右夹击，一名武士被达赤杀死，另一名受了伤，飞马逃开了。

雪兰惊魂未定，催马便走。耳畔的风呼呼作响，她的头发被完全吹散了，变成一团黑焰。达赤用力夹紧马的肚皮，很快追了上去，二马相并之际，达赤伸出了手臂。雪兰惊叫一声，身体便悬在空中。达赤把雪兰挟持在怀中，平放在马鞍前，马放慢了速度。

"放开我。"雪兰使劲儿挣扎。

"你是我的女人了。"达赤呵呵笑道，将她挟得更紧。

呛人的黄尘夹杂沙粒，扑打在雪兰脸上，她咬牙闭紧了双眼。

达赤带着雪兰原路返回，眼前竟然闪现出呼陵的红马。

达赤把雪兰轻轻扔到地上，拔刀迎战。

20

美人劫

　　雪兰把手指放到唇间，打了个清脆的口哨，她的坐骑一路追随主人，听到呼唤，立刻跑了过来。

　　呼陵手下的三名武士围攻达赤，转眼工夫二死一伤。受伤的武士疼痛难忍，抛下呼陵跑了。呼陵怒气冲冲，恨不能一刀杀死达赤。呼陵手中紧握的是一把家传宝刀，晃动起来好似一条闪耀光斑的银鱼。呼陵和达赤打斗了几个来回，达赤的每一刀都直取他的要害。呼陵知道达赤凶残，小心应对，每一次都化险为夷，却只有招架之功。二马相错而过，达赤悄悄摸出鞍袋里暗藏的一柄短锤，回手一抛，砸中呼陵的肩膀。

　　呼陵受了伤，仍然忍痛控制住坐骑，阻拦达赤。达赤的马冲撞过来，几乎撞到呼陵的坐骑。达赤运足力气挥刀猛劈呼陵的头，呼陵奋力招架，达赤刀锋倾斜，紧接着又补一刀，呼陵挡住致命的一击，口中却喷出一口鲜血。

　　呼陵的战马蹿跳起来，险些甩掉主人。这时候雪兰已跳上马背，犹豫着不想离开。呼陵让雪兰快跑，达赤摧马拦住了她。

　　达赤用刀撩开雪兰的头发。雪兰冷冷地盯视着他，目光中流露出轻蔑。达赤一时有些不知所措，赶紧收刀。

　　达赤转回头，看到自己的部众拥了上来。呼陵摘下弓，吃力地搭箭拉弦，对准了达赤。呼陵的手抖动得厉害，这一箭射偏了，刚要拉弓续射，侧面嗖地飞出一支冷箭，钻进他的胳膊。呼陵怒目转身，看清楚发箭袭击他的是一名少年。另一名武士冲上来挥矛便刺，被呼陵闪身抓住了矛杆。两个人正在相持，少年又发一箭，射中呼陵的后心。

呼陵栽落在地，再没有说出一句话。

雪兰惊呆了，半天没有动弹。

达赤慢慢向她靠近。雪兰一弯腰，从靴筒中抽出一把小刀。雪亮的刀刃只比她纤细结实的手指略长，上面错落着鳞状斑纹。雪兰把刀尖对准了胸口。

"我的公主，拿开你手里的刀。"达赤脸色变了。

"让我去见母亲。"雪兰说。

达赤想夺雪兰的刀，又怕失手伤了她。

"好，我依了你。"达赤大声说。

达赤吩咐七八个骑手前后围住雪兰，向营地方向行进。雪兰流着泪，手中死死握住刀柄，几乎快坚持不住了。她咬紧牙关，默默乞求苍天开眼，让大哥史那尔现身。

快到营地时，史那尔真的带人来了。

达赤胯下的战马仰天嘶叫。这匹性子火暴的牲口，即便在棚中吃草，其他的马儿都退避三尺。达赤感受到坐骑的浮躁，吩咐部下看好雪兰，他要生擒史那尔。

史那尔的刀白里透黑寒气逼人，达赤的刀背厚刃利。两个人单挑独斗，两边观战的武士欢呼呐喊，为各自的主人助阵。达赤恨不得一刀结果对手，史那尔左劈右砍，没有丝毫漏洞。

"史那尔，我们和好吧。只要你把雪兰给我，咱们就是一家人了。"达赤高喊。

"做梦！当年我父亲心慈手软，收留了你这条恶狗，没想到你竟成为吐脱的帮凶，到处乱咬。"史那尔怒火中烧，刀锋旋转尽显杀机。达赤的刀呼呼生风，让他抓不到破绽。

"我的人杀死了呼陵。"两匹马再一次相错，达赤高声喊叫。

史那尔眼前泛起血红的河水，略一分神，达赤的刀乘虚而入，在史那尔的胸甲上划出一道白痕。

史那尔周身一紧，回敬了达赤一刀。凛冽的刀尖擦过达赤的肩膀，距脖子只差分毫。

达赤回头喝彩道："好刀法。"

史那尔挥刀示意手下人参战。双方的骑兵搅杀在一起。史那尔人多势众，越战越勇，很快占了上风。

达赤摆脱掉史那尔的追杀，雪兰已经不见了。

达赤气得直喘粗气，打算带人回去。这时候，两名部下跑过来，神色惊慌地说，他们挟持雪兰赶回营地，没想到遭遇一队官兵。交战中，雪兰被人救走了。他们当时本可以杀死雪兰，但是害怕主人怪罪，所以手软了。

"你们竟想杀了那女子。"达赤眼中冒火，挥刀砍了一名部下。另一个人吓得不敢动弹，达赤的刀划了个弧，猝然收了回去。

"我要你自己动手。"达赤咬牙切齿地说。

武士脸色惨白。在他看来，达赤简直比索命的死鬼更让人害怕。武士拔出短刀，咬牙割掉自己的一个耳朵丢到地上。武士用手捂紧伤口，血从指掌间涌出来，半边脸变成了血葫芦。

"你们是一群笨蛋。"达赤用脚踩住地上的耳朵，破口大骂起来。

一些人跳上马逃走了。达赤跺脚发誓，要把背叛者一个个抓回来，砍成肉泥。

达赤身边仅剩二百多人，这是最忠实于他的部众。他带人进入沙碛，找到了有水的地方。刚休息了半个时辰，周鹑儿喊道："史那尔又来了！"

达赤跳上马，看见沙碛的边沿涌来一团斑点。这队骑兵越来越近，骑阵的核心飘扬着一面高大的狼头绣旗。

周鹑儿的眼力够毒，来的不只是史那尔，还有一队官兵。

为史那尔引路的是达赤的部下。他们四散奔逃后，被史那尔的斥候捉到几个人。听说只要愿意归顺便既往不咎，这些人立刻投降，并说出了达赤跟部众事先约定的宿营地。

达赤想抵抗，但部众已经失去了斗志，只是夺路狂奔。

达赤被卢云盯住。两匹马几近平行，达赤的刀晃出一道白光，直取卢云的脖颈。卢云偏身躲开刀锋，挥矛便刺，达赤的坐骑向前一蹿，飞快地逃走了。

混战中，红毛遇到一个刀法不错的敌手，急切中难以取胜。史那尔的两名武士赶来助战，红毛的敌手略微分神，被一刀砍中肩胛。红毛再补一刀，取了对方性命。

史那尔见敌人四散，逃得没了踪影，急忙赶回营盘。待走进帐内，见雪兰跪在母亲身边流泪。

一支狼牙箭射中李夫人后背，血浸透了锦袍。她气息微弱，断断续续地告诉史那尔，保护车仗的部众几乎全部战死，幸亏一队大唐官兵赶来解围。

"呼陵在哪儿？"李夫人睁大眼睛问。

"呼陵很快就回来了。"史那尔说。

"我要去见你们的父亲了。"李夫人的呼吸急促起来。

雪兰失声痛哭。

"我的血快流尽了，全身感到冰冷。自从来到西域，我总是感到不太暖和，现在我要走了。"李夫人伸出手，贴身侍女明白她的意思，赶紧摸出一个鱼形锦袋递给雪兰。

"这里面有我的一缕头发。将我葬在沙海，让我陪伴你们的父亲，我没怨言，可是我要把这些头发留在故地。"

母亲断断续续地对史那尔说："我的儿子，你像你的父亲，是个好首领。我知道你舍不了这片土地。我只要你答应一件事。"

"你说吧，母亲。"

"日后把雪兰送到汉地。"

"你记着，去年那个叫卢云的官兵首领来到营地，我送给他一张雪豹皮。今天，是他救了雪兰……"李夫人的眼神暗淡了。

史那尔的眼圈红了。

"别说了，母亲，我要你活着。"雪兰说。

"我看到了鲜血，是呼陵的血！"李夫人伸手抚摸女儿的头发，气若游丝。

"呼陵！"李夫人轻唤了一声，合上了眼睛。

21

血偿

大唐西域土地辽阔，高山雄峻、平川起伏，大片荒漠点缀绿洲，辽阔草原拥抱沙碛。除了分布在各个绿洲上的小国，势力强大的游牧部落亦各自分疆裂土，雄踞四方。名义上，西域的一些小国和游牧部族的首领接受大唐册封，但是这种松散的政治格局伴随朝廷力量的兴衰，不断发生变化。相互敌视的部族，总是试图吞并对手，在势均力敌时，寻求靠山或暂时结盟，是最常用的手段。

官兵陆续俘获了近千名突骑施人，他们是吐脱的部众，被绑了两天，显得神情沮丧。一名皮袍破烂、额上留着两条刀痕的老者夹杂在俘虏中，身上没有绳子。

老者是一名歌手。

"苏禄可汗的时代，唐天子都惧怕突骑施人。"一名年轻的骑手说。他曾多次听老辈人讲述突厥人的故事，大小可汗们纵横草原沙漠，留下了千古英名。年轻的骑手认为，在所有突厥人中，突骑施勇士最为勇猛，最有血性。

老者抚摸胡须，沙哑着嗓子说："突骑施人不是大唐的对手，其中自有缘由。依照汉人的说法，这就是天命。

"突厥人确实有过大出风头的日子，大唐的开国天子高祖皇帝都曾称臣于突厥可汗。当年，来自各个地方的漂亮的公主被送到可汗帐中，她们喜欢用香水淋浴，借以驱散丈夫身上难闻的膻气。这些女子身上散发出来的迷人体香，令可汗着迷。众多和亲的女子学会了我们的语言，如果足够年轻，又能保全性命，她们会在老可汗死掉的时候,嫁给他的兄弟或儿子。个别来自汉地的公主,有时甚至控制了她们的男人。

"这些公主,特别是汉家的公主,经常带来皮肤细腻的陪嫁侍女。霸道而好色的可汗甚至当着公主的面,将侍女们按倒在帐中交欢。后来,大唐天子成为天可汗,突厥人开始走下坡路了。从那时开始,所有的可汗都想迎娶大唐皇帝的女儿,哪怕是个鱼目混珠的冒牌货,也大受欢迎。迎娶公主既是身份的象征,更能带来显而易见的好处。通过和亲的方式,天可汗获得了和平和忠诚,而可汗们不动刀兵,便得到大量馈赠。

"可汗们拥有雄兵,自然不甘于寂寞,但在一次又一次较量中,大唐天子依靠手下的雄兵猛将,再加上智谋和手段,取得了令人生畏的胜利。一个拥有众多勇士的朝廷,总是令人生畏。天可汗有时候显得很仁慈,经常饶恕敌人的性命。蕃汉武将集中在宫廷,这些人心甘情愿为天可汗效命,甚至希望在他死后殉葬。血流成河、内外战争,让我们这些不甘臣服、以掠夺财宝、女人和奴隶为荣的突厥人变得衰弱,甚至一些可汗的子孙,成为大唐的宫廷护卫,他们迷恋长安城的音乐和歌女,最终成为长安人。

"突骑施人是天之骄子,可是看看你们现在的狼狈模样,真让人可怜。"老者叹了口气。

"别以为你去过长安就很了不起。小心我割掉你的舌头。"一名突骑施小头领威胁道。老者没搭理他,顺手接过官军小校递过来的一块肉干,放在嘴里费力嚼了半天,咽进肚里。老者拿出一把笛子,呜呜咽咽吹起边军将士喜欢的怨杨柳,这个曲调,让他受到了优待。

史那尔坐在帐中,微合双眼。

听说一个少年用暗箭射中了呼陵,史那尔满脑子都是报仇的念头。

这个时候,红毛出现在史那尔的营盘外。他受了些皮外伤,额角肿胀,乌青的眼皮并拢成细缝,手上滴着血。红毛跳下马背时打了个趔趄,手中的刀碰到黄铜马镫上。红毛用刀背轻轻敲打守营卫士的头盔,让对方让路。红毛喜欢听到铜铁相撞时发出的声音,到了战场上,他也经常用刀削砍对方的头盔。红毛的刀总是卷刃,他很想拥有一把真正锋利的兵器。

马背上绑着一个嘴巴流血的少年，袍襟也沾着血。少年使劲在马鞍上扭动身子，马咴咴直叫。

史那尔跟达赤厮杀时，红毛盯上了这个凶悍少年。眼看同伴被一个接一个砍杀，少年抵抗得更加顽强。红毛一心想要捉活口，少年箭法精准，每当追兵快接近时，他才扭身射箭。追逐了半个时辰，少年竟射杀了红毛的三个兄弟，直到箭袋空了，他才拔刀应战。交手中，红毛打掉了少年的刀，将他逼到马下。红毛跳下马摁住少年。少年活像是一只暴怒的野兽，拼命反抗。红毛的脸上挨了好几拳，差一点儿被咬住耳朵。

红毛打得少年口鼻出血，好容易制伏了他。

少年的马鞍上插了一把刀，红毛眼睛发亮，把刀从鞘中拔出。红毛用唾液擦拭刀锋，抚摸上面的瘢痕，认出这是一把由黠戛斯人打造的兵器。龟兹城一个懂刀的匠人曾经告诉过红毛，每当下雨的时候，黠戛斯地面上的冶铁匠人就会去寻找"迦沙"，用这种铁沙锻造的兵器锋利无比。黠戛斯人住在寒冷的北方，昔日被称为坚昆人，黠戛斯首领曾向大唐天子进奉过宝刀。

红毛少年被带到史那尔面前，紧闭嘴巴不吭气儿。

史那尔吩咐把吐脱帐下的几名首领带上来，这些人已经投降了史那尔。

一名首领说，少年是达赤的义子，年纪不过十七八岁，是个杀人不眨眼的小魔头。另一名首领说，这个孩子从不把其他头领放在眼里，早晚会成为第二个达赤。

红毛说，怪不得这小子这么凶。

归降的首领还告诉史那尔，达赤的义子刚长出牙时，曾咬死过一只羊羔。没人知道他的父亲是谁，三岁时，他的母亲跟一个过路的薛延陀武士远走高飞了。小时候，他活像一条野狗，到各个帐篷里讨食，他的眼睛总是充满杀气，让人看了心中打鼓。三年前，他的个头刚超过马背，为了抢夺一块烤得半生不熟的羊肋骨，被牧马人狠踢了一脚。小家伙怀恨在心，用一把短斧从背后猛砍牧马人的腿，牧马人倒在地上，他拔出短刀刺进对方的肚皮。牧马人是个大力士，当时措手不及，竟被活活杀死。牧马人的异母兄弟得到消息，从很远的地方赶来，要为哥哥报仇。达赤出面保护了这个小杀手，将他收为义子，此后这个孩子死心塌地地追随达赤，身上至少背了二三十条人命。

21　血偿

史那尔把目光从少年身上移开,看到了红毛手中的宝刀。

"这把刀怎么到了你手里?"

红毛说刀是刚缴获来的,没想到小畜生身上有这么好使的家伙。

史那尔说,刀是呼陵的。红毛不大情愿地将刀递给史那尔。他贪婪地盯着刀,两眼泛出绿光。

沙地上的鲜血渗干了,风吹来淡淡的腥气,营盘内笼罩着死神将至的气氛。没人说得清这种感觉,营地里的女人都默不作声或是擦拭眼泪。卢云同样感受到了挥之不去的压抑,鼻子里有些发酸。

"母亲、兄弟,你们就这样一个个离开我、舍弃我了?"史那尔愣怔片刻,咬破了嘴唇,他仰头向天,泪水忍不住流了下来。

忽然,史那尔将刀锋横在脸颊上一划。血沿着一条细线缓缓涌出,英俊、漂亮的面孔被涌出的鲜亮血汁弄得模糊。鲜血渗进了腮边的浓须,点点滴滴落到地上。

史那尔盯视少年,眼睛透出瘆人的冷光。

少年伸出舌头舔湿干裂的嘴唇,歪着头,现出满不在乎的样子。

"讨饶吧,我或许只砍断你的胳膊,留你一条命。"史那尔道。

"你的兄弟被我射死了。我听说他本事高强,没想到他像一只绵羊倒在我的马前,再也爬不起来了。"少年冷笑道。

"宰了他,这个小畜生是达赤用血喂大的。"红毛道。

"我不会讨饶。"少年用挑衅的目光瞅着史那尔。

史那尔紧皱眉头,转身望着帐篷,少年傲慢的姿态更加激怒了他。

"去死吧。为了我的兄弟。"史那尔悲从心起,低声吼道。

"杀死一个被绑的人,不怕辱没了你的名声?"少年高声叫嚷。

"你怕了?"史那尔望着少年。

"如果面对面交手,说不定我也能杀了你。"少年轻轻哼了一声。

史那尔冷冷一笑,示意手下人给少年松绑,然后将手中的刀扔了过去。他要用呼陵的刀跟少年交锋,为弟弟报仇。

"你死了,就去陪伴呼陵,生生世世做他的奴隶,偿还你的罪过。"史那尔抓起一把细碎的沙土,按在脸上。他微皱眉头,用袍袖擦净脸上的血污。

少年从地上拾起刀,在原地站立片刻,忽然像头狼似的号叫起来。红毛心头一颤,只见少年凌空跃起,转眼扑到史那尔面前。

少年手中的刀挟着风,径直砍向史那尔的脖子。

史那尔的身躯顿时矮下来,半跪在地上,少年的刀从他的头顶划过。史那尔回手出刀。刀极快,闪了道白光。少年踉跄了一步,身子翻倒的同时,血从颈上喷出,一颗头滚落到地上。

"把刀拿去吧,看着这刀,我心里难受。"史那尔抽动着鼻子,轻轻对红毛说,"一名黠戛斯酋长把刀送给我父亲,他把刀给了呼陵。"

"算了,我不想要这么名贵的东西。"红毛有点害怕史那尔,特别是他知道在游牧部族中,一把带有某种铭迹的刀能给主人特殊待遇。

"你替我抓住了呼陵的仇人,理应得到厚报。从今往后,你将赢得我族人的信任。"史那尔转回身面向卢云,"兄弟,你想从我这儿得到些什么?"

"看到你的慷慨已经足够了。"卢云说。

达赤带人进入荒漠深处。一名略上些年纪的骑手抽动鼻子,声称闻到了潮湿的水气。

马儿欢跑起来,越过大片沙丘,没多久就进入方圆百丈的一小块绿洲。清亮的水从泉眼中缓缓涌出渗入草地,众人高声吃喝,惊飞了成群的麻雀。

达赤喝饱了水,躺在草地休息。他的身边只剩下三十余骑。

雪兰的身影依然在眼前晃动,达赤站起身,用刀背使劲拍打胸膛,这是他发泄怒火的方式。

达赤感觉心里发虚,想找人出个主意。

"周鹌儿跑到哪儿去了?"达赤问。

"这个狡猾的家伙,很可能溜走了。"一名部下说。

"这么说,你们知道他要逃跑?"达赤瞪起眼睛。

跟随达赤突围的部下中,有一对亲兄弟跟周鹌儿的关系较好。

"鹌儿的马脚力不济,或许掉队了。"哥哥说。

"闭紧你的臭嘴。"达赤吼道。

两兄弟立刻沉默了，返身给马匹解鞍。

"后天黎明动身，我一定要找史那尔报仇。"达赤说。

他的话让部下心惊肉跳。

午夜时分，众人沉沉睡去，两兄弟凑在一块，悄悄咬起耳朵。

"你听没听到史那尔的话？"

"他劝我们归降。说除了达赤，其他人都可以饶恕。"

"我们必须跟着达赤走，哪怕被砍掉脑袋。"

"突骑施人不怕死，但若是死在这个粗人手中，实在是太冤枉了。"

"既然史那尔想要达赤的脑袋，我们……"

哥哥警觉起来，一把捂住弟弟的嘴，阻止他再说下去。

次日傍晚，达赤的一个亲信杀死负伤的坐骑，众人分吃了马肉。达赤命令两兄弟让出一匹马，送给这名亲随。兄弟二人对视一眼，将马交了出去。

达赤许诺，杀了史那尔后，要赏给兄弟二人好马，自然也少不了女人。

兄弟二人表示感激，将一袋奶酒捧到达赤面前。达赤接过酒袋掂了掂分量，显得十分快活。

达赤很快喝光袋里的酒，滴落在草地上的酒浆散发出诱人香气，部下们感到很恼火。

酒劲上来了，达赤打了两个呵欠，躺在马匹身边。

众人见达赤休息了，各自寻找避风的沙窝躺下，很快都睡熟了。两兄弟接替一名武士放风，等所有人都沉入梦乡，立刻悄悄靠近达赤。达赤喝醉了，睡得香甜。马儿感觉到了不妙，咴咴惊叫。达赤睁开眼，本能地一伸手，握住刺向他前胸的长矛，用力扭动手臂，使长矛偏离了身体。然后坐起来，"嘿"的一声夺过长矛。

弟弟见势不妙，从侧面挥刀猛砍，达赤身中两刀，挣扎着跳起来。哥哥抽出锋利的短刀，用力刺进达赤的软肋。达赤吼声如雷，挥矛打落弟弟手中的铁刀。两兄弟没了兵器，回身便逃。达赤持矛追赶，身后忽然飞来一箭，射中他的臂膀。达赤回手将矛抛出，放箭的弓手躲闪不及，被刺穿了胸膛。达赤浑身流血，抓起了自己的宝刀。几名部下见状，狂叫着扑上来，挥动手中的兵器一顿乱砍。达赤奋力抵挡，砍杀了两人，终因流血过多倒在地上。

达赤被部众砍成了肉酱。

22

逃生

史那尔打了个盹,梦见受到陌生人的追杀,身上涂满了血迹。刚睁开眼,就听到有人在帐外喧哗,紧接着一名亲信首领通报了名字,闯进来报信说,有两名武士来献达赤的人头。

史那尔翻身跃起,吩咐赶紧把归降者带过来。

一颗血迹斑斑的人头被包裹在巾布中,来人还带来了达赤的宝刀。

史那尔取刀端详片刻,刀锋阴冷,凝结了几点血污。史那尔扔了刀,轻轻用脚踢了踢达赤的头颅。这颗头,确实是从达赤脖子上割下来的。

"你们背叛了达赤?"史那尔心里狂喜,表面上却显得若无其事。

"作为达赤的亲信,在他山穷水尽的时候暗中害他,可不是光明正大的行为。"史那尔板起脸,"我讨厌背叛的人。"

"我们不是达赤的亲信。他发疯了,随意砍杀身边的人,他想把我们都干掉。大家忍无可忍,所以合伙除掉了他。"弟弟辩解说。

"我只能收留一个人。你们现在就抽刀比武,胜利者将保住性命。"史那尔说。

两个人对视了片刻,哥哥怒视史那尔:"我们投错人了,宁愿死在一起。"

兄弟二人拔出短刀,划破了各自的脸,血一直流到了唇边。

"把我们的血还给达赤一些。这样他的阴魂就不会再来纠缠了。"

"你们宁愿死在一起,也不肯自相残杀?"史那尔的神情有些漫不经心。

"我口渴了,喝一碗奶酒会死得更痛快。"弟弟说。

"兄弟,我也是这么想。"哥哥轻蔑地瞅一眼史那尔,"你以为我们会乞求宽恕?"

两兄弟将刀子对准自己胸膛,面向天空喃喃自语。

"够了。"史那尔吼了一声,示意手下人夺掉二人的刀。

"背叛主人本当杀头。不过达赤是个残暴之徒,我相信你们这么做,确实是被逼无奈。"

史那尔表示要重赏兄弟二人,还说要留他们做近身侍卫。

两兄弟跪在地上,表示乐意为史那尔奉献生命,他们感谢史那尔的英明。史那尔笑了。

就在两兄弟投靠史那尔的那个下午,周鹑儿的马扑倒在沙碛上。马挣扎着,试图站起来,可腿根本不听使唤。周鹑儿盘腿坐在马的身边,轻轻抚摸马耳,眼看马的眼神逐渐暗淡,透出一股让人怜惜的悲哀。周鹑儿叹口气,知道这牲口已经不行了。

好容易跑到这一片沙碛的边缘,如果马匹不死,他完全可以逃生。看着马艰难地咽下最后一口气,周鹑儿心中没了底气,他缓慢解下马鞍,变得更无精打采。这副鞍子做工精细,是由沙州的上等匠人打造的。周鹑儿背着刀,将鞍子放到肩上,跌跌撞撞前行。看到一片草地时,早已干渴难耐,索性倒在长满刺棘的沙丘后喘息。

周鹑儿微合着眼,决定等傍晚时分再往前赶路。他很快睡了过去。似乎过了许久,仿佛听到沙沙的脚步声传过来。"我遇上强人了。"周鹑睁开眼,暗暗叫苦。

两个强壮的异族男子站在他面前,一人持刀,一人执棒。执刀男子脸皮黑紫、身体强壮。周鹑儿的刀就在身旁,他知道只要伸手摸刀,对方肯定抢先一着要了他的命。

周鹑儿装出害怕的样子,用突厥人的语言说:"我的马死了,可是马鞍上镶满黄澄澄的金子,这个鞍子现在归你们了。"

持棒的强人抢过马鞍,见上面装饰着银子,还有金灿灿的铜边,误以为真的是金子。

"你难道再没别的东西给我们了?"强人把刀指向周鹑儿的胸口。

"我的马死在了附近,鞍袋里还有好东西呢。难道你们不想再多要些金子,既能换回绵羊,又能勾引肥嫩的女人?"周鹑儿装出害怕的样子。

"哪儿有女人？"紫黑脸的强人兴奋起来。

"你没听说过龟兹，一个女人成群游荡、让男人们发狂的地方。"

"我没听说过狗屁龟兹。"强人的刀口离周鹁儿的头略远了一点，明晃晃地闪动。

"我在石城的集市上看见过很多好看的女人。你们可以到那座城里厮混。石城的女人腰盘肥软、奶子滚圆，跟她们睡一觉，比喝马奶更解渴。"周鹁儿心里发毛，嘴上却说。

"听说石城里的女人特别干净？"手拿马鞍的强人说。

"当然啦，她们讨厌闻到放羊人身上散发的气味。除非你给她们送上赤金的首饰，否则绝不搭理你。"周鹁儿说，"我渴坏了，快给我喝点水，我立刻带你们去找那匹死马。"

"如果有女人，或许我会跟你去。"紫黑脸的强人说。

周鹁儿说，附近果真有一个女子，是他从石城里带出来的，准备回龟兹成亲。女子的父母喜欢漂亮的衣物，足足要了几十匹绸缎，才将女子交到他手里。

"她又渴又饿，已经奄奄一息了。"周鹁儿说罢，用手背擦了擦眼角，真的挤出了几滴泪水。

"你在撒谎吧？"手执木棒的强人将信将疑。

"女子骚浪得很，只要有水喝，准保欢欢实实地活过来。"周鹁儿诅咒发誓说，"若有半句假话，你们便杀了我。"

紫黑脸的强人移转了刀锋，放周鹁儿起身。周鹁儿讨好地笑着，缓缓后退了两步，突然从腰里抽出一根铁笛。周鹁儿脸色一变，流露出冷冷的杀气。紫黑脸的强人十分震惊，抢刀便砍。周鹁儿的铁笛短，只能避开刀锋，虚与周旋。强人连续砍空了三刀，心中焦躁不已。周鹁儿铁笛一晃，狠狠抽中对方的手腕，刀掉在了地上。另一个强人抢棒便打，带起一股贼风，周鹁儿蹿到对手侧面，铁笛一挥砸中对手的太阳穴。周鹁儿夺了木棒，紫黑脸的强人拾刀反扑，周鹁儿横扫一棒，砸断了对手两根肋骨。

看着两个人在地上挣扎，周鹁儿呵呵冷笑，返身牵来了强人的马。周鹁儿渴极了，取过马背上的水袋，喝了个底朝天。他抹了抹嘴巴，将自己的鞍子给马配上，取了兵器和干粮，跳上马扬长而去……

23

石王的宝座

　　车鼻施特勤拥有突厥人的血统，这在地理位置特殊、人口混杂的石国毫不稀奇。西突厥败亡，诸部四分五裂，散居西域。车鼻施特勤的父亲凭借车鼻部的余威，结络、收留亡命武士，逐渐在石国站稳脚跟。后来，车鼻施特勤继续在部族中培植党羽，通过威逼利诱取得周边小部落首领的支持。他在掌控石国的兵权后，剥夺了受到大唐册封的国王伊捺吐屯的势力。伊捺吐屯向朝廷求援，派出去的几名使者被车鼻施特勤派人除掉。此前，驻守呼罗珊的大食军队曾征讨石国，近些年改变了策略，不断派使者威逼利诱。车鼻施特勤决定投靠大食人，取代伊捺吐屯成为国王。由于大唐朝廷腾不出手来干预，只能承认既定事实。伊捺吐屯宣布出让王位，但在名义上还保留了副王的称号。妥协的结果让他保住了性命，车鼻施特勤允许伊捺吐屯带领家人和愿意追随他的百余名骑士，移居到偏远地带的一个废弃城堡，过着半定居半游牧的日子。伊捺吐屯几乎被国人遗忘了。

　　车鼻施特勤成为国王后，私下接受大食的册封。车鼻施特勤想要两头讨巧，名义上依然奉大唐为宗主国，彼此的关系却变得十分微妙。

　　石国王城位于药杀水东岸，过了药杀水，是大片荒漠，西南方则是夹于药杀水、乌浒水间的昭武诸国。一直向北，包括怛罗斯城在内，都受石国的控制。石国的王城与亲附大唐的东曹国和拔汗那部相接壤，彼此间偶有摩擦。石国人通过转卖来自汉地的丝绸，获取不少利润。

大唐帝国之
风月安西

眼下，最令车鼻施特勤寝食难安的，是如何处理大食与唐庭的关系。

车鼻施特勤喜欢香料，侍役经常用来自大食的香料熏染王宫的庭院。王宫中既有石头建筑，也有坚硬的土屋，最高的屋子达到三层。宫室的墙壁上绘画着高帽长须的骑士，这些人正在捕猎狮子。密室里有来自波斯的银器、汉地的陶瓷，其中一些物件看上去年深日久，散发着古老的味道。两年前，国王的第二任妃子得了怪病，石城最出名的医生束手无策。车鼻施特勤心急如焚，让一队侍从扮成商人，专程赶往大食国的都城，请来一名波斯名医。医者只有三十多岁，治病的技术来自祖传。他用本族语言跟王妃交谈，王妃的脸上露出了微笑。王妃拥有波斯血统，她的母亲据说跟波斯王族有很近的血缘关系。

医者想尽了办法，依然没能保住王妃的性命。两年前，他曾被请来为王妃治病，当时只用了三天工夫，便手到病除。波斯人的医术失灵了，让车鼻施特勤特别生气。

临死前，王妃告诉国王，要善待这个医者，他出身高贵，细算起来，是跟她支脉较近的娘家兄弟。车鼻施特勤的第一个王妃于十年前故去，二十一岁的大王子堪素由她所生。原配王妃死后，石王娶了第二个妻子。他喜欢这个女人身上的波斯气息，这个妃子给他生下一个儿子和一个美貌的女儿。

对于不能起死回生的医者，国王十分不满。埋葬了心爱的女人，他思量再三，终于给了这个人厚赏。在打发波斯人返回老家的时候，国王恨恨地说："你没能救活我的女人，我本应当把你扔到荒丘上活活渴死。趁我还没有改变主意，你要在明天日落前滚出石国的地界。"

医者惊惶失措地离开，车鼻施特勤心中涌上许多奇怪的念头。夜幕降临后，他躲在黑暗的屋子里，搂住一个胸部刚刚发育的漂亮女奴，蛮横地占有了她。女奴痛苦地咬紧嘴唇，不敢流泪哭叫。国王的眼前晃动王妃的眉毛，甚至看到她略显羞涩的面容。王妃嘴边流露出来的微笑令他心头刺痛。

车鼻施特勤离开寝室，颓然地坐到王座上。他听到急促的马蹄声回荡在干硬的土道上，他甚至嗅到了一点沙尘的气息。他挥了挥手，令侍从唤来守候在门外的一名贴身卫士。

贴身卫士是一个被国王自幼买来的奴隶，身材高大，面色微黑，骨架硬实。作为一名身手不凡的刀客，卫士似乎猜到了他的心思，用手下意识地摩挲腰中的短刀。

那把刀的柄有些污脏，说不清是油渍还是陈年的血迹。他望一眼主人，脸上呈现出杀气。这种神情忽然令车鼻施特勤心中不快，他打消了杀人的念头。波斯人的脑袋得以保留，作为一个带走王妃微笑的人，他患上了一种难以消除的病症。他喜欢寻找女人，可是过后又不断自虐，直到有一天，他再度游荡到了石城的边沿。

好运气终结了，这名医生命中注定死在异乡。他摇摇晃晃地来到石王的宫墙外，望着过往的女子发呆，把守大门的一个士兵认出了他。得知这个消息，石王没有手软，立刻令人砍掉了那颗面目憔悴的头颅。

"我给了他回报，可是这个倒霉蛋，用刀子捅破了我的伤口。"车鼻施特勤郁郁寡欢地说。

车鼻施特勤没有见过居住于极远地带的大食君主，也根本不想在某一天去见那个人，他只是知道驻守在呼罗珊的大食军队兵强马壮。呼罗珊拥有大食国最强悍的军兵，几乎是一个独立王国。最近世事变幻莫测，让车鼻施特勤心中忐忑。呼罗珊军的统帅波悉林拥立了新的大食君主，白衣大食变成了黑衣大食。作为波悉林的旧将，呼罗珊总督齐雅德是一个野心勃勃的人，车鼻施特勤不想跟他对抗。在闲饥难忍的日子里，车鼻施特勤对大食人感到厌恶，他觉得遥远的长安其实颇有吸引力，只是大唐皇帝远水不解近渴。他曾想迎娶一名大唐公主，作为一个仅仅拥有几座城池、掌管十几万部众的藩王，他的愿望根本得不到回应。

车鼻施特勤为了续娶第三任王妃，把目光转向周边的游牧部族。听说葛逻禄部的一个年轻公主到了出嫁年龄，车鼻施特勤派出了求婚的使者，对方痛快地应允了。一年前，石王高高兴兴迎娶了十八岁的葛逻禄公主慕洛。

公主身上散发出来的野性气息，让车鼻施特勤感到不可思议。经过探查，他得知公主的母亲拥有吐蕃血统。据说是在天朝的大周女皇听政时期，吐蕃铁骑占据了安西。葛逻禄部在保持独立的同时，也接受吐蕃人的号令。慕洛公主的祖母是一个吐蕃大将的女儿，这名将军跟后来收复西域的唐军激战，兵败身亡。公主的祖母被葛逻禄别部的酋长收入帐内，后来生下一个女孩。逐渐长大的女孩变得姿色迷人，令众多葛逻禄勇士魂不守舍。直到有一天，这个美少女坐在荒原上暗想心事，遇到刚即位的葛逻禄叶护。叶护停下马询问随从，草地上的姑娘出自谁的幕帐。在得到确切回答后叶护放声大笑。当天夜里，姑娘就被送到叶护帐中。一年后，她也生下一个女儿。叶护是个天性放纵的首领,恨不能占有所有他看上的女子。他很快把心思放到了其他女人身上。酋长的女儿无法忍受冷落,又不敢和别的男人偷情,几年后在郁郁寡欢中死去了。

或许是因为母亲的缘故,慕洛公主不喜欢她的父亲,特别是当她在冷眼中长大成人,更是跟其他姐妹保持疏远。

当车鼻施特勤派来使者求婚时,葛逻禄叶护痛快答应下来。"让她远嫁吧,留她在身边,我感到不自在。"送走使者,叶护在帐中自言自语。

迎娶慕洛公主的夜晚,车鼻施特勤让他的女人彻夜不眠。公主保持沉默,最初他以为她听不懂自己在极度兴奋中说的那些充满了暴虐、放荡意味的语言,他把这个女子形容成一只撞到笼子里、散发古怪香气的美丽野兽。阴凉的风透过半遮半掩的帘幕,厚重的山羊毛毯散发出染料的味道,有些腥咸。空气中仿佛还有甜丝丝的粉末悬浮,直透人的胸腔。一个守卫王宫的老年侍卫打着瞌睡,沉浸在漫无目的的想象中。他看到尘土飞扬的城门外,一只毛色灰暗、发情的公毛驴用力踢向一只从旁边溜过的野狐狸,他还想象着眼前摆上一盘新鲜的水果,最好是能有一壶来自龟兹的葡萄酒,让他痛快喝下。通红的、黏稠的汁液沾满他的胡须,是最令人快乐的事情。老侍卫听到两个挎着腰刀的年轻近侍低语,脸上露出淫荡的笑容。他们甚至交头接耳猜测,这个女子在成为王妃前,已经搂抱过部落里别的男人,据说这样的情形有某种神秘的借口,在她的那个部落里,这样的行为就像是母羊生仔一样稀松平常。但是只要成为一个王的妻子,她就必须忠于主人,否则会受到神灵诅咒,带来万劫不复的厄运。

石王感觉没费多大的劲儿,就征服了他的猎物,慕洛的表现有点冷漠,这让他心中多少有些不悦。特别是在油烛昏暗的光影下,看到年轻的新王妃眯起眼睛,他感觉自己受到了轻视。

在过去的日子里,被他看中的女子,大多显出可怜巴巴的样子。只有两个牧羊人的女儿表现得放荡而狂野。车鼻施特勤把慕洛的这种态度,归因她不谙世事,想到她来自一个强大的部落,他略微有点心虚,他要求自己尽量对这个女人和善。

车鼻施特勤沉入梦乡。他恍惚看到空中飞满花朵,还有一颗头颅悬浮。车鼻施特勤醒了,心口突突乱跳。身边的这个女人,竟让他产生了不祥的预感。

23 石王的宝座

第二天，王妃在侍女的服侍下，穿上了轻软、厚实的衣袍。侍女的手有些发抖，无意间碰到了她身体隐秘的地方，王妃明亮的眼睛露出愠怒。

国王吩咐摆上食物，大口吃着一块半生不熟的肋骨。慕洛的表情沉静，在喝光一小罐凉奶后，轻轻抓起半块乳饼塞进口中。国王哈哈大笑，女人眯起眼睛的神情，让他感到欢喜。

接下来的日子，慕洛很快学会了石国人所熟悉的语言。她始终对他保持一定距离，恭敬而又客气。他吩咐女侍煎烹口味浓烈的奶茶，还有油腻、热辣的食物。在寒冷的日子里，这些东西让他充满欲望，只是王妃不温不火的态度让他扫兴。

石王故意去寻找别的女人，他想让她嫉妒。只有一次，国王看到王妃眼中的泪水，他认为这不过是女人惯用的把戏。让车鼻施特勤奇怪的是，她还喜欢喝一种特殊的草汁，他不了解草汁的秘密。在一年多的时间里，她的肚皮毫无动静，尽管车鼻施特勤希望王妃给他再生两个王子或公主。

车鼻施特勤的注意力很快转到外部。远方传来的消息表明，大食人准备越过河中地带，扩大疆土。大唐的边将不能容忍西域受到威胁，安西方面不断整备军马。一个月前，车鼻施特勤听说高仙芝率军围剿从碎叶流动到安西境内的突骑施酋长吐脱，他希望突骑施人能够像昔日一样骁勇善战，给高仙芝点颜色看看。

还是在大半年前，大雪初停，劲风吹过原野，掠过城头，在石国的街巷中打转，卷出呛人的雪沫。一队看上去疲惫不堪的人马来到城外，这支队伍约有五六百人，这群乌合之众的首领骑一匹白马，神色冷峻。头领求见国王，车鼻施特勤打探了这个人的来历，知道他是一名吐蕃将领，曾经跟大唐官兵作战。此前，他曾隐约听说，这个被称为白驹的吐谷浑人，率众攻克唐军的堡垒，杀死一名大唐的将军。车鼻施特勤拒绝白驹的人马进城，但允许跟他单独相见。在石王面前，白驹态度恭敬又不失尊严。白驹说，吐蕃赞普希望重新攻取安西、北庭。他还声称赞普希望和石国联姻，许诺只要打败唐军，就将公主嫁给石国的王子。车鼻施特勤不太相信白驹的话，无论在任何地方，落魄的人总是难免令人生疑。

白驹似乎看出国王的心思，从怀里拿出一袋珍宝作为见面的礼物。

"我之所以来到石国，是要和大王一起对抗官兵。你可以回绝赞普的美意，但是和官军对抗，我可称得上是个老手。"

"你手下的这点人马,还不够大唐官兵塞牙缝的。"车鼻施特勤话中带刺。

"人数是少了点,可他们都是饱经战阵、不惜性命的勇士。"

"天可汗曾两次将公主嫁给你们的赞普,为了争夺地盘,大唐和吐蕃杀得你死我活。我十分乐意让我的儿子迎娶公主,只是吐蕃距离石国路途遥远,又受到大唐的军队阻隔,只怕远水解难解近渴。"

"小勃律失守,让赞普十分痛心,眼下正考虑与大食联手对付大唐。"白驹说。

"你们两国素有矛盾,哪能说合就合?"石王不冷不热地说。

"只要能打败敌人,我们乐意做大食的朋友。"白驹的话有些漫无边际,让车鼻施特勤感到担忧。

多年前,石国曾经和来自呼罗珊的大食远征军发生战争,把大食人挡在了城外。自从那个时候起,石国人就知道惹不起大食人。等到车鼻施特勤坐上了国王的宝座,他已经打定主意,与其徒然接受长安的空头册封,莫如投靠大食。在大国间周旋,等于玩火,车鼻施特勤自然知道这个道理。他觉得石国拥有地理位置的优势,完全可以隔岸观火,从各国的角逐中获益。为了多留条后路,留下白驹的人马,倒也没有坏处。

白驹察言观色,看到车鼻施特勤冰冷的脸变暖,心中暗暗高兴。为了打消石王的疑虑,白驹表示除了贴身亲信,其他人马全部驻扎在城外,必要的时候接受石国的调遣。

车鼻施特勤答应留下白驹,并为他的手下人提供帐篷饮食。为了表示乐于效力,白驹主动请缨,带队外出巡逻。有一次,白驹的人马涉过药杀水,在一片沙漠地带遭遇大食骑兵。此处荒无人烟,距石城数百里,但也不属于大食人的有效控制区。白驹见多识广,在这些骑兵刚露面时,就猜出对方的来头。双方人数旗鼓相当,身穿黑衣的大食骑兵高举弯刀奔驰过来,完全是大开杀戒的阵式。白驹率众应战,双方进行了短暂对决,尘埃落定,两路人马近距离对峙。那次交锋中,白驹死伤了十几名武士,大食人损失得更多些。一名手执旗帜的大食骑兵受了伤,血流满面,依然挺立在马上不动。

"大食骑兵名不虚传,却也不是铁打铜铸的。"白驹凝神片刻,收了刀,掉转马头率手下退出战场。对方没有追赶,只是目送白驹的人马绝尘而去。

23　石王的宝座

两名石国武士参与了厮杀，回到石城后，他们立刻向国王报告了事情的经过。车鼻施特勤暗吸一口凉气。白驹的人马，看上去是一伙乌合之众，原来个个都是勇士。形势险恶，车鼻施特勤需要有人援手，若能收罗一批肯为他效力的亡命徒，既能抵御外敌，也有利于扩充石国的势力。他甚至冒出个奇妙想法，让这些异族人娶本地女子为妻，把他们留在石国。

车鼻施特勤度过了一个昏昏沉沉的下午，酒意未消。几个侍女迈着细碎的步子在院里跑来跑去，手上的盘子里装满红红绿绿的果子。一名刚巡视归来的探马首领，脸上淌着热汗，用嘶哑的声音告诉主人："派出去的两路探马，从不同方向回来，却带来了相同的坏消息。"

石王仰面朝天，漫不经心地打了个响嗝："你这副吞吞吐吐的模样，活像集市上顶着花巾、抱着甜瓜的女人。"

"安西的大唐官兵打败了吐脱。"

"你说什么？"车鼻施特勤吃了一惊。

"突骑施人像一盘散沙，被大风吹散了。"

"吐脱完蛋了，这个不可一世的家伙。活该走上绝路。"想到吐脱的傲慢，车鼻施特勤气不打一处来。

"大王说得对，可是我们现在怎么办？"

石王脸上刚闪过一丝快意，立刻又笼罩了乌云。仿佛凶恶的狐狸踏翻鸟窝，唐军几乎没费多少气力就打败了吐脱，下一步，他们或许要找石国的麻烦。想到曾经派武士追杀高仙芝派来的使者，车鼻施特勤不免后怕。尽管他让石国武士改换装束，想嫁祸给拔汗那人，但没有不透风的幔帐，这件事万一泄露出去后果不堪设想。

车鼻施特勤嘴里喷出浓烈的酒气，探马首领崇尚大食人的生活方式，几乎不大沾酒，于是轻轻闭上眼睛。

"我要知道高仙芝的人马现在待在什么地方。"车鼻施特勤咆哮道。

"这正是我要告诉大王的。一部分官兵离开营地，开始撤回龟兹，可是主力部队依然停留在原处。吐脱的侄子史那尔——对了，就是他帮助天朝兵马打败了吐脱——史那尔的骑兵正在追杀、招抚吐脱的旧部。这个人在不停地扩充实力。"探马首领喘了口气说道。

"说说看,高仙芝是不是要对我们下手?"车鼻施特勤对这个啰唆的家伙感到不耐烦了。

　　"现在还弄不清楚。"探马首领愁眉苦脸地说,"只要他们有动静,我会及时传报。"

　　"赶紧再去打探。"车鼻施特勤转身走开,留给那个还想喋喋不休的蠢货一个背影。阴凉的风吹来,看到围栏中的几匹马试图用嘴啃咬对方的脖子,他的身上有些发痒。他定下心,觉得目前还没有把柄落在高仙芝手上。即便官兵想打石国,他们远道而来,没有足够的粮草,仗也是没办法打下去的。

　　车鼻施特勤觉得自己是个善于审时度势的国王,绝不会被轻易利用。大唐天子既想让九姓胡人抵挡大食,又只给些空头的名分和微不足道的赏赐,没有大堆的金银、丝帛,谁肯为他们出力呢？唐天子的这种伎俩,恐怕只能哄骗冥顽不化的葛逻禄、拔汗那人。毋庸置疑的是,无论拔汗那还是葛逻禄,都拥有强大的骑兵,他们的实力远胜过石国。相对于机动灵活的游牧部落,九姓诸王更像是散落的珠粒,在大食的挤压下,只能勉强维系原有的地盘。九姓胡的先人原本同源,如果能联合起来对付外敌,实力同样可观。车鼻施特勤希望利用自己的特殊身份,将九姓诸王和突厥人联合起来,他觉得自己有这个能力。最近两年,车鼻施特勤一直想实现这个目的,但没想到诸王各怀心事,总是寻找各种理由推托、搪塞,这让他觉得自己孤掌难鸣。

　　慕洛公主喝了碗凉马奶,又吩咐女奴弄来滚热的油茶。热气从肚子里渐渐浮上来,公主的面庞沁出晶亮的汗珠,口唇上的胭脂模糊起来。她命女奴掀开门帘,帘幕上镶织的花纹隐约跳动,她看到了青蓝的天空罩在土墙边沿,还有那个看起来还算威武的男人。车鼻施特勤的两只胳膊很有力气,不过被那个男人抱在怀中,让她感到郁闷。即使国王流露出示好的意思,她依然心不在焉。她听说车鼻施特勤年轻时曾去过大食人的领地,面对蒙着面纱的女子,他总是想入非非。石王后来终于找到了一个身份神秘的高贵女子,成为了他的第一个王妃。这个王妃十分受宠,只是有些水土不服,生下大王子后没几年便死去了。失去母亲的大王子,看上去既忧郁,又桀骜不驯。

　　慕洛还听岁数略大些的侍女议论说,石王曾经试图让城中的女人蒙上面纱,这个举动遭到其他国王的嘲笑。不过,这样的风气在城中得到了一部分保留。

　　大王子对慕洛公主怀有淡淡的敌意,她对此心知肚明。王子同样青睐大食人的

23 石王的宝座

生活方式，这个将来要继承父王财富、尊号的年轻人精通大食刀法。在学成刀术即将返乡的时候，他跟师傅的一名得意弟子发生了冲突。师傅的弟子试图抽刀，王子手疾眼快，将师兄砍倒在地。王子连夜乘马出逃，一路上幸亏七八个突厥骑士的保护，才得以摆脱追杀。

车鼻施特勤隐约看到幕布后面的王妃，她站在阴暗的门口，辨不清面容，却格外光鲜照人。如果时光倒流十年，他或许会使出男人的本事，让这个女人神魂颠倒。他想回到女人的身边，可是光天化日之下，还有些事情需要处理。特别是想到高仙芝的大军可能逼近石国，石王又变得很不开心。

慕洛的目光移向高大、坚固的土墙，空中飞过一只鸟。她迟疑了片刻，仿佛无意中回望国王一眼，转身闪进了饰有奇异花纹、弥漫着香气的土屋。车鼻施特勤眼前又闪过了另外几个女人的影像，他曾听使臣描述过长安城的恢宏气象。二十年前，他的父亲说过，若能得到一个被册封的公主，即使不是皇帝的亲生女儿，也足以号令四方。

哨探首领还未传来新消息，一队突骑施骑兵就来到石城的外面。把守东门的小头目仔细询问了不速之客的来历，立刻跑来向国王禀报。

听说来了突骑人，车鼻施特勤打了个饱嗝，神色变得紧张。

"你看清楚没有，这些人的头领是谁？"

"是个身材肥壮、一脸浓须，身披黄金铠甲的人。"

"莫非是吐脱？"车鼻施特勤说。

"是的，他的口气很大，自称是可汗。"

"身上的毛都快掉光了，还这么不知天高地厚。"车鼻施特勤一脸冷笑，吩咐把来人拦在城外。他没想到吐脱会投奔石城，而且来得这么快。吐脱的溃败既让他感到大唐军队的可怕，又对叛乱的突骑施人的表现失望。如此不堪一击的人，居然以可汗自居，实在是太可笑了。想到此前不久，自己还派使者去讨好这个家伙，车鼻施特勤便觉得心中羞愧。他要彻底杀杀吐脱的威风，让他知道在这块土地上究竟谁更强大。

石王派人找来大王子和国相商量对策，在这种时候，他特别想听听柯木诃的意见。

柯木诃沉思片刻，缓缓说道："九姓胡国与突骑施人的关系原本比较密切。苏禄可汗在世的时候，为了得到他的帮助，我们没少纳贡。如今突骑施人四分五裂，难成气候。吐脱跟大唐结怨输光了所有本钱，已经没用了。如果收留他，难免给高仙芝留下征伐石国的借口。目前官兵势大，九姓诸王虽然同根相生，可一旦真打起来，谁肯挺身而出拼死相助呢？"

柯木诃打住了话头。车鼻施特勤看了他一眼。

虽然是异族人，但柯木诃深受信任，可是顾忌到自己的身份，他有时说话不太爽利。

"我们可以向大食求助，只要呼罗珊发兵，不难对付唐军。"王子堪素打断柯木诃的话。

柯木诃坚持自己的主张，求助大食恐怕远水难解近渴，最好别招惹是非。当然，防备强敌的最好对策是认真备战。

"快说吧，究竟该怎么办？"石王开始不耐烦了。

"依我看，不如擒了吐脱送给高仙芝，让他没有开战的借口。"柯木诃说。

"这么干很可耻。"王子对这个主意不以为然。他觉得国相是个软骨头，特别是这个人的身体里流着汉儿的血，屁股坐在石国，难免心里想着大唐。王子认为，石城十分坚固，易守难攻，周围丘陵起伏，不利于辎重运输，唐军远道来攻，很难占到便宜。

"石国的武士绝不是吃素的。"王子白了一眼柯木诃。

车鼻施特勤喜爱这个骁勇善战的儿子。王子希望通过挑战大唐证明自己的勇武，这让他十分骄傲，但难免忧心忡忡。眼下局面复杂，石国已经惹恼了大唐，若是火上浇油，后果很严重。

"吐脱兵败前，曾想借大食人的力量恢复突骑施部。把他献给高仙芝，肯定会激怒大食人。"石王说。

"既如此，莫不如给吐脱补充一些食物、马匹，让他投奔大食。只要把大食人推到高仙芝面前，石国的安全就有保证了。"柯木诃说。

车鼻施特勤本想听从国相的建议，转念一想，这么做未免让柯木诃得意。他沉思片刻，忽然有了主意。

车鼻施特勤吩咐打开城门放吐脱进来。

23　石王的宝座

"大王果真要收留吐脱？"柯木诃问。

"多养一条狗，总会有用处的，哪怕是一只被打掉了牙齿的狗。"

吐脱嘴唇干裂，眼窝深了一圈，胡须上沾满污血。进入石国境内的时候，他并不知道达赤已经死了。在需要人手的时候，身边连个得力的武士都没有，这让吐脱特别沮丧。

城中送出来两车草料、面饼和一车像马粪一样臭烘烘的肉干。吐脱被允许进城，但只能带几名贴身亲信。

吐脱来到车鼻施特勤的面前，接过侍役捧来的一陶罐清水，一口气喝光了。他抹抹嘴巴，大声说："没想到石国的水这么好喝。"

石王请吐脱坐下，吩咐摆上食物招待饥饿的客人。沉默了一会儿后，他缓缓问道："一个朝思暮想做可汗的人，怎么变成了这副模样？"

吐脱刚想发作，立刻意识到自己的处境。他压住火气，低声说："我受到了小人的暗算。"

"只要是个王，谁能不受暗算呢？"车鼻施特勤的口气暗含嘲讽。

"一只被拔光了羽毛的秃鹫确实不值得敬重。"吐脱苦笑道，"高仙芝很快就要来石国。"

"他想来做客，我们自然欢迎。"车鼻施特勤心里恼火，嘴上却故意客气，"可汗，我想帮助你重整旧部。"

"别叫我可汗，我现在连个特勤都不如。"吐脱叹口气，伸手抓过一张半生不熟的肉饼，使劲咬了一大口。

"快拿些奶酒来，我饿坏了。"

吐脱和部下埋头吃喝，填饱了肚子。吐脱讲述了兵败经过，车鼻施特勤听了后背沁出冷汗。

"此前低估了官兵的实力，看来高仙芝确实难对付。"车鼻施特勤说。

大王子仰脖喝下一大盏葡萄酒，乌紫的酒沫沾满唇须，袍衣弄脏了，宛若溅上了几朵血花。大王子刚要说话，白驹走了进来。

白驹向车鼻施特勤和王子施过礼后，盘腿坐到一块毯子上。他喝了口酒，解开袍带，露出汗津津的胸膛。

"我听说吐脱可汗被唐兵追赶得无路可逃，来投奔大王。我看要不了几天，高仙芝就会循着踪迹追上来。"白驹扫了一眼在座的几个陌生人。他的嗅觉灵敏，吐脱刚进城，便已经得到了消息。

"听说有个吐蕃人到了石城，莫非是你？"吐脱轻蔑地瞅着白驹，大声说。

"我父亲是吐谷浑王，母亲才是吐蕃人。当然喽，我身上带着吐蕃赞普赐给我的银告身，算是吐蕃人的将军。"

"小心我拧断你的脖子。"吐脱满肚子的火气无法撒在车鼻施特勤身上，终于找到了一个靶子。

"很多人都想这么干，可是我的脖子还长在肩膀上。"白驹用小刀切了块肉送到嘴里，笑嘻嘻地说。

车鼻施特勤举起酒碗，劝二人喝酒。

"我突骑施诸部本来是草原、绿洲和沙漠上的雄主，只因受到大唐天子的离间，才变得分崩离析。这个仇迟早要报。"吐脱说。

"吐蕃人纵横于雪山西域，即便是大食也畏我刀锋。吐蕃要聚集雄兵入长安、取河中，让天可汗的子孙浑身发抖。"白驹喝了一口酒，冷笑道，"突骑施人算是彻底不中用了。"

吐脱将割肉的刀子抛出去，白驹挥手将刀打落，递给身后的侍从。

"别玩刀子了。你的牙帐如今已被别人接管，还硬充哪门子可汗。"

白驹的放肆让车鼻施特勤暗自高兴，他乐意看到吐脱在众人面前丢脸。

酒宴不欢而散。

打发走了吐脱和白驹，车鼻施特勤疲惫地回到后宫。侍女低头端来一只银盘，她用眼睛的余光打量国王。国王抓住侍女的头发，用有力的胳膊将她挟起来，扔到一块松软、织满古怪花纹的地毯上。

"你吓坏她了，我的大王。"慕洛流露出不悦的神情。阴暗的窗口投进几缕微光，国王很得意。慕洛冷淡地瞪着侍女说："既然大王喜欢，就让她今夜侍寝吧。被一个国王当成母马驹，她会快活的。"

"离开了你父王的牙帐，住进我的宫室，是不是更舒服？"

"我觉得这里密不透风,让人喘不过气来,活像是马圈。"公主毫不客气地说。

侍女呆望眼前的一幕,觉得屋子里所有的物品都在旋转,空气变得呛人。她悄悄躲到室外,却有如被人施展了法术,挪不动身体。

慕洛站起身,呼唤侍女进来。她使劲拧住侍女的耳朵。"你为什么留在外面偷听?"女侍说:"我吓坏了,身子根本不听使唤。"

慕洛几乎要扯掉侍女的耳朵,泪水从她的眼睛里流出。这是个长得不够漂亮的女孩儿,屁股有些肥大。侍女并不知道,就在慕洛要离开自己的部落时,她溜进一个箭术超群、面孔英俊的百户长的帐篷。那是一个夜黑如墨的夜晚,草原上没有一颗星星,后来竟然下起了一场雨。在雨声中,她抓得那个年轻男子满身是伤,然后又用嘴唇吮吸他身上流出来的血。就在慕洛离去两天后,发狂的百户长因为渴念公主,用一支箭刺穿了自己的咽喉。

"在这里,这个男人就是王,跟我的父汗一样。他只要喜欢哪个女人,这个女人就该留在他的床上。"公主示意侍女侍候国王。

接下来的两天,石王一直跟那个沉默胆怯、可在石王怀抱里快活得像条泥鳅的侍女在一起。他觉得她浑身湿滑的模样十分可爱,甚至奇妙无比。他们有时候干渴难耐,会喝掉两三罐清水。石王得知这个颇解风情的女子并非葛逻禄人,而是一个云游商人的女儿。她的父亲丢失货物后,用十几个银币的代价将她卖给了一个游牧的酋长,后来她又被转送给慕洛当侍女。

连续平静了几天后,哨探接二连三传来坏消息,其中最可怕的是,官兵已经逼近了石城。

车鼻施特勤再看到王妃时,情绪低落。

"我的侍女让大王很满意吧?"

王妃的目光扑朔迷离,国王低下头,他觉得这是因为受到冷遇让她心中不快。

"大唐官兵要来了。"石王若有所思地说。

"这么说,你得罪了唐天子?"公主有些惊讶。

石城东北角有一片空地辟为集市,专供过往商贾进行交易,这里是整个王城最繁华的地方,常年累月支着数十顶出售宝货、食物的帐篷。满身沙尘的流浪汉、腰别短刀的牧羊人、服饰整洁的商客、九姓诸国派来的使者，都喜欢在此闲逛。但任何时候，数量最多的都是当地人。

　　车鼻施特勤将城中可以征战的男子召集起来，得到了两千人众。城中还有约四千士兵，其中绝大部分是骑兵。国王又派出信使，向周围的大小部落传令，要他们火速驰援王城。

　　吐脱听说官兵将至，心里十分兴奋。他希望高仙芝跟石国翻脸，最好让大食人也出兵介入这场争斗。白天的时候，天气仍不免燥热，皮毛中散发出难闻的气味。这样的时候，很容易让吐脱想到女人。石王倒是善解人意，给他送来两个女人。女人看上去不太令人满意，可是今非昔比，吐脱已没有心思挑肥拣瘦。吐脱心绪烦躁，每当折腾累了，便回味昔日的风光。有一段时间，吐脱的势力很大，他甚至率军进入河中地带。他们曾拦截过一支波斯商队，吐脱命令杀光所有男人。在那场屠杀中，只有十来个女人幸免于难。吐脱从中挑选了一个女子，命人把她抬到牙帐外面。在几匹骆驼的平静注视下，他将女人按倒在地。女人的眼中流露出恐惧，身子不停地发抖。在随后的日子里，吐脱总是让女人在帐中跳舞。女人丰腴的腰身让吐脱兴奋，特别是她身上散发的香气被风吹出帐外，让他的手下人发狂。吐脱从女人口中得知，商人本来是要带她们去大唐境内表演歌舞的，如今没赚到大把的钱帛，反而丢了性命。有人曾告诉吐脱，大唐有许多喜欢美酒和美女的诗人，其中一些人，对待心爱的女人很温和。吐脱认为，这样的话，简直是一派胡言。

24

残枝败叶

大唐官兵扎营休整。高仙芝传令解散了协助参战的大部分胡族部众，行营中的一部分汉军和伤兵整队返回龟兹。官军摆出的班师姿态，主要是为了麻痹石国的哨探。

两天后，七千官军精锐和少数胡族兵马趁夜拔寨，兵分三路开赴石国。官兵行进四五百里，距石城只有一天的路程了。当天夜里，一颗流星拖着芒刺坠落。高仙芝看到星落西方，心头欢喜，认为这是个吉利的兆头，说明石国的气数尽了。

中军官安虎安排了一支随军乐队，包括七八名歌姬舞女、四五名乐师。安西军的不少汉人将士来自关中、陇西，勇武而守纪律。尽管大唐开国以来建立的府兵制从武后执政时期渐渐废弛，到了玄宗登上大位后更是名存实亡，但是许多士兵由于出自军人世家，仍然保持了尚武传统。普通军校不懂舞文弄墨，每逢军中假日，在琵琶和胡琴的伴奏下，饮酒放歌是难得的享乐。大权在握的将军，对于胡乐和胡姬，都有些上瘾。

安虎跟随高仙芝出生入死十几年，略通文墨，又曾在战场上替将军挡过一箭，因而颇受器重。大都护虽说治军严整、颇能自律，但对于某些特权还是乐于接受。烦闷的时候，让温柔、妖丽的歌姬舞女一荐枕席，本是常情，安虎对这些事安排得周密得体，因此更受高仙芝的信任。

高仙芝传令大队人马休整一天，做好开战准备。夜里，中军大帐中的歌舞表演达到高潮，两名年轻漂亮的女子乘兴表演了令人眼花缭乱的胡旋舞。与此同时，官兵先锋部队的两千铁骑已在距石城二十里的地方扎下营寨。

车鼻施特勤得知消息，心急如焚，立即召集各位首领议事。一名心细的首领注意到，国王穿了一件大食式样的绣袍，腰下悬挂的短刀隐隐发光。这把刀的银柄镶了两颗翠绿宝石，宛若圆溜溜的猫眼。

"官兵远途来袭，每天都要消耗大批粮草。我们坚守不出，相信他们挺不了多久就得退兵。"国相柯木诃说。此前，他劝说石王不要依附大食，至少表面上要对坐镇安西的高仙芝表示尊重，以免引火烧身。现在形势突变，他认为最好的办法是以静制动。

"我们死守城中，高仙芝真会听你的话，掉转马头滚回安西？"大王子堪素反问。

"大王可以传令周边各部，带羊马人畜远离此地，不让官兵获得一丁点儿给养。天气稍冷，官兵自然萌生退意。"柯木诃抚摸胡须，点了点头。

堪素白了柯木诃一眼，提出要主动出击。堪素认为，有大食国做后盾，不难抵抗唐军。特别是据刺探军情的内线传报，驻扎在呼罗珊的大食统帅似乎有自立为王的意向。呼罗珊人若希望东边局面安定，定然拉拢昭武诸部，这未尝不是好事。

"远水不解近渴，这个时候出去迎战，等于以卵击石。"柯木诃说。

"你胆怯了？"

"是的，我是个胆小的人。"大王子目中无人的神情激怒了柯木诃。

"上次高仙芝派使者索要贡品，其实是为开战寻找借口。既然他硬将我推向大食，这一战在所难免。"石王左右环顾，高声说。

私下里，石国的一些首领对柯木诃颇有微词。尽管柯木诃的生活方式和突厥人没什么不同，但他会说汉家言语，身上总是残留着洗不掉的外乡人味道。柯木诃认为，交结大唐天子，只需送去一些微薄贡礼，获得的赏赐反而更丰富，这是划算的买卖。令人烦恼的是，驻守西域的大唐边将，总是借机索取石国的骏马、宝石。车鼻施特勤在大食人的诱惑下举棋不定，除了对强大的呼罗珊驻军打怵，不想把石国的宝马送往汉地，也是一个重要原因。

面对充满敌意的眼光，柯木诃有些伤感，索性闭起了眼睛。

车鼻施特勤吩咐打开城门，让吐脱、白驹的人马通通进城。王城内约有五千兵马，其实能出战的骑兵只有三千多人，这时候需要有人帮助。

白驹的部众进城后，跟一小队远道而来的葛逻禄人打得火热。这队人马的头领叫勃鲁，一个月前专程赶到石国，为葛逻禄叶护寻找好马。

吐蕃、突骑施和葛逻禄武士在城中无所事事，各自占据一片土场搭起帐篷。

得知官兵兵临城下，勃鲁满不在乎。他跑到集市上调戏女人，被石国的几名武士阻拦，双方拔出刀对峙，差一点闹出人命。王妃对葛逻禄首领的行径感到生气，把他召唤到王庭训斥一番，勃鲁没了脾气，乖乖溜回了营地。

白驹私下里对勃鲁说："你待在石国不走，恐怕是为了那个臭骂了你一顿的女人。"

勃鲁瞪了白驹一眼，粗声粗气地说："滚远点，小心我抽你的嘴巴。"

白驹冷笑道："听说车鼻施大王得罪了唐天子，若不是最近风声吃紧，恐怕他早把你赶回草原了。"

"这要看我是否乐意这么做，葛逻禄人绝对不是好惹的。"

"在王妃的面前，你活像一只折断蹄子的毛驴。你心里喜欢这个迷人的尤物，这瞒不过我的眼睛。"

"难道你不喜欢？你暗中瞅王妃的样子，就像一条盯着羊肉的狗。"

"是的，王妃能让男人过目不忘。"白驹笑吟吟地说。他的面目让勃鲁心虚。

"你要惹怒我了，当心你的脖子。"葛逻禄首领沙哑了嗓子，恶狠狠地说。

"我可不是一只飞来飞去的鸟。有些人的确想拧断我的脖子，可结果是他们丢了脑袋。"白驹说。

25

降服

"大唐官兵要攻城了。"石城城墙上，一个武士大声呐喊，城中沉寂了片刻，立刻乱成一团。几个来自大食的商人蜷缩在店铺中，神情木然地品尝饮料。集市上，两个行乞的流浪者四处乱撞，其中一个人半张着嘴，活像即将挨刀的绵羊。一名老者瞪着一个脸上有几粒瘢痕的迷人少女，喃喃说道："快回家吧，我的孩子。"

车鼻施特勤在众人的簇拥下爬上高大的城头，清亮的号角随风传来，车鼻施特勤面对旷野，看到一大队铠甲明亮的骑兵缓缓推进，在距离城墙约半里开外的地方扎住阵脚。

车鼻施特勤吸了口冷气。

车鼻施特勤的父亲年轻时到过波斯，目睹大食铁骑攻破波斯战阵的情形。大食人剽悍、凶狠，冲锋陷阵时不惜性命。在身穿白衣的大食武士未被黑衣武士取代时，血染白袍让人觉得恐惧。突骑施部和河中诸国，昔日经常与大食交战，彼此互有胜负，大食人喜欢血色的刺激。

在和大食人私下联络时，车鼻施特勤曾想成为九姓胡人的盟主，对于他的野心，九姓诸国反应冷淡。被呼罗珊军夺走了都城飒秣建的康国国王曾告诫他，大食人更加贪得无厌。

"高仙芝果然来了。"白驹走到国王身边，眯起眼睛向城外张望。

"你吃过他的苦头，现在是不是更害怕？"车鼻施特勤厌烦白驹的暧昧态度，他必须让这个自以为是的外族人知道，究竟谁是这里的主人。况且如今形势紧急，他也希望白驹能助自己一臂之力。

"我在跟他们交手时被打败了，这是事实。我以寡敌众，当然讨不到便宜。如若赞普肯将数万吐蕃精兵交给我指挥，早就拿下安西、直捣北庭了。"白驹看上去倒还镇定自若。

车鼻施特勤白了白驹一眼。

"当然了，高仙芝久经沙场，确实不好惹。汉家的兵法说，知己知彼才有胜算，跟他们较量，除了使用武力，还要多动脑子。"白驹继续说。他的腮部红肿，刚按大食的医方吞服了两粒蜜丸，现在仍然感到疼痛。

车鼻施特勤继续注视城外，看到十来个骑兵接近了城门，领头的是一个身穿熟铁铠甲的将领。一名精通九姓胡语的通译大声呼喊："别放箭，我们是来谈和的。"

"有话快说，少啰唆！"白驹来了精神，大声喊道。

"安西大军一天后兵临城，如若国王不肯投降，我们就不客气了。"通译说。

"如果不降，那又怎么样？"车鼻施特勤怒从心生，也喊叫起来。

"你告诉城上的人，我们将像踏碎鸟窝一样攻破石城。"官兵将领对通译说。

空气中隐约飘来奶茶和乳饼的味道。

"我的肚皮空了，最好来两张奶饼，再夹上些热乎乎的肉块。"白驹咽了口唾沫。

"这个时候，你的胃口还这么好？"车鼻施特勤说。

"我想吃掉城下那些不知天高地厚的官兵。他们远道赶来，立足未稳，大王只要乘势攻击，定能先胜一着。"白驹说。

车鼻施特勤心中更加不快。自从白驹来到石国，宛若挥之不去的影子，总是在他最心烦意乱的时候出现。如果不是处于非常时期，早把他驱逐出城了。

"大王犹豫不决，我倒要先和他们见个高低。"白驹说罢，传令手下的四百名武士从后门出城。他知道封堵在城后的官兵只有数百骑兵。白驹觉得，只要城里的人马出战，处于犹疑中的车鼻施特勤就只能卷入冲突，再别想回头了。

白驹的人马突然冲出，官兵急忙应战。车鼻施特勤看到后城方向扬起黄尘，前城外围的一队官兵骑兵赶去增援。

白驹建议抓住时机，从前门发动进攻。

"看样子，城外的安西骑兵不足两千，你的部众骁勇，完全能够应付。"石王说。

"坐收渔利会毁掉你的王位。"白驹冷笑道。他悄悄瞅了一眼王子堪素，命令号手吹号收兵。

堪素拦住了白驹。王子渴望上阵厮杀，哪怕对手强大，也要碰一碰，何况城外的官军在人数上毫无优势。

堪素没等车鼻施特勤发话，急匆匆下了城墙，点起两千骑兵从后门冲了出去。

官军抵挡不住，逃向石城的前门方向。两支官军会合后，跟堪素和白驹的人马激战了一阵，开始撤退。堪素挥师追杀了十多里，遇到官军的增援部队。这是一个由步兵组成的方阵，足有两千人马。

堪素暗自盘算，击溃这支步兵，可以大大消耗敌人的有生力量，他希望一战成名。石国武士立刻发起冲锋，只见官军阵营中央摇起一面大旗，步卒发出震耳欲聋的高呼，双手举起长柄陌刀。石国武士冲到阵前，步卒坚守战位，挥刀直劈斜砍，专门攻击战马。最前面的石国武士纷纷从马上跌落，有些人受了伤，有些人中刀身亡。后面的许多骑兵闪避不及，战马被绊倒在地。堪素隐约听说过唐军有专门对付骑兵的陌刀手，没想到步兵竟有如此大的威力。他调转马头，命令暂停进攻。官军骑兵重新杀回来，缠住石国的人马。堪素意识到情况不妙，回马欲从战场脱离，这时侧翼涌出更多的官军骑兵，截断了他的退路。

堪素慌了，指挥众人拼死冲杀，直到这时，他才发现白驹手下的骑士早已脱离战场。

城外的尘埃逐渐消散，白驹背靠城墙垛口，神色夸张地抚摸肚皮，吩咐手下人赶快拿食物。小侍卫跑下城，一匹马就拴在城墙下，马背上搭着两个口袋。小侍卫从袋里掏出几张面饼、两块熟羊肉和一片酥油放到白铜盘中，小心翼翼地端到白驹面前。

"大王是不是也吃点东西？我饿坏了，顾不得礼数。"白驹咬了两口奶饼，露出满足的神情，"城里的食物真是好吃，掺了乳酪的面饼更是合人的胃口。"

白驹放肆的模样让车鼻施特勤感到受了羞辱，他很想挥手打掉白驹手上的乳饼。白驹又摸起酥油塞进嘴里，唇上沾满黄乎乎的油渣。

车鼻施特勤不想被这个野蛮人轻视。尽管堪素背着他出战，但表现出来的英勇

25 降服

保全了石国的面子，让他感到自豪。或许，官军原本就是纸糊的老虎，一旦受挫立刻就灰溜溜滚回龟兹呢。

柯木诃目光从白驹脸上滑过，白驹眨眨眼，表示明白柯木诃的心思。柯木诃轻声提醒石王："城外敌情不明，王子可别中了埋伏。"

车鼻施特勤如梦方醒。

大约过了半个时辰，仍不见王子的踪影。车鼻施特勤开始担心了，忧郁地向远处张望。

一队骑兵来到了城下。

"我的人回来了，快开城门。"白驹眼前一亮，将手中的半块奶饼扔给另一名侍卫。

城门没有打开，守城的卫士等待国王发话。

"除了一群被吓破胆的兔子，我没看到什么吐蕃勇士。"石王气冲冲地说。

城下的人焦急地向城上挥手。

"大王这么说，真让我寒心。"白驹毫不客气地回敬道。

"你的人肯定是临阵脱逃了。"石王盯视远方，一片起伏的丘陵遮断视线，他预感到形势不妙。

"大王难道没看见，一些人的白袍都被血水染红了。"白驹冷笑道。

"我看不清楚。"

"我要问问他们究竟发生了什么事情。"白驹的口气软了。

车鼻施特勤顿时紧张起来。

一个浑身沾满血污的首领告诉白驹，他们出城后杀得挺痛快，可是后来中了埋伏。

"究竟来了多少敌人？"

"数不清的骑兵涌上来，活像黑压压的乌云。"

"到底是怎么回事？"车鼻施特勤大声喊道。

"王子遇到埋伏，他需要增援。"白驹道。

整个石城似乎都陷入沉寂。车鼻施特勤耳畔马蹄轰鸣，汗水从脖子上流下来，他觉得胸前有一群虫子爬动，瘙痒难耐。白驹沉默着，无论石国的命运如何，他现在已经达到目的。他希望挑起官军对石国的仇恨，无论哪一方流血，都对他有利。他甚至希望，在石国的拼死抵抗下，官军死伤惨重。尽管存了若干希望，白驹其实更清楚，以石国的实力，绝非强大的官军对手。白驹仔细权衡，深感凶多吉少，仿佛看到泛着血光的坚硬石块四处散落，惊慌失措的骑士在原野奔逃，石王的头骨在空中旋转。

车鼻施特勤没放白驹的残部进城。近卫首领帕诺表示，愿意前去营救王子。自从袭击官军使者失利，帕诺感到很丢面子，希望国王给他一个雪耻的机会。白驹表示愿意率部助阵。车鼻施特勤答应了。

驰援的人马出城不久，一个满面流血的头领来到石王面前。他带来一个更让人烦闷的消息：暂住城中的葛逻禄蛮子闯进王宫，以保护公主的名义将她带走了；同时劫持了二十多名女子，偷袭了西门守军，打开了城门。

车鼻施特勤抽出刀，感觉微尘浮映出的一轮日头折射出黑色光芒，仿若乌鸦扇动的翅膀。

"我要帮你杀死这些恶狗。"白驹的身影随后消失了。白驹在城外清点手下人马，冲车鼻施特勤高喊："记住，吐蕃人才是石国真正的朋友。"

柯木诃冷笑道："这个人拥有吐蕃人的告身，倒是更像一条流浪的野狗。"

城外的战场上，救兵的到来让堪素摆脱了困境。

帕诺挥动弯刀，一连砍杀了三名官军武士。受到意外攻击，官兵的包围圈出现了缺口。帕诺冲到堪素面前，要王子火速回城。堪素身受两处轻伤，不敢恋战，带人且战且退，准备脱离战场。没想到又有大批官军赶来，堪素再次陷入被动。

为了消耗石国的兵力。高仙芝催令各路人马星夜兼程，赶往石国。按他的预想，石国可能坚守不出。因此，他派出先锋骑兵抢先到达石城，一方面牵制石王，另一方面想要诱敌出城。石国人主动出击，让各路官军抓住了歼敌的战机。高仙芝深知，只要灭了石国王子所率的精锐部队，石国就失去了抵抗的本钱，变成一个可以轻易握碎的蛋壳。他的手指开始合拢，石国的命运已经被决定了。

原野上激战正酣，帕诺保护着堪素往来驰骋，被一队官军弓箭手拦住去路。这些人是来自草原的射雕勇士，箭术高超，转眼间射杀了上百名石国武士。帕诺扑向一名弓手，对方迅速开合手中的硬弓，连射了三箭。帕诺根据骑手的姿态伏鞍闪避，弓手害怕了，回马便逃，帕诺追赶上去，弯刀一闪，削开了对手的脑袋。

石国武士终于杀开了一条血路，随堪素和帕诺回到城中。

25　降服

车鼻施特勤面无血色。经过一场恶战，石国的三千精骑死伤过半，王妃也被挟持走了。白驹出城后，并未驰援王子，而是转了一个方向消失在荒野间。

柯木诃告诉他，已经派人去昭武诸国求救。

"接下来我们该怎么办？"车鼻施特勤低声问。

"大王不妨到怛罗斯城避避风头。"柯木诃说。

车鼻施特勤使劲摇摇头。

石城逐渐消失、隐没在旷野丘陵间。白驹带领部下急急奔走，赶到一处远离大唐官兵的秘密营地，早在率部进入石城前，白驹已事先做了安排，在荒野中暗扎营盘，留守了一队人马。白驹带人回到营地，立即做好上路的准备。让白驹感到满意的是，除了每个人的坐骑，还有数十匹多余的战马。马背上捆着用皮绳扎得紧紧的口袋，里面装满焙干的麦粉、肉干和葡萄干。每一名骑手，都随身携带了可供五天食用的干粮、饮水。白驹深知，在荒无人迹的地方行进，只要有足够的给养，就能很容易地驾驭部众。对待这些跟他出生入死的家伙，还必须掩饰自己的真实想法。让他们洞悉头领的心事，是极其危险的。

白驹两眼眯成细缝，面对一片稀疏的树林出神。刚下过一场小雨，空气清新，他感觉到胯下的白马焦躁地抽鼻，这匹马与主人声气相通，面对主人的犹疑，或许能够提供方向。白驹让马放慢了速度，回身打量身后的部众，这些远离故地的骑手满脸污垢、疲惫不堪。中午时分，太阳驱散最后一丝浮云，原野重新变得干热，人和牲畜的身上散发出汗臭。表情沉闷的面孔，让白驹发烦，他闭目凝神，眼前开始晃动一张野性十足、摄人心魂的脸庞。那张脸，有时候似笑非笑，有时候遮着面纱。自从这个女人进入石国的王城，她偶尔也会在街市上现身。有一次她看到白驹，似乎打量了他一眼，这样的眼神，让白驹觉得胸中灼热。

白驹从不回避任何人的目光，即使面对他必须臣服的王者，他恭敬的姿态中也会流露不敬。正是这种不易察觉而又掩饰不住的神态，给他的主人们留下深刻印象。如今，他必须凭借自己的力量，化险为夷。

"首领，你现在要把我们带到哪儿？"一名亲信追上来，怯生生地问。

白驹回过神，从部下的话语中，听出了焦灼的意味。一年多来，几经起落，手下人难免动摇对他的信任。他能够掌控局势，同时从众人身上弥漫出来的气味中，敏锐地感觉到敌意开始加深，甚至埋藏杀机。眼下，他必须要这帮傻瓜明白，如果失去了首领，所有人都将葬身荒野。无论置身于富庶的土地还是沙漠，只要为了争夺喜爱的美女或财物，都必将血流成河。白驹还要告诉他们，只要抓到机遇就能恢复元气，成就大业。

"按我们现在的行进方向，很快将到达疏勒。难道我们要重返黄羊堡吗？"两名小头目大声交谈，似乎有意吸引白驹的注意。

白驹本不打算吱声，看到其他几个首领同样焦灼，有些沉不住气了，才不紧不慢地说："我们要赶上去，抢回被葛逻禄人带走的女人。"

"是那个王妃吗？她确实是个漂亮女人，可我们何必为了一个女人，驴一样地到处乱撞。"

"如果我们留在石城，恐怕脑袋早没了。"白驹吼道。

众人行进在一片河谷地带。尚未凋零的野花散发出淡淡的香味，白驹吸了一口气，微尘弥散在舌尖上，甜滋滋的味道让他压住满腹怒气。白驹扬起皮鞭，这个鞭子与其说是用来驱马，倒不如说是用来惩罚手下人的。白驹不太乐意用鞭子把人抽得皮开肉绽，一般情况下，他只要举起鞭子就够了。鞭子在空中响了两声，白驹的口气变得柔和："现在，我们必须找到一个安乐窝。"

头领的这种表现，让部下糊涂，他们叽叽喳喳了一阵子后，显然变得听话了。

"那帮劫走了公主的蠢货，手头有大把的珍宝。除了公主，他们还带走了一群王宫中的年轻女奴。我的眼睛已经花了，这些明晃晃的东西，让我什么都看不见了。"

部众被白驹的话打动了。

白驹的马咴咴叫了两声，身体转向西方。白驹沉吟片刻，命令众人向西南行进。他是一个相信征兆的人，马不会骗他，他要寻找的人肯定会沿这个方向前行。

天黑前，白驹和手下在一条小河里补充了水。白驹兴致勃勃地射杀了两只肥壮的野羊。休整了一夜，白驹率人离开水草丰美的河谷，进入了半干旱地带。

在一片草场上，白驹发现了一个很小的游牧群落，仅有数十顶帐篷。

部族首领见到白驹的人马，显得十分不安。白驹和颜悦色地表示，他的人马偶尔路过此地，希望获得一点食物。首领立刻吩咐族人杀了十几头肥羊，作为礼物敬奉给白驹。白驹吩咐取出几块宝石，换一些奶酒和肉干。

首领是个见过些世面的人，知道来自石国的瑟瑟石是贵重的东西。白驹微笑道："如果你愿意，日后可以跟着我的部落。我会在东边的吐谷浑故地找到水草肥美的地方，让你的族人子孙繁茂，过上安定的日子。"

首领感谢白驹的好意，同时告诉白驹，他所寻找的葛逻禄人，在一天前从附近穿过，他们取道向北，往怛罗斯方向去了。

白驹心头狂喜，事实证明了他的判断正确。由石城向南或西行，必须越过药杀水。石城的西面有河流阻隔，渡河后是一片人烟稀少的沙漠，很难存身。向南行进，则会进入东曹、西曹、康、史诸国的地盘。西邻大食边陲，东有安西官军。只有沿药杀水向西北绕行或径直向北穿越丘陵，才能进入怛罗斯一带。如果勃鲁想带公主返回葛逻禄故地，必须在涉过碎叶河后，再渡伊丽河，折向东北行进，穿越大片的丘陵和草场。白驹分析，勃鲁出城后之所以先向西行进，是因为这是一条葛逻禄首领熟悉的故道，距药杀水较近。这片河谷中的绿洲连接远处的丘陵，水草丰美，除了零散的放牧者，几乎没有可以对他的人马构成威胁的部落。沿河出走还有一个好处，就是容易补充食物和水源。

白驹做出判断后，继续追赶勃鲁。让他特别兴奋的是，他们已经发现了葛逻禄人前进的踪迹。

白驹决定留在河边过夜。夜色深浓，白驹默望水中破碎的星星，烦躁难忍。他抽出刀舞弄了半天，汗水沁满额头。白驹轻声吼叫，一条受惊的白鱼奋力跳跃，旋即跌进墨油油的水涡。稀薄的雾气缓慢浮动，白驹丢下刀，半跪在地上将头发披散，喃喃自语。白驹极力定住心神，无奈总是难以入静。千方百计寻找的女人仿佛近在咫尺，又遥不可及，白驹生怕搅碎了这个好梦。

白驹叹息了一声，忽然意识到，正是这个女人，让他变得处事犹豫，甚至对到手的猎物大发慈悲。此前，他一直渴望杀戮，只有在血流如注的时刻，才能尝到复仇的快意。甚至连他自己都弄不清楚，刻骨铭心的仇恨究竟由何而生，即使杀掉了慕容守忠，他依然难以平息心头的恨意。在连云堡，白驹曾失去过一个女人，为此，他让一个国王付出了生命。跟慕洛公主相比，曾经陪伴过他的所有女人都显得微不足道。为了这个让他真正动心的女人，谁知道有多少人死于刀下呢？白驹眯起眼睛远望，恍惚觉得一团微弱星火汇聚的地方就是石城。白驹想到曾随父亲到一座汉地边城用羊马交换丝绸时，在城郊看到了一座古庙。庙堂上的神像破碎，归鸦在殿外嘎嘎啼叫，残阳染红了大片天空。那个时候他还是个少年，梦想去一个被称作长安的地方见见世面。随后，他重新在西域的土地流浪，长安城已成为遥远的泡影。

白驹一夜未睡。天色将晓，疏淡的星斗有如温柔的眼睛，他恢复了自信。

官军的主力部队兵临城下，那座用坚硬石头垒起的高大城墙，在阳光下散发出醉人的红光。

"真是座漂亮的城。"一名骑兵校尉说，"尽管石城很好，但跟长安城相比，仍然太小了。"校尉知道，很多胡人的首领喜欢长安，不少人成为朝中新贵。阔绰的胡人也善于经商，他们在城中花大把金钱购买房宅，一个个吃得大腹便便。

"听说他们很乐意娶汉家女子为妻。我可不喜欢这么干，汉家的女子搂在怀里没劲儿。"红毛说。

"胡说。"校尉瞪起了眼睛。校尉的女人是个村姑，从军时已经给他生下一个儿子。女人在娘家自立门户，将十几亩田地交与别人耕种。校尉很希望解甲归田，可是又舍不得功名。除了定期捎带给妻儿一点银钱，他几乎把所有军饷和封赏都送给了龟兹城中一个性情刚烈却又知冷知热的汉家女子。校尉希望多砍几颗石国军人的首级，获得进一步的晋升。他最大的愿望是当上一名守捉使，尽管官位不算高，但是返乡时足以光宗耀祖。

高仙芝到石城周围察看一番，传令退兵五里。车鼻施几乎赔光老本，如今已经成了笼中的鸟，最好迫使他主动投降。

范伯阳提出去城中劝降。高仙芝环顾左右，微笑道："范参军虽是书生，但勇气堪比武夫。"

高仙芝命人写好劝降信，给范伯阳带在身上。范伯阳来到城下，大声呼喊开门。石国的城墙比汉地的城墙高，四面建有观望的塔楼，城墙上晃动黑鸦般的人影。

石王弄明白对方来意，吩咐开了城门，把范伯阳接了进去。

范伯阳很快被带到车鼻施特勤面前。

柯木诃翻译了来信。车鼻施特勤听罢，面色冷峻，合上眼睛寻思了半天，仍然拿不定主意。范伯阳等得不耐烦，高声喊叫。柯木诃将肋下的腰刀抽出一半，见范伯阳并不在乎，轻轻叹息说："腐儒同样可畏啊。"

车鼻施特勤将柯木诃召到近前，附耳低语："我听说当年天可汗曾厚待各路番将，凡归降者一律获得封赏。如今的唐天子或许同样有其祖上的遗风，我若献城，大不了像勃律王一样成为人质，只要保全石国，我宁愿把自己舍了。"

"现在投降献城，只怕高仙芝翻脸无情。"柯木诃说。

"我先宰了这个说客。"王子堪素拔刀要杀范伯阳，被车鼻施特勤喝住。

"杀呀！"范伯阳挺直了脖子。

车鼻施特勤命人将范伯送出，答应日落前给官军答复。

石王手抚刀柄瞪了帕诺一眼，冷冷说道："当初没宰了这个家伙，你真是废物。"

柯木诃叹息说，拍死一只臭虫，不过是在手心里沾几滴血。杀死范伯阳轻而易举，真正难对付的是城外成千上万的官军。

26

满载而归

高仙芝吩咐侍卫送来一壶酒、两盘菜,刚喝了两口,车鼻施特勤派出的使者到了。来中军大帐面见高仙芝的是柯木诃。

"石国向来忠顺天朝,绝无叛逆之心。如果大唐发兵攻打大食,石国肯定站在官军这边。"柯木诃态度恭敬,表示石王决定投降。

高仙芝打量了柯木诃一番,注意到使者长了一张酷似汉人的脸。面对帐下杀气腾腾的武士,柯木诃很镇定。

"你是个汉人,为何成为石王的亲信?"高仙芝问。

"我的父亲是汉人,至于我嘛,现在说不上是胡是汉了,这是我的命。"柯木诃说。

"每个人各为其主,高某何尝不是如此。"高仙芝的脸色好看了一些,反而称赞道,自己特别喜欢有勇气的人,柯木诃的表现值得钦佩。高仙芝痛快地答应了柯木诃的请降,许诺善待石国人,条件是次日清晨必须打开城门。

"都护的大队人马是否驻扎在城外,需要我们送多少粮草呢?"柯木诃试探说。

"我们有足够的粮草,至于大军的去向,国相不必操心。"高仙芝平静地回答。他隐约觉得柯木诃的问话包含深意,或许这个人已嗅到异样的气味,格外警觉。

"约束城里的军兵,让他们彻底打消对抗的念头,这是我的忠告。"高仙芝说。

"我一定把将军的话转达给大王。"

"好好配合,或许能保全石国。"

26 满载而归

柯木诃微皱眉头，立刻恢复了平静。

"将军所言极是，从今以后，石国人愿意输诚尽忠。从前的误会，再不会发生了。"

"误会？"高仙芝追问道。石国已成为瓮中之鳖，根本用不着多费唇舌，他不允许石国人讨价还价。

柯木诃着急赶回去复命，跨上马背时腿磕碰在鞍子上。柯木诃一咬牙，松开了缰绳。

中午时分，帐外变得燥热，连日的征战让高仙芝感到疲惫。眼看胜利在望，他的眼前迷离起来。故去的父亲高舍鸡曾经告诫他，作为统兵打仗的将领，必须审时度势，时刻维护个人的威信。高舍鸡说，当年自己身份低微，全靠在战场上浴血拼杀，善于抓住机会，总算熬成一个将军。既然做了大唐天子的鹰犬，除了用手中的刀效忠，已经没有别的后路。高仙芝抚摸腰间的青玉乌龟，心中怅然，这枚玉佩是父亲的遗物。西域苦寒堪比高丽故地，只不过自己屡立奇功，已名满天下，足以告慰父祖的在天之灵。近日从长安城传来的消息让他深感皇恩浩荡，天子命人在长安城内择地为他修建宅第。让军功赫赫的武将把家安置在帝京，颇有以边将家人为质的意味，但这是一个让君臣得以相互信任的重要途径，是一个值得尊重的传统。高仙芝乐于以此举表达忠诚，让自家的血脉与大唐息息相通。

至于如何处置献城投降的石王，高仙芝的心中已拿定了主意。兵不厌诈，他要投放一剂猛药警告昭武诸国。

第二天，车鼻施特勤出城来见高仙芝。

柯木诃回城后，劝说国王不要轻易打开城门。他担心唐军进城后，不肯遵守高仙芝所说的保持和平的承诺。柯木诃说，一旦引狼入室，石国将成为任人宰割的肉块儿。车鼻施特勤认定，守城将带来灭顶之灾，妥协说不定还能带来转机。柯木诃说，大唐天子同样喜怒无常，更何况高仙芝手段高明、凶狠，不得不防。他劝说车鼻施特勤弃城出逃，国王毫不犹豫地拒绝了他的建议。

当天夜里，柯木诃跟随大王子堪素悄悄出城，在帕诺的护卫下，五六百骑石国武士成功脱逃了。

高仙芝得知石国大王子堪素和国相乘夜逃脱，留在城中的突骑施大酋长吐脱也打扮成牧人溜走了，决意惩罚这些不肯俯首帖耳的蛮人。

高仙芝传令随征的八百陌刀手在城外布阵。他的近卫侍从一律骑乘骏马,披挂铜甲和明光铠。

车鼻施特勤和一群石国首领来到高仙芝的马前,献上了大食人赐赠的金印。

车鼻施特勤试图保持尊严。他向高仙芝请求:"我遵从将军的号令献出石城,既成为你的猎物,自然任凭发落。只是希望将军约束部下,别让石国的百姓受苦。"

"我会带你去见天子,你的命运,掌握在朝廷手中。"

高仙芝挥手让部下带走石王。紧接着,高仙芝命令军兵入城,将受到车鼻施特勤冷落的另一名妃子、两个小儿子和女儿通通看管起来。高仙芝暗中吩咐军将,对待背叛的石国人,根本用不着手软。

石王无奈地闭上眼睛,他知道石国这一次在劫难逃了。

大唐官兵涌进石城,变得格外凶狠。他们随意杀死出现在面前的男人。一些放下武器的石国武士开始抵抗,此举引来了更加残酷的报复。进城的汉蕃士兵失控了,在街头杀戮,随后闯进民宅抢夺财物,稍微遇到反抗便抽刀杀人。一些女人遭到了强暴,欲哭无泪。周边诸部的几名胡人首领原本抄掠成性,此时自恃平叛有功,更是大开杀戒。

最先进城的中军官安虎带领一队精兵直奔车鼻施特勤的宫殿。他们驱逐了其余军兵,仔细搜寻王宫的各个隐秘角落,很快发现了几间密室。其中一间密室堆满了瑟瑟石,这些名贵的翡翠石闪烁着阴冷绿光,士卒们惊呆了。安虎命人将宫室中收藏的珠宝、金银和丝绸装载在骆驼、马匹上,运到官军的行营。

石王的宫室被一把火烧掉了。

破城的第二天,卢云进了石城,街头的景象令他吃惊。城中活跃着一些汉蕃士兵,巷道、屋子里到处可见凝血的尸体。一群拔汗那骑手为了争夺财物,挥刀相向,两个人受了伤躺在地上。

"真是一群畜生。"卢云纵马驰过街市,看到一名小校使劲拉扯着一年轻女子。女子尖声哭叫,小校被激怒了,挥刀欲砍,卢云用长矛一拨,打在他的手腕上,横刀落在了地上。小校认得卢云,赶紧拾起刀,上马跑了。

卢云策马赶到高仙芝的大营,安虎将他挡在帐外。

"乱杀降人,有损我大唐军威。都护大人应该懂得这个道理。"卢云用愠怒的眼

26 满载而归

光盯视安虎，让他有些难堪。安虎笑了，拍拍卢云的肩膀："兄弟，都护大人正在休息，不见任何人。"

卢云无奈，只得转身离开。在中军大营门口，迎面遇见范伯阳。二人打了招呼，卢云向范伯阳讲述了石城中的见闻。范伯阳说，听说毁掉石城是都护大人默许的，他想让九姓诸胡知道投靠大食的后果。

"无端屠杀降人，甚至连女人都不放过，此举过于残暴。"卢云说，"打了几场胜仗，高将军有些变了。"

卢云希望范伯阳面见都护，制止毫无必要的杀戮。范伯阳想了想，痛快地答应了。

范伯阳走进中军帐，把卢云的见闻转述给高仙芝。

"石国反复无常，理应受到惩罚。"高仙芝挥挥手，要范伯阳离开。范伯阳想再说话，都护双眼微合，低声说："我累了。"

范伯阳草草施了个礼，离开大帐。

高仙芝喝了两碗茶汤，心机一动，觉得范伯阳固然酸腐，但毕竟敢说真话。如今石国大伤元气，确实该见好就收了。

高仙芝让安虎传令，逗留在城中的人马立刻回营，违者军法从事。

安虎办事麻利，很快便回来了。紧接着，两名石国美女被送到高仙芝帐中，她们垂首站立，眼神里透着惶恐，身体瑟瑟发抖。

负责炊饮的老军为都护炖了肉汤，里面加上大量的胡椒，还有一根来自高丽的人参。将军喝了热汤，面皮红润，灼热的感觉缓慢扩散，逐渐渗透了五脏六腑。

高仙芝喜欢鼻梁高挺、面如润玉的美女。在长安的酒楼中，胡姬的盈盈媚眼让很多人欲仙欲死，西域的生活未免枯燥，但从来不缺有姿色的女子。高仙芝看重自己的荣誉，不想给憎恨自己的人留下话柄，对于珠宝美女，他的索求总是适可而止，显得不算过分。

接下来的两个夜晚，美女的轮流侍奉让高仙芝感到满足。女人跪伏在他面前，似乎有些话要讲。高仙芝猜想女子可能是想为石王求情，他心念微动，随即为自己表现出来的仁慈感到羞耻。

车鼻施特勤得知自己要被带往长安，请求见高仙芝一面。

车鼻施特勤被带到高仙芝面前。大唐安西节度使端坐在椅上，他故意以这样的姿态对待石王，是因为深知这些藩王身上流淌着强悍的血，绝对不肯轻易折服。他之所以要毁灭石国，就是想让周边的其他藩王知道，究竟谁更强悍。

石国被踏在脚下，一个成为俘虏的国王只是草芥，轻轻用力，就可以被碾得稀烂。

"你要告诉我什么呢？"高仙芝示意车鼻施特勤坐下。

"你背弃了誓言，这种行为让我无法接受。"石王站立在原地未动，尽力显出不卑不亢的样子，"石国毁了，何必把我带到长安，现在就让我死个痛快得了。"

"我是信守承诺的，可是你的大儿子逃走了，这让我怀疑你献城的诚意原本是个圈套。我之所以改变主意，还有更重要的原因，你想知道吗？"高仙芝不动声色。

车鼻施特勤睁大了眼睛。

"你收留了吐脱，这个恶人同样逃走了。"高仙芝轻轻吁了一口气，不紧不慢地说。

车鼻施特勤低下头。高仙芝为自己找到绝妙的毁约理由暗自得意，他原本就不想跟石王缔结盟约，为了减少士兵伤亡，他觉得诱降是个上好的选择。无论如何，他都想毁掉石城，正如北庭都护王正见捣毁了突骑施人的老窝碎叶。

"你这么做不会有好结果。"车鼻施特勤愤愤地喊道。他觉得受到了欺骗，没脸面再活在世上，已经豁出去了。

"我原谅你的冒犯。等到了长安，你的生死就不由我定了。"

石王的口气软了，恳求高仙芝把他的儿女留在当地。

"作为俘虏，你们全家人都要被带到长安。"高仙芝的脸冷若冰霜，"死是一桩很容易的事情，只要让悬在头上的刀砍下来，就一了百了。不过你现在不能死，我要把你献给天子。"

"说不定哪一天，天子会杀了你。"

高仙芝愣了片刻。车鼻施特勤的话很恶毒，仿佛是一个诅咒。高仙芝想发作，忍了忍还是面露微笑。

"杀我？我的人头岂能说割就割？"高仙芝觉得石王算是个硬骨头，不过石国已经彻底完蛋，这个人只是一只断翅的笨鸟，再别想飞起来了。

"我会让手下善待你。在前往长安的途中，你不会缺少吃喝、衣食。军中有的是羊肉、马奶，还有好喝的葡萄酒。"

26 满载而归

车鼻施特勤低下头。

"或许,我可以上报朝廷,让你的儿子接替你的王位。只要你告诉我,他现在跑到哪儿去了。"高仙芝说。

"你是在玩弄手中的猎物吗?"车鼻施特勤转过脸,不再搭理高仙芝。

27

追逐王妃

勃鲁勒住缰绳,回头望一眼骑在另外一匹马上的慕洛公主,让手下人停下来扎营。昏昏欲睡的葛逻禄武士跳下马,忙乱了一阵子,支好了帐篷。勃鲁请公主到一顶大帐中休息,公主冷冷地看他一眼,快步走了进去。一群女奴跟随公主隐身在帐中,她们中,除了几名陪嫁的葛逻禄少女,其余大多是石国或河中诸国的粟特人。葛逻禄武士敬畏公主,对她的侍女则充满了淫欲的念头。勃鲁是一个凶狠的首领,尽管手下人想入非非,时常用狼一样的目光扫视女奴的身体,却不敢有任何非分的举动。女奴身上裹了厚实的衣袍,用羊毛巾遮住脸庞。葛逻禄武士难以看清她们的真实面目,但惊惶的眼神更容易勾起他们心头的欲火。

勃鲁对部下说,石国注定败灭了,必须保护公主返回故地。略有头脑的手下人私下交头接耳,觉得首领的话不太可信,勃鲁心中肯定怀有不可告人的目的,而且和女人有关。

帐门露出一条缝隙,慕洛公主冷漠地打量帐外的这群武士,即便远隔千里,父汗的威严依然能震慑部族里这些好勇斗狠的武士,这让她感到惊奇。不过,慕洛还是从众人身上嗅出了野兽的气味,她有一种身陷狼群而被团团围住的感觉。

慕洛出了大帐,大声问:"勃鲁,告诉我你要去哪里?"

慕洛的声音平静,勃鲁却打了个激灵。勃鲁表示,要把公主送回葛逻禄草原,他当时留在石国,就是为了保护公主。慕洛笑道,既是这样,应该向太阳升起的地方走，现在的方向不对。勃鲁解释说，大唐兵马堵住了东北方的通道，绕道远行是为了避开追兵。

勃鲁身上散发出难闻的气味，慕洛皱了皱眉头。过去，她从未把进出叶护牙帐的大小首领放在眼里，现在身处险境，必须小心应对，最好别招惹这个粗鲁的家伙。远嫁石国让慕洛伤心，车鼻施特勤的年纪不算太老，但他并非慕洛所喜欢的男人。如今逃离了石国，茫茫荒原让人更感到心中没底。

慕洛尽量不动声色地观察勃鲁。两天过去了，勃鲁依然保持对公主的恭敬，目光却变得迷离而放肆。慕洛看得出来，只有男人特别渴望得到女人时，才会流露出这样的眼神。她要保持威严，绝对不能有一丁点示弱。

慕洛自幼学习骑射，她悄悄在腰上别了一把锋利的牛角状短刀。骑在马上，她感觉到葛逻禄武士暗中盯视的目光，有如芒刺在背。凉冰冰的银质刀鞘刺激她的身体，慕洛显得气定神闲。

慕洛恨自己的父亲，因为母亲受到这个男人冷落，郁郁寡欢而死。情窦初开的时候，她曾经看好一个长着英俊面孔的骑手，那个人害怕叶护，极力回避野性迷人的慕洛。慕洛对此感到失望。现在所有的往事都恍若浮云，只消一阵微风就吹得干干净净。

黄昏时分，旷野刮起了风。葛逻禄武士在临河的草滩上发现了一个孤独的牧人，这个人微不足道，可是他的十几只羊让武士们眼睛里喷火。

羊被一只接一只按倒宰杀，血染红了草地。牧人跑到一名小头领面前，大声恳求，小头领狂笑着走开了。牧人追上去抱住他的腿，却被两名武士拉起来摔翻。牧人刚刚爬起来，小头领抓起一支矛，将他钉在地上。牧人号叫着，另一名武士跑过来补了一刀，结束了他的痛苦。

羊肉在火堆上发出"滋滋"的声音，羊油滴落着，扑腾的火焰几乎变成蓝色。

勃鲁慢吞吞地来到慕洛面前。

"公主，羊肉烤好了，你难道不想吃些吗？"勃鲁的声音有点怪异。

慕洛把手伸进鞍袋中，摸出一把烤熟的麦粒。她把几颗麦粒送进口中，忽然来了阵风，慕洛的手一松，麦粒飞扬起来，有几粒溅在勃鲁沾满羊油、灰尘和血痂的脸上。

慕洛笑了，像是为刚才漫不经心的举动道歉。

"我不想吃肉，还是吃这些烤熟的种子吧。"

勃鲁紧绷的面皮松弛了一点，讨好地笑了。慕洛神色自若，凛然不可侵犯。勃鲁呆愣了片刻，在油腻的皮袍上擦了擦手，转身走了。

女奴们早就饿了，她们每人都分到了一块羊排。每个人的鞍袋里还有些肉干和酥油，她们默不作声地啃嚼食物。火光中的葛逻禄武士开始打量她们，让她们感到恐慌。只有慕洛公主依然淡定，这让她们感到稍许放心。

勃鲁喝光皮囊中最后一滴奶酒，来到慕洛身边。慕洛低头盯住自己的靴子，她旁若无人的神情让勃鲁感到难堪，他默不作声地离开，随即又转身回来。

"公主，既然你不愿意回去，就跟着我，做我的女人。"勃鲁吐露了自己的想法。

慕洛一愣。

话说出口，勃鲁的胆子彻底变大了，现在，他用不着再顾忌这个女子的身份。

"你说什么？"慕洛眯起眼睛。

"我说，我把你从石国救出，你该用身子报答救命的恩情。"

"既是这样，我们先回故地。回去后，你再向我的父汗求婚。"慕洛觉得冷气游遍全身。

"我本来就没打算返回故地，为了你，我要重新找一块草场。"

"骑手们可是想要回去，他们知道你的心思吗？"慕洛极力保持冷静。

"在这片荒无人烟的地方，他们更知道谁是主人。"

"别忘了我才是你的主人。"

"公主,现在你不是了。"勃鲁逼近慕洛,骚哄哄的气息让慕洛恶心得闭上了眼睛。

"答应吧。我迟早会成为一个可汗，而你就是我的可敦。"

"可敦？"慕洛哈哈笑起来，露出雪白结实的牙齿。隐没在火光中的葛逻禄武士注意到这边情形有些不对。

慕洛眼前一团昏暗，她忽然回忆起当年，当她还是个孩子时，来自某个遥远部落的巫女被带到她面前。巫女跪在地上告诉葛逻禄叶护说，这个漂亮的小公主长大后将要远离故土，变成一个身份尊贵的人，地位差不多相当于可敦。巫女说，她看到一个英俊男人娶了公主，那个男人骑着一匹快如疾风的骏马，很多勇敢善战的人死在他刀下。

慕洛打了个冷战。

第二天,勃鲁驱赶手下人继续赶路。没有了新鲜羊肉,众人只能吃混合了油脂和麦粉的干粮。武士们相互威胁、咒骂、吹胡子瞪眼,这是他们释放心头怨气的一种方式,看上去粗鲁,其实不乏善意。

羊油在太阳的烘烤下散发出刺鼻臭味,勃鲁咽了口唾沫。昨天夜里,勃鲁没敢在公主面前造次,不知道为什么,他还是有些顾虑。他看得出来,部下们在关注女人,他们的心思同样集中在女人的身上,只是没有胆量打公主的主意。趁乱带公主离开石城的时候,他确有返回故地的心思,可是一想到公主可能属于别的男人,他就改变了主意。他之所以忍耐着没敢闯进公主的幕帐,是因为担心部下在自己的背后下手,更直接的原因,是他仍然有些害怕公主。

勃鲁骑在马上,他怨恨这个美丽、任性、不肯拿正眼打量自己的女子,毕竟两个人身份悬殊,但是在这片茫茫旷野上,气呼呼的勃鲁已经找到了主人的感觉。他的整个身子,都被慢吞吞的火苗灼烤,火变得越来越热。如果离开这个女人,他宁可用刀割断自己的脖子。他愿意为这个女人豁出性命,让她的脚踏住自己的后背骑上一匹骏马。为了这个目的,他要远走高飞,他相信只要再越过一片沙碛或是烟气迷离的海子,就可以彻底避开叶护无所不在、令人生畏的眼神。原本只在梦中出现的女人近在眼前,他绝对要得到她,哪怕为此付出性命。

傍晚时分,勃鲁手下的两名武士捉住一个在草地上呼呼大睡的骑手,这是个三十来岁的汉子,长得像个汉人。让勃鲁惊奇的是,这个人的马上有一副漂亮的鞍子,还有一把精炼的铁刀。汉人骑手说,他是吐脱的部下,愿意为葛逻禄人效力。勃鲁说,吐脱令人讨厌,如若真是他的部下,留下这个活口毫无益处。公主得知勃鲁要杀人,急忙让一个女奴跑过来制止。

女奴告诉勃鲁,公主不喜欢随便杀人,她吩咐留下这个男人,让他照料营中的马匹。

勃鲁想一想,爽快地答应了。

汉人骑手望一眼为他求情的女奴,感激地笑了。女奴身材瘦削,胸部倒是挺丰满。这是一个骨骼结实、眼神柔美的女子。

"公主，您救下的这个男人，模样跟我们有点不同，好像是东边来的汉人。"女奴回帐小声告诉慕洛。

"你的眼睛迷迷糊糊，活像一只发情的母羊。"公主嘲讽道。

女奴的脸登时红了。

"不过——"公主压低声音，"我感到这个人对我们有用处，这是很奇怪的念头，就像是做了个梦。"

"这个人应该跪下来，用舌头舔净公主脚上的靴子。"女奴说。

慕洛笑了，露出白玉般结实的牙齿。

"我感到浑身发冷，今天晚上要出现不好的事情。"快乐转瞬即逝，慕洛的脸阴沉下来。

天又快黑了，勃鲁大喊大叫地传令扎营。勃鲁把马缰扔给手下人，跌跌撞撞地晃悠到公主马前，试图将她抱下马背。公主拒绝了他的好意，从马背的另一侧跳下。公主的眼神冰冷，唇上血红的胭脂看上去潮湿模糊。

"今晚我要去你的帐篷，葛逻禄的女人向来不拒绝勇士。"勃鲁忍无可忍，终于提出了要求。

"让我拿你当个勇士？但你别忘了自己的身份。"慕洛毫不退让。

"即使给马插上翅膀，你的父汗也飞不过来。在这个地方，我就是可汗。"勃鲁狞笑道，"我要让你成为我的女人。"

"想女人了，我可以送给你一个石国的女奴。"

"我只想要你。答应我吧。"勃鲁恳求说。

"你试试看，究竟谁是你的女人？"

慕洛涨红了脸。勃鲁回头望去，发现了众多狼一样的目光。勃鲁勃然色变，向手下人吼道："我知道你们这些人的心思，你们想女人了，一个个想得恨不能咬碎自己的胯骨。今天夜里，我会让你们快活。除了公主，她身边所有女奴，统统归你们享受了。"勃鲁的话令手下人震惊。当他们终于回过味，明白即将要发生的事情，顿时欢呼起来。

"为什么还发愣？这是公主的意思。她需要我们的保护，乐意把她的女奴送给你们，让你们压在她们身上使劲折腾。"

勃鲁的哮咆激发了手下人的冲动，葛逻禄武士敏捷地跳下马背。女奴们炸了窝，惊叫着四处奔跑、躲藏，粗野的男人们嘀嘀叫着，追逐这些令人发狂的猎物。

被公主救下的汉人骑手正是周鹋儿。看到葛逻人开始争抢女奴，他小心翼翼地躲藏起来。营地里更加混乱，有些葛逻人得了手，占有了女人。周鹋儿靠近自己的坐骑，抽出马鞍上的腰刀。黑暗中，周鹋儿专心寻找替他求情的女奴，几乎转遍了营地。周鹋儿找不到人，打算悄悄溜走。忽然，他看到那个女奴从附近跑过去，身后跟着十几个葛逻禄骑手。一名身穿黑袍的武士抽出刀，将其他人赶走了，看样子是个头领。女奴几次摆脱了这名武士，但最终还是被捉住了。葛逻禄首领将女奴按倒在地上，女奴挣扎着，两个人在阴影中翻滚。周鹋儿猫腰溜过去，用力扯开葛逻禄武士。那名武士以为是手下人捣乱，怒骂着回手打了一拳，周鹋儿后退半步，将刀尖插进了他的后心。

周鹋儿拉起女奴便走，两名葛逻禄人发现了他们。女奴跟着周鹋儿躲避到一个土丘后。眼看两名武士一前一后逼近，周鹋儿一跃而起，前面的武士腰部挨了一刀，扑倒在马背上；另一名武士挥矛便刺，周鹋儿闪身让过矛尖，跃前一步，将武士扯落马下。武士想要翻身，周鹋儿手起刀落，将他杀了。

周鹋儿牵过自己的坐骑，将女奴抱上马背。周鹋儿随后上马，两个人很快消失在夜幕中。

28

杀机四伏

三天过去了，白驹和手下人还没有找到葛逻禄人。

白驹吃得很少，除了一点青稞粉和马奶，几乎不碰别的食物。他的脸瘦了一圈，两边的颧骨突出来，透出清冷的寒光。

手下人心惊肉跳。几年间，白驹几度身陷绝境，总是能够凭借过人的本事逃脱。同样令人惊奇的是，白驹苦心召集起来的人马像一盘散沙被风吹散，而来自本部族的亲信们，绝大多数都化险为夷，得以紧紧追随主人。吐谷浑人习惯了流浪生活，只要看到丰美的草地就特别有精神。眼下，他们确实吃不住劲儿了，想到白驹为了一个女人，漫无边际地到处乱撞，抵触的情绪如同雨后的野草，飞快滋生起来。

"这个女人能带给我们想要的金银珍宝，我们还可以利用她，跟强大的葛逻禄部结盟。"最初几天，白驹的这种解释让人兴奋。众人的高兴劲儿一过，部下们逐渐变得冷漠。从葛逻禄人手里争抢公主，肯定要流血，部众疲惫不堪，不乐意再去玩命。更何况，这个女人最后只能归白驹所有，其他的人，连根毛都捞不到。

白驹看出部下的不满。他必须控制这些人，同时给他们足够的甜头。眼下，众人畏惧他的刀子，不敢太造次，一旦叛逆的情绪弥漫，局面就难以收拾了。

夜色笼罩四野。星星在云中透出微光。白驹溜出帐篷，连续三个夜晚，他总是难以成眠。凉风吹过，一棵矮树后传来窃窃私语。白驹悄悄走过去，尽量不发出一点声音。

"首领被那个公主迷住了，谁都知道，这是个能让人浑身着火的女人。"

"你也想要这样的女人，别做梦了？"

两个人背靠在闭着眼眼说话，根本没发现首领正在靠近。

白驹现身了。两个人使劲揉眼，看见了晃动的白袍。

"你们在背后议论主人，应当割掉舌头和耳朵。"白驹让他们自己动手。

两个人吓坏了，哆嗦着拔出小刀，狠心割掉彼此的耳朵。二人血流满面，但是强忍着不敢出声。

"舌头呢？"白驹冷笑道。

两个人磕头求饶。

"滚吧！别让我再看见你们，哪怕是个影子。"白驹说。

第二天中午时分，白驹派出的探马发现了勃鲁的宿营地。

夜幕降临，白驹留下百余人看守行李，自带二百武士奔袭勃鲁。为避免误伤，他让手下人在脖子上扎了白绸。

周鹬儿带女奴脱逃，慌不择路。眼见后面没有追兵，他们在一个小海子边停下来。周鹬儿先下了马，轻轻将女奴抱下来，女奴格外顺从，她已经不再害怕了。周鹬儿在怀里摸索着拎出个盐袋，伸手抓了一点盐末，让累得直喘粗气的坐骑分享。看到马儿舔净了盐末，气息喘得匀称些了，周鹬儿赶紧拉着马饮水。饮好了马，周鹬儿回到女奴身边坐下来。夜光下，周鹬儿感觉到女奴眼神迷离地望着自己，身体顿时燥热起来。女奴从鞍袋里摸出一块干粮，递到周鹬儿手上。周鹬儿接过干粮，使劲咬了一口，顺势抱住女奴。女奴听任他的摆布，周鹬儿刚解开她的袍子，便听到坐骑扬脖嘶叫，只见黑暗中跑过来两匹战马，停在了他们身边。

周鹬儿惊出一身冷汗，翻身跳起，刚抓起佩刀，冰冷的矛尖已顶住他的胸膛。借着月光，周鹬儿看到，马上两名骑手身穿官军的衣甲，用矛指着他的武士，有一头卷曲的棕发。

意外捕获了一对男女，让红毛喜出望外。他和另一名骑手立刻押解二人回营。红毛喜欢体格丰满的女人，觉得刚才被捉住的那个女子太瘦了，没什么滋味。

周鹬儿被带到了卢云面前。卢云观察周鹬儿的眼神，觉得这人像是个勇士，立刻吩咐拿来奶酒。周鹁儿喝了一大碗酒，爽快地招供了。

白驹带人来到勃鲁的营地，混乱的局面让他喜出望外。白驹打了个手势，率众冲进去，葛逻禄人受到意外攻击，乱成一团。

银白的月亮从云中绽露，波光肆意流泻。胳膊上系了白绸的吐谷浑人杀得顺手，割麦子一般，接二连三撂倒葛逻禄人。措手不及的葛逻禄人很快反应过来，拼死反抗。一些葛逻禄武士上马后，变得格外凶猛，但是败局已经难以挽回了。

几乎在白驹杀入营地的同时，勃鲁闯进公主的帐篷。慕洛口气威严，命令他滚出去。勃鲁迟疑片刻，站立不动，他横下一条心要占有这个原本高不可及的女人。勃鲁逼了上来，慕洛从袍腰里抽出短刀，刺向他的胸口，勃鲁闪身避开了。公主回手再刺，被勃鲁拧住了胳膊。勃鲁稍微一用力，公主疼得叫起来，刀子掉到地上。

勃鲁轻将公主扔到地毯上。公主一翻身拾起短刀。勃鲁伸出舌头舔舔嘴唇，狂笑起来。

勃鲁只想对付公主，根本不理睬外面发生了什么事情。

慕洛的两名贴身女奴被葛逻禄武士捉住。这时，一匹白马奔向公主的大帐，马上的骑手以轻盈的刀法砍了三个葛逻禄人。白马紧擦着女奴掠过，在快要撞到帐篷时，倏然侧转了身子。白马武士的身姿在月影中忽闪，紧接着从马上滑落。

白驹冲进帐篷，恰好看到公主手拿短刀和勃鲁对峙。

两名葛逻禄骑士冲进帐篷。白驹回过身，手中的刀旋转着挡开掠过头顶的兵器，砍杀了头一个对手。第二个人躲过白驹的刀锋，迅速回击。两个人刀锋相撞，对手的刀改变方向横扫过来，白驹弯腰闪避，刀擦着头顶滑过去。白驹不再给这个武士任何机会，一刀砍倒了对手。

勃鲁丢开慕洛，举刀来战白驹。

白驹并没有急于进攻，他想找到勃鲁的破绽后发制人。倒在血泊中的一名葛逻禄武士挣起身子，拾刀在手，白驹冷眼看见了这一切，向后轻闪，顺势割断了对手的脖子。勃鲁抓住这个机会，跃步挥刀直劈白驹的面门，白驹急忙招架。勃鲁不容对手喘息，接连砍了两刀，白驹闪身跳出大帐。

勃鲁追了出去，借着月光和白驹相搏，恨不能一刀取了他的性命。两个人厮杀得起劲，慕洛取了一张弓，来到帐外。她恨极了勃鲁，拉弓便射，"咻溜"一声，冷箭射中勃鲁的后背。勃鲁身躯猝然一抖，被白驹的刀削中肩膀。

白驹看见手持弓箭的公主，止步观望。

勃鲁勉强稳住身体，血水浸透衣袍。幽冷的月光下，他的脸盘变得乌紫。

勃鲁转回身，慕洛又搭上一支箭，缓慢拉开了弓弦。

"可怕的女人。"勃鲁的声音沙哑了。

慕洛松开手，锋利的箭头钻进勃鲁的胸窝。

勃鲁仍没有倒下，慕洛冷静地看着他。勃鲁朝慕洛走了两步，突然栽倒了，箭尾的金色雕翎微微颤动。

"公主。"勃鲁从牙缝里挤出了一声叹息。

"好箭法。"白驹赞叹道，"可惜一个勇士被你活活射杀了，如果你不插手，他很快也要死在我的刀下。"

"白驹，你是来救我的？"公主恢复了镇定。

"是的，不过你得好好谢我。"

白驹的口气谦和。他扫视营地，意识到手下人已经取得胜利。葛逻禄武士被杀掉大半，除了少数几个人逃走，其余的人已经成为俘虏。

慕洛嗅出了危险的味道。跟粗暴的勃鲁相比，白驹令人难以捉摸。慕洛和车鼻施特勤一样，讨厌这个异邦来客。

"把弓扔开吧，没有箭了，它只是个摆设。"白驹慢慢靠近慕洛。

"你最好离远点，我身上除了尖刀，还有夺人性命的烈药。"慕洛喊了起来，她想用死震慑住白驹。

"多么漂亮迷人的公主，何必自寻死路呢。"白驹柔声说，"从今天起，我要做你的保护者，任何人都别想动你的一根汗毛。"在白驹看来，慕洛已成为稳稳握在手中的猎物。心急喝不成热汤，白驹相信用不了几天，他便能撕碎公主故作坚硬的外壳，让她彻底屈服。

天亮了，白驹的手下报告说，共捉到了七八十名葛逻禄武士，女奴们也都被抓住了。

白驹答应手下人，夜晚到来时，他们可以轮流享用这些女奴，免得大打出手、自相残杀。在驯服公主前,白驹打算先尝尝葛逻禄女人的滋味。白驹挑选了两个漂亮的女奴,把她们安置在自己的帐篷中。一个女奴吓得浑身发抖,让他乐不可支。白驹特别喜欢惊慌失措的猎物。

黄昏时分,吐谷浑武士开怀畅饮,让女奴们在草地上跳舞,有些人已经按捺不住了。一名首领提议,通过角力的方式决定谁先占有女人,众人附和着,大声狂呼。

夜色渐合,吐谷浑人在营地中点起火堆。有些人喝得大醉,叫嚷着要公主献舞。慕洛感觉浑身发冷,掀开帐篷的一角,两名把守在外面的吐谷浑武士拦住她,赔着小心让她回帐。二人害怕白驹,更怕公主变成白驹的女人以后,大吹枕边风置他们于死地。慕洛有些灰心,握着刀,在帐中来回走动。外面人忽然炸了营,传来了激烈的厮杀声,一名吐谷浑武士冲进帐内,贴身女奴大声尖叫,慕洛毫不犹豫地捅了他一刀,武士扑倒在地。公主定睛一看,发现这名武士的后背已有一处伤口,袍子上鲜血淋漓。

一匹战马从帐外掠过,马上的武士用长矛刺破了帐篷一角,用慕洛听不懂的声音大声呼喊。

慕洛刚要跑出大帐,一名官军武士已闯了进来。借着油烛的光亮,慕洛看到,跟在武士后面的竟是被他救下的那个汉人。

卢云让周鹑儿告诉公主,官军已经赶跑了白驹。葛逻禄叶护是大唐的册封首领,作为叶护的女儿,她将受到保护。

"如若不是公主搭救,我就没命了。所以,我找到了官军,立刻带他们来救你。"周鹑儿说。

"大唐官兵毁了石国,让我到处奔波,难道这就是他们的好?"慕洛冷笑道。

慕洛平静下来,没再说一句话。如何对待这个身份特殊的女俘,让卢云颇感踟蹰。卢云带人袭营,本打算从葛逻禄人手中夺回石王的妻子,没想到吐谷浑人抢先一步,打败了葛逻禄人。如果不是白驹得手后放纵部下,官军恐怕要费些周折,才能战胜吐谷浑人。狡猾的白驹再次脱身,日后会带来更大的麻烦。

当天夜里,白驹带人偷袭营地。卢云事先设下埋伏,白驹没占到便宜,反而又折损了一些人马,只好悻悻离去。

第二天,卢云督促众人动身。草原的另一边,是起伏的荒丘,微呈褐色的沙土弥合了远天，一条探进沙漠逐渐干涸的河谷，隐约绽露出绿意。风吹来腥甜的气味，细微的沙尘粉末飘进人的嗓子、鼻孔，让人感到焦渴。慕洛出了帐篷，她的脸上围了条纱巾，只露出双眼，那目光冷淡、迷惘，刀柄在她的袍襟间隐约闪亮。

女人的气息驱散了草地弥漫的血腥，同时带来了焦灼和危险。周鹑儿对卢云说，按野蛮人的做法，应该杀掉被俘的葛逻禄男人，只留下女人。

"这些人翻脸无情，该杀。"红毛赞成周鹑儿的主意。

卢云犹豫了。葛逻禄公主不能轻易放掉，若把她当作俘虏带回大营，又有些于心不忍。这是个神秘莫测、令人心动的女人。除了红毛和周鹑儿，他的部下并不知道她是石国的王妃。

"我困了，很想找个女人睡觉。"红毛使劲揉了揉眼皮，色迷迷地说。

公主冷漠暧昧的神情消失了。卢云想到了雪兰、史那尔，心头蓦然一动。

29

游牧者归来

　　吐脱逃离石城后，一路回避官军的游骑，总算没碰到麻烦。他打算前往河中地带，寻求昭武诸国支持，如果遭到拒绝便去投奔大食。吐脱一行向南渡过药杀水，遇到东曹国的游牧武士。双方发生冲突，吐脱和部众携带的财物、马匹几乎全被夺走。眼看只剩下百余人继续追随自己，吐脱心里凄惶，放弃了直奔河中地区的计划，带人沿那密水西行，准备越过荒漠进入大食领地。走了两天，食物变得短缺，手下人极力表示反对，吐脱只好择路重回碎叶川。在靠近沙漠边沿的一个河谷地带，有座废弃的土城，吐脱打算在此略加休整，没想到这里竟隐藏着十几名被打散的部下。这些人躲在土丘的阴影下，强烈的阳光晒干他们的嘴巴，每个人都眼睛红肿，几乎看不到一点光泽。

　　吐脱吩咐手下人拿出肉干和水，武士们慢慢咀嚼食物，发现昔日不可一世的主人眼窝深陷，胡须上沾满沙尘，散乱的乌发中夹杂着几绺铁灰。吐脱华美的衣袍撕裂了几个大口子，看上去更像一个丢失了羊群、穷困潦倒的牧羊人。

　　从部下口中，吐脱得到了让他更沮丧的消息：达赤被暗杀了，一些人投降了史那尔。

　　"我要死了，必须把更可怕的事告诉可汗。"一名受伤的武士说，达赤为抢夺雪兰，杀死了史那尔的母亲和弟弟。史那尔发誓报仇，率轻骑袭击了吐脱的牙帐。激战中，史那尔的人射杀了吐脱的两个儿子，吐脱几年前续娶的妻子带着他的小儿子逃往大食，生死未卜。

"我们不想投降史那尔，于是乘乱逃了出来。就是死，我也要死在主人面前。"武士说罢，吐了口血，眼睛里的一丝光亮宛若游丝悬浮，转眼间熄灭了。

吐脱大声咆哮，诅咒史那尔、萨布。吐脱痛恨草原上的恶鬼竟然如此报复他，更恨当年没有除掉史那尔。

周围死一样沉寂。

吐脱逐渐安静了。部众离散，失去了讨价还价的本钱，但只要取得大食人的扶持，就还有希望。

吐脱松开皮甲，风吹过酸痛的胸口，吐脱皱起了眉毛。吐脱倚着土墙，昏沉沉睡了过去。

负责瞭望的两名武士困得难受，很快打起瞌睡。太阳偏西了，众人睡得正香，吐脱打了个激灵，顺着风吹来的方向，听到了马蹄轰鸣。他将耳朵紧贴住地面，感觉土城发出了轻微抖动。放哨人也醒了，探头向城外窥视，发现了疾驰而来的马群。

吐脱呼喝着叫醒部下。众人迷迷糊糊起身，刚准备好弓箭，已经有一股骑兵冲到近前。吐脱指挥部众利用残墙掩护，射倒了冲在最前面的十几个武士。

进攻者向后退却，吐脱看到，马队中飘扬着一面绣有狼头的青旗。

"史那尔！"吐脱满脸流汗，强迫自己镇定下来，冲部下吼道，"别怕，他来得正是时候。"

亲附大唐的东曹武士与吐脱遭遇后，捉到几个突骑施俘虏。东曹人将吐脱的行踪通报给史那尔的斥候，索取了一笔报酬。史那尔派人沿那密水寻找，终于发现了吐脱。

察看了一番地形，史那尔并不急于强攻。他只带了二百骑兵，没办法围住吐脱。土堡中的水井或许能汲出一点水，但根本不够百余人饮用。没有水源，里面的人撑不了多久。史那尔让部下喊话，鼓动吐脱的部下谋反。

"给我点水喝，我快死了。"另一名受伤的武士呻吟起来。

"你刚才说，最近几天没看到一匹马经过，为何史那尔找到了这里？"吐脱目露凶光。

"这根本不是我的错。"

"我本该立刻离开这个鬼地方。你的眼睛骗了你,你可恶的舌头,竟让我陷入绝境。"

吐脱越说越气,抽刀砍杀了这名武士。

卢云带人渡过药杀水,得知大军已从石国回撤,立即传令拔营回返龟兹。

"你打算把我带回去请赏吗?"始终沉默的公主分辨了一下方向,拦住卢云质问。

"路上不太平,你不可能平安返回故地。把你送到龟兹,是最好的选择。"卢云说。

"想杀一个人很容易。"慕洛冷笑道。

"有我们保护,没人敢杀你。"

"保护?我可不想一直被你们牵着鼻子走。"

"你别无选择。"

"放我走,或是把我杀掉。"慕洛喊叫起来。

"我从没有杀过女人,再说像你这样的漂亮女人,谁能下得了手呢。"

"把我直接送回故地,或者是带到一个安全的地方,让我自生自灭。这样的事儿,你能办得到。"慕洛的口气软下来。

卢云转身欲走,见红毛领着一个骑手急匆匆赶过来。

骑手的袍襟沾了一团污黑血渍,马匹浑身流汗。骑手气喘吁吁地说:"我的主人包围了吐脱。他的人手不够,派我们出来寻找官军。"

卢云认出骑手是史那尔的亲随,连忙询问情况。骑手说,从这里出发,只需小半天就能赶到战场。

卢云让红毛带领百名骑兵前去帮助史那尔。卢云说:"我想他了,见到史那尔,让他过来。"

"你不让我靠近这些让人心里冒火的女人,现在又想把我支开。"红毛抱怨着,瞅了一眼公主的背影,催马离开营地。

第二天中午,红毛带来了史那尔。

史那尔目光乌亮,只是眼窝陷得更深,腮边胡须散乱。

史那尔沮丧地告诉卢云,他想招降吐脱的部下。后来土城里似乎发生骚乱,紧接着,一些人声称杀死了吐脱,拎着一颗头颅出来投降。没想到,这是吐脱使诈,趁着混乱，他带人突围了。

"吐脱失去了所有部众，根本没有能力卷土重来了。"卢云说。

"他的一个儿子逃往大食，迟早是个祸害。"

"你的仇报得差不多了，何必非得杀死他所有的儿子？"

"心慈手软的教训太多了。斩草除根，可不仅仅是突骑施人的传统。当年天可汗想登大位，曾杀死亲兄弟，他做得同样够狠。"史那尔说。

"无论如何不该滥杀无辜。"卢云说。

"是呵，以血还血、以眼还眼的轮回，让我们没有宁日。"史那尔叹口气，"这就是我们的生活。来去如风。我们绝对不乐意居住在气闷的城堡中，你们那些种地的人，享受不到骑在马背上奔驰的乐趣。"

史那尔转过头，他的目光游移，最后落到了慕洛的营帐上。他看到了公主，尽管只是一个背影，目光还是被吸引住了。

"大碗酒、大块肉，突骑施人活得自在。"史那尔说，"城里的日子或许不错，但我永远不习惯被关在羊圈里生活。我父亲年轻时到过长安，作为皇宫侍卫受到信任，但是说穿了，他无非是个人质。"

卢云想到了一个杀人如麻，后来栖身终南山的隐者。这个人曾说，长安城红尘滚滚，弥漫了太多血腥气。隐者曾到越地修习剑术，喜欢观看剑舞，但他告诉卢云，真正的剑法是千锤百炼化为致命一击，生死关头不容半点花哨。

"听说你捉住了车鼻施特勤的王妃？"史那尔打破了沉默。

没等卢云回话，史那尔径自走到公主面前，眼睛盯住公主不放。慕洛的脸红了。

"跟着我走吧。"

"你是谁？"

"史那尔，你应该听说过我的名字。"

"是的，我听人谈起过一个东躲西藏的突骑施酋长。"慕洛淡淡地说。

"你说我是个胆小鬼？"史那尔微笑着摸了摸脸上的胡须。

"你要我去哪儿？"慕洛的神情看似漫不经心，但史那尔注意到，她在暗暗打量自己。

"这是最好的选择。如果官军把你带回龟兹，你就成了任人宰割的俘虏。别以为你父亲是葛逻禄叶护就没人敢碰你。等高仙芝把你送到长安,你恐怕连个女奴都不如。被关进笼子里的滋味,你一定是知道的。"史那尔说。

"没有自由,我宁愿去死,或是杀了你。"慕洛恨恨地说。

"杀吧,我宁愿死在你怀里。"史那尔抽出短刀递过去。

"你的脸皮可真厚。"慕洛接过刀,见史那尔纹丝未动,把刀丢在了地上。

"把你的俘虏交给我,作为交换,我把缴获的马匹统统送你。"史那尔笑了,转身对卢云说。

"有了这些战利品,我回去或许能够交差。"卢云说,"至于公主,她是想返回故地。"

"交给我吧,我肯定让她感觉满意。"

史那尔松了口气,提出要把所有的葛逻禄人带走,卢云答应了。

"你送了我一份厚礼,我能帮你做些什么?"史那尔问。

"雪兰还好吗?"卢云轻描淡写地问道。

"很好,我把她带在身边,不过这次你见不到她。"见卢云有些失神,史那尔笑了,"冬天来临前,我打算带她到龟兹逛逛,因为她很想见到救命恩人。"

"我想起了她煮的奶茶,真是好喝。"

"奶茶?是的,我也喜欢,不过等她出嫁后,我恐怕很难喝到了。"史那尔狡黠一笑。

"嫁给谁?一个野蛮的部落酋长?"卢云追问道。

"按我们的传统,她当然要嫁给身份显赫的首领,甚至是国王。我身边只有雪兰一个亲人了,这样的事情,我要征得她的同意。"史那尔话头一转,"如果你加入我的部族,我可以分些人马给你,让你成为受人敬畏的酋长。"

"我不想做你的酋长。"卢云说。

"你得好好考虑这件事。"史那尔转身抱住慕洛,将她轻轻放到马背上。

"我的族人背叛了我。"慕洛没有挣扎,只是轻声说。

"你想出这口恶气?"史那尔说。

慕洛点了点头。

根据慕洛的指点,史那尔命人从俘虏群里推出来十多个人,都是勃鲁的亲信。

慕洛把头扭过去,轻轻闭上眼睛。

史那尔做了手势,突骑施武士乱刀齐下,葛逻禄人躺在了血泊中。

"宰了这些人，有点可惜了。"史那尔说。

"上路吧，你让我见识了突骑施人的手段。"慕洛柔声说。

史那尔刚走，周鹌儿和慕洛公主的女奴各骑一匹马，来向卢云辞行。周鹌儿有了女人，又过惯了游牧生活，打算投靠史那尔。

"没想到你是养不熟的狼，想溜就溜了。肯定是跟你私奔的这个女人执意要走，因为她被别人看到了屁股。"女人听了红毛的话，面红耳赤，赶紧低下头。

"一个汉儿变成胡人，这也是命数，你去吧。"卢云说。

30

夺寨

　　白驹选择了向东行进，他的身边只剩下几十个人，每个人除了胯下的马匹、为数不多的肉干、熟青稞，已经一无所有。

　　这是几年来，白驹输得最惨的一次。那天晚上，悔不该放松警惕，听任手下人胡闹。被官军打败后，白驹又带人追击史那尔，想要夺回慕洛公主，结果又损失了百十号人马。部众们怨声载道，一部人趁机开了小差。白驹认为，是自己昏了头，因为女人而吃了大亏。

　　一名亲信见白驹郁闷，劝说他投奔大唐。

　　"再敢献这样的计策，我索性连你也砍了。我们只剩下这么点人马，只能算得上是喝点血、叮叮人的牛虻，即使是一个小小的官军校尉，都不会正眼瞅咱们。"白驹说。

　　白驹跟大唐结仇，在于父亲死在慕容守忠枪下，即使杀掉仇家，他仍觉得不解气。最重要的是，白驹有长远打算，想拥有一个独立王国。

　　"活在世上，哪个人不想当王呢？"白驹自言自语地说。

　　"我们只剩下这么几个人了，何必返回故地。我们应当绕道勃律去吐蕃，那里有滚热的油茶，还能找个修补袍子、陪我们睡觉的女人。我想念那个地方。"亲信不甘心，又建议道。

　　"如若我们这个样子回去，即便不被杀死，也只能像野狗一样到处乞讨。"白驹说。

　　白驹带领手下人，继续向东行进。看众人神色茫然，白驹耐着性子解道："我现在已经想到了一个好去处,咱们会重新拉起人马。我要让你们过快活的日子,让每个人都能当上大首领。"

白驹咐吩点起一堆火,火光熊熊,白驹恍惚回到了童年。白驹还记得,一个白发老者在火塘边转圈,拍打他的脑门。

"先人们在火中看到许多鬼神,这些怪物喜怒无常,变成各种猛兽吓唬胆小的人。我们杀掉野兽后,它们的魂灵会变成吐谷浑人的死对头,让生者不得安宁。当然了,有的野兽,从此忠实地追随我们,帮我们追捕猎物,供我们享用。"老者说。

白驹神昏目眩,感到一股强大的神力自头顶进入全身,让他亢奋不已。白驹隐约看到树丛中有亮幽幽的闪光,他张弓搭箭,弓弦响处,一束火苗蹿向空中,亮点消失了。

白驹相信将要出现神迹。

第二天,部下发现一只雪白的狐狸被射死,狐毛上血迹斑斑。白驹说:"这只畜生撞到了我的箭上,真让人捉摸不透。"

"剥了狐皮做一顶帽子,在雪地上行走,就没人能看见我了。"一名部下拍手笑道。

"即使你变成狐狸,也会被人看到。"白驹气咻咻地吼道,"现在都爬起来,跟我走。"

冬天真的来了,天空白雪狂飞。两边的山峦毫无生气地延伸,宽阔的平谷逐渐收拢、上升,直到在远处合拢成山口。雪染白了灰突突的树木,裸露的山岩被遮掩起来,有些地方酷似龇牙咧嘴的白毛巨兽。刚硬的风掠过山谷,雪窝里透出的枯黄草茎微微摇晃。子夜时分,天逐渐晴了,流转变幻的雾气渐渐散掉,看得见群星的微光闪烁。

天放亮了,山谷间一团团隆起的雪堆活动起来,马儿的嘶叫惊飞了一群饥饿的鸟。飞鸟盘旋,地面上的一群人开始收束帐篷,几头牦牛和一大群绵羊在人们的驱赶下,缓缓前移。

几个月来,白驹陆续补充人手,重新拼凑起二百多人,其中既有失散的部属,也有新近加入的亡命者。手下人萎靡不振,他需要找好安身立脚的地方。最近一段时间,白驹的人马一直浪迹在唐蕃边境,小心躲避官军的斥候,遇到可以打劫的商旅则毫不客气。为了对付这伙身份不明的打劫者,官军组织了几次围堵,他们一般很少越界，白驹每次都能顺利逃脱。前些日子，白驹装扮成商人，带着属下驱赶着羊群，在一处避开官军管辖的私市，和来自关内的马贩进行了一次交易。他故意让对方把价格压得很低，让一伙马贩子欢天喜地离去。

白驹派人跟踪对手，对方约有上百人，而且装备精良。白驹在天色微明的时候袭击了对手，以几十人的伤亡为代价，杀死了包括首领在内的大部分马贩。附近有官军的一个营塞，里面驻守了七八十名军兵。官军得知信息后，派出一小队骑兵远远追来。白驹亲自断后，用箭连杀二人。官军人少，摸不清这伙人的来路，只得撤回了营塞。

白驹不仅重新夺回了马匹，而且从马贩手中获得了一些钱币、粮食。备足过冬的物品后，白驹决定到吐蕃境内寻找机会。

众人继续行进，白驹知道山顶有一座吐蕃兵把守的军寨，地势险要，易守难攻。白驹希望成为军寨的主人。

建筑在两山缺口处的军寨死气沉沉。这里驻守了约二百名吐蕃、羌人士兵，还有几十名自幼被掳来的汉地边民。寨主是吐蕃人，面皮黝黑，脸上有几道深深的皱纹。两年前，寨主因触犯军法被长官派驻此地，一直等待新的倒霉蛋替换自己。军寨位于唐蕃双方草草划定的边境线上，扼守了通向吐蕃境内的一个路口，即便是一块鸡肋，也不能轻易放弃。让寨主恼怒的是，当年让他吃了三十皮鞭，把他送到这里受罪的大头领，似乎忘掉了这个驻军的地方。寨子里的日子十分气闷，手下的老弱军兵几乎成了活死人。

方圆数百里范围内，居住着两个羌人部落，经过战乱、流离，部落的规模很小，两部的男女老少加在一起也不超过三千人。牧草茂盛的时节，羌人们会驱赶牛羊到附近放牧。逢到这种情形，寨主总是赶紧派手下人前去问候，酋长们很知趣，立刻送上膘肥的牲畜、干青稞粒或是从大唐地界弄来的谷物。一般情况下，牧人们沉默而温顺，一旦发生冲突，就变得好勇斗狠。如若部落间发生火并，作为当地的军事首领，寨主还要摆出牛哄哄的架子进行调停。寨主十分清楚，他手下士兵不多，根本震唬不住部落酋长。之所以能够拿着鸡毛当令箭，不过是倚仗吐蕃赞普的声威。

百里外是大唐边界，两边的士兵偶尔会犯境，但近些年很少发生大冲突。每隔三年，才有信差到此传递军政要务或口信，军寨里的一些老兵，原本住在逻些一带，

30 夺寨

只因触犯了律条，才被罚充军。信差的到来，会让这些军兵想起家人。信差们出发前往边寨，时常抱怨命数不好，又要支一趟苦差。他们慢吞吞地上路，一个来回往往耽搁一年多的时间。有时候，信差返回某地时，让他们捎信的人已经意外身亡。山里的日子同样慢吞吞的，信差们来到这个军寨，能够享受到很好的招待，有时甚至能享受到女人。尽管这里的女人皮肤粗糙，看上去早已不新鲜了，但是对于一路寂寞、饥渴难耐的男人，总归是一桩美滋滋的事情。特别让信差高兴的，是临别时，寨主和要捎信的军兵，总会将他们的皮袋里塞满来自汉地的小玩意儿或者食物。

雪刚放晴，守寨的两个老兵发现，山谷间有一团黑影在移动着。其中一个人以为自己眼花了，揉着眼皮仔细察看半天，揪着伙伴冻得发红的耳朵说："山下来了一队人马，他们赶了许多牛羊，看来我们即将有好吃喝了。"

伙伴搓着手说："果然是个好消息。"

为了在冬天有足够的吃食，寨子里从秋天起就进行准备，众人研磨麦粉、晾晒肉干、贮存干草，忙活得不可开交。无论任何时候，军寨里的人总是盼望吃到新鲜的牛羊肉。

老军催促他的伙伴向寨主报告。山下来了一伙富有的客人，这或许是这个冬天最重大的事情。

寨主懒洋洋地躺在毡帐中，陶土盆中堆满干燥的牛粪，跳动的火苗已经变成蓝色。

"这么说，我们喜事临门了。"寨主听了报告，兴奋地支起身子。不过，他马上现出狐疑的神色，"这样的日子，鸟儿都藏在窝里不肯出来，他们究竟是些什么人？"

寨主思忖了一会儿，眼睛还是发亮了。三年前，谷地里来了一群不速之客，他们是大唐属民，因为贩运私货慌不择路逃到了吐蕃境内。这件事让寨主着实兴奋，他带兵洗劫了那些人，对方用刀和棍棒反抗，但是他们人数少，武器也差劲，很快就抵挡不住了。寨主吩咐杀光所有的商贩，其中一个年轻人砍杀了两名寨兵，跃上马背逃跑。寨主带人追上去，一顿乱刀结果了他的性命。这件事让寨主和手下人很兴奋，他们缴获了十几包井盐、茶饼。这都是让人感到快活的好东西，直到现在，寨子里仍有一些存货。

寨主的脑中闪过一个念头，焦急地询问："他们有多少人？"

"他们聚集在一块岩石的后面，看不清人数，但是牛羊足有几百只。"

寨主决定派几个人下去打探情况。

过了大约半个时辰,一个老兵进了帐篷,结结巴巴地告诉寨主:"对方上来了十几个人,被我们遇上了。"

老兵说,他们要求面见寨主,说是有好东西敬献。

"让他们赶快来见。"寨主打起精神,下意识地用袍袖擦拭了一下嘴角。寨子里的活羊宰光了,只剩两头牛,还是准备留到吉祥的日子再吃的。寨主已经两天没吃到肉了,这伙赶着肥羊进山的人,来得正是时候。

寨主刚要起身,白驹已经来到了他面前。

帐篷里暖烘烘的,白驹凑近火盆,他的脸被火光映衬,泛出亮晶晶的油光。

寨主打着官腔说:"你们是什么人,莫非是大唐派来的细作?"

寨主故意把话说得严重,让对方知道此处是军事重镇。寨主几乎没见过大队的官军。只有一次,一队游猎的官兵进入山谷,他们对山口处的吐蕃军寨感到好奇,有意试探对方的反应。寨主命令手下大声喊话,要对方滚回去。带队的官军首领胆大妄为,竟从肋下抽出一支羌笛,呜呜咽咽地吹了起来。双方距离很近,甚至能够看到脸上的胡须。寨主十分紧张,对方似乎也不愿挑起更大的争端。笛声时断时续。他们听得出,这是边地人习惯吹奏的曲子。寨主看出对方并无恶意,咧嘴微笑,他被笛声吸引了。风吹疼了寨主的眼睛,他甚至想起来,在距离这个倒霉的山谷很远的地方,有个喜欢听任他摆布的女人。这个女人头发乌黑,有两只圆溜溜的眼睛。女人总是为他铺好温暖的羊皮垫子,用尖利的骨针缝补皮袍。每次喝醉了酒,他都要打骂女人,有一次女人实在忍受不了,哭叫着离开了他的帐篷。当他把女人揪回来的时候,心里有些后悔。笛声勾起了寨主的心事,他被激怒了,抽出刀在空中比画,再一次命令对方离开。官军首领收起笛子,同样晃动自己的刀,哈哈大笑。寨主觉得快撑不住了,想要退回山上,没想到对方竟然让步了。官军士兵嬉笑、呐喊着,回转马头,很快消失在山谷的另一端。

赶跑了敌人,军寨里的守兵十分兴奋,直到现在,他们还经常谈论起这个话题。

寨主打量着白驹,眼前这个人看上去不像是商人。寨主想继续盘问,白驹已经坐下来。"我和你一样,都是为赞普效力支差的人。你不该死死盯着我看个没完。"

"你是个不懂得规矩的人,连这里的兔子,都知道该听谁的号令。"寨主板起脸,

30 夺寨

白驹的傲慢神情让他恼火。

"我不是山里的兔子。"白驹笑了。

"好吧!远来的客人,莫非你带来了重要的物件?你知道,就是赞普的使者,也绝对不会空手跑到这里。"寨主怒气冲冲地说。

"按照我们的习惯,来了尊贵的客人,要拿出最好的食物招待。"白驹起身到火边搓手,看着寨主,用责备的口吻说。

"看在我今天心情不坏的份上,你可以免掉一顿鞭子。"寨主强压火气说。

"在你的寨子里,我好像闻到了女人的味道。"白驹假装惊讶。

寨主被激怒了,想让手下的人进来。在这个偏僻的地方,他要是没能力决定一个人的生死,简直是笑话。寨主跟白驹对视,发现那张令人捉摸不透的脸上隐藏着某种威严,他忽然感到心里没底了。

白驹含笑无语,笑容更让人不寒而栗。

"到现在为止,我的寨子里还没有来过大人物。把你的令牌拿出来吧,这样我才知道你的身份。"寨主被神秘的力量震慑,他没有喊人,反倒有些结巴。

究竟如何处置眼前这个人,让白驹略微迟疑了片刻。早在进入这座山谷前,白驹会见了一名吐谷浑酋长,得知自己原属的部落早已迁移,他的一个同父异母弟弟做了吐蕃人的千户,带走了一部分族人。弟弟奉命把守通往逻些的要冲,白驹知道那是个很难找到的地方,看来弟弟已变成了地地道道的吐蕃人。

白驹知道,由这个山寨向北行进,大约走七八天的山路,还能找到一片开阔谷地,那里既适合放牧,也能开垦播种青稞。他想把自己的手下人带到那里,这些仅存的部众和他一样,都失去了自己的家园、族群,他必须找到一块富庶的地方。

寨主不知道白驹为何沉默。在避风的巨大岩石后,隐藏着他的随从和牲畜。他想杀掉这个不知轻重、神秘莫测的来客,但眼下最重要的是探明对方虚实。

"既是没有紧要的事,带着你的人上路吧,我这里没有好吃的东西招待你。我还想让你把带来的牲畜宰杀几头,帮我渡一渡难关呢。近些日子大雪封山,我的手下人好些天没沾荤腥了。"寨主犹豫着说。

紧张的气氛似乎缓和了。

"献给大人几头牛羊何足挂齿,我们带了很多好吃的东西,愿意跟寨子里的弟兄分享。"白驹说。

寨主脸上泛出黑亮光斑，活像一只看见肉块，馋得直流口水的土狗。

"我倒是乐意孝敬大人，只怕我的手下人心里不服。"白驹说。

"凡是经过这里的人，都要送来肉和粮食，这是赞普定下的规矩。遇到紧急情况，方圆几百里内的吐谷浑诸部，更是要听从调遣，从四面八方赶来支差。我的地盘，由我做主嘛。"寨主赶紧说。

"你真能做主？"白驹反问道。

"念你是外来人不懂规矩，我就不责罚你了。"寨主说。

"守着一座穷得露腚的寨子，你的尾巴咋还支棱得这么高呢？"白驹的脸色变了。

"这是什么话！"寨主也瞪起眼睛，"这里是通向汉地的要冲，说不定哪一天，赞普的大队人马要由此出发，直取唐天子的老窝呢。"

"你知道唐天子？"

"我当然知道，他和我们的赞普一样，喜欢骏马、弯弓和女人。听说他的一个女人后来变成女王，把男人们摆弄得直犯迷糊。"

"你是说从前的天可汗吧，他可是早死了。"白驹有些不耐烦。

"依你说，赞普会不会发兵？"寨主问道。

"是的，肯定会发兵。"白驹话锋一转，"我身上还带了一些大唐的铜钱，你若想花掉它们，恐怕得等到开春互市的时候。"白驹真从怀里掏出一个小口袋，把铜钱倒在地毯上，沾了油污的铜钱宛若大大小小的斑点。

"你的这些东西只能打发乞讨的人。现在你离开这里吧，别忘了你许诺的牛羊。我要是改了主意，可就不妙了。"寨主向地上瞅了瞅。

"我听说过你的坏脾气，不过在这个冬天，我得找个住的地方。"

"我要是把你的头砍下来，挂在寨外，给乌鸦送上一道晚餐，你就有住的地方了。"寨主气鼓鼓地说。

"我现在还饿着肚子，一个饥肠辘辘的人格外爱惜身子。你若是想把我杀了喂鸟，天神会报复你，让你死得更惨。"白驹说。

寨主绝对不能容忍这样的羞辱，无论对方是否有来头，他的忍耐也已经到了极限。寨主张嘴喊了一声，帐外立刻冲进来十几个军兵。这些人是寨子里的打手，个个都很健壮。白驹看到,每一个军兵的手中,都握着一尺来长的锋利短刀。这种兵器,很适合在帐内械斗,看来寨主已经做好了准备。

白驹拧住寨主的胳膊。他的手劲儿很大,寨主感到眼前一片发黑。跟随白驹进帐的三个人,早已抽刀隔开冲进来的军兵。

"让你的人出去,我有话说。"白驹松开手,抓起面前一个乌陶奶罐咕嘟嘟喝了起来。趁这个机会,寨主飞脚便踢,白驹身子略微晃了一晃。寨主刚抽出腰间的短刀,头上已挨了重重一击。陶土奶罐碎成几块,奶浆顺着寨主的头淌下来,溅湿了他的袍子。白驹奋力夺过寨主手中的短刀,揪住他的头发,手向下一撩,便割下半只耳朵。

寨主咬住嘴唇,没有喊叫。白驹揪紧他的头发,将刀子抵在他的胸口上。血沿着寨主的脸流下来,寨主的部下被眼前的一幕震住了,没人敢上前解救。

"这里归你了,放我走吧。"寨主乞求说。

"你要去哪里呢,去向哪一个将军告发我,还是要直接面见赞普?"白驹冷笑着。

"他们听不见我的声音,我只想回到故乡。"首脑捂紧耳朵。

"你想做一个独自修行的法师,躲藏在山洞里诅咒我吗?"白驹狂笑起来,他很久没有这样放声大笑了。

"我只想找回我的女人,我出来得太久了。"

"女人是靠不住的,你何必自寻烦恼。"白驹一刀刺进寨主的胸口,大声说,"摆脱了身体的肉壳,你可以去得快些。"

寨主瞅了白驹一眼,瞳孔中的亮光倏然散去。白驹松开手,把寨主的尸身扔到地上。

白驹扫视帐子里的吐蕃兵卒,冷笑道:"从今天起,你们都要听我号令。只有我才是赞普最需要的人。"

31

亡命王子

　　石国王子堪素逃往河中地带。由药杀水和乌浒水隔离出来的这片土地，丘陵、草原、荒漠纵横交错，还分布着一些小河和泡泽。王子行进在药杀水的一条支流中，河岸排列着微黄的芦苇，马蹄溅起水花，淋湿了衣袍，清凉的河水变得浑浊。

　　王子对水情有独钟。在石城，他的生活很优渥。王子居住在高大的土屋里，睡觉的地方放置了大大小小十几只水罐。他喝的水出自城外的山泉，有两名卫士专门负责为他打水。甘洌、清凉的泉水具有神奇的疗效，可以让他在暴跳如雷时恢复常态。石城毁灭后，王子最初来到怛罗斯城，驻扎该城的首领听命于石王。王子想以怛罗斯为基地，招兵买马重整旗鼓，他知道单靠自己的力量，没办法对抗大唐官兵。后来王子返回破败的石城，没过多久又传来父亲被押往长安，可能被处死的消息。王子痛哭失声，当即收拾行装起程，决定投奔昭武诸王求援，或者干脆去大食搬兵。

　　渡过药杀水后，堪素一行穿过沙碛边沿，经过一番跋涉靠近了那密水，康国就位于这条河的对岸。王子选择一处水浅的地方渡河，马蹄溅起的水花打湿额头，让他格外焦躁。失去了石国的城堡，再多的水也难以平息王子心头的愤怒。复仇的阴影笼罩，只有重返故地，亲手砍下高仙芝的头才能雪耻。变幻的水影让王子打了个激灵，他仿佛看到大唐骑兵奔涌而至，掀起惊涛恶浪。面对石城里的破败景象，最初几天，堪素多疑、易怒，晚上翻来覆去睡不着觉，耳畔时而出现烈马嘶鸣；官军骑兵发动冲锋时的刀光矛影，变幻成大片血迹，让他眼前晕眩。

31 亡命王子

王子冲到对岸。离开河滩，远处是成片的荒原。一只掠食的大鸟滑过，惊飞的麻雀吱吱怪叫，王子恢复了镇定。

殿后的柯木诃气喘吁吁地赶到堪素身边。

"沿河再走几十里路，天黑前我们就能见到康王了。"柯木诃熟悉河中地理，他不止一次出使昭武诸国。河中地带分布着康、史、安、米、西曹等十来个小国，是粟特人的天下。

"高仙芝的军队鞭长莫及，绝对不会深入这个地方，我们尽可以带足清水，或者打点野味补充食物。"柯木诃说。

"这个时候你还想着吃喝，嘴巴太馋了吧？"王子挖苦道。

"我们有好几百号人马，除了士兵，还有女人和孩子。这些人需要照料。"

王子没再吱声。他有点讨厌柯木诃，但是这个异族人对他的父王忠心耿耿，正值用人的关口，他知道自己应当放下架子，对柯木诃尊重些。

"要是有骆驼就好了，我喜欢这种高大的牲畜，甚至这些混账东西放出的臭屁，闻起来都让人开心。"柯木诃古假装没看见王子皱眉，继续说，"我们可以停下来喘口气，这地方太荒凉了。现在我们是去康国还是到西曹国呢？"

"去康国。"王子毫不犹豫地做出了决定。

当天黄昏，康王在宫中接见了神色疲惫的堪素。

很长时间以来，飒秣建都是康国的都城。康王的宫殿远比石国的王宫高大、气派。飒秣建是一座富庶、繁华的城市，位处丝路要冲。康国出产好马，商人们尤其精明，除了西行东去获取厚利，有时候充当中间人的角色，就能大捞油水。驻扎在呼罗珊的大食人早就对这座城垂涎欲滴，经过激烈角逐，大食人终于占据了飒秣建。在以后的日子里，即使遭到突骑施人和粟特人的猛烈攻击，大食人也拼死抵抗，坚决不放弃这块飞地。

康王失去了国都，只得选择另一个城市栖身，并臣服于大食。瘦死的骆驼比马大，通过贩卖马匹和向当地商人收取保护费，康王依然拥有大量财富。康王的一个兄弟，现在是西曹的国王。名义上，康王仍然可以对王国中的粟特人发号施令，但是失去了繁华、富庶的飒秣建，实力已经大打折扣。

康王很精明，依靠手中的财富，组织起一支以粟特人为骨干，包括流浪的突厥、波斯、吐火罗武士的军队。人数不算很多，但战斗力较强。康王定期向大食占领军交付一定的贡赋和粮食。双方的关系看上去很稳定。康王跟大唐朝廷也保持了私下交往，两边都是大国，他谁都不想得罪。

康王有自己的打算。在他看来，驻守安西的大唐官兵继续西进或许不是坏事。双方为了战胜对手，都要拉拢昭武诸国。他更希望大唐的军队获胜，毕竟距离遥远，大唐不像大食那样咄咄逼人。康王认为，石国的败灭，是由于其地理位置更靠近安西，容易遭到攻击导致的。车鼻施特勤误判了形势，试图利用大食人彻底摆脱唐庭的控制，大胆玩火导致彻底完蛋，有了这个教训，他更不乐意冒险反唐。

康王用丰盛的食物招待饥饿憔悴的石国来客，堪素痛哭流涕，诉说了城破的经过。

"没想到高仙芝如此狠毒。"康王说。

王子表示一定要为父亲报仇，希望康王联络各个国王发兵攻打安西。他的想法让康王吓了一跳。

"唐军的确可恨，不过你的父王投靠大食，等于惹火烧身。毕竟石国距离大食更远，惹恼了唐天子，远水总是难解近渴。"

"唐天子听任大食祸害昭武诸国，他帮不了我们，也别怨我们背叛。"

康王点头称是。前些年派使臣跟大唐交通还能获得大量的财物。如今唐天子越来越小气，投靠他们确实没多少油水。

"石国的财宝全被高仙芝掳走了。"堪素痛苦地说。

康国地处要冲，商人们利用马匹交换丝绸，从汉地获得了不少收益。从本意来说，康王对大唐没有仇恨。看到王子伤痛难平，康王安抚道："昭武诸部原本同宗，这样的事情，我们绝对要管。"

堪素起身施了个大礼，抹掉脸颊上的泪水。

"大王如此仗义，能否先借些兵马，让我回国复仇！"

"借兵？"康王闻言变了脸色，"凭我们十几个邦国的实力，根本没办法跟大唐天子为敌。"

"大仇不报，我宁愿死掉。"王子咬牙说，"我要杀了高仙芝，食其皮肉，用他的头骨做酒碗。"

"这件事不能操之过急，大食人在我们背后虎视眈眈，万一翻了脸，可没有任何好处。"康王沉吟片刻道。

"既如此，我们何不利用大食人的势力，除掉高仙芝呢？"王子趁机提出了自己的想法。

"大食强悍，其实也不愿轻启战端。昭武诸国如果跟大唐开战，岂不是让大食坐收渔利？"

康王拿起一块骨头啃了两口，扔到地上。

堪素吃不下去了，伸手推开食盘。

"东边几个亲附吐蕃的小国全被高仙芝收拾了，他肯定挥师西进。到时候，康国同样难免灾祸。"王子看一眼康王，冷笑道，"康国的宝马可比石国多。"

堪素这番话说中了康王的心事。康王向来以本地拥有天马自豪，这些汗血宝马让他博得了大唐天子的青睐，换取了大批汉地的丝绸、宝货。

"石国的仇该报，但是跟大唐为敌必须慎重从事。这件事，我们慢慢商量。"康王叹了口气，安慰王子说，"王子，你先吃些东西。难道这里的食物没有石国的可口？"康王抓起一个水果啃了两口，丢给身后的女奴。

女奴受宠若惊，低头享受国王的赏赐。果子还没熟透，女奴皱了皱眉，赶紧又露出快活的模样。

"听说你父王新娶的妃子是葛逻禄人，难道她被高仙芝俘虏了？"康王问道。

"被族人劫走了，没人知道她的死活。"王子冷淡地回答。他用短刀扎起一块羊肉，送到嘴里。他确实很饥饿，甚至想把刀插到康王身上，割一块血淋淋的肉下来。

北风吹过，寒气轻轻旋转渗透了铁甲。

"快到家了，真想好好烤烤火。"红毛将一团皮毛围在脸上，只露出灰溜溜的眼睛。

漫天飞雪渐渐淹没了蹄印。接近子夜，卢云望见了龟兹城的轮廓。城头隐约吹起的鼓角声，被风雪阻隔，逶迤变成呜呜咽咽的倾诉。战马的脚步慢下来，有些马儿嗅到了积雪下枯草的微香，低下脖子寻觅。主人拉起马头，催迫马儿前行。卢云记得准备出关时，曾在长安的酒楼偶遇一位诗人。高歌纵饮之际，诗人拊掌大笑："兄弟，你看柜台后面打酒的胡姬，真个是美艳如花，丰乳肥臀。她的眼睛有如琥珀，模样让人着迷。"卢云回望一眼胡姬，那个满身野性、春情萌发的少女同样让他心动。

黄昏的阳光投射进来，蜡黄色的桌面印满酒痕。两个醉汉隔桌私语。街对面的另一座酒楼隐约传出清亮的琵琶声，一个身着胡装的汉家女俯首轻弹流行的曲调。卢云回过神，雪雾迷离，他很想痛饮一番。卢云的眼前晃动着一双明眸，眼神的柔波穿越了荒碛，似乎不惹尘埃，轻轻驱散了杀气……

自从返回龟兹，红毛的心思变了，肥壮的酒家女有些让他生厌，红毛的眼睛开始盯着她十五岁的女儿打转，时常露出色迷迷的样子。好动的小胡女仿佛淋了雨水的油磨，迅速成熟。小胡女把嘴唇染得通红，身上涂抹的廉价香粉，让红毛鼻孔发痒。有一次，趁酒家女在外面忙碌，红毛将这个卖弄风情的姑娘按倒在土屋的角落，女孩挣扎了片刻，居然顺势抱住红毛。红毛眼看得手，女孩的母亲闯进来。女人尖叫着撕扯红毛，被红毛推倒在地。女人号啕大哭，又去揪打女儿。红毛恨恨地骂了两声，转身溜到门外，滚鞍上马，一口气跑回军营。从此以后，酒家女坚决不肯再用肉乎乎的身体和肥美的羊肉取悦红毛。一个寒气袭人的晚上，红毛路过酒铺，闻到了浓郁的肉香，忍不住闯进门。女人挥舞砍肉的刀子让红毛滚出去，红毛夺下刀，女人拼命踢打，狼狈不堪的红毛只好离开了。

一个阳光和暖的下午，卢云在集市见到酒家女，见她用一块脏兮兮的破布擦拭泪水，样子十分伤心。

"看看你的兄弟都干了些什么吧！"女人端出一盘肉，请卢云吃两块尝尝，随后一五一十地讲述了事情经过。

卢云有些吃不住劲了，驱马回营，看到红毛呼呼大睡，立刻揪住头发把他拉起来。

"那个女人为你宰了一群绵羊，你居然打她女儿的主意，真不知羞耻。"

"她是个经得起折腾，也能折腾人的娘们。我觉得她女儿更对我的心思。"红毛嬉笑道。

"再这么厚颜无耻，我弄断你的腿。"卢云使劲踢了红毛一脚，疼得他直咧嘴。红毛说，胡人跟汉人不同，对男女之事没太多讲究。那个胖女人凭啥不能把女儿献出来，让自己喜欢的男人受用？

两天后，红毛得到小胡女被一个凉州商人带走的消息，气得捶胸顿足。再见面时，酒家女用肥美的羊肉烤串留住了红毛，两个人重归于好。一个微雪纷纷的下午，红毛去了酒铺,闷头喝了半罐奶酒,号哭起来。他踢打酒家女的屁股,让她发出撕心裂肺的哭叫。从此以后,红毛断了念想,再没去过那个肉铺。

烦闷的日子里,一个流浪歌手来到龟兹。

天空中刮起了旋风。旗头上传来了几声呜咽的号角,风雪中,猎猎绣旗翻卷,一名刚在营帐中喝下两碗滚热羊汤的士兵呆望那面旗,忽然嘎的一声,旗杆被风折断了。

歌手在地上铺了块破毛毯,使劲拨弄一把破旧胡琴。他正在吟唱一个英雄的事迹:"乌古斯用矛击刺独角兽的头,刺杀了它,又用刀砍下它的头带走了。当他再转来时,看见兀鹰在吃独角兽的内脏。于是,他用弓箭射死了兀鹰,砍下它的头。然而他说道,这就是兀鹰的样子,独角兽吃掉了鹿和熊,我用长毛却刺死了它,即使它坚实如铁;兀鹰吃掉了独角兽,我的弓箭却射死了它,即使它快如风。"

歌手唱到一个令人喜爱的女子时,声音有些忧伤:"她是个漂亮的姑娘,她的眼睛比蓝天还蓝,头发好似流水,牙齿堪比珍珠。"

歌手咽了口唾沫,叹息说:"天底下绝美的女子,多半被带进了英雄的帐篷。"

32

铁骑西来

驻守呼罗珊的大食军队经常到河中地带炫耀武力，这支军队成分复杂，除了少部分来自大马士革的精锐骑兵，大部分是波斯人，以及听命于大食的游牧武士。呼罗珊是大食最重要的边区，拥有帝国最强大的军事力量。呼罗珊军府的最高首领被大唐称为军使，相当于大唐的节度使，但是拥有更大的权力和更强的军事力量。历任军使野心勃勃，极力向外扩张，他们对富庶的河中地带垂涎已久，一心想把这一地区纳入势力范围。军使们不惜人力物力修建呼罗珊的首府木鹿，这是一座美丽、坚固，拥有高大城墙的军事重镇。

齐雅德是现任呼罗珊军使波悉林手下大将。由于呼罗珊军力雄厚，难免卷入哈里发争权夺利的旋涡。最近两年，悉波林率领一支军队远赴内地参与内战，依靠呼罗珊铁骑，伍麦叶王朝被阿拔斯王朝取代。伍麦叶王朝的哈里发崇尚黑色服饰，跟崇尚白衣的前朝形成鲜明对比，白衣大食从此变成了黑衣大食。悉波林继续南征北战，留守的齐雅德被赋予很高权力。

齐雅德处理完军务，进入宅邸深处，他拥有几十个来自各地的漂亮女奴。他特别喜欢的一个女奴，是波斯贵族的女儿，身段迷人，总是偷偷涂抹让男人动情的香水。齐雅德乐于享受放浪而又温柔的男欢女爱，希望彻底打开通往大唐的门户，即使为了让他喜欢的女人睡在铺满绸缎的高床上，也值得完成这样的事业。

女奴满脸笑意地把丰盈的身体紧贴在主人身上，小心翼翼地用手指抚摸主人的胳膊。这时,齐雅德想起一件要务还未处理,使劲推开了女奴。

没能答应石国王子的请求,让康王有些歉意。他分析当前形势,摆明有力的事实,试图说服王子放弃跟高仙芝公开较量的念头。康王说,大唐官兵兵强马壮,高仙芝心高志大,比前几任安西都护更难对付。在这个节骨眼上,昭武诸国恐怕没人愿意冒险。

堪素怀着失落的心情离开康国,继续赶路。他甚至派使者前往大勃律,劝说吐蕃君主攻取西域。这些使者刚接近东曹国,便匆匆返了回来。使者告诉王子,安西境内防备森严,通往吐蕃的道路上有好几座官军要塞,很难通过。柯木诃说,吐蕃路途遥远,往返或许需要一年时间。即使吐蕃人想攻打安西,只要小勃律控制在官军手中,他们就很难出兵。

柯木诃在车鼻施特勤准备开城投降的时候,决意追随王子出逃,此举动赢得了王子的一些好感。堪素征求柯木诃的意见,柯木诃说,可以暂时找个安身的地方,等时机成熟再实施复仇的计划。

"看来,真得投靠大食了。"王子说。

柯木诃认为,大食人同样不可信任,让他们出兵,等于把昭武诸部推进火坑,日后再难翻身。王子表示,只要能报仇,他宁愿向大食称臣。

堪素在河中找到了一处营地,把人马安顿下来,等待时机。眼看进入冬天的时候,堪素觉得机会来了,一行人辗转来到距呼罗珊更近的史国。

史王热情接待了堪素。

自从大食骑兵偶尔穿越荒碛,出没于史国城郊,史王就召集工匠加固城堡。帮助他完善城堡防御工事的波斯匠人,建议在城墙上修筑能够瞭望远方的塔楼,特别是城门周边的城墙,必须打造得更厚实。史国王城的大部分城墙,使用当地的石块、泥土垒砌,但采用了秘不示人的处理方法,经过烈日烘烤,城墙变得跟石头一样坚硬。

史王喜欢游猎,希望捉到一种被大唐朝野称为狮子的猛兽。史王在波斯匠人打造的银器上,见过可以轻易杀死野狼、马匹的狮子。公兽体型庞大,脖子上长满卷曲长毛。这种猛兽喜欢结群,在荒漠地带守着河流、水草栖息。史国的领地内不乏荒漠,但这种猛兽似乎已经远离他的领地。石王出猎时,喜欢讲排场,在手下勇士的呼喝声中，飞鸟四散、鸟兽奔逃，让他感觉特别威风。

史国的王城位于一片丘陵的中心，控制着好几块适宜放牧的绿洲。最近几年，大食边将派来的信使时常光顾城堡，他们表面上客气，却无法掩饰骨子里的傲慢。为了拉拢史王，他们带来了册封文书。史王外出时，遇到过纵马疾奔的大食武士，这些训练有素的战士挥动弯刀，马蹄下掀起滚滚黄尘。在二百里开外的地方，有一座呼罗珊驻军营地，那块地盘曾被视为史国固有的领地，现在史王已经不能再越雷池一步了。

堪素王子告诉史王，大唐官兵兵临城下时，许诺只要开城归降，就饶了石国。王子劝告父王不要轻信，没想到父王真的打开城门，结果招致灭顶之灾。至今，他还不知道父王的生死。

史王阴沉着脸，半天没吭声。

"难道你们就是清白的？勾结大食的事儿，恐怕不是捕风捉影。"史王终于开口了。和康王一样，他觉得石王对抗大唐的举动非常愚蠢。

"大食势大，我父王也是左右为难。依我看，结交大食没什么不妥。我宁可为大食人驱使，也不甘心受高仙芝的欺凌。"王子说。

一个侍从走到史王面前，低声说了几句话。史王摆摆手："对不听话的杂种，还是赏给他一小块羊皮吧。"

将人脑袋塞进扎紧的羊皮口袋，时间稍久，这个人会因为透不过气来痛苦而死。王子知道，这是史国惩罚背叛者的一种方式。

"我是一个宽宏大度的王，但眼里同样难容沙子。我不太喜欢流血，有些时候，不见血也能置人于死地。"史王顺手拿起一块沾满蜜浆的面饼。几只胡蜂嗡嗡乱叫，在他脸边盘旋晃动。

"我们失去的，同样是一片流淌蜜汁的土地。"王子说。

"你饿了，尝尝史国的面饼。"史王和善地说，他开始有些同情王子了。

"我会把石国夺回来。"王子仰头发誓。他的头发披散，活像一头被逼入绝境的狮子。

史王心中一动，吩咐摆设酒宴。为了表达对王子的好感，他唤出自己的女儿敬酒。史王的女儿没有披戴面纱，长相不算太漂亮，但身段丰满，胸脯和腰肢散发出使人迷醉的气息。她的脸线条分明,眼神中带一点野性,肥厚的嘴唇略涂丹朱,一个耳朵上挂着硕大的金环。她几乎是咬着史王的耳朵说:"父王,石国的王子长得挺英俊的。他是个勇敢的人,只不过心里有点脆弱。"

"你的判断多半都很正确。"史王打量堪素一眼,轻声说,"如果你真心喜欢这个无家可归的人,我可以收留他,让他做你的丈夫。我相信你能够调教好这匹胡踢乱咬的野马。"

史王的女儿调皮地笑了。她的笑容让堪素恼火,他觉得自己很狼狈,正是因为这副模样,才惹来史王父女的嘲笑。

"看来,我该走了。"堪素推开酒碗,向史王道别。

"我的孩子,你没必要匆忙离开。"史王示意王子坐下,微笑道。

"大仇未报,我不能留在这里。"堪素说。

看到女儿的身影消失在内宫。史王用不容置疑的口气说:"别动,我可以帮助你。"

"您真的乐意出兵帮我?"王子的脸上现出期待的神情。史国有一支精悍的骑兵,当年曾和突骑施人联手打败过白衣大食的军队。直到现在,想拉拢河中诸王归顺的呼罗珊军的将领,仍对史国保持了一点敬意。

"我听说你父亲尚未给你娶妻,他自己倒是找了个年轻漂亮的葛逻禄女子。"

昭武诸国的君王一旦离开马背,就变得没有血性了。王子的脸涨红了,几乎难以克制愤怒。

史王告诉堪素,自己喜欢有血性的人,想招他做女婿。只要王子留下,他完全可以帮助石国复仇。

"这都是为了我的女儿,她能够喜欢你,让我感到既意外又高兴。曾经有好几个王子求婚,我都没有答应。你刚来到史国,就挖走了我的宝贝心肝。"史王故意做出不太情愿的样子,对待一个走投无路的人,绝对不能让他骄傲。史王宠爱这个女儿,同时打着自己的算盘。石国地域辽阔,盛产名马、宝石和美女,大唐军队撤回龟兹,说明他们没有足够兵力占据这片宝地。车鼻施特勤成为高仙芝的俘虏,一心结交大食的堪素肯定会成为石国的新王。让自己的女儿嫁给这个暂时落魄的王子,对史国没有害处。即使得罪了大唐,史国跟安西相距甚远,高仙芝也很难兴师问罪。

堪素低头不语,史王开出的条件很丰厚,他有些动心了。

"女儿是我的眼珠,你要是错待她,我绝对不会轻饶你。"史王抚摸着脸上浓密的胡须,毫不掩饰心中的快意。

当天晚上,史王的宫殿里酒香弥漫,空中飞扬的微尘似乎也沾染了油脂,整个王城都陶醉在香气里。堪素王子疲倦不堪,只喝了两碗奶酒便昏昏沉沉任人摆布。他暂时忘掉了心中的苦闷,进入寝宫后,他被史王女儿的红唇和身段所吸引。多少天来,复仇的念头扰得他心神不宁,时刻感到孤立无助。王子渴望有人温柔抚慰自己。

怀抱中的女子让他沉入梦乡。过了不知多久,他睁开眼睛,变得格外兴奋,使劲在她身上折腾。最初,史王的女儿有些痛苦,但很快也狂热起来。

"让你来到这里,真是天意。"史王的女儿柔情似水,抚摸王子的胸脯,将自己柔软的乳房紧贴上去。她低声呻吟,用舌头轻舔王子的嘴唇。堪素在油灯下仔细观察,她的皮肤微黑,牙齿结实,闪烁着珍珠一样的光泽。他如释重负,隐忍的郁闷缓慢飘移,最后只有一线痛苦挥之不去,在他的眉宇间凝结。两个人周身热气腾腾,散发出微微刺鼻的香气。

当天黎明,宿营城外的柯木诃带领家人和一小队忠于他的武士离开史国。等到天光大亮,酣梦中醒来的堪素才得知这个消息,立即派人追赶。

石国的武士在当天中午追上了东去的柯木诃,质问他为何不辞而别。

"你们回去转告王子,他留在这里是很好的归宿。我如果再待在他身边,一定受到史王的猜忌。"柯木诃大声道。

王子的亲信想强逼柯木诃返回,但是看到柯木诃的两个儿子怒目而视,心里凉了半截。武士们拨转马头回去复命,柯木诃苦笑两声,带领自己的人继续赶路。

堪素娶了史国公主的第三天,史王派出信使,约会河中诸胡到史国聚会。半个月后,各路国王先后赶来。诸王承认堪素的身份,愿意支持他继承石国王位,将大唐拥立的"伪王"赶走。至于帮助石国复仇,大多数国王态度暧昧。会盟结束后,堪素暗中派出两名亲信,直奔木鹿。他在信中控诉大唐官兵残暴,极力恳求呼罗珊军府出兵攻打安西,并对河中诸王施压,让他们拥戴大食。

33

异族兄弟

大雪弥漫，城池、原野都白成了一片混沌，只留下起伏的轮廓。对于边地的军人来说，秋天通常意味着战争和狩猎，而到了冬季，无论人类还是鸟兽，都收敛了攻击、掠食的天性，在各自的角落里休养生息。

雪夜无边，远离故地的军人，无论是将军还是走卒，都难免牵动思乡的情绪，孤眠寂寞，酒浆是上好的消遣。

史那尔没有食言，趁着进奉礼物的机会，再次来到龟兹。

高仙芝没在都护府，史那尔将礼物交付给段秀实后，表示要在城中玩两天。

段秀实笑道："龟兹城最不缺的就是吃喝玩乐，大酋长千万别累坏了身子。"

第二天，卢云邀请史那尔到集市饮酒。

集市的空场上，支着一顶浑圆的毡帐，里面传出节奏急促的鼓音。毡帐掀开了一角，隐约有几个胡女在练习跳舞。鼓声刚停，乐人弹起了琵琶曲，音调似流水漫溢，忽缓忽急，将他带向西域的一条河流。干旱时节，河水缓慢流淌，深不及战马的肚皮，溅起的水花令人愉悦。每当河水上涨，水的颜色就变得混浊。河边胡杨茂盛，在阳光的照耀下，追随着河床盘旋远去。

卢云领着史那尔和他的四个随从，走进一栋厚实、高大的土屋。这是城中一家有名的酒肆。店主人刚宰杀了几只肥羊，听凭客人随意择取喜欢的部位用大锅蒸熟，味道醇美。店主是个杂种胡，样貌古怪，颇有一把子力气。卢云和史那尔相对而坐，随从占据了另外一张桌子。两大盘蒸肉端上后，卢云吩咐再烤几只羊腿，上一罐陈酿葡萄酒。史那尔很满意这样的吃食。

"无论如何，我还是喜欢住帐篷。这些泥土垒成的屋子让人气闷。"史那尔喝了一大口酒，打量着四周说。

蓝色的火舌在泥盆中蹿动，发出噼啪微响。

"住惯了屋子的人，同样不喜欢到处流浪。"卢云说。

"圈养的生活太没意思。"史那尔大笑起来。

"我也不喜欢被圈养，毕竟不是一生下来就骑在马背上的人。我喜欢玩刀，但是很讨厌杀人，只是上了战场，别无选择，不得不大开杀戒。"

"有些人是该杀的。"史那尔说。

"我杀够了，想远离战场。"卢云有些伤感。

史那尔吩咐再添一盘蒸肉。

"这一次到龟兹，我给高将军带来几匹好马，没想到他起程去长安了。"

"都护有勇有谋，是个干大事业的人。"卢云说。

"听说他颇受天子器重。"史那尔切了块羊肉送进嘴里，使劲咀嚼。

"官军攻取石国，战果显赫。我冷眼旁观，高将军一旦功高震主，又不能保持冷静，恐怕后果难料。"卢云说。

"说实话，我不大喜欢他。"史那尔使劲敲打酒碗，冲店主喊道，"酸葡萄酒没劲儿，赶快上大碗的奶酒。"

店家捧来一罐奶酒放在桌上。

史那尔喝了两碗奶酒，用刀尖扎了块蒸肉，连声称赞："酒美、肉香，对我的脾气。"接着话锋一转，"仰人鼻息的日子很难过，我领教得够多了。高仙芝十分骄傲，根本没看得起我们突骑施人。"

"你已经得了不少好处，别说他的坏话。"卢云打断史那尔。

"是啊，我应当知恩图报。"史那尔咽下一块肉，用手掌抹了抹嘴，"龟兹城的羊肉好吃，还有很多漂亮女人，我有点喜欢这里了。"

卢云端起奶酒，感觉柔软温热的液体在腹内周游。透过夜色，他分明看见一双清澈的明眸。在卢云的行囊中，藏着一柄短剑，剑长不足一尺，如若悬挂于墙上，

33 异族兄弟

总会在月黑风高之夜发出微弱的鸣响。风回转于街市，呜呜咽咽，短剑从未上过战场，这种刀，只适合仇家狭路相逢的决斗。卢云相信，短剑的幽诉来自先人，他们面容含糊，曾经死于别人刀下或让别人做鬼。围绕他们口耳相传的故事，极富血性，是关于英雄的历史。卢云闭上眼睛，感觉黑潮源源涌来，俨然是水，又变成流沙，流过一个个绿洲。乌紫色的太阳在马蹄声中凝聚成团，仿佛天空滴血的裂口。大地腾起一团火光，现出一座座风声鹤唳的城堡。

卢云睁开眼，大口喝了一碗葡萄酒，有意把自己灌醉。恍惚是一个北风吹折白草的季节，他在草原上迷失了方向，被一个美丽迷人的女子留在帐内。他喝多了奶酒，疲惫不堪昏昏睡去，夜半时分，女子解开他的皮袍。他醒了过来，闻到令人销魂的幽香。这是一种说不出名字的草叶的味道，或许来自于东边的湘楚之地，似乎又沾染了极其遥远的域外气息。这不是草原女人皮袍上散发的酸奶气味，她身上的一切令他恍惚。女子微笑着将冰冷的泉水泼入他的铠甲，水顺着脖子流向后背。卢云纵马离开那片草地，波光闪烁的泡泽逐渐成为亮点。他想到马陷在泥泞中的狼狈神情，女子温热的身体搅得他心神不宁。为什么如此迷恋这样一个女子？那片土地或许并不存在，只是到处飘扬的花草让他出现幻觉。卢云还看到，一只漂亮的盘子掉落在地上，两片翠绿的甜瓜，飞溅出酒一样的蜜汁。消失了踪影的女子透过头上的星星，向他投来变化莫测的微笑。

卢云试图寻找女子的踪影，他说不清楚，为何一场梦搅得他心神不宁。

一年后，他见到了雪兰。让卢云惊讶的是，雪兰的面容与梦中女子有几分神似。

史那尔同样醉了，使劲敲打酒碗。他说，唐天子用诡计肢解了突骑施人。

"你们的苏禄可汗更靠不住。他生性多变、贪婪嗜酒，娶了大唐册封的公主，得以在西域发号令，却依然不知满足。"卢云反驳道。

"你们送来的公主其实是一个突厥人的女儿。"史那尔笑了。

"突厥王阿史氏的后裔，难道配不上苏禄？"

"算了。我们今天不说这些。"史那尔话头一转，"上回我说过，如果你乐意做自由自在的突骑施人，我可以分出人马、牛羊，让你当个酋长。"

远处的琵琶声陡然断了。史那尔说："雪兰就在城外，我没让她进城。"

"她还好吗？"卢云问道。

"很好。如果你成为突骑施人，可以天天看到她。"史那尔转过脸笑望酒家女子，招呼她过来，"你的酒很好喝。我喜欢你的模样儿，如果今天夜里你陪我睡觉，我会更喜欢！"

女子向地上啐了一口，脸上飘过一朵红云，赶紧溜进内室。

"我的帐篷很大。"史那尔笑得更厉害了。

柯木诃的四个亲信在风雪中奔波了十几天，终于赶到龟兹。进入城中的时候，他们的六匹骆驼死了两匹。四个人身穿吐厥人的装束，腰间弯刀，胡须上结满冰碴。

在同意交出兵械后，守城门的军校把他们带进都护府。

段秀实亲自盘问这四个形迹可疑的人，他们会讲结结巴巴的汉中方言，并不需要军中的通译。

柯木诃的亲信告诉段秀实，石国王子堪素已经到了河中，被史王招为女婿。他们想要勾结大食军队进犯安西。

关于大食人企图东征的传闻由来已久。高仙芝认为，毁灭石国可以震慑昭武诸胡，借此也向大食人发出信号，警示他们不要轻举妄动。段秀实深知，高仙芝渴望击败大食人，建立更大的功业，但是仅凭安西目前的军事实力，对付大食人还远远不够。

柯木诃的亲信说，他们的主人经过一番思忖，觉得跟堪素为伍没有出路，更不希望大食人向东方扩张。柯木诃派他们前来送信，是希望朝廷饶车鼻施特勤一命，哪怕是留在长安做人质。这样做，既可以体现唐天子的宽大为怀，更能够感化周边的胡人。如果杀掉石王，势必激怒昭武诸胡，把他们彻底推向大食人，反而于大唐不利。

段秀实听了这一番话，觉得柯木诃是个很有见地的人物。段秀实吩咐招待远道而来的客人，赠送一些盘缠。段秀实说，如果他们的主人肯来龟兹，一定会受到礼遇。

四个人在集市逛了整整一天，购买了一些稀奇古怪的东西。第二天，他们怀揣都护府开具的关文离开了龟兹。

刚离开龟兹不久，天上浓云密布，不大一会儿就漫天飞雪。四个人勒住马缰，略有些犹豫。

"我们的祖上是陇西人，不如留在这里，或者回到故乡。"其中一人提议说。

"柯木诃大人还在等我们回去。他素来待我等不薄。"另一个人摇摇头，表示坚决反对。

"从我们离开故土的那一天起，命运就注定了。"四人中的头领毫不犹豫地做出决定，"我们必须回去复命，何去何从，还要等主人来做决定。"

黄昏时分，雪逐渐停了。四条汉子在雪地支起简易帐篷，点燃了篝火。光洁的月亮从漠野边沿升起，冷光四溢。寒风吹起雪粒，从他们的皮帽上摩擦而过，发出沙沙的声音。

34

威武长安

　　天宝十年正月，高仙芝将一批俘虏押赴到长安，其中最显赫的人物，是石国国王、竭师国王以及吐脱部族的十来个大小酋长。

　　石城中一些擅长歌舞的女人，被仔细挑选出来，由专人看管。作为特殊的俘虏，她们也被送到了长安。安西官军大获全胜，收获甚丰，各色小道消息仿佛长了翅膀，在京城中流传，很快传进了天子的耳朵。酒楼歌馆中，有人绘声绘色地描述高仙芝的战果，其中最引人关注的，是官军从石国的王宫中搜到十多担瑟瑟石，黄金压垮了五六匹骆驼。此外，安西官军还缴获了许多宝马良驹，这些马匹已经塞满了安西都护府。

　　高仙芝给朝廷带来不少战利品，但是人们猜测，有许多更好的东西让高仙芝私吞了。

　　玄宗听了有关高仙芝贪婪的传闻，心里大犯嘀咕。后来他转念一想，最近两年高仙芝屡建奇功，难免遭人嫉恨。边将打了胜仗私取一些战利品，国法不容，却又在情理之中。水至清则无鱼，这种事，本来就是本糊涂账，如若过分追究，反而显得天子小气。玄宗相信高仙芝的忠心，希望他继续保持战果，给其他的边将树立个榜样。玄宗欣赏高仙芝，除了看重他的能力，更有一层秘而不宣的原因。作为一个高丽人，高仙芝在当朝高官中没有深厚背景。这样的人，除了死心塌地为天子效命，几乎没有别的路可走。

玄宗对高仙芝的铁腕手段表示支持。既然安西铁骑有信心横扫西域，莫不如让他放手大干。九姓胡人多流点血，自然服服帖帖，不敢再追随大食。高仙芝得到玄宗的表扬，趁机提出了增兵的建议，天子沉默片刻，对此事轻描淡写，随后便没了下文。其实，玄宗也是有苦难言，他很想进一步壮大安西的军力，但招募人马耗费巨大，后勤保障需付出更高昂的代价，实在是力不从心。

玄宗命有司传旨，加封高仙芝开府仪同三司，参加战争的大小将领、军兵，各有封赏。由于河西官军久无建树，玄宗甚至打算让高仙芝取代大将安思顺兼领河西节度使。安思顺得到消息，急成了热锅上的蚂蚁。手下的谋士想出个主意，让安思顺鼓动一帮亲信向朝廷请愿。这些胡人来到长安，跪在宫门外，用刀子割掉耳朵、划破脸颊，肯请天子留用安思顺。玄宗得到这个消息，只得打消了换将的念头。

边陲捷报频传，朝中的文臣武将格外兴奋，一些人渴望去边地立功。喜欢功名的诗人们对于军旅生涯同样向往，酒楼歌馆，歌妓们到处传唱、吟咏边塞诗歌。自从天下承平，特别是开元以来，边关开始大批任用番将，关内的尚武风气锐减。为了防止内乱，朝廷有意压制民间的习武者之风，禁止普通百姓私藏、携带军事装备。理智的朝臣看出这一弊端，认为国防外实内虚，存在极大隐患，玄宗对此不以为然，觉得边关诸将彼此牵制，绝对不敢犯上作乱，而内地的将领如若拥有重兵，反而危及朝廷。

对于如何处置俘虏，在朝臣中引起了争议。一般情况下，朝廷对于降服的胡人都网开一面，这种收拢人心的政策颇有效果。有人建议，怀柔的政策应当改变，必须杀一儆百，对反叛者使用雷霆手段。

事态朝不利于车鼻施特勤的方向发展。

在被押往长安的路上，车鼻施特勤心中充满悲寂。王国的覆灭，让他明白了一个道理，昭武九姓无论怎么选择，都将成为牺牲品。石王如今特别关注的，除了大王子堪素的去向，就是大唐朝廷将对他怎样发落。到了长安以后，车鼻施特勤被单独看管起来，饮食起居受到优待。他原以为天子能给他留条活路，没想到这一次玄宗改变了主意。

在等待处罚的日子里，车鼻施特勤心灰意冷，他闻到了死亡的气味。石王被带到刑场时，轻轻叹口气。所谓的免于死罪，在长安城中安身立命，通通成为谎话和

大唐帝国之
风月安西

泡影。

　　面对繁华的长安城，车鼻施特勤心中产生了强烈的震撼。他听使者们描述过长安，但是在他眼里，康国的王城已足够繁华，他的目标是让石城变得更富庶。年轻的时候，面对大食人的高大城堡，他的内心产生隐隐敬畏，或许这正是他私结大食的一个最根本的原因。当他面对长安的时候，终于明白，为何有那么多的人，包括大食的商人们，要到大唐境内捞取财富，甚至乐于成为这里的居民。

　　身处绝境，车鼻施特勤极力表现得泰然自若。得知自己将被处死，石王要来一坛子奶酒，咕嘟咕嘟喝了个痛快。他大声咒骂高仙芝背信弃义，声称死后也绝对不会让他得到安宁。

　　昔日的记忆悄然复苏，车鼻施特勤在昏沉沉的睡梦中看到了先人的身影。先人们在属于大唐的河西地带游牧，历经数百年。他们在高山脚下的平川穿行，手中的刀沾满血迹，袍子里滋生众多吸血的虱虫。面对冰冷的河水，这些英勇的粟特武士纵马扬鞭，无所畏惧。白亮的水在阳光下更加炫目，在寒气袭来的季节慢慢闭合。后来，面目冷峻的骑手，赶着成群的马匹、羊群，开始一路向西，寻找生存的土地。恍惚中，他还看到一个满脸杀气的首领，胡须上呵出缕缕寒烟；他刚刚在部族的内乱中获胜，显得十分疲惫；他埋葬了累死的坐骑，换了另一匹良驹；他不停地挥动手中的银刀，激励族人振作起精神。一个狼狈不堪的部族，缓缓消失在地平线上。

　　梦中还有关于女人的回忆，她们面貌不一，来自于不同部族。有的面皮黧黑、胸前和后背文着鸟兽的花纹；有的鼻梁挺直，眼窝深陷，性情活泼大胆。女人们说着不同语言，含笑或哭泣。他甚至听到男女交欢时发出的喘息和狂野喊叫，她们沉没在荒野深处，化成散发着醉人芬芳的花朵。仿佛是在月光迷人的夜里，花朵呈现黑紫的色泽，蜘蛛在树枝间爬动。在琐碎的印象中，一个美丽的女人让他记忆深刻。女人长着一双黑亮的眼睛，来自北部草原的一个强悍部族。女人追打一个女奴。女奴的目光充满怨恨，直到怒气冲冲的主人挥动皮鞭，将两个妒火中烧的"母狼"分开。

　　躁动的火星飘浮在树林上空，变成飞扬的种子。酋长们总是精力过人，除了帐中的女奴，淫荡的目光经常盯住部下的妻子。那些女人乐于到酋长的帐中奉献身体，她们看着他的眼睛，有时候还调皮地透过帐篷的孔洞窥视天上的星星。她们的男人正在外出征伐的路上，他们凭本能看到了后方所发生的事情。其中一些男人妒火中烧、怒气冲冲，决意背叛首领，另外一些人并不在意妻子的心猿意马，甚至觉得这是一种荣耀。在他们的儿女中，就有酋长的子孙，这一点从长相上不难辨认。

石王惊醒了。他忽然想到不知身陷何处的慕洛公主，她身上散发出来的奶茶香气，让他更加悲从心生。

车鼻施特勤被押赴刑场，同时被处死的，还有吐脱部族中的两名突骑施酋长。

临死前，车鼻施特勤表现出了一个王者的风范，从容而镇定。他叹息说："大唐终将陷没在胡人手上，天上的日月可为我做见证。"

天气变得十分暖和了。这一天退朝，玄宗的心情很好，吩咐御马监太监牵出一匹卷毛白马。这匹马来自康国，奔跑起来迅疾如风，曾经在竞赛中胜过吐蕃良驹。

玄宗上了马，马轻打响鼻，昂首嘶叫了两声。玄宗笑道："好马本该驰骋疆场，这个畜生莫非是埋怨朕没有知才善任？"

"马跑得再快，也难脱天子的掌心。遥想当年，天子纵马击球，挫败了骄狂的吐蕃骑手，何等英武。"高力士道。

"毕竟老了，往事不堪回首啊。"玄宗叹息道。

"如今四海宾服，正如天子执缰在手驾驭四方猛将。"高力士扯住马缰，在园中缓缓前行。

玄宗觉得身体燥热，这才想起刚刚服食了补气的丸药。据说药里加入了来自大食的两味香料，颇能起阳助兴。玄宗恍惚听到细碎的马蹄声由远而近，眼前晃动一张灿烂如花的笑靥。玄宗有些想念放浪形骸的虢国夫人了。这个不施粉黛、风流天成的三姨，数日未曾进宫，不知道在干些什么？

床笫间百回千转，跟杨妃相比亦毫不逊色，而且别有滋味。虢国夫人承欢于玄宗，是宫人共知的秘密。玄宗咽了口唾沫。

一个小太监气喘吁吁地从树影中闪身出来，跪伏在路边，沙哑着嗓子禀报："皇上，虢国夫人进宫来了。"

玄宗按捺不住眉间喜色，轻轻带住马，即刻传旨，要这些女眷们暂且到贵妃娘娘宫中略事休息，然后再过来游玩。

高力士略皱了一下眉头。最近天子对虢国夫人特别着迷，高力士觉得皇帝过于贪爱女色歌舞，于国事不利，而且朝臣颇有微词。

　　玄宗在太液池边寻了处清静所在，安坐在亭中休息。高力士呼唤备茶，随侍的宫女很快煮好一壶茶，小心翼翼地捧了玉盏呈给天子。池中水波轻漾，日影招摇，一团碧树倒影怡人。玄宗喝了几口清茶，更觉神清气爽。

　　天子要小太监传杨妃诸人来见。高力士找了个借口，转身办事去了。多年来，高力士对玄宗的心思十分了解，这个时候还是躲个清静、让天子尽情娱乐为妙。玄宗微合双眼，轻轻打个呵欠。

　　高力士暗想，昔日那个精力过人、明察秋毫的天子，果真有些衰老了。尽心侍奉天子，受到权贵，甚至王子、公主们的敬重，高力士心中感恩。但他隐隐觉得，一片平和的背后，暗藏着不祥、阴冷的气息，且正在缓缓吹进宫墙内。

35

流浪的乐师

　　逃散到各处的商人、居民陆续回到石城。官军带走了王室中的财物，据说还有更珍贵的东西被埋藏起来，没有人肯吐露实情。几个参与征伐的游牧部落，趁机掳走了一些女人、儿童，大发横财。石城笼罩在忧伤中，变得格外萧条。

　　按照朝廷旨意，石国拥立了新的国王，得以继续存在，但王城中的居民已经减少了三四成。新王表面上顺从，内心同样对高仙芝恨之入骨。他四处召集军民，希望巩固统治。新王得知堪素在史国娶亲，唯恐他回来争夺王位。他把官军屠城的罪责全部推到车鼻施特勤的儿子身上，诅咒这个冒失的流亡者。

　　冬天快过去了，龟兹的城墙、集市上贴出告示，宣布石王被斩杀的消息。天气干冷，屋顶上的积雪变成了颗粒，被风一吹，沙沙扑打到行人的脸上，让人感觉微痛。卖吃食的商贩起得很早，带馅儿的毕罗、油煎的肉饼，配上热气腾腾的羊杂碎汤，是当地人百吃不厌的美食，同样受到军卒的喜爱。集市上，炭火烧烤的摊子多了起来，油汁滴落在火苗上，发出"滋滋"的声响，散发出诱人的烟气。烤肉和胡葱的浓香刺激鼻孔，混合的味道形成一种亲切、安全的氛围。围观的人渐渐多起来，一个马贩得知这个消息，神情木然，站在他身边的粟特商人情绪激动，向地上直吐唾沫，咒骂朝廷的狠毒。

　　当年二月，一名来自长安的信使在军营闲逛，卢云请他到帐中叙话，并端出一盘蒸肉款待。信使大口嚼肉，兴致勃勃地说："这样的好东西，让我的舌头犯贱了。"

大唐帝国之
风月安西

信使告诉卢云，石王等人被绑赴刑场时，吸引了众多长安百姓围观。毕竟多年见不到斩杀俘虏的场面，人们都很好奇。他还告诉卢云，对于是否杀掉石王，朝中有不同意见。有的大臣提出，威服远人，应当宽大为怀。勃律王被俘后，不是封了官位，让他在京城享福吗？给石王留条活路，同样是上策。砍了他的脑袋，肯定引起昭武诸王惊恐，把他们推向大食人的怀抱。另外一些朝臣坚持说，厚待反复无常的胡王，会让他们目无朝廷，心怀异志。高仙芝赞成杀掉石王，并在朝见时向天子陈述了自己的看法。信使吃得太急，噎住了，使劲喝了两口水，才把一块肉咽下。信使说："高将军在西域几次大胜，天子对他格外器重，说不定将来出将入相呢。"

卢云觉得，杀死石王的确有些轻率。他曾经到河中附近侦察，与昭武诸国甚至大食骑兵有过近距离接触，虽说双方表现克制，甚至挥手表示友好，但总是难以掩饰敌意。大食骑兵军容整齐，是相当可怕的对手。如欲战胜这支军队，必须做好充分准备。

当天夜里，卢云做了个奇怪的梦，仿佛身陷巨大的沙坑，利箭如飞蝗般射来，他的身上沾满了血，被埋进一个腥臭的皮袋里，喘不过气来。

随后三天，白茫茫的原野上总是没完没了地刮起雪尘。一群波斯人穿戴厚厚的皮衣，牵着骆驼、马匹，携带干粮来到龟兹。他们是半流浪的艺人，擅长音乐歌舞、口中吐火的把戏。波斯人还带来了许多有趣的小饰品，跟当地人做交易。

一个害有眼病的中年男子，据说是一名行吟诗人，是这群献艺者的首领。他的手上拨弄着一把古怪乐器。

行吟诗人曾在龟兹居住，谙熟当地的风土人情，甚至会说一口流利的土语。

当天夜里，卢云带着红毛来到波斯人的帐中，闲得无聊的范伯阳也来看热闹。久在西域，范伯阳和卢云都能听得懂一些土语。

诗人喝了碗温热的麦酒，表情开始活跃。他的话匣子一旦打开，立刻滔滔不绝。

诗人眼睛半合，开始讲述征服者的故事。

"那些来自沙漠的勇士跟我们不同，是十足的土包子。他们的人数不是很多，骑着马和骆驼游牧在水和草都特别珍贵的地方。后来，他们逐渐聚集起来，变得越来越可怕。当他们出现的时候，有如凶猛的旋风。这些人生性好斗，没有人能阻止他们。

就这样，来自沙漠的勇士征服了各个地方的小国、部落，最后竟消灭、驱逐了我们的国王。"

"这些天生的勇士占据了一块又一块富庶的土地，变成了暴发户。他们获得的财富，比天上的星星还要多，而我们这些人，要么成为奴隶，要么成为战士，被源源不断地派出去占领新的土地。"

"难道他们未曾遇到抵抗？"卢云喝了口水，压低了声音问道。

"抵抗是自然的，可是只有那些边远的地带，或是生活在深山幽谷中的部族，才能够阻挡哈里发的军队。"诗人叹口气，他得到了一碗酒，一大块羊肉，还有一枚亮晶晶的银币。

"这是个很好的东西，让人心里快活，我的眼前晃动一片白光，好像看到了上面的人像。"诗人用手抚摸银币。

"过去的日子令人忧伤，那时候，贵族们既富有又尊贵。我的祖父也是一名诗人，贵族们招待他时，希望他能够传扬大人物的美名。他得到很多赏赐，甚至有一名漂亮女子陪伴左右。如今，这一切烟消云散，众多的贵族被踩到脚下，变成温顺的骆驼。他们中的一些人受到重用，依然带兵打仗。面对敌人时，他们同样冷酷、凶悍，可是面对自己的新主人，他们简直如同一只只可怜的羔羊。这就是我们的命运。"诗人的眼里流出泪水。他环顾四周的神情，看不出有多么严重的眼疾。

"为什么不说说你们的女人？"红毛听得不耐烦了，大声嚷道。

"女人，是的，关于女人的故事我知道得很多。听说当年，西边来的军队攻占了我们的都城，一名武士因为砍下三个抵抗者的脑袋受到了重赏。无论对谁来说，女人总是不错的战利品。就这样，这个打仗勇敢的家伙得到了一个波斯贵族的女儿，可她不想委身于这个浑身散发怪味的家伙，于是用一千枚第尔汗向他赎身。当有人问他为什么不多要些赎金时，你们猜这个家伙说啥？他说，从来没有想到还有比一千更大的数目。"

诗人拨弄琴弦，弹出来的音调更加忧郁。

"作为一个诗人，我受人尊敬，只是我被人用细针刺瞎了一只眼睛。尽管这样，我还是能看到天上的星星。睡觉的时候，合上我的独眼，我总能闻到空气中飘来的香气。"

"除了羊肉的味道,你还能闻到什么?"红毛漫不经心地望着帐外,看到一个妙龄女子的背影。女子体态丰盈,安闲地从一个陶罐里向瓷碗中倒水。水滴落在地上,留下湿润的印痕。

诗人侧耳倾听女子喝水的声音,伸出舌头舔了舔嘴唇。女人仿佛知道诗人渴了,用一把银勺舀了水,端碗走进来。

"酒和水各有好处,就像滋味不同的女人。"诗人喝了水,感觉很满足。女人凝视诗人片刻,在他身边坐了下来。

红毛看得出神,伸手抓住妙龄女子的手腕,忽然觉得胸口发冷,低头一看,心口顶着一把尖刀。红毛悻悻地松了手,他知道诗人的底细。这家伙只是瞎了一只眼,曾经以脾气火爆闻名,而且刀法精熟。

范伯阳歪坐在胡床上,见红毛受窘,有些幸灾乐祸。征讨石国归来,范伯阳在卢云、红毛面前,早已放下参军的架子。昨天夜里,范伯阳和一名当地姑娘厮混,略受了风寒。那是个泼辣女人,使劲揪住他的胡子,在他的身上摇晃。范伯阳直到沉沉睡去,还梦见他家乡花园里的秋千。在秋千上打晃的,多是些淑女。她们尽管穿着单薄的绸衫,却不会如此放荡。

"大食国的女子性情火热,但是只要她有了男人,绝对不可随便轻薄。"诗人狠狠瞟了红毛一眼,重新拿起了琴,"在你们的皇宫里,有多如牛毛的女子围绕在天子身边,天下所有的男子,都喜欢女色。"

"天子身边的女人个个肥嫩,身子可以掐出油来。他的女儿们,美丽迷人,浑身散发出羊奶的香气。我若娶到一个这样的女子,每天夜里都不会放过她。"红毛得意地说。

"既是这样,你不如直接找一头母羊。"卢云笑道,"大食国的公主是不是都很漂亮?我很想到你们的都城去见识一番。"

"大食的国土没有边际,即使你骑上飞快的骏马,跑到胡子变白,仍跑不出哈里发的地盘。"帐外烤肉的炭火正旺。星星的光斑投射下来,与暖烘烘的火苗融合到一片。诗人闻到了肉香,眼里流出乌晶般的泪水。

卢云要了一盘肉,放在诗人面前。

"你们看,他哭了,就像一个被男人抛弃的女人,他的心思真让人摸不透。"红毛用刀子扎了一片烤肉，拿过诗人的酒碗，把剩酒喝光了。

"我的国家就这样败亡了。"诗人悲伤地说。

"听说你们的王子，曾经到天可汗的面前哭诉，请求派兵帮忙。他是个不争气的人。"范伯阳冷冷地说。

"王子其实是个勇敢的人，可是天可汗鞭长莫及，派不出更多的兵马。他被众多的女人包围着，丧失了勇气，他的力量被吸光了。"诗人争辩道，他感觉有些累了。

"天可汗住在皇宫里，有很高大的屋顶为他遮风挡雨，为他站岗的士兵，个个身材高大。对了，在他的卫队中，甚至还有大食人。"诗人眨了眨眼，喃喃道，"你们的天子，似乎越来越不中用了。"

"我是波斯王的远亲，求求你，别再提那些从沙漠中骑着马出来、到处抢夺土地的大食人了。"诗人的一名同伴说，"曾经有一个女人，冲着众多的男人发号施令。这就是你们的天朝吗？"

"唐天子根本不想帮助我们，你们才是一群拿刀的瞎子。"诗人放下琴，轻声说。他侧起耳朵，倾听歌馆传来的苍凉歌声。有人递上一块烤肉，他津津有味地嚼了起来。

"还是再说说你们那里的女人吧。我想知道，大食国的女人，怎样对付她们的丈夫？"红毛说。

"大食皇帝的女儿很多，他的子孙们也生下成群的女儿。这些女儿，天生就有尊贵的身份，只有高贵的大臣、镇守一方的将军，或者这些大人物的儿子，才能娶到这样的女子。"诗人说。

红毛递上一块烤肉，诗人把烤肉给了自己的女人。

"这些出身高贵的女人没人敢惹，不过呢，若是她们喜欢上了哪个野小子，或许也会嫁给他们。这个艳福不浅的混混儿，只要有过人的本领，比如武艺高强，便可以受到封赏，获得跟公主身份相配的爵位。当然，这样的好事毕竟不多。"诗人让所有的人安静下来，大声嚷道，"我不想再喝清水了。给我些有滋味的水，我是说，那种你们称为葡萄酒的东西，它有一种果子的味道，喝下去我才更乐意说话。"

两碗葡萄酒下肚，诗人感觉陶醉，断断续续地唠叨。

"我告诉你们一个故事，这个故事，是我从来自麦加的一个商人口中听到的。他说，一个诗人到了哈里发的都城，只要举止不太过分，就会受到礼遇。当年有一个诗人艾卜·宰海伯勒，特别会写长诗，他可以让一串串的句子，像毒蛇吐信似的在舌头上流淌而出，他把这些诗写在一张张树叶上。听说你们这里有一种可以写字的纸张，如果我们那里能够制造这种神奇的东西，诗人们肯定乐得开怀大笑。就是这个叫艾卜·宰海伯勒的家伙，在自己的长诗中毫不迟疑地向穆阿威叶美丽的女儿阿帖凯倾诉他的爱慕。穆阿威叶是我们尊贵的统治者，随便动一动手指，就会让成千上万颗头颅搬家。艾卜·宰海伯勒到处吟咏他的诗句，他的坐骑都因为受不了他吟诗时的聒噪离他而去。他之所以这样着魔，是因为阿帖凯公主在朝觐天子的时候揭开了自己的面纱，被他瞥见了一眼。后来，他尾随公主到了首都大马士革，整天在宫廷外徘徊，引起了卫兵的注意。卫兵也被他的诗歌所吸引，他们听他的诗歌，有时候也不免陷入对公主的思慕。后来，哈里发不得不赏赐给他一笔奖金，用来堵住他的嘴，并且给他找了一个媳妇。据说这个女子很合他的胃口，从此他不再写诗，只是专心致志过起了悠闲的日子。"

　　诗人喘了口气，继续说："另一个漂亮的诗人，也门的瓦达哈，胆敢向大马士革的韦立德一世的一个妻子调情，不顾那位哈里发的威胁，终于以生命为代价结束了他的单恋。"

　　"他被砍掉了脑袋？"

　　"是的，他的脑袋搬了家，而我只不过瞎了一只眼。"

　　诗人开始用家乡话吟诵诗句，围观者听不懂他在说什么，逐渐散去了。

36

战云微起

经过上百年扩张,大食国的领土不断延伸。通过控制丝绸之路上的一些城镇,大食的军事长官获利颇丰。商人们沿着一条千百年来形成的道路,把当地物产带到长安,再从长安的集市上购买大量丝绸和瓷器带回故乡。商品经过转手,被卖到更遥远的地方。长安是世上最宏大的都城,人口密集,生活便利,是胡商眼中的乐园。

从长安返回大食的使者、商贾经常在军事重镇木鹿落脚。木鹿的规模比不上粟特人聚居的飒秣建,但是作为大食边区呼罗珊的首府,同样很繁华。木鹿名号响亮,还在于城市内外驻扎了大批军队。呼罗珊军团人员成分复杂,既有大马士革人,也有波斯人、吐火罗人,甚至还有流散到大食的突厥武士。其中超过半数的,是波斯人。这些士兵是职业军人,无论骑马射箭,还是运用弯刀厮杀格斗,都十分在行。呼罗珊武士堪称大食最训练有素、最强悍的战士。他们声名远播,令人生畏。

呼罗珊靠近河中地带。对呼罗珊的统治者来说,昭武诸国占据了一块富庶宝地,让这些小国臣服大食,等于直接打开了通往大唐的门户。最近几年,呼罗珊军府通过威逼利诱,动摇了九姓诸王的信心。最先接受大食封号的车鼻施特勤,就是因为得到呼罗珊军团的暗中支持,获取了王位。若论地理位置,石国距离呼罗珊较远,最容易受到大唐军队攻击,本来应该小心谨慎。在昭武诸王看来,车鼻施特勤惹来杀身之祸,纯粹是自作自受。昭武诸王表面上达成联手抗唐的协议,背地里仍在骑墙观望,谁都不想真正出头。

呼罗珊军大将齐雅德抓住了这个难得的时机。高仙芝斩草除根的做法，让石国王子赢得同情，也吓到了各怀心事的昭武诸王。齐雅德知道，向东方开疆拓土，难免跟大唐边军摩擦，甚至为此开战。他不停地训练兵马，等待这一天的到来。随着大食国土扩大，将军们的胃口日益膨胀，呼罗珊的最高军政长官波悉林手握重兵，期待雄霸一方。他手下的将领，同样野心勃勃。齐雅德渴望通过战争壮大个人实力，现在机会来了，他要借助石国的灾难控制昭武诸部。波悉林率部西征后，把呼罗珊的军政权力交给了齐雅德。远在巴格达的哈里发，表面上拥有至高无上的权力，可是想维系庞大的帝国，必须依靠各个地区的军事首脑。齐雅德已经意识到整个帝国正在分裂，哈里发所能直接掌控的地域，只限于帝国腹地。周边拥兵自重的各路军使，大多希望封疆裂土，把权力传给他们子孙。伴随帝国宫廷内部的权位争夺，拥有重兵的军帅同样是在刀尖上行走，稍有不慎就会掉进阴谋的陷阱，为此丢掉性命。

除了土地，有关石城珍宝被大量掠走的传言，同样吊起了齐雅德的胃口。

冬天过去了，冰消雪融，河水缓缓上涨，谷地上的野草很快绿了起来，花也开了。接下来，荒漠上的小片绿洲也充满活力。靠近河流的地方，形成白光闪闪的水泊，鱼儿在水中游动。各种消息在河中地带传播。最令人震惊的是，石王和其他几个背叛大唐的胡族酋长，在这一年正月被斩首示众。大唐朝廷变得十分强硬，任何敢向大食示好的行为都将受到严惩。

秋天的时候，齐雅德接见了史国的使者。

史国人表达了对大食君主的敬意，他们透露：大唐的安西四镇节度使高仙芝攻破石国后，将石国国王车鼻施特勤送到长安。有传言说，车鼻施特勤被杀掉了。史国的使者称，昭武诸国决意为石国报仇，支持石国王子复位，愿意协助大食发兵东征。

整整一个夏天，齐雅德都在等待这样的消息，昭武诸国的反应比他预想的要好。送走使者，他的心情格外愉快，立刻吩咐备马巡视军营。

齐雅德决定，等天气再凉爽一些就发兵东征。

秋风吹过起伏的土地，废弃的故道被沙尘淹没，一簇簇骆驼草孤寂地点缀荒碛。漠野和草原交界处的河流缓慢流淌，强烈的阳光晒黑了牧人的肌肤，羊群嗅着草叶，隐约飘来的水气让牲畜兴奋。

太阳旋转着,掠过天空的鸟群偶尔尖锐地鸣叫,传递出不安的气息。

驻扎在龟兹的唐军加紧调集粮草,有经验的军人知道,新一轮的征伐即将开始。

来到安西驻守,即便是汉军将士,也很快沾染了浓烈的胡风。营中的军兵喜欢大碗喝酒、大块吃肉,在特许的假日里,他们经常喝得酣醉。当地的土著女人和迁居在此的各族女子,性情同样爽快。士兵们渴望拥有女人,但是稍有姿色的女人,往往被身份较高的将校捷足先登。普通军兵大多凭借操刀跑马、逞强斗狠宣泄胸中的欲望。

高仙芝从京城返回安西后,一直加紧操练人马。得知昭武诸胡蠢蠢欲动,高仙芝从四镇抽调兵马,组成了一个作战军团,同时要求亲附大唐的胡人部族做好战争准备。

卢云奉命向史那尔传达将令。得知高仙芝再次征召自己的部众,史那尔心里很不痛快。

"我们流的血够多了,为何又要打仗?"史那尔说。

"大食人一直想统治昭武诸部,双方难免一战。"让卢云感到担心的是,整个安西只有两万五千军兵,如果真跟呼罗珊军团开战,兵力明显不足。

"我已经损伤了许多勇士,有些人自幼跟随我。他们的女人大声哭喊、呼叫丈夫的时候,天上的月亮都变黑了。"史那尔说,"我不想再进行毫无意义的厮杀了。"

"当然了,征调我的族人是高仙芝的主意,无论如何,我都把你看成真正的兄弟。"银色的酒碗散发出幽光,史那尔的声音低下来。

"我们帮你灭掉了吐脱,现在同样需要你的帮助。"卢云说。

"我从你的眼睛里看到了疲惫,你虽是一个勇士,但论起杀人,你远没有我手狠。"史那尔让卢云喝酒。

"是的,我不愿意滥杀。对于放下刀子的人,我更不忍心下手。"

"留在我这里吧,你会成为很好的突厥人。"史那尔旧话重提,他希望说服卢云。

"成为你的部下,是不是得让你踩着我的肩背上马?"卢云笑道。

"我视你为兄弟,怎么会那么干!"史那尔也笑了。

史那尔说,很久以前,有一个十分有名的汉将,率五千兵卒对抗十万匈奴铁骑。这员猛将在矢尽粮绝的时候,接受了匈奴人的招降。单于欣赏他的勇壮,把女儿嫁给了他。

"这个人因为投降了匈奴，全家都被天子杀掉了。"卢云说。

"你们的天子心思难测，有一天可能也会杀掉高仙芝。"史那尔说。

"无论如何，投降总是污点。"卢云叹息道。

"加入我的部落绝非投降，因为我们是唐天子的朋友。"

"给天子看门的侍卫都比你的部族人多。你的口气真大。"

"无论如何，我们突骑施人是自由的。"史那尔说，"高仙芝令人生畏，但是他背弃诺言置石王于死地，毕竟做得有点龌龊。正因为如此，我才不乐意继续受他驱使。"

"冷箭会在阴暗的角落射出，你的部族同样充满背叛。"想到即将开始的征战，卢云心头闪过一丝阴影。

"在我的部落里，你可以成为一个很有声望的首领。突骑施部将重新振兴。等我们强大了，仍然是这片土地的至尊王者。"

"你可以像我一样，身边围着一群女子。不过，她们的性情很野，我怕你无法招架。"史那尔兴致勃勃地说，"对了，我忘记了雪兰。她其实更像汉家的女子。"史那尔瞅了一眼卢云。

"我已将所谓的功名利禄看淡了。等这场战争结束，我打算迎娶雪兰，无论你是否愿意。"卢云说罢，出了帐篷，上马疾驰而去。

史那尔大声呼喊："留在我的帐下，我才能答应你。"

边令诚再一次来到龟兹。高仙芝隆重接待天子的特使，边令诚满脸堆笑，心中暗自打着算盘。

"没有大人关照，仙芝哪能有今日呢！"高仙芝嘴上说得很恳切，心里却有些厌烦。最近两年，边令诚自恃帮过高仙芝的大忙，屡次提出各种要求，或是在军中安排世家子弟，或是变着法子索求西域宝物，高仙芝不胜其扰。尽管如此，他还是尽量满足边令诚，没想到这个大太监活像永远吃不饱的饿汉，胃口越来越大。

边令诚住进龟兹最好的驿馆，受到重兵保护。他本来想住进都护府，但是高仙芝以府中凌乱、军务繁忙为由，把他送到了这个清静的地方。

在高仙芝看来，这么做是出于对天子使者的尊重。边令诚却觉得高仙芝有意回

36 战云微起

避他，心中有些不快。最近两年，高仙芝声震朝野，深受天子器重，背地里对他诋毁肯定是不明智的，但边令诚的心中已经埋下了怨恨的种子。边令诚听说高仙芝在石城掳获了不少珠宝，只把其中一部分献给了朝廷，高仙芝只有再从嘴里吐出些好东西，才算做得到位。

隔了一日，高仙芝邀请边令诚去野外游猎。军士们打到了十几只野羊和一群草兔，高仙芝吩咐将羊肉和兔子挂在木架子上烧烤，在军帐中摆酒招待边令诚。两个人在帐中对饮，边令诚仿佛无意中提起，他的父兄建了一处新宅，厅堂中缺一块大瑟瑟石作装饰。高仙芝端起一杯酒，漫不经心地说："我攻破石城的时候，确实缴获了几担石头。"

杯中的葡萄酒映红了边令诚的脸，没想到高仙芝话锋一转："只可惜大人没有早说，大块的瑟瑟石都进献到朝廷去了。"

边令诚脸上的笑容僵住了。高仙芝看在眼里，把话拉回来："不过呢，我这里还有几块小些的石头，大人若不嫌弃就顺便带回去吧。"

边令诚干笑了两声，感谢将军的美意，心里却很不自在。高仙芝吩咐奏乐献舞，为边大人助兴。

十几个胡姬翩翩起舞。一名来自汉地的妙龄少女在胡琴的伴奏下，唱起了出塞曲。陪酒的将校觥筹交错，喝到兴头上，两名胡人将领跳到场子中央旋转起舞。

边令诚皱起眉头，连打了两个呵欠，索性闭上眼睛打盹。过了一会儿，女人们不见了，歌声变得微弱，只有一个拉胡琴的乐师，还沉浸在演奏的气氛里。边令诚睁开眼，勉强微笑，脸上的皮肉更加松弛。

边令诚沙哑着嗓子说，要到帐外转转。

高仙芝陪边令诚出帐。几个来自东部草原的突厥力士在草地上角力，他们以角力谋生，不是在籍的军人。在大唐朝野流行的各种娱乐活动中，受到军人欢迎的，除了马球、剑舞，就是手搏或角力。这几名突厥力士原本居住在北庭，近日游荡到龟兹进行表演，其中两条汉子据说到长安参加比赛，战胜过宫廷里蓄养的力士。高仙芝专门把他们传唤到军中，为边令诚助兴。高仙芝卫队中的一名小校是个角力高手，脱掉衣袍跟一名留着辫发的力士较量。力士伸出粗壮的胳膊，满不在乎地摇晃高大的身躯，拉出个架子。小校不及力士强壮，但颇有技巧。两个人相持了一阵子，力士瞅冷子揪住小校的短衣,把他连根拔起,狠狠摔倒在地。小校自觉丢了面子,十分懊恼。高仙芝大笑:"角力你不是他的对手,但是抡起刀枪厮杀,他未必能占上风。"

在高仙芝到野外游猎的这个时段,一队来自呼罗珊的骑兵靠近史国的城堡。几乎所有的呼罗珊士兵都留着浓密的胡须,他们身材高大,眼睛里透出咄咄逼人的杀气。虽然这些武士经历了长途跋涉,但军容依旧严整。在阳光照耀下,武士身上的波斯式铠甲闪闪发光,每个人都持有长矛,肋下悬挂锋利的大马士革弯刀。

城堡的阴影投射在旷野上,守护城堡的卫兵紧张地观察城外的动静。几十年前,那时候还是突骑施部族称雄的时代,昭武诸胡周旋在大食和突骑施之间,他们畏惧突骑,对大食更为仇视。为了对抗强敌,保护世代积聚的财富,九姓胡人曾经联合起来,跟大食军队发生一次又一次的血战。尽管损失惨重,但是他们维护了荣誉,赢得了对手尊重。当年,突骑施人为了自身利益,屡屡发兵支持昭武诸国,阻止大食的军队吞食河中。如今,面对呼罗珊军团的进逼,九姓胡人已经顶不住了。

仿佛刮来一股旋风,史国的守军看到了从原野上冒出来的黑衣武士。他们大声呼喊着,在距离城堡很近的地方停下来。史王听说大食人兵临城下,沉不住气了,和堪素来到城头,背对太阳,打量着这支强悍的人马。

"父王,投靠呼罗珊,是我们唯一的出路。"王子说。

"要不是你的父亲交结大食人,打破了平衡的局面,我们怎会陷入这样的窘境?大食猛如狮,我们只能被迫上阵了。"史王说。

隐约传来的号角声让骑兵沉静下来。又过了一会儿,城外的骑兵开始退却,很快消失在旷野中。

两天后,呼罗珊军派来的信使告知史王,齐雅德将军决定进军安西,为石国报仇,请昭武诸国派兵助阵。信使要求史王立刻答复,史王暗恨对方猖狂,嘴上却只能痛快答应。送走使者,史王心中焦虑,立刻派人四处打探消息,得知各国已经相继接待了大食使者。

"可恶的大食,真把我们逼上绝路了。"史王叹气道。

得到石国王子勾结大食、打算攻袭四镇的消息,高仙芝十分震惊,没顾得上吃午饭,便紧急传唤众将议事。

众人聚集到都护府的议事厅中，另一拨探马传来更坏的情报：河东地区的昭武诸王开始调集军马、粮草，准备策应大食人。高仙芝感到前所未有的压力，单凭一个石国勾结大食人，很难成气候，最可怕的是粟特人抱团，联合起来跟官军作对。呼罗珊军团进攻安西，必须经过河中地区，昭武诸王叛唐，意味着没有后顾之忧的大食人可以长驱直入。

对于如何对抗大食，诸将的意见很难统一。段秀实提出，从兵力上来看，安西军马有限，目前可采取守势，让朝廷发兵增援安西。李嗣业希望打一场硬仗，让安西铁骑彻底扬威西域。

高仙芝否定了段秀实的提议。他认为兵贵神速，只有先发制人，才能挽救安西危局。高仙芝决定组织远征军团，直捣怛罗斯城，让石国人的势力彻底灭绝。高仙芝说，占领怛罗斯并派军驻守，大食人就不敢循着这条路径贸然东进。

散会后，高仙芝立即传令各方筹备西征。大约花了一个月时间，他终于集结起将近两万人马，这是整个安西驻军人数的一大半，差不多动用了高仙芝的全部家底。为了弥补兵力的不足，周边亲附大唐的胡族各部都接到助战的命令，其中葛逻禄、拔汗那两部分别派出六千骑兵助阵，由葛逻禄叶护和拔汗那王子亲自统领。包括史那尔在内的一些小部族也各自发兵。

出征时，大唐联军的总兵力达到三万五千人。

37

致命诱惑

史那尔将部众安顿在赤河北岸,营地距离疏勒镇大约百里,西、南方各有一座官军的堡垒。安西周边的一些游牧部族,对曾经称雄一时的突骑施人并不友善。吐脱兵败以后,史那尔收编了他的一部分部众。但吐脱仍然活着,仍有人感念旧情,私下里效忠于他。史那尔深知,目前局面未稳,只有借助大唐这块招牌才能降服众心。他相信,随着时间推移,那些心怀异志者会转而向他效忠。至于冥顽不化的人,若有风吹草动,就务必斩草除根,杜绝后患了。

从高地眺望,赤河曲折盘旋,宛若一条刚褪去旧皮的长蛇,光鲜洁净。岸边散布着一连串的泡泽,好似即将破壳的蛇卵。营地附近的河段蒲草茂盛,水流清澈,远处红柳茂盛的地带,河水的颜色微红。更远的地方,河流经过一片荒碛,水变得浑浊。白天和夜晚,河水变幻不定。沿河两岸伸展着大片静谧的草场,每到春天,新草从枯黄的宿草间无拘无束地生芽泛滥,羊群褪掉灰突突的旧毛,在黄绿相间的草地上滚成团团雪球。此时已是初秋,草叶肥美、畜马强健。夜风吹拂在游牧者的脸上,寒意凌人;白天的时候,阳光灿烂温煦,野兔在草丛间跳跃,吸引了天空中的飞鹞。

这是一个清晨,慕洛公主的侍女来到河边梳头。和慕洛浓密的黑发不同,她的头发略微发黄。葛逻禄人曾受突厥汗国役使,突厥汗国分裂为东西突厥后,葛逻禄部同样一分为二,形成了东西两个支脉。后来,东突厥汗国败落,东支葛逻禄大酋长联合回纥人击灭了突厥可汗。此后不久，东支葛逻禄人与回纥人的关系恶化，引发了战争。经过激烈争斗，东支葛逻禄人失败了，逐渐牧马西迁，并与西支葛逻禄人会合。葛逻禄人合并后，势力空前强大。值得强调的是，东支葛逻禄略微纯粹一点，而西支葛逻禄人种驳杂，许多人都有微黄的头发。

慕洛的侍女伸直腰，用手轻揉隆起的肚皮，她望见了水中的倒影，竟痴痴地笑出声来。

刚刚怀孕时，侍女告诉周鹑儿，赤河水中融化了胭脂粉末，这种胭脂肯定是仙女使用过的，微香而清甜。即使没有男人的帮忙，只要多喝这条河里的水，女人照样能够怀孕。周鹑儿说，这纯粹是放屁。如果一个女人怀了孩子，向她的男人说出这番昏话，肯定是背地里寻欢作乐揣上了野种。在汉人生活的地方，除了公主，没几个女人敢这么干。结了婚的女人要是胆敢跟别的男人鬼混，肯定会被丈夫一脚踢破肚皮。

周鹑儿来到河边，他刚从疏勒回来，专门从集市买回一袋酸甜苦涩的果干。侍女回到营地，精挑细选了一盘葡萄干，端到公主的面前。

慕洛打量一眼身形发胖的侍女，有些愠怒："你们睡觉的时候，发出狼啃骨头一样的声音，让人听了心烦。"

侍女的脸腾地红了。公主轻叹了一口气，打发她出去了。

当绿洲上的候鸟越聚越多，预备南飞的时候，安西都护府的使者风尘仆仆地赶来了，史那尔知道，他的部族还得参加远征。

史那尔挑选了一批好马，带人去疏勒互市，换回来大量口粮、布帛和兵器。眼看出发的日子临近，史那尔很忙碌，慕洛觉得受到冷落，变得郁郁寡欢。这一天她刚刚喝了碗酪浆，便大口大口呕吐。酸奶的气息弥漫在帐中，让她很不自在。侍女诚惶诚恐，忽然跪地向公主道喜。公主喜出望外，她期待的事情就这样发生了。

临行前，史那尔吩咐周鹑儿和另外两名首领留守老营，他相信他们的能力，特别是对主人的忠诚。

史那尔挑选了一千多名战士，草场上飞散着骑手吆喝马匹的声音。公主把箭袋挂在史那尔的腰间，流泪说："我梦见一片荒凉的原野，还有一个看不到边际的大湖。我们的人变少了，还有几个女人充满敌意地看着我，她们的眼神好像锋利的刀子。"

"哥哥，我为你向天神祈祷，等着你平安回来。"雪兰拉住史那尔的袍袖，舍不得松手。

"放心吧，我的命比刀子更硬。我要看着一大群儿子出生，抚育他们长大成人，成为突骑施人的英雄。"史那尔微笑着，脸上的刀痕时隐时现。

"我倒希望头一个孩子是女儿，这样我就不寂寞了。"慕洛强作欢颜。自从成为史那尔的女人后，她开始喜欢流传于龟兹、昭武诸族的音乐。为了满足心爱的女人，史那尔掳来几名残疾乐师，让他们成为部族成员。作为游牧者，无论突骑施、葛逻禄还是坚昆人，注定要四处漂泊。几乎每个部族都有世代相传的秘史，渴望回归、重返故地的诱惑，有时极其强烈。

慕洛掏出柔软的锦帕擦拭泪水，乐师盘坐在草地上，拨弹琴弦，用略带嘶哑的嗓音唱了一小段突厥人的流行歌谣。这段歌谣流传久远，讲述一名部族英雄远征时，心爱的女人端出酪浆为他壮行。

"为什么非要帮助大唐的将军打仗？"慕洛公主轻声问道。

"高仙芝帮我复仇，我必须有所回报。"史那尔说。

"难道你不知道，大唐和突骑施同样是仇家啊！"慕洛公主急了，结结巴巴地说。

"突骑施人变成现在这个样子，只能怨自己。"史那尔说。细论起来，车鼻施特勤也是突厥人。他投靠大食抢夺石国王位，等于背叛了先人，被唐天子杀掉，是罪有应得。

"你这是什么意思？"慕洛公主说。

"幸亏车鼻施特勤死了，我才有机会把你弄到手。"史那尔笑道。

慕洛公主抹掉了眼中的泪水。

史那尔告诉公主，如果西征获胜，他有可能获得大唐朝廷册封，拥有一个叶护的封号。只要有这样的机会，他就可以假天子之威，号令诸部，把变成一盘散沙的突骑施人重新凝聚起来。

"受到册封的好处太多了，没准还能娶个大唐的公主。"史那尔眨了眨眼，得意地说。

"你真想得到唐天子的女儿？"慕洛的脸色变得难看了。

"天子的女儿都是经不起风吹的花朵，我喜欢你这个马背上的公主，对住在宫殿里的公主毫无兴趣。"史那尔笑了。

"我同样喜欢住在宫殿里。"慕洛噘起了嘴巴。

一对羽毛鲜亮的飞鸟滑过草地。风搅乱了狼头旗，受到惊吓的鸟儿吱吱啼叫，向空中飞逃。史那尔笑得更厉害了。

史那尔率队离开营地时，葛逻禄叶护同样做好了出征的准备。

对怛罗斯城的财富，叶护早有耳闻。上一年秋天，协助官军攻打石国的拔汗那人捞到了许多油水，消息传进葛逻禄人的牙帐，叶护手下的大小酋长感到十分眼热。尽管石王娶了葛逻禄的公主，但叶护更在意的是石国的财富。车鼻施特勤被送到长安砍掉脑袋，慕洛公主下落不明，叶护对这场灾难并没有太放在心上。他有成群的儿女，一个并不讨他喜欢的女儿，如同泼出去的冷水，显得微不足道。

叶护决定率领六千骑兵亲征。一名身份较高的酋长提出，葛逻禄人接受了唐天子册封，但是安西或北庭的官军都难以控制葛逻禄人。攻取怛罗斯城，是高仙芝的事情，葛逻禄人何必派重兵助战、为人火中取栗呢？

"我们这个部族的确如同旋风，可以由着性子刮到自己想去的地方。"叶护从兽皮褥子上站起身，示意众人安静，"但别忘了，怛罗斯城有数不清的财宝，还有漂亮的女人。"

三天后，葛逻禄骑兵踏上征程。

叶护率军沿夷播海边沿行进，距离这里不远的地方，是望不到边际的丘陵。夷播海周边水草丰美，行军十分顺利。离开湖区后，葛逻禄军越过一片人烟稀少的沙碛，顺便吞并了两个弱小的游牧部落，补充了给养。叶护派出骑兵，以半掠夺的方式，向活动在碎叶川的几个突厥部落讨取羊马。在西距碎叶两百多里远的地方，葛逻禄人从另一片沙碛的边缘经过，取道南行，顺利地渡过了碎叶水。

葛逻禄人渡河时，大唐官兵开进热海一带。

叶护暂时停止了行军，等待与安西的官军主力会合。恰好在这个当口，一小队风尘仆仆的商旅闯进了葛逻禄人的视线。这些来历可疑的商人被葛逻禄骑兵包围，没有做任何抵抗，而是老老实实交出马匹、骆驼。看到商人们携带了许多珍贵货物，葛逻禄小头领立刻动了杀机。商队的头人意识到形势危险，立刻板起面孔，声称自己是大食派来的使者，要求面见葛逻禄叶护。

葛逻禄人仔细搜查了商人的行李，他们有更为惊奇的发现。商人中混有两名女子。她们身穿丝质长袍，脸上遮掩厚纱巾，只露出乌黑晶莹的眸子和白皙光滑的脸蛋儿。

叶护很快得到消息，吩咐将这些大食人带到帐内，打算亲自问话，然后将他们杀死。但是当来人进一步挑明身份，叶护大吃一惊。

商人的头目是大食呼罗珊军的特使，另外一个重要的人物，竟是突骑施部大酋长吐脱。

"吐脱，你是赶来找死的吗？"叶护冷冷说道，"难道不怕我把你送给大唐官兵请功？"

"我们这些骑在马上的人，本该同命相连。更何况，我现在已是大食人的贵客。"吐脱说。

"你是说我害怕大食人？"葛逻禄叶护被激怒了。

大食使者刚被带到帐中，叶护就注意到那两名被仔细遮掩的女子。使者微笑着请叶护息怒，使了个眼色，两名女子顺从地摘下了遮面乌巾，露出漂亮的脸蛋。葛逻禄汗闻到了冷冷的香气，眼神变得愈发贪婪。

大帐内的气氛异样起来。

吐脱对叶护说，官军即将攻打怛罗斯，大食人对此早有准备。目前，整个呼罗珊地区约有二十万兵马，仅驻扎在首府木鹿附近的精兵就有七八万人。九姓胡人投靠了大食，他们十分痛恨高仙芝，很乐意派兵助战。

"葛逻禄勇士是沙漠中的风暴，只是一阵风，便能吹得大食人睁不开眼。他们很快要滚回去了。"叶护口气强硬地说。

"跟我们拼命，只能两败俱伤。如若打输了，葛逻禄人得不到葡萄粒大的好处。"大食使者依然满面笑容。

"你们能给我什么？"叶护反问道。

"我们有漂亮的女人和珠宝。对于男人来说，除了女人，还有什么东西更能让他们眼热呢？"使者停顿片刻，大声说，"对啦，大食最出名的还有良马和弯刀。"

"大食宝刀使起来的确顺手，但是葛逻禄人喜欢硬碰硬地较量，让失败的人把好东西主动奉送给我们。"葛逻禄叶护冷笑道，吩咐留下女人和财物，把使者和吐脱逐出营盘。

吐脱想要争辩，使者诡秘地一笑："我们还是遵从叶护大人的意思，赶快离开吧。"

叶护在帐中烦躁地转悠两圈，抽刀劈向一只嗡嗡叫的牛蝇。

牛蝇受了惊吓，撞到叶护的额头上。叶护使劲拍去，牛蝇已经飞走了。他收了刀，自言自语地说："突骑施人曾是大食人的敌人，如今他们竟然趴在同一个盘子里吃肉了。"

"把他们的脑袋和马匹带回来，一个活口也别留。"叶护吩咐道。帐下的刽子手刚要出帐，叶护突然改主意："算了，我们何苦得罪大食人。"

呼罗珊军府的探马一拨又一拨地刺探情报，得知高仙芝率部向怛罗斯方向行进，齐雅德决意离间大唐联军。

吐脱的投靠让齐雅德十分高兴。他亲自招待吐脱，给他布菜夹肉，让这个失去了部众、妻儿的落魄酋长赚足面子。吐脱到达木鹿后，坏消息纷至沓来。他的老营被史那尔袭击后，两个儿子被杀，拔汗那骑兵也趁乱出动，掳走了他的三个女儿。只有他的第二任可敦带着小儿子逃进大食人的地盘。齐雅德派手下人找到了吐脱的小儿子，送给他领地、奴隶，表示要将他培养成真正的武士。

"我变成一个大食人了。"吐脱表面感激，背地里长吁短叹。现在，他只能接受这个现实。

齐雅德挑选得力干将充任使者。得知齐雅德要说服葛逻禄人反叛，吐脱夸口说，凭借自己的威名，一定能说服葛逻禄叶护退兵。齐雅德答应吐脱，只要葛逻禄人或拔汗那人反水，可以出借一支人马，帮助他召集部众，在碎叶一带重建牙帐。

齐雅德的两名使者，一个是波斯人，另一个有一半的波斯血统，他们曾装扮成过路的商人刺探安西军情。使者认为，拔汗那人忠于大唐，其部族所处的位置容易受官军控制，想让他们反水绝非易事；葛逻禄人生性好战，经常掳夺周边的弱小部族，其控制的地盘广大，领地的最西边人烟稀少，是一片苦寒之地，可以进退自如、保持独立；葛逻禄人投靠大唐，多半是贪图利益，只要加以利诱，比较容易脱离大唐的阵营。

吐脱势力强大时，曾派人与葛逻禄叶护立盟。后来北庭都护发兵讨伐吐脱，传檄胡族诸部，葛逻禄人只是虚张声势，并没有趁火打劫。吐脱自认为能说服葛逻禄叶护。没想到刚一露面就碰了钉子。失意时，吐脱总会想起一段陈年旧事。许多年前，吐脱领着一干部众，驱赶数百匹马到庭州互市，路上遭遇风雪，损失了将近一半的牲口。掌管马市的官军将领觉得这批马喂得太瘦，拒绝收买。那个夜晚，看着马群拥挤在一片空地上，吐脱又气又恨，他和部下借酒浇愁，喝了个烂醉。

38

盗马

赤焰城位于俱兰古城的东面,两城相距约有百里。俱兰古城由突厥人控制,这一支突厥部族保持相对的独立,在生活方式上仍以游牧为主,跟大唐承认的突厥正脉阿史那家族有一点微弱的血缘关系。赤焰城占据通往怛罗斯的一条要道,周边人烟稀少,由此西去,便再没有官军的据点了。距城堡三百米,自然隆起的高地上建有烽火台,由于多年没有战事,台子已经废弃。赤焰城的西北方,是大片沿碎叶河延伸的沙碛。赤焰城附近有一条小河,浅浅的河床在旷野上划出一条漫长曲线。河水上涨的时候,浊水经常溢满河槽,到了枯水时节,水流变得涓细如缕甚至干涸。河的两岸,生长着稀疏的杨树。

这片土地时常遭受风沙侵袭,有时尘暴飞来遮天蔽日。城堡用泥土夯成,底部镶嵌了发红的大小石块,赤焰城由此得名。由于年久失修,城堡显得十分破旧。守城的最高长官姓苏,是一员六品武官。苏堡主胡须已有些花白,面皮被风沙吹得粗糙,脱了衣甲,活像一个懒散的牧人。城堡里只有二三十户常住的居民,以放羊为生。当年,苏堡主自恃弓马娴熟,应募从军,一心建功立业、光宗耀祖。弹指间三十年过去了,他除了跟随碛西的几任都护征讨过几个游牧部落,几乎没经历过惨烈的战阵。苏堡主奉命镇守赤焰城已有七八年了,手下的军兵走死逃亡,再加上奉命抽调,已经去了大半。如今,城中只剩下二百多名老弱残兵,大家都盼望撤掉这个徒有虚名的要塞。

赤焰城中的日子漫长而清苦。苏堡主闲闷无聊,经常和三五名军校把盏共饮,浊酒粗食也能酩酊大醉。两个儿子已经长大成人了,苏堡主很想回到故乡,种田、饮酒,杀一只肥羊,过滋润妥帖的日子。苏堡主最担心的,便是老死于塞外。

赤焰城原本兴旺过,最热闹的年头,城中居住了五六百户居民,军人们能捞到许多油水。随着商人交通路线的迁移,城中的人也逐步外迁,城中的土屋十室九空,一部分变成了马舍。只有军兵的宿舍略为齐整,另有十几间房屋,可供过路的零散商旅暂住。

两天前,卢云带人来到赤焰城,看到城中有七八个突厥骑手,立即吩咐红毛把他们控制起来。这些人身上带着套马的绳索、腰刀和弓箭,形迹可疑。苏堡主说,方圆数百里,常有一些流浪的武士,他们以贩马为生,从不听命于任何人。他们多半是亡命之徒,有时候收了报酬,便充当杀手,帮助别人复仇。

卢云拿了些奶酒和肉干,送给流浪的武士。领头的突厥人生有一双灰色的眼睛,模样儿凶狠。灰眼突厥喝了酒,话渐渐多了起来。他说,在半个月前的一次冲突中,他们死掉了几个兄弟,只好跑到赤焰城躲避。赤焰城的守军认识他们,这些个突厥汉子,经常赶着几匹马前来换酒。双方都喜欢这样的交易。

"你这副模样,很像是我们部落里的人。"灰眼突厥连喝了几碗奶酒,更加快活地说。

"即便我们是亲兄弟,你也得规规矩矩的。"红毛说。

"你跟我一样,都喜欢女人。"灰眼突厥冷笑。

引起卢云怀疑的,是灰眼突厥的服饰。他的脸上脏兮兮的,穿了一件不太合体的绸缎袍子。这件袍子的主人曾被灰眼突厥劫持,留下随身携带的财物和两匹马,才算捡了一条命。

"我从前特别喜欢跟别的男人争抢女人。"灰眼突厥使劲揉了揉胸口,大声说,"就是为了这个缘故,我被人弄伤了一条腿。"

"曾经有个让人直流口水的女人,她的男人是我们突厥的一个小头领。我看好了她的女人,跟她眉来眼去。他看出这个苗头,立刻火冒三丈,摁住我痛赏了一顿皮鞭。我屁股上的肉被抽得稀烂,他仍不解气,用木棍弄断了我的一条腿。他狠踢我的下身,让我从此减少了对女人的兴趣。这是个狼心狗肺的狠人,看我奄奄一息,便命人把我拖进草原,想让我填补饿狼的肚皮。那天晚上,我最好的一个兄弟悄悄救了我,把我藏到一个隐蔽的地方。我养了好几个月的伤，等着能走路了，便一瘸一拐找到仇人，用刀把他砍成两段。我骑上快马，带着他的女人远走高飞。那是个难伺候的女人，经常让我揍得鼻青脸肿。跟我过了一阵子，她竟然变了心，喜欢上别的男人。我结结实实打了她一顿，放她走了，但是一刀结果了她的心上人。

"我不想再流浪了。或者，我和我的兄弟们可以从军，我会喂马，可以把你们的马养得膘肥体壮，让你们去杀人或者被杀。如果哪一天，你被人从马上砍下来，我会拿刀划脸、伤心流泪。"灰眼突厥伸出手，看上去，他的巴掌硬如铁板。

"凭你这把力气，没有女人能够挣脱。"红毛说。

"很多男人都怕我，更别说女人了。不过，我很少打女人，我喜欢惹她们生气。她们发怒的时候大喊大叫，使劲用脚踢你的胸口，可是根本不疼。"灰眼突厥笑呵呵地说。

"好了，别说梦话了。"卢云起身照料自己的战马。青花骢见主人来了，欢喜地轻晃脖子。卢云打开一个口袋，抓出一把熟豆子喂马。空气中弥散着一缕豆香，两只麻雀扑落到地上，红毛张嘴打了个喷嚏，把麻雀惊飞了。院子里有一棵孤树，略微泛黄的叶子受了风，发出沙沙的声响。

"是的，我的确做了梦。"蓝眼突厥用手比画说，"梦很灵验。昨晚的一个梦告诉我，肯定要打仗了，荒原上的血引来了乌鸦。"

"我是不怕流血，没有血，从军有什么意思！"红毛说。

"说得好，不怕流血才能让别人服软。"灰眼突厥扯开袍襟，伸手探进怀里抓挠，愤愤骂道，"这些跳来蹦去的虫子，从牲口身上溜出来了，挨咬的滋味真让人难受。"

灰眼突厥继续抱怨着："我听说你们的可汗不住帐篷，而是住在比赤焰城大好多的宫殿里。里面到处是树木、花草，白亮亮的海子里，养着好多鱼。"灰眼突厥露出羡慕的神情，"我很少见到鱼，那些肚子里长刺的东西不对我的胃口。不过，有一大群女人陪你们的可汗睡觉，他一定快活得要死。"

"我们的天子或许没见识过野性十足的女人。围在他跟前的女人虽说会骑马、能玩球，却不敢过于放肆。"卢云说。

"女人野性才有滋味。"灰眼突厥咽了口唾沫，"面团一样软和的女人，没有劲道。"

第二天黎明时分，苏堡主被手下人吵醒。守城的军兵说，前些日子征集到的一百多匹马被人劫走了。

"怎么出了这样的事！"苏堡主大惊失色，顾不得通告卢云，立刻点了一百来个人前去追赶。

沿着杂沓的马蹄印，赤焰城的官军足足撵了多半个时辰，终于发现了散乱的马群。

苏堡主心头狂喜，正待率人冲上去围捕，却被从侧冀猛扑过来的一队突厥骑兵拦住去路。对方足有二百余骑，装备精良，一看便是久经战阵的武士。

苏堡主只得硬着头皮应战。他抖擞精神，使出了当年的豪横手段，奋力砍倒两名突厥武士。赤焰城的官军原本疲弱，遭遇强敌，又寡不敌众，很快死伤了大半。苏堡主的战马中了一箭，被三个突厥武士围住厮杀，受伤的战马双腿一软跪在地上。苏堡主跳离马背，一名武士挥矛便刺，苏堡主闪身躲过矛尖，对方的马擦身而过，险些把他撞倒。苏堡主的横刀向上一撩，割断了对手的咽喉，溅了满脸的热血。

苏堡主屏住一口气，压低了身体。另一名武士催马过来，弯刀直劈他的面门，苏堡主双手执刀，用力招架。马头紧贴了他的身体，两个人刀锋相碰，对手的刀改变方向斜砍，苏堡主急忙抽身，冷不防被一柄长矛刺中了腋窝。

三四名突厥武士拥过来，苏堡主身中数刀，仰面倒在地上。

七八名官军骑兵侥幸逃生，回到了城中。卢云得到消息，惊出一身冷汗，立刻让红毛带人赶往现场。红毛赶到战场，看到了僵卧的人、马尸体，其中绝大部分是官军。根据死去的战马，赤焰城的老军认出了血肉模糊的苏堡主。

红毛仔细搜寻，发现一名负伤的官军。这名士兵说，攻击他们的突厥武士中，有一个人是灰眼突厥从前的同伴，曾经来过赤焰城。

红毛返回赤焰城，立刻将伤兵的话告诉了卢云。灰眼突厥和他的同伙被捆绑起来，带到一片沙窝地中。

"昨晚我们还在一起喝奶酒，没想到你们这么快就翻脸了？"灰眼突厥说。

"变脸的是你们。"卢云说。

"我们只是想弄走几匹马，并没有胡来。"灰眼突厥说。

"死了这么多人，还说没胡来？"红毛劈头一刀，砍杀了灰眼突厥。

葛逻禄叶护的营盘涌进一群良马，送来这份厚礼的是吐脱和大食使者。

叶护心情烦闷，吩咐把吐脱捆起来，对于大食使者，则给足面子，送上一个锦墩。

吐脱冲叶护喊道："我现在是大食的贵客，杀了我，你的部落会有灭顶之灾。"他不肯就范，抽出刀和几名葛逻禄武士对峙。

"你的这些大话，只能吓跑吃奶的羊羔。"叶护轻蔑地笑了。

"收了刀，让我们跟叶护好好谈谈。"使者轻声说。

吐脱顺从地把刀扔下，葛逻禄武士一拥而上将他按倒。吐脱更加愤怒了，指责叶护无情无义、恩将仇报，恶毒地对待赤诚相见的朋友。

"放了这个人吧。毕竟他做过突骑施人的酋长。"使者向叶护施礼，和颜悦色地劝道。

"高仙芝正等着取他的人头。葛逻禄人作为唐天子的朋友，如若放跑了这只肥羊，岂不让人笑话？！"叶护抚摸着胡须说。

"趁一个人落难时痛下杀心，原本很容易。"使者瞅了一眼吐脱，把脸转向叶护，故作惊讶地问，"听任高仙芝的摆布，究竟有什么好处呢？"

使者告诉叶护，这群马是在赤焰堡获取的，吐脱的人做了这件事，是为了向叶护表达敬意。眼下，呼罗珊将军已调集数万兵马，锐不可当，任何帮助高仙芝的人，都得不到好处。如果叶护审时度势，跟大食联手，战争中获得的大部分战利品都可以归葛逻禄部所有。大食人想要的只是一场胜利，而且一定能够打败大唐官兵。

使者说罢，弯腰解开随身携带的锦缎包袱，把一大堆珠宝倾到在地毯上。宝物中有一颗鹅蛋大小的夜明珠，在昏暗的火光中熠熠生辉。

叶护显然被迷住了。使者抓起夜明珠，小心翼翼地捧在手上，移步走向叶护。一名武士拦住他，目光冰冷。使者微笑着，返身将宝珠放回了原处。

叶护托腮沉思片刻，吩咐放开了吐脱。

39

西征路上

　　西征的队伍在平坦的原野上铺开。一百匹毛色雪白的战马伫立在前列，马上的武士银盔银甲，手中的长矛直指天空。出发前，所有军兵都重新打磨了兵器，许多人在闪亮的矛尖上装饰了火炭似的朱缨。高仙芝的家族崇尚白色，随父从军以来，他常年征战西域，从来没有回过高丽故地，但是他承续了父亲的传统。

　　葛逻禄叶护已经从右翼逼近了怛罗斯，得知官军进入恒逻斯附近的平原，立即派人给高仙芝送来几匹漂亮的白马，还有一些珍稀的土产。使者解释说，叶护感染了风寒，浑身直淌冷汗，不能亲自拜见安西的最高长官。高仙芝微微一笑，觉得使者的话多半是谎言，却没有过多计较。

　　高仙芝准备了一份礼物，让使者带回去赠给叶护。望着使者的背影，段秀实提醒主帅，葛逻禄人生长于苦寒之地，天生强悍，论冲锋陷阵，跟突骑施人旗鼓相当，是一支令人生畏的力量。叶护的领地远离安西，此番应召前来，一旦心怀异志，恐怕难以驾驭。

　　"诸胡畏惧官军，是因为他们互不信任。只要许以厚利，他们还是肯于出力的。"高仙芝说。

　　"葛逻禄叶护的一个公主嫁给了车鼻施特勤，我们灭掉石国，杀了他的女婿，这群蛮人难免怀恨在心。"段秀实说。

　　"这倒不必担心。胡人即使结亲，依然会为了一点蝇头小利翻脸。"高仙芝笑道，史那尔抢到了那个公主,真是占了个便宜。

突骑施人的酋长史那尔娶了石王的妻子这件事,在军中传得神乎其神。高仙芝得到的信息是,葛逻禄公主趁乱出逃,落到白驹手中,史那尔在官军的帮助下,和吐谷浑人激战,终于抢到了公主。

"争夺女人是胡人的传统,被官军俘虏送到长安的所谓王妃,看来只是石王的一个女奴。"段秀实说。

高仙芝认为,拿女人做礼物,多半是赔了夫人又折兵。当年突骑施可汗苏禄手握重兵,诸部争先恐后向他示好。苏禄顺水推舟,娶了三四个可敦,身份最为显赫的,便是来自吐蕃的公主。吐蕃想借刀杀人,挑唆苏禄与大唐为敌,趁机重取安西四镇,可惜打错了算盘。

"自匈奴开始,胡人的德行从来未变。那么,我们该怎么处置史那尔呢,让他交出葛逻禄公主?"段秀实说。

"夺了石王的女人,等于跟九姓胡结怨,这样很好。"高仙芝笑道,"除了太监,哪一个男人见了合胃口的女人能不动心?"

其实,夺走一个女人跟啃一块羊蹄没有区别,只要牙口好就行。

整个上午,平川上都在刮风,扑面而来的黄尘钻进人马的鼻孔,阻遏了官军的行程。好容易挨到午后,天晴了,大队人马继续前进。卢云回望,看到官军的旗帜隐约飘动。远处的河流刀锋般划进绿洲,闪烁出鱼鳞一样的微光。附近坡地上,弥漫着大片牧草,散布的羊群形成雪白、乌黑的色斑。视线尽头,是隐约起伏的丘陵。天空上没有一片云丝,金光闪耀的太阳开始滑向地平线,在快要沉没的时候,速度骤然加快。残日的胭红中浸透了乌紫的斑块,这样的颜色让卢云心头一颤。

卢云的身后依旧是三百铁骑。从跟随高仙芝征讨小勃律开始,他参加过几场恶战,许多熟悉的身影已经灰飞烟灭。卢云的同乡中,有几名武艺高强的军校,如今已埋骨荒沙。他们和卢云一样匹马出关,胸怀壮志,但临阵对敌,毕竟不同于射猎走马,取敌首级或受挫败亡,常常是瞬间便见分晓。刀箭无情,一条又一条刚烈、英武的汉子悄无声息地死亡,验证了战事的惨烈。一名退出安西幕府,结庐终南山的逸士曾告诉卢云,边塞苦寒,只有身临其境才知其苦;天子远在长安耽于享乐,陶醉于天下承平，而边将专权擅动刀兵，胜固然有功于社稷，一旦失误便是自毁长城。刀锋上走马的日子，无时无刻都充满了凶险。

太阳落地了，卢云的眼前只有残霞的碎片。消逝的面孔有若飞鸟划过，死去的勇士，除了在阵亡簿上留下冷冰冰的名字，将被很快遗忘。卢云极力平静下来，尽管心生厌倦，但是每当战事来临，仍旧渴望上阵厮杀。在与敌手交锋时，他不会手软，但是不知为何，对于这次征战，他隐约觉得心中没底。

官军的兵锋逐渐接近怛罗斯。

探马送来的消息令高仙芝焦急不已。怛罗斯城门紧闭，隔着怛罗斯河，开阔的谷地上出现一些游动的骑兵。各种迹象表明，敌军已经有所准备。出征前，高仙芝对情况进行了分析，认定怛罗斯城守军不过数千人。即使石国王子引来粟特联军，纠集周边亲附石国的胡人，总兵力也很难达到两万。诸胡本是乌合之众，各打各的算盘，决非训练有素的官军的对手。但是现在，形势发生了逆转，从河中附近赶回来的探马说，大批呼罗珊援军已经越过河中，直奔怛罗斯而来，总兵力超过三万五千人。高仙芝感受到了巨大压力。

高仙芝传令选择有利地形安营扎寨。当天傍晚，他召集诸将议事时，没用酒肉款待，只是吩咐侍从为每个人端来一碗酪浆。

安西官军的几名高级将领，通过观察分析军情，已经看出局势凶险。恶战在即，纵然是久经沙场的宿将，一样难免紧张。安西官军连年征战，声震西域，威名已盖过了相邻的北庭、河西诸路边军。树大招风，诸将深知，高仙芝是个特别自信的军帅，想在西域继续开疆拓土，以超强的武力为后盾镇住诸胡，但是面对军力占优的大食，扩大战果谈何容易。

"当年汉武帝不惜耗费巨资、人马征讨大宛，虽说伤亡甚重，但是最终汉庭威震西域，打通了西行至海的通道。"率军离开龟兹时，高仙芝多次以汉代军将经略、凿通西域的事迹勉励诸将。如今大敌当前，他希望有人站出来表示决心。

"我军已经兵临怛罗斯，绝不能半途而废，消极避战。狭路相逢，勇者得胜。只要击败大食，便是至伟奇功。"偏将杨皤说。

"拿下怛罗斯，等于彻底灭了石国，昭武诸部必作鸟兽散。另一方面，粟特人屡受大食侵凌，宿怨很深，只是迫于压力，他们组成了对抗天朝的联军。我们打疼了大食的军队，他们审时度势，也会重新向我们投怀送抱。安西军甚至可以反客为主，组织起一支粟特联军，直取呼罗珊。"高仙芝点点头，补充道。

众将闻言，士气倍增。

"如今已是箭在弦上不得不发，凭借安西官军的野战能力，我们一定能胜……"李嗣业说。

高仙芝的军事会议刚散，葛逻禄叶护便派来一名酋长，说本部人马很快到达战场，听凭都护调遣。中午帐中摆设酒宴，安排座席时，葛逻禄酋长大声吵嚷，坚持要位居其他各部使者之上。高仙芝看一眼面红耳赤的葛逻禄人，答应了他的请求。

"这是临战前最后一次饮酒，每人只限两碗。明天起，我们只能用血与刀说话了。"高仙芝说罢端起酒碗摇晃，琥珀色的酒浆滴溅到草地上，闪烁点点微光。

月色如银，冷光泻满营盘。诸将出帐，或击鼓高呼，或挥刀起舞。高仙芝脱掉白袍，只穿短衣在地上旋转。众人鼓掌，高仙芝吩咐将一个锦球放在草地上，命令一名笨手笨脚的番将跳上去踩踏，番将勉强支撑了一会儿，仰面跌了下来，诸将哄堂大笑。

眼看诸将喝干了碗中的酒，将空碗蹾在案上。高仙芝抽出腰间配刀，手起刀落，将铜碗砍成了两段。诸将再度欢呼起来，每个人都恨不能立刻上阵斩杀敌人。

大食呼罗珊军主将齐雅德走出营帐。一群野鸽子扑棱着翅膀，上下翻飞，齐雅德停下脚步，显出若有所思的样子。鸽子在他头顶盘旋片刻，忽然乱成一团。鸽子逃离了军营，变成越来越小的黑点，融进青灰色的天空。

齐雅德露出微笑，每当他轻松做出决定时，通常都是这样的表情。若是情况紧急，有大的决策，他的脸就会阴沉起来，亲近的部下都了解这一点。

齐雅德抚摸腮边的胡须，加快了脚步。十几名身材高大的卫士跟在他身后，这些人是从军中精心挑选出来的斗士，个个胆量过人、本事出众。齐雅德来到一片空旷的场地上，两个来自波斯泰西封城的武士正在对练刀术。两名武士看到他，惶恐地收了刀匍匐跪拜。

齐雅德满脸威严，轻声说："起来，让我看看你们的本事。"

泰西封人起身。

齐雅德回过头，盯住身边一名卫士："你陪着练练。"

这名卫士来自木鹿，以好勇斗狠、喜欢和女人调情著称。木鹿勇士没说话，以极快的动作抽出弯刀，刀头垂向地面。他略微压低身体，黑黝黝的脸上毫无表情，眼中瞬间渗出一股杀气。

两名波斯人是专门训格士兵刀术的教头，先人都曾做过波斯王的高级护卫。两人家传的刀法来自本土，又汲取了大马士革著名刀手的精华。

附近一些士兵聚拢过来，但没有人靠得太近。

齐雅德示意士兵们围拢成一个圆圈观战。

太阳升高了，远处微微隆起的沙丘扬起细碎的白尘。齐雅德华丽的黑丝袍上镶缀的几片银饰，在阳光下闪闪发光。一名教头眯起眼，神态自若。

齐雅德神色冰冷，示意他首先出阵，并威胁说如果两个人不肯使出全副本领，立刻把他们杀掉。波斯人张开嘴，用舌尖舔了舔唇上干硬的黑须，轻轻吸了一口气。作为教头，波斯人对自己的本领十分自信。

齐雅德的卫士是个聪明人，从齐雅德的话语中感受到某种暗示。强盛的波斯人败落了，但身为武士，必须为了个人的尊严而战。

两个人开始交锋，只斗了片刻，教头就知道齐雅德的卫士决非等闲。对手的刀法颇得真传，每一刀都直取要害。他能够毫不费力地化解对手的攻击，并且还以颜色。这是一个表面看上去浮躁的人，交手时敢以性命相搏，但又表现出本能的冷静。刀锋中暗藏的杀机，足以在瞬间杀死经验不足的对手。

教头变得小心翼翼起来，他采取守势，尽量保存体力，等待进攻的时机。

两个人杀得难解难分，波斯教头竭尽全力抵抗，对手刀刀都想取他的性命，却难以得手。两个人打斗了近半个时辰，还没有分出胜负。

齐雅德面无表情，看样子二人中除非有一个倒下，否则他不会让这场杀斗停止。没有人知道其中的缘由。

波斯教头的身上挨了两刀，伤势不重，他被彻底激怒了。教头瞅准一个机会，在格开对手的刀刃之际，反手挥刀砍中了对手的肩胛。木鹿武士的身子摇晃一下，教头趁机又补了一刀，削中他的腹部。木鹿武士向前一纵身，扑倒在地上。

波斯教头疾步退后，血染红了单薄的衣袍。

"我说过，只有杀掉对手，你才能活下来。"齐雅德抽出刀，将刀锋逼在波斯人的脖子上,"你没做到,我本该杀掉你。"

"他活不成了。"教头大声说,"我从来没遇到这么强硬的对手,他险些要了我的命。"

木鹿武士挨的两刀果然致命,他在地上抽搐身子,请求给他点水喝。木鹿武士眼前昏暗,浮现一个女子的身影,他喜欢这个女子,却无法得到这个人,因为她是齐雅德的女人。他曾在背后议论过这个女人,或许某一阵风将这些渴慕的话传到了主人的耳中。他的血在沙地上流尽了,作为不忠的代价,以这样的方式死亡,应当算是体面的。

齐雅德微笑着收刀。命手下将教头扶下去疗伤。作为奖赏,波斯人将得到一面镶银的盾牌。这面盾牌曾保存在波斯王的府库中,质地精良,只有最勇敢的骑士才配使用。

教头向齐雅德致谢。教头不知道,齐雅德的身上拥有一多半波斯血统,他不仅谋略出众,而且勇力过人。军中的士兵传说,齐雅德年轻时游逛大马士革,曾经一个人对付三名勇士,杀死其中二人后,他放过了最后一名刀手。

"我不会辜负将军大人的期望。"教头诚惶诚恐地说。

"或者死去,或者满载金银、丝绸,带回供我们役使的男女,这是突厥人的行为方式,我们同样没有其他选择。"

齐雅德看上去很开心,他觉得一个充满了血腥味的上午,对即将出征的士兵是很好的激励。

吃过午饭,齐雅德赶往距离营寨不远的一处城堡。城堡距木鹿约二百里,位于乌浒水北岸沙漠的一片绿洲中,距离史国较近。城堡附近有一座军营,驻有近万名呼罗珊士兵。这座城堡,是齐雅德的私人领地。

齐雅德身上弥散出一缕药物的芬芳。这种香味出自一个女人的身体。女人的家乡在大马士革,作为大食故都,那个地方不但有数量惊人的美女充斥宫廷,而且出产锋利的钢刀。在一般情形下,齐雅德更喜欢波斯美女,特别是波斯的贵族女子。但是这个大马士革女子,有与众不同的异样风情。她的祖先颇有尚武传统,家族中的女子体魄健美,据说还喜欢在真心喜欢的男人身上,施展使人销魂的魔术。

齐雅德准备带上一个女人出征。他选中了这个身体芬芳的年轻女奴。女奴服侍骄傲的主人沐浴，让他痛快淋漓地占有她的身体。在这样的时候，她的身上散发出神秘的香味，这种撩人气息飘浮于室内。屋顶上刻画着别致图案，和地面上的华丽地毯呼应。

齐雅德逗留良久。想到了自己肩负的使命。女奴光着身子，知趣地为他换好衣服，穿上皮靴。

女奴身上的丝绸夹被发出窸窸窣窣的声音，她看到眼前飞扬起几根羊毛。她觉得眼花缭乱，感觉羊毛变成了两根鹅毛轻软地漂浮于水面之上。女奴的眼角湿润了，上一次服侍将军时，她还是个处女。将军能够重新来到她身边，并决定带她出征，让她激动得浑身颤抖，同时还有点害怕。她畏惧这个极其威武的男人，暗地里又期待他的到来。她知道他身边有不少女人，有的女人只是陪伴他一夜，就永久受到冷落。等待让她感到浑身着火，甚至需要喝下半罐清水才能恢复正常。

将军毫不理会女奴的心事，现在他满脑子都是用兵的谋划。骑到马背上，向他的军团发号施令，更让他觉得浑身有使不完的劲儿。

向大唐的边界挺进，是期待已久的事情。

40
荒原野战

官军经过一片荒凉山谷，地势变得开阔起来。这里是一块绿洲的边沿，草地上的牧羊人被浩浩荡荡的人马惊呆了，他们有生以来头一次看见这么庞大的军队。牧人们使劲驱赶牲畜，想躲藏到隐秘的地方。前一天，两名驻守怛罗斯的武士经过一户草场主人的帐篷，他们又饥又渴，停下来打尖。二人被派出来刺探军情，已经连续奔波了三天，正急着赶回去向王子堪素报信。武士神情疲惫，连续喝了好几碗主人端来的新鲜酪浆后，开始活跃起来。夜静更深，领头的武士搂住主人的女儿，将她抱到附近的草地上。他们在月光中死死地粘在一块，发出沉闷的声音。另一名武士趁着黑暗，强行占有了主人的妻子，心满意足后，昏昏沉沉地睡了过去。主人知道发生了什么事情，却保持了沉默，后来索性溜到帐外呆望着天空出神。

天快亮时，两名武士继续上路，作为回报，他们丢给主人一把突厥式短刀。

首领模样的武士煞有介事地说，大唐国的骑兵要来了，他们比恶狼还凶，所到之处烧杀抢掠，啃光了草料，杀尽了牛羊。

主人的脸上笼罩起愁云，显然被吓坏了。怛罗斯武士对自己散布的谎言感到满意。"我们一定能保护你们。"说罢，他命令随从割断一只羊羔的喉咙，把抽搐的羊羔血淋淋地拴在马背上。武士策马扬鞭，很快消失在荒野的尽头。

主人看到女儿的脸上泛着红晕，心中有些气恼。他珍爱他的女儿，因为她的模样儿还算说得过去。昨天夜里，蛮壮的武士将她折腾得有些亢奋，她在他的身体上留下了指甲的抓痕。主人心中狐疑，说不定武士的种子已在她的肚子里发芽。游牧的日子索然无味，她已经完全发育成熟，期待草原上的过客，如果他们合她的心思，她乐意端出奶酒并奉献出身体。相对而言，过往的商人较为本分，他们希望有女人解除饥渴时，通常会向主人做出暗示，并留下或多或少的报酬。如果遇到身带弓刀的武士，情形则大不相同。他们很不客气，也不懂得用财物交换女人的身体。虽然得不到礼物，但粗野的武士很合她的胃口，她喜欢这些恨不能将女人生吞活剥的野兽。主人的妻子年轻时也算得上漂亮，她生下四个男孩和三个女孩。这些孩子的相貌各有特色，长大后纷纷离去，如今身边只剩下这一个女儿。

天空蓝得让人微醉。距离怛罗斯只有不到一天的路程，哨探向高仙芝报告，大食的先头部队已越过怛罗斯河，在原野扎下十几座营盘。呼罗珊和昭武诸王的联军控制了有利地形和珍贵的水源。坏消息接踵而来，石国王子率领约两千骑兵加入大食军队，发誓要用高仙芝的鲜血为死去的父王报仇。

在一片平坦的开阔地上，双方先头部队遥相对视。

高仙芝回顾左右将校，冷冷笑道："来得正好，我们终于有机会跟大食人对战了。其中的利害你们都很清楚。"

高仙芝的想法，诸将心中有数。高仙芝临战前反复强调，战胜呼罗珊军团，既可解除安西受到的威胁，更为日后进取河中奠定基础。高仙芝期望能与大唐开国靖边的功臣同列凌烟阁，诸将又何尝不想毕其功于一役呢。

高仙芝令前部向前缓缓推进，威慑对手。对方骚动起来，直接后撤了十余里。

高仙芝传令安营扎寨，他要等待两翼兵马占据有利地势，再一鼓作气跟敌人决战。

高仙芝派出的右翼军由偏将杨瀋指挥，卢云率领三百轻骑担任探路的前锋。

一大片绿洲挡住了沙漠的扩张。卢云试图迂回找到一条通往怛罗斯城的捷径。他们进入丘陵地带，植被逐渐增多，远处的荒漠上偶尔刮起一团黄尘，在日光的映衬下，大朵积云呈现暗黄的颜色。

越过了小片丘陵，地势竟然又变得平坦开阔。跑在最前面的骑兵摇晃旗帜，示意前方发现敌骑。

迎面吹来的风有些柔和，气氛却变得空前紧张。

40　荒原野战

卢云命令军兵停在原地，观察对手虚实。

对面的骑兵差不多也有三百人，逐渐向前靠近。这一队武士装备精良，除了弯刀和突厥式铁刀，一些人手持长矛，将近一半的带刀骑士，背后斜插一支短矛。

双方相距约一箭之地，冷冷对峙。

时间一分一秒过去，天渐渐昏暗，远处吹来了迷眼的沙尘，扑打在每个人的脸上。红毛有些沉不住气了。

"我的手在发抖，闻到了浓烈的血腥味。"红毛拉紧了缰绳。卢云同样感到紧张，自从出塞以来，这样的情形很少出现。

一群乌鸦迎风掠过，几只凶猛的草鹰驱散了鸦群。这些性情凶猛，以血肉为食的大鸟，对死尸散发出来的气味格外敏感。大批牲畜迁移，人群在荒原上聚集，经常是即将发生冲突的预兆，这些鸟似乎感觉到了死亡气息的逼近。草鹰的翅膀舒展，乘风滑动时搅起微弱气浪。又过了一会儿，草鹰越聚越多了，有几只径直俯冲下来，似乎催促双方尽快投入厮杀。

对面的黑衣武士绷不住了，率先冲过来。

卢云心头的焦灼骤然释放，大唐骑兵排成扇形，随后发起冲锋。眼看敌人冲近，大食武士投出短矛，转眼间杀死了十几名官军。卢云用长矛拨开两支短矛，扑进敌群，一名黑衣武士来不及挥刀，便被刺穿了胸膛。双方人马迎头对阵，大食骑兵的弯刀略短于横刀，但极其锋利，使用起来更灵活，弥补了长度的不足。身披黑衣的大食武士内穿铁环相扣的锁子甲，这种软甲跟吐蕃人的装备类似，但更为轻便结实。让官军目眩的是，大食骑兵中还有一小队白衣战士，他们格外凶猛。鲜血染红了白衣，受到鲜艳的血色刺激，这群武士着了魔一样在战场上横冲直撞。

尘土飞扬遮人眼目。当双方的人马冲到对面、互换了阵地时，已经有上百名武士死伤。

双方展开第二轮厮杀。一名手执超长弯刀的武士直取卢云，对手刀法凌厉，在化解卢云的攻击后，顺手砍死了一名官军小校。卢云整顿人马，准备进行第三轮对决。

出人意料的是，对手调转马头脱离了战场。

空气中飘浮着淡淡腥气，夜色逐渐与荒野融合成一团。两轮交手损折了六七十个兄弟，在跟对手人数相等的情况下，没占多少便宜，这让卢云心情分外沉重。

第二天，高仙芝命令正面战场的官军向呼罗珊联军发动进攻。

高仙芝仔细察看地势，吩咐将帅旗安置在高处。周围一马平川，所谓高地只不过是一个略微隆起的土丘。一千名中军铁骑护卫主帅阵地，此外还有三千精骑待命，除了这些机动力量，高仙芝用了所有人马。

发现唐家军向前推进，呼罗珊联军随即拔营应战。双方的距离越来越近，紧张的气氛笼罩了荒原，压得人几乎透不过气。

此前，高仙芝已派人给拔汗那王子和史那尔传令，要他们必须守住左翼。根据探马的报告，敌军的右翼主力是昭武诸国的兵马。高仙芝认为，拔汗那人的五千骑兵和史那尔的一千五百骑兵战斗力并不弱，为了稳妥，他还将来自其他部族的三千骑兵交由史那尔指挥。高仙芝预感右翼形势复杂，交给杨暄一支约四千人的骑步军团。他向葛逻禄叶护传令，让他分出一队军马配合杨暄作战。

高仙芝再次激励诸将：诸胡是乌合之众，跟大食人素有积怨，未必肯豁出血本死战。只要击败呼罗珊军团，这一仗就打赢了。自从灭掉石国，高仙芝就把目光投到河中地带，他相信只要拥兵十万，就能彻底慑服昭武诸国。为了达到这个目的，他甚至想给天子上表，请求从关内征调军兵。高仙芝思忖再三，还是留了个心眼儿，他怕再次公开要兵要粮引起猜忌。天子信任他，但是朝中文武和各路边帅未必肯买他的账。心急吃不成热豆腐，曲高和寡的道理高仙芝当然明白。

呼罗珊联军的前锋是清一色骑兵，后面的兵马越聚越厚。高仙芝判断，对手把精锐军团集中在正面，是想跟自己决战。

高仙芝估计对方将要发动进攻，下令吹响号角，让待命的三千骑兵抢先出击，争取主动。

大唐骑兵以轻骑为主，只有担任前锋的八百铁骑战马披甲，其实也只是略微遮挡马的胸部。披甲铁骑是清一色的长矛手，战马卷起冲天沙尘越跑越快，双方的骑兵来不及放箭，便短兵相接展开混战。原野上马嘶人喊，不时有人从马背上跌落。有些人被杀死了，有些只是负了伤。许多落马的骑兵来不及爬起，就被战马践踏，成为一团团模糊的血肉。厮杀中，一队杀红眼的呼罗珊武士穿透官军骑阵，直奔中军。卢云恰在附近，急率百余骑兵斜刺里冲出，拦住对方去路。卢云的长矛刺中一名对手的咽喉，另一名呼罗珊武士赶来交手，眼看那人手中的弯刀平划过来，卢云用矛

40 荒原野战

杆一压,对手刀锋走偏,纵马直冲过去。卢云转身回刺,取了对手性命。

卢云拨转马头,一名手执圆盾和长矛的武士向他进攻。这名来自波斯的武士一手持盾格挡卢云的长矛,另一只手挥矛点刺。矛与盾的配合需要力气和技巧,只有为数不多的波斯武士喜欢这种技艺。卢云侧身躲闪,对手的长矛刺了个空,被他挟在肋下。空手夺矛的本事,在大唐武将中,只有当年太宗皇帝的爱将尉迟敬德运用自如。波斯武士一手死死抓住长矛,另一只手想用盾牌还击。卢云抢先一步,将自己的矛砸在对手的头盔上,顺势夺过长矛。另一个手持弯刀的呼罗珊武士赶过来解围,卢云回马应战,一支矛磕开刀锋,顺势把另一支矛扎进对手的胸口。

被砸得晕头转向的波斯武士伏在马鞍上逃开了。

冲击官军核心阵地的呼罗珊武士被击溃了,只有几个人突围逃回本阵。

双方反复厮杀。呼罗珊骑兵的攻势越来越凶猛,而且不断增派援军。高仙芝眼看形势吃紧,急忙下令吹号,通知骑兵暂时脱离战场。

高仙芝要用李嗣业的陌刀手对付大食骑兵。

头一次碰上如此强硬的对手,特别是敌人在数量上占有明显优势,让官军感到了巨大压力。局面吃紧的关头,骑后听到佯退的号角,立刻向两侧分散后撤,骑兵将领尽力控制局面,保持住稳定的队形。

战局的僵持让齐雅德有些着急,他快马加鞭,率领亲军靠近战场。主帅的出现激发了呼罗珊军人的士气。各路骑兵首领身先士卒,发起了新一轮攻击。

官军骑兵向阵后撤去,呼罗珊骑兵的面前出现了大队步兵。

黑色的铁骑潮水般涌来。冲在最前面的是呼罗珊军的精锐部队。这支骑兵约有三千人,由波斯、粟特、吐火罗和归顺大食的突厥人组成,统军的首领是齐雅德的亲信。所有战士都是精心挑选出来的,拥有令其他军人羡慕的待遇。他们的勇敢和嗜血驰名全军。

官军弓箭手向疾扑过来的呼罗珊勇士放箭。

飞蝗般的箭雨只是稍稍钝锉了进攻者的锋芒,呼罗珊武士狂吼着冲到阵前。官军弓箭手临危不乱,在敌骑即将接近时隐藏到了陌刀阵后。这种弓手与刀客的娴熟配合,经过严格训练,临阵时果然发挥了作用。官军陌刀手挺身出刀,立起一排排人墙,肆意砍杀冲到近前的战马,极力稳住阵脚。呼罗珊武士纷纷落马,狂暴的攻势被遏止了。

齐雅德密切关注着战场的变化,大唐步军的刀阵让他始料未及。在又一波攻击受挫后,他急令正面进攻的骑兵改变策略,佯攻对手。负责侧翼进攻的昭武诸国骑兵向唐军右翼突击。

双方交战至下午,均无进展。齐雅德预料唐军的实力消耗很大,决定调集生力军从中路再发动一次致命攻击。数万名大食军分成六路,以马步军相配合,成半圆状压上来。高仙芝看出了大食人这种阵法的厉害,急令骑兵预备队做好准备,一旦自己的阵营被撕破缺口,立即驰援。大食军先以弓箭开路,缓缓扑向唐军步兵阵营,李嗣业见状,急令盾牌手遮挡箭雨。大食的步军一点点逼近,趁乱发起进攻。排在前面的陌刀手措手不及,倒下一片,后面的人在李嗣业指挥下死战不退,双方人马混战在一起,杀得血肉横飞。

眼看阵脚不稳,李嗣业眼里冒火,率领三百精兵冲到阵前。这些士兵都是由他亲自传授刀法,加以训练,个个勇猛过人。李嗣业手中的陌刀上下翻飞,连斩了五六个冲到他跟前的呼罗珊武士。双方杀红了眼,一直战到中午。陌刀手的阵营缩小了,呼罗珊骑兵同样死伤惨重。马匹践踏着地上的伤兵亡卒,狂吼声盖过了痛苦呻吟。高大的呼罗珊战马践踏着血水和肉泥,发疯般进攻。高仙芝再次派出骑兵反击。战至黄昏,呼罗珊联军进攻的势头减弱了。

在大唐官兵的右翼,昭武诸胡的军队向拔汗那军发起进攻。近些年,拔汗那人时常袭击河中诸国的商旅、掠夺财物。诸胡联军对拔汗那人十分憎恨,连续发动猛攻。双方激战了两个时辰,拔汗那人支撑不住了。危急时刻,史那尔赶来解围,诸胡不愿意跟突骑施骑兵死磕硬战,局面逐渐稳定下来。

史那尔准备收束兵马,忽然发现了吐脱的旗帜。

吐脱带领一小队骑兵,夹杂在呼罗珊武士中,试图迂回攻击拔汗那。史那尔直取吐脱,吐脱见势不妙,逃回了联军阵营。

天快要黑了,齐雅德又派出近万名骑兵投入战场,向唐军的中路进攻。他相信唐军快支撑不住了,要用最后一根稻草压垮这匹强悍的骆驼。李嗣业的五千陌刀手伤亡近一半,阵线零落。紧急关头,高仙芝将留作预备队的两千名陌刀手全部派往战场,阻挡了呼罗珊军的又一轮攻击。

高仙芝来到阵前，他估计对手还要发动一轮进攻，如果苦守阵地的陌刀手被击溃，全军将陷入险境。他思索片刻，传令骑兵预备队迎面对敌。

陌刀队在敌骑即将发动新一轮进攻之际，放开一大片缺口。官军骑兵随即迎着敌军发动冲锋。突如其来的进攻冲乱了大食军的阵脚，双方混战到天黑时分，仿佛事先约好了一样，各自收兵罢战。

辽阔的战场逐渐沉寂下来。

高仙收束兵马回营。经过一天恶战，近两万安西汉军损失了三成，三名将军、五名守捉使负伤，阵亡了近百名低级军官。胡族兵马损失了三四千人。

呼罗珊军的强悍，让拔汗那王子心惊肉跳。两个部落酋长自觉取胜无望，趁着黑暗带领部众逃离了战场。当天战事结束后，葛逻禄人匆匆赶到，在距官军主力二十里远的地方扎营。对葛逻禄人的拖沓，高仙芝十分生气，想派人去斥责葛罗禄叶护，转念想到战场形势微妙，只得强压了火气。

葛逻禄人是一支生力军，高仙芝希望，这些蛮人在接下来的决战中派上大用场。

41

喘息中的对峙

安西官军和呼罗珊联军对峙，彼此隔着一片空旷的战场较劲，既不让步后退，也不发动攻击。

头一天发生的恶战中，大唐官兵的强悍给齐雅德留下了深刻印象。单从人数对比，呼罗珊联军占有比较明显的优势，但如果继续这么硬碰硬地打下去，即使取得胜利，自家的兵马也将折损一大半。齐雅德心事重重，难以入眠。不过他手中还有一张底牌，要等待给对手致命一击的机会，必须保持足够的耐心。

当天晚上，派往葛逻禄大营的一名使者乘夜溜回营寨。齐雅德召见使者后，心情明显变好了。

和高仙芝一样，齐雅德深知这一场战事关系大局。河中诸胡究竟是变成呼罗珊军府的笼中麻雀，还是再次投向大唐天子的怀抱，胜败在此一举。作为一个喜欢骑猎，对突厥人的生活方式充满兴趣的大食名将，齐雅德在战前专门观看了游牧者的猎兔游戏。驯熟的草鹞敏捷地追逐兔子、狐狸，让他感到格外刺激。

齐雅德眼睛微合，觉得腹中有些饥饿。女奴蹑手蹑脚地跪下，帮他脱掉了靴子，齐雅德赤足在柔软的地毯上来回走动。子夜时分，齐雅德仍无睡意，专门服侍他的厨役端来热气腾腾的食物。女奴垂着头请他吃一些东西，齐雅德挥手让女人离开。他不想吃任何东西，也不想让女奴侍寝。齐雅德需要体味饥饿的感觉，刺激野性，进一步激发斗志。

作为联军统帅,齐雅德仔细研究了双方的力量对比、各自所占的优势。昭武诸胡原本对大食心存忌惮,暗中交好大唐。但高仙芝对石国痛下杀手,吓到了河中诸王,让他们的态度发生转变。齐雅德清楚,直到现在,除了石国王子敢跟唐军死磕,其余的粟特人仍然心怀鬼胎、骑墙观望。对付大唐军队,必须依靠呼罗珊军团。远道而来的东方军队处于劣势,只要粟特人牵制他们的一部分兵力,他的目的就达到了。

大营寂静无声,经历血战的呼罗珊士兵昏沉入梦。营盘中弥漫着污浊的汗气,起伏的鼾声钻出帐篷。几名来自大食内地的随军书记官难以安睡,口中嚼着面食,在帐中吟咏大食诗人艾卜·森马木的诗句:"战士们抛弃了自己的故乡,不是为了寻找天堂,却是面包和椰枣,把你吸引到了远方。"

一名书记津津有味地提到了哈立德。出征前,齐雅德曾引用这位大食名将的话鼓舞士气:"你们看,那儿的土地肥美得流油,即使仅仅为了这一辈子的食用,我们为这些美好的土地作战,也心甘情愿。"

书记打了个呵欠:"哈立德是一名强悍的将军,他在哈里斯战役前用屠杀鼓舞士气。哈立德说,假如胜利了,敌人的血应当成为一条红色的大河,来磨制军用的面粉。"

巡夜的粟特骑兵听到书记吟诗,在帐外吐了口唾沫,军中的武士对于高谈阔论的白面书生向来轻视。前一天,粟特骑兵随队发动冲锋,经历了惨烈的厮杀。眼看大群武士疾风般从身后冲过去,杀死对手或是被对手干掉。和波斯武士一样,粟特人头一次见识陌刀。"本以为骑在马上对付步兵,比割除麦草还容易,没想到大唐步军死死钉在原地,简直就是妖魔。呼罗珊铁骑号称天下无敌,这次真是碰上了对头。"血腥的场面让粟特骑兵心有余悸,他们讨厌怛罗斯,只希望打赢了这一仗,带着封赏返回故地。这几名武士隶属于一支在呼罗珊军团内颇有声望的粟特铁骑,兵源来自于游牧部落。尽管跟昭武诸胡血缘相近,但他们认定自己是大食人。随着呼罗珊军府日益强大,游牧于河中地带的突厥、粟特部族首领逐渐归顺,众多精壮的骑手被抽调到军营,成为职业武士。有的人不堪役使,率部众进入安西境内,继续过游牧生活。对于归顺者,大食当局采取了怀柔政策,酋长们日益丧失斗志,满足于安居城市,享受酒肉和女人的生活,他们的行为和远在长安、乐不思归的突厥首领颇为相似。

加入呼罗珊军的粟特人打仗凶猛,受到主人的欣赏,其中一些武士跟随悉波林西征大马士革，帮助一名血统高贵的人夺取了大食王位。白衣大食变成黑衣大食，波悉林却遇到了麻烦。新登大位的君主不信任他，因为呼罗珊地理位置重要，聚集着帝国最精锐的军队。作为波悉林的亲信部将，齐雅德决意为身在内陆的主人分忧，他不但要解除来自大唐的威胁，而且要乘机开疆拓土。

　　齐雅德长夜难眠。大唐军营中，有更多的人孤枕难眠。三更时分，刁斗的余音消散，一名略通星象的白衣秀士走出军帐，仰望夜空察看星相。秀士看到客星相侵，光芒由弱变亮，主星忽明忽暗，似乎裂出几个模糊的芒刺。

　　"自我朝建都以来，西北天盘上的天狼星，时明时暗。如今星象微变，看来此番战事凶多吉少。"秀士自言自语，心生狐疑，返回帐中，他摸索着从布袋里找出三枚铜钱占卜，明白呈现出来的仍是凶兆。

　　当天夜里，熟睡的卢云梦回长安。他踏上一座酒楼，看到酒柜侧面排列了八只大瓮，里面盛满红绿酒浆，香气诱人。迷迷糊糊中，他看到了一头高大的白象，这种动物来自炎热的南昭，那个地方民风强悍，至今也没有臣服大唐。转眼间，白象跑得无影无踪，四周黑暗下来，出现了大群的野狼。卢云想射杀头狼，可是无论如何都拉不开弓。他吃力地抽出宝刀，撩动条条白光，狼嚎叫着在周围旋转。卢云丢了刀，开始大口饮酒，直至吸进了一条白虹，紧接着白虹变幻出好几种颜色，顷刻间化成闪光的碎片。幽寂中，他还看到酒楼墙壁上出现一条裂纹，成群结队的落魄寒士从墙缝中涌进来，大笑大吼，很快喝光了瓮里的酒。众寒士抹抹嘴巴，化成了一群乌鸦，缓缓从窗口飞出，消失在街市尽头。卢云翻个身继续做梦。他还看到一个喝得大醉的回鹘人，头上的皮帽落在路上。回鹘人手握短刀，大笑着追赶两个挑担的行人。卢云眼前晃动着一座宏伟的城堡，太阳黑中泛绿，城墙的影子一点点融化了……

　　中军帐中烛火通明，高仙芝伏案小睡了一会儿，睁开了布满血丝的眼睛。他吩咐侍卫煮了一壶浓酽的茶汤慢慢喝着，考虑破敌的对策。天很快亮了，探马报信说，又有一些黑衣骑兵进入呼罗珊联军的营盘。

　　敌军仍在补充人马，这让高仙芝更加焦虑。敌军声势浩大，官军处于劣势，在经历一场恶战后，已有将官萌生退意。孤军深入敌境，缺乏后续支援，仅此一条已犯了兵家大忌。如果官军撤退，大食人仍是赢家，河中地区将彻底被他们玩弄于股掌之下。

高仙芝急忙召集众将商议。无论形势如何险恶，他已下定了血战的决心。右威卫将军李嗣业说："我已经摸到了对方的路数。再次对阵，凭借我的陌刀，绝对有信心挫败黑衣大食的骑兵。"

帐中气氛活跃起来，偏将杨磻说："呼罗珊军号称天下无敌，我们对了一阵，感觉没那么可怕。"

高仙芝心中释然，命范伯阳拿来纸笔，当即拟定了赏格，将士凡有斩获，除了按军律规定的奖赏，都护府还将额外重奖。如果阵前擒杀敌将，即便是个普通马夫，也将报奏朝廷，以跟敌将对等的军阶封赏。高仙芝宣布，此战获胜，他愿将朝廷对主帅的赏赐全部拿出犒劳三军将士。

帐外吹进一股凉风，高仙芝感觉后背微寒。

"最为紧要的，是配置好骑步弓手和陌刀队，以对付大食人的六肢阵。"李嗣业说，"开战时，我亲率骑兵冲锋。陌刀队可以交给我的副将，希望秀实兄替我督战。"

"玩弄大刀非我所长。可惜田珍已调往别处，要是他在军中就好了。"段秀实咬了咬干裂的嘴唇，"我细察战场形势，发现敌军侧翼部署的多是诸胡兵马，稍显弱势。再度开战，我打算率一队人马跟拔汗那、突骑施人协同作战，首先用强弓硬弩迎敌，挫其锋锐，然后再用骑兵发动进攻，只要破了这些乌合之众，不但减轻了正面战场的压力，还能够迂回破敌。"

高仙芝点头称是，段秀实接着说："此次助战的番兵中，拔汗那王子、史那尔都值得信任。拔汗那人多，但战斗力稍弱，突骑施人善战，可惜人数太少。葛逻禄叶护倒是信誓旦旦地表示要血洗大食，只是他们至今尚未参战。"

"这个狡猾的叶护，临阵观望，必须督促他们全力出战了。"高仙芝说。

"葛逻禄人蛮悍骁勇，如果他们三心二意，后果难料。"段秀实仍然感到忧虑。

"我已经答应他们，拿下怛罗斯可以任其挑选战利品。我还要奏明朝廷厚赐金帛器物。只要有利可图，谅葛逻禄不会再隔岸观火。"高仙芝说，"开战时，让史那尔协助拔汗那人护卫我方左翼。葛逻禄人分兵协助杨磻巩固我方右翼，其大部分人马协助我方的主军团。"

调配已定，高仙芝目送诸将出了大帐，吩咐亲兵把紧帐门，除非有特别紧急的军务，否则任何人都不得打扰。他太困了，想好好睡一觉。

双方整整对峙了四天。到了第四天晚上，大唐军营悄悄传下将令，次日跟敌人决战。晚风吹过荒碛，发出低沉的回声。起伏的丘陵遮住视野，仿佛静卧了一群昏睡的野兽。卢云在营盘外巡视了一圈，冷月下矛尖闪闪发光，宛若一条左盘右旋的银蛇。时过中秋，怛罗斯的气候仍然昼热夜寒。这个夜晚，卢云能够感觉到空中流散的微弱湿意，胸镜上凝结的露气冷冰冰地透进了肌肤。

大营中临时搭起的刁斗显得单薄，负责瞭望的士兵专门配发鸣镝和梆鼓，只要敌军来袭，立即报信。

大营门口，一名年轻的军兵向卢云施礼。他认得卢云，低声下气地说："我从没到过这么远的地方，明天开战，总觉得心里凄惶。而且只要一闭上眼睛，就看到水在晃动。"

这名军兵出身于府兵世家，到了他这一代，尚武的传统已经失去。他在家乡学会了造纸手艺，因为箭法不错，才应募从军。

"虽说我骨子里喜欢当匠人，可到底是个男人。"军兵的声音提高了，"我可不敢辱没了先人。"

42

微妙的危局

太阳从地平线跃出,乌暗的天空骤然亮了。微微起伏的谷地涂满阳光,忽明忽暗的草原在阳光的照射下,呈现大片斑块。

两军对峙了四天,到了第五天的清晨,如同事先约好一样,同时开出营盘。双方所选择的战场,跟前几天的交锋地域略有不同,向南偏移了十几里,是一马平川、草叶稀疏的荒原。呼罗珊联军的背后是怛罗斯河,这个季节河水很浅,骑兵可以顺利过河。即将到来的决战,就地势而言,对双方都是公平的。

为防止敌军从右翼突破,高仙芝给杨幡增派了一千骑兵,要他抢占丘陵地带。拔汗那王子按照高仙芝的部署集中起全部人马,开向唐军左翼。段秀实率少量精骑协调左翼作战。

由于兵力不足,高仙芝把决胜希望寄托于中路军团。

按照既定策略,配合主力作战的是葛逻禄人,高仙芝要葛逻禄人调集骑兵,在双方展开厮杀之际,突袭呼罗珊军团。

拔营出寨的时候,葛逻禄叶护不停地打饱嗝,口中喷出秽气——他的食欲很好,刚吃完一只烤羊腿。两名琴师骑在马上,沙哑着嗓子吟唱一支古歌,反复表达对一条流满奶汁的河流以及某个部落英雄的崇仰。每当有战事,葛逻禄叶护都喜欢以这样的方式鼓励士气。古老的歌调,能够让他兴奋。

一天前,葛逻禄人到达了指定地点。为了打消高仙芝的疑虑,叶护亲自来到唐军大营。高仙芝微笑着谢绝了葛逻禄人送来的两个女子,说大战在即,任何人不得耽于享乐。高仙芝吩咐部下拿来一大块宝石、数十匹丝帛送给叶护,称赞他的忠勇。叶护说:"将军送给我这么多好东西,我知道该怎么回报。"高芝仙笑了,随后又让侍卫拿出一把宝刀。闪耀着寒光的刀锋让叶护眯起了双眼。

高仙芝说:"此刀是用汉中所出的一块镔铁炼成。天子曾向安西都护府赐刀一十五口,用来奖励西域王者。有这样一把刀,可以说是至高无上的荣耀。"

叶护打了个激灵,眼神有些迷离地说:"葛逻禄人会像草原上的恶鹰一样,撕碎大食人的身体,连同他们的骨头和皮肉一起吞下肚去。"

离开高仙芝的大寨,葛逻禄叶护匆匆回营。他在帐中转悠了半天,抽出高仙芝赠送的宝刀,把帐篷砍出一道豁口。那天夜里,两名呼罗珊使者在葛逻禄人的营寨中喝饱了酪浆。他们身穿葛逻禄人的服饰,除了叶护的亲信,没人知道他们的真实身份。

高仙芝回望高大的帅旗,感觉热血翻涌,烧烫了脸颊。他深吸一口气,示意旗牌官号令全军迎敌。

呼罗珊联军缓慢推进,在前锋与唐军相距两箭地时扎住阵脚,更多的人压上来,形成一堵密不透风的铁幕。

敌阵中传出刀盾撞击的轰响,高仙芝抽出肋下的障刀,厉声吼道:"接战!让呼罗珊人通通去死。"

呼罗珊军中响起瘆人的号角,大队骑兵席卷过来,马蹄践起冲天烟尘。安西铁骑迎头接战,呼罗珊军团的波斯武士纷纷抛出短矛,一些官军骑兵中矛,滚落到马下。转眼间,两个军团的骑兵融合成一片,展开激烈绞杀。与此同时,史那尔的骑兵从侧翼发起冲锋,迎战来自昭武诸国的骑兵。史那尔的武士以娴熟的射技不停地放箭,射杀冲在最前面的石国武士。敌兵将近时,史那尔指挥部下散开,让拔汗人接战。

鼓号的轰鸣声被马嘶人吼、兵器的撞击声淹没。沉寂的荒原黄尘遮日,震耳欲聋的喧嚣隐约传递到怛罗斯城中。

正面战场开战时,卢云率两个团队的五百骑兵前往丘陵地带,杨蟠给他的任务是占据有利地形,骚扰来犯的敌军,为后续赶来的四千骑步军赢得布阵设防的时间。

按照事先约定,葛逻禄部要分出一部分人马,配合右翼作战。葛逻禄人迟迟不

42 微妙的危局

露面，让卢云更加担忧。

远处的天空黄尘浮荡，传来的喊杀声似夏日池塘里的蛙鸣。战马竖起耳朵，卢云抹了一把脸上的汗水，意识到正面战场已进入恶战。右翼战场的平静只是假象。卢云命骑兵快速接近丘陵地带。葛逻禄人举动反常，不得不防。临行前，他已向主将杨燔说明了自己的看法。

杨燔的家世据说跟大隋皇帝有一些渊源。北朝西魏建国后，垄断朝政的鲜卑人宇文泰命有功将领分别继承鲜卑三十六大部和九十九氏族的名号，归顺鲜卑的异族部落也被迫这么做。杨燔先祖杨忠曾改姓为普六茹氏，杨忠的后人杨坚建立隋朝后才恢复了汉姓。后来李氏家族灭隋建立大唐，杨氏成为大唐臣民。杨燔一直奉大隋皇帝为先祖，同时又自诩为大唐的忠臣良将。

杨燔常把自己跟本朝初年的名将李靖相比较。在他眼中，卢云只是一个游侠出身的下级军官，见识未免短浅。卢云的建议，并没有引起杨燔的重视。

丘陵中心的断裂缺口足有一里多宽，卢云想要抢占要道，但是已经来不及了。伴随着马蹄轰鸣，敌骑如上涨的潮水，奔涌而出。

"葛逻禄人失信，必须向右翼增兵，巩固我们的阵线。"卢云要红毛绕开杨燔，直接面见高仙芝禀报军情。

"信一送到，我立刻赶回来。"红毛见卢云神色冷峻，赶紧飞马去了。

卢云决心为身后的主力部队争取时间，率军冲破敌阵。迎面接战的是一名白袍武士，手使超长弯刀。两军初次对战时，白袍武士曾跟卢云交手，他也认出了对手，有意要跟卢云决出个胜负。

猛彪的战马冲得更猛，拦住了白袍武士。猛彪紧紧缠住对手。两个人拼斗了十几个来回，白袍武士手中的弯刀向前推削，猛彪急忙格挡。两匹马交错而过。白袍武士顺势斜划一刀，这一刀力道很大，锋利的刀锋割透猛彪的皮甲，划出了一道裂口。

大食人果然凶猛，猛彪惊出了一身冷汗。

白袍武士策马追上来，眼看两匹马头尾相续，大食人的弯刀直劈猛彪头盔，卢云横冲过去挑开了刀锋。

白袍武士回马接战卢云，在用刀拨挡矛尖的同时，顺势削砍。弯刀很重，但是在白袍武士的手里轻灵多变，暗含杀机。卢云赶紧用矛杆斜压，化解了攻击。

卢云脱离了对手。一名执矛的黑袍武士赶过来，卢云侧身闪避，长矛擦过他的肋甲。黑袍武士来不及抽回长矛，已被卢云的矛刺进了腹部。

黑袍勇士翻落尘埃，四周跳跃的战马，把他踩踏得血肉模糊。

敌人足有三四千骑，就在卢云难以抵挡之际，杨墦派出的两千援军赶到了。双方陷入混战，趁此时机，杨墦将后方的一千名陌刀手布成圆阵，左右两翼各有二百骑兵掩护。

白袍武士再一次遇到卢云。他的嘴角闪过傲慢的冷笑，袍子破碎了，浸满鲜血，露出里面的锁子软甲。铁甲由大食良匠打造，以精密的铁环相套，防护功能极佳。吐蕃人同样精通这种制甲的手艺。

卢云虚晃一击，没想到白袍骑士奋力一削，手中的矛杆竟变成两段。大食刀千锤百炼，这把刀看来是大食刀中的上品。

锋利的弯刀直取卢云脖项，卢云避过刀锋，用手中的半截矛杆横扫对手腰肋。白袍骑士反应极快，刀锋回旋，用刀背将矛杆磕了出去。

趁着两匹马分开，卢云回手从背后抽出横刀。

黄尘呛眼，旋转在空中的太阳一片混沌。在马蹄的践踏下，野草变成了泥浆，混合着黏稠的鲜血。

呼罗珊联军恨不能一下子摧垮唐军，却一时难占上风。

从怛罗斯城赶来增援呼罗珊联军的石国骑兵，见唐军勇猛，想要退出战场。统领联军左翼军团的主将发现这一苗头，派出近卫军督战，连杀了几名退兵。石国武士只好重返战场。

呼罗珊左翼军团主将来到阵前督战。他看出唐军兵力不足，立刻将后备军悉数调出，从侧面迂回包抄。呼罗珊骑兵很快发现，唐军的后方，还设有一个配备少量游骑的步兵军阵，跟前面的骑兵相互呼应。三千呼罗珊骑兵分成三队，呐喊着发起冲锋。陌刀手在两翼的弓箭手和骑兵掩护下，顶住了两波攻击。

呼罗珊骑兵整军再战。约莫过了半个时辰，唐军的箭快射光了，弓弩手撤退到陌刀阵后，陌刀队收缩了阵容。呼罗珊军首领分出人马驱散唐军骑兵，随后集中所有兵力对付步兵。呼罗珊武士的新一轮冲锋格外勇猛，前面的人被砍杀了，后面的人继续踏着伙伴的尸体前进，有人甚至从马上跳下来投入肉搏。短兵相接，陌刀在

42 微妙的危局

近战中失去优势，凌厉的弯刀砍倒了一个又一个陌刀手。唐军弓弩手见形势危急，抽出横刀助战，双方绞杀成一团。危急关头，杨瑨率五百骑兵赶来助战，这是他手头仅剩的一点兵力。紧接着，高仙芝派出的五百援军也赶到战场。呼罗珊军退却了。

杨瑨清点人马，一千五百多名步卒死伤大半，步军首领身中数刀，已是奄奄一息。

唐军右翼暂时解除了后顾之忧，前沿战场激战正酣，双方绞成一团混沌，难解难分。紧跟卢云的只有十几名骑兵，其他人都被冲散了。卢云砍杀了一名石国武士，忽见手下的一名队正战马受伤扑地，队正刚从马身下抽出腿，一名呼罗珊武士纵马掠过，挥刀便砍，队正举矛招架。另一名呼罗珊武士也赶了过来，抢刀斜劈，队正的头被削掉，喷出一腔鲜血。安西军中的一名吐谷浑骑手，刚夺了匹战马，被斜刺里冲出的呼罗珊武士砍落马下。这名武士左手持镀银圆盾，右手执一柄弯刀，脸上浓须卷曲，双目有神，看样子是个波斯人。一名官军小校伸矛便刺，波斯武士用盾一挡，小校来不及收矛，被对手一刀砍破头盔，身体歪倒在马背上。

卢云左冲右撞，试图召集骑兵攻击敌军核心，取敌主将。银盾武士循声追来，手中的弯刀旋转不定。卢云回望一眼，感觉对手的刀锋宛若一抹清冽的月光，滑过周身肌肤。卢云回马迎战。银盾武士低垂的弯刀划出一道银线，在举过头顶之际飞快翻转，斜砍卢云。卢云轻转横刀挡住对手刀锋，迅速回敬了一刀。银盾武士抬起盾牌护住头部，磕开横刀，随即用弯刀进攻。两个人交手几个来回，谁都没占到便宜。

杨瑨关注战场上的动向。为了拖住敌军，他只能任凭自己的人马一点点耗尽。杨瑨知道葛逻禄人靠不上了，急派信使向高仙芝求援。

葛逻禄人传来消息，背后出现了大食军队。高仙芝怒骂葛逻禄人无耻。根据探马回复，葛逻禄人的大营附近确实有一小队大食骑兵，葛逻禄部约有六千人马，这么一点敌军根本构不成威胁。

左翼有段秀实坐镇，看样子还能支撑。右翼敌军势大，恐怕坚持不了多久。让高仙芝略感欣慰的是，正面战场敌军伤亡惨重，李嗣业的陌刀队顶住了呼罗珊军骑兵的进攻。敌军受挫，让安西骑兵恢复了士气。高仙芝准备趁敌军再次进攻受挫后，发动反攻，彻底撕毁敌军的阵线。

杨瑨的信使气喘吁吁地来见高仙芝。

高仙芝面色铁青，接到红毛报信，他已经派出五千骑兵驰援杨瑨。正面战场压力极大，几乎没有兵马可调了。

"回去告诉杨将军，哪怕全部战死，也要顶住大食人。"高仙芝说。

使信低头无语。

"赶紧给我滚回去。"高仙芝抽出刀。

使信跳上马，一溜烟赶回战场。高仙芝轻吸一口气，嘱咐安虎去葛逻禄人的大营，催促葛逻禄叶护立即发兵，并转告他，已经上表朝廷为他请封。如果战胜大食人，葛逻禄人将成为北方诸部的可汗。

"打完这一仗，我要射死那个蛮胡。"安虎说。

高仙芝叫住安虎，让他带红毛和几个亲兵前去。高仙芝留住红毛，是因为他懂得胡语，关键场合可以充当通译。高仙芝传令再派五百骑兵驰援右路。这些人原本是运送粮草的老弱兵员，战斗力很差。高仙芝捉襟见肘，只能采取添油战术，尽量为中路战场争取时间。

杨幡明白身处绝境，已做好与敌军玉石俱焚的打算。

呼罗珊骑兵有如摆脱不掉的噩梦，弥漫在四周。卢云在敌骑中穿梭，寻找银盾武士。

一名石国武士被卢云砍伤，逃离了战场。另一名身材魁梧、满头黄发的武士持矛直刺，卢云刀锋上翻拨转矛头，随即旋刀推击，借助马的冲力，刀尖割断了对手的脖子。黄发武士栽落马下，一只脚还挂在镫中，被马拖出了百步开外。

银盾武士连杀了三名官军，出现在卢云面前。

他用盾牌格挡卢云的横刀，弯刀直取卢云的马头。卢云抽刀格挡，化解了凶险攻击，两个人的马几乎迎面相撞。

唐军右翼步兵再次受到攻击，杨幡把所有人马都投入战场。他的右臂中了一箭，只能左手持刀，大声呼喊。

卢云隐约看见一面高大的战旗，猜测旗帜附近有敌军的重要将领。于是召集了二三十骑，猛冲过去，眼看快要接近战旗，身后只剩下七八个官军武士。周围敌骑众多，卢云连杀数敌。卢云看到一匹高大骏马，端坐马上的是一名黑袍将军。

银盾武士影子般贴上来，弯刀直劈卢云的后背。卢云回身斜挑了一刀，银盾武士收刀招架。前面涌上来一群呼罗珊武士，卢云见偷袭不成，只能微带马缰，让坐骑稍变了方向。银盾武士紧跟不舍，从侧面冲过来一名官军武士。银盾武士避过刀锋，两匹马险些撞到一起。银盾武士用盾牌使劲一磕，盾角擦在对手的太阳穴上。银盾武士挥盾再击，结果了对手的性命。

银盾骑士追了上来，卢云拨转马头迎击。两个人有意放慢马速，银盾武士的弯刀直劈卢云头顶，卢云用刀背轻盈地撩开弯刀，随即猛磕对手的盾牌。银盾武士身躯略晃，弯刀划出一个圆弧直取卢云脖颈。卢云在格挡的同时变化了手法，用横刀推刺对手额头。银盾骑士回刀不及，向后闪避，刚避过刀锋，卢云的横刀又变换角度砍削过来。两匹马缓慢地交错而过，卢云的刀稍快了一点，在弯刀接近他头盔的瞬间，削中了对手的臂膀。银盾武士的弯刀沿着卢云头盔的护耳擦了过去。

受了伤的银盾武士催马便走。

卢云想要追杀对手，忽然听到后面有人高声呼喊："葛逻禄人反了！"

43

沙暴

正面战场呈胶着状态。

呼罗珊骑兵从三个方向发动轮番进攻。狂烈的冲锋让呼罗珊军死伤惨重,几乎撕破了唐军阵营。骑兵受挫后,呼罗珊军出动了手持高大盾牌的步军,稳步推进。进入有效射程后,呼罗珊步兵向唐军阵地射箭,大唐的弓手跟对方展开对射。高仙芝仔细观察,传令陌刀队缓慢后撤,脱离对手的射程。准备出动左右两翼的骑兵夹击对手。呼罗珊军再次利用骑兵进攻,这一次,唐军骑兵主动迎战,打退了呼罗珊军。

高仙芝原打算发动全面反攻,他仔细观察了战场形势,认识到目前最好的结果是保持实力,全身而退。

齐雅德觉察到了唐军的意图,除了极少一部分预备队,传令集中所有兵马出击。呼罗珊联军弥漫在旷野上,摆成了一个看不到边际的庞大扇面,直压过来。冲锋在最前面的是重甲骑兵,为了压垮对手,齐雅德掏出了全部家底。

李嗣业喊哑了嗓子。他脱掉身上的铠甲,挥刀挺立在阵前。号角手铆足了劲儿,吹出了军中流行的一段曲调。陌刀队的大小头领闻听角鸣,扯开喉咙放歌,声音嘶哑苍凉,回旋在阵中。

呼罗珊武士冲了过来,晃动雪亮的弯刀,发出震耳欲聋的呐喊。成群的呼罗珊武士被陌刀砍倒,战马踏进唐军的刀阵,前排的陌刀手倒地,被马蹄踏烂。后面的人立刻填充上去,挥刀猛砍。从马上摔落的呼罗珊武士非死即伤,也有不少人从地上跃起，冲进陌刀阵狂劈乱砍。呼罗珊军中还有一队手持战斧的武士，这些力大无穷的蛮人据说来自大食北方的草原。

李嗣业手中陌刀翻飞，接连砍倒了十几名呼罗珊武士。一名高声狂吼的陌刀队首领肚子被弯刀划开，血涌如注，用尽最后的气力砍伤了冲过来的一名斧手，倒地身亡。唐军的四名号角手被杀，号角声停止了。

呼罗珊骑兵再一次被击退。

风吹来呛人的尘土，泥汗顺着脸颊流进袍领。遭遇劲敌，拼死一搏或能扭转形势。据高仙芝判断，大食联军约有六七万人，其核心力量，应该不超过四万。呼罗珊联军差不多投放了所有力量，自己的手中尚有三千精锐骑兵作为预备队。只要葛逻禄人及时助阵，战场上的微妙局势会马上改观。

高仙芝仍没有放弃决战的念头。让他格外揪心的是派出去的信使没有动静，曾经信誓旦旦的葛逻禄人，活像躲藏在暗处磨牙的老鼠，始终没有露面。

唐军的左翼战场也快要支撑不住了。

石国王子堪素率领三千骑兵，配合右路五千呼罗珊联军猛攻拔汗那人的阵地。在史那尔的协助下，拔汗那王子勉强稳住了阵脚。

面对滚滚涌来的敌骑，史那尔心中闪过不祥的念头。强盛一时，周旋在大唐和大食人之间的突骑施人，曾经让散布于河中地带的昭武诸胡屈服。如今，突骑施人四分五裂，击败吐脱后，史那尔所能纠集的部众不过二三千帐。一些新近归附的人很难保证忠诚，这是史那尔的一块心病。要想整饬部族，必须和高仙芝搞好关系。与此同时，史那尔不太情愿跟河中诸胡和大食人彻底闹翻，但是迫于情势，他别无选择。史那尔希望唐军获胜，但是呼罗珊联军装备精良、骁勇善战，又在人数上占有优势，让他感到前景难料。

史那尔吩咐手下人用弓箭射杀对手，尽量别绞杀纠缠。眼看突骑施人四处游蹿，射杀了一个又一个粟特武士，堪素气得破口大骂。堪素率领的骑兵有一多半来自河中诸国，诸胡没心思给这个倒霉的王子当替死鬼，发现突骑施人难对付，纷纷退避。堪素砍杀了两名西曹武士，试图稳定军心。

齐雅德预料右翼形势不妙，派出三千波斯骑兵驰援。

堪素身中数箭，凭借坚厚的皮甲，毫发无伤。波斯骑兵的助阵扭转了形势，史那尔和拔汗那人竭力抵抗。

两边的骑兵展开对搏。混战中，史那尔认出了堪素的旗帜，他憎恨收留过吐脱的石国王子，催马冲了过去。

史那尔到了近前，一刀砍杀了王子的旗手。

堪素知道史那尔的手段，拨马回避。

"杀掉那个骑汗血马的突骑施首领。"堪素高喊，"无论是死是活，任何人杀了他，都将得到十名漂亮女奴，还有一千头绵羊。这是我个人的奖赏。"

附近的波斯武士兴奋起来，蜂拥着扑向史那尔。这些人中包括泰西封人、呼罗珊人，甚至还有两名来自大马士革、应募从军的职业刀客。史那尔的卫士被冲散了，一时难以驰援主人。

激烈的交锋中，一柄斧刃从史那尔的左臂擦过去。史那尔没等对手收回战斧，挥刀斩断了他的肩胛骨。一名石国力士从背后挥矛偷袭，史那尔抽刀扭身，力士的矛刺空了，二马相并，史那尔手中的刀向上一撩，利落地削中对手的下巴。史那尔再补一刀，结果了对手。

史那尔满身污血，越战越勇，随后又斩杀了一名泰西封刀手。

围堵史那尔的武士不敢接战。除了肩部受了点轻伤，史那尔全身而退。

段秀实率轻骑增援左翼，冲散了迂回而至的一队呼罗珊骑兵。援军的到来，让几乎绝望的拔汗那人振奋起来。

史那尔终于靠近堪素，他单手夺过一名石国武士的长矛，刺中王子的马腹。战马带着矛暴跳起来，将堪素甩落马下。史那尔打算冲过去结果堪素，被几名石国武士拦住。王子从地上跃起，安西军的一名小校拍马过来，王子躲过呼呼生风的横刀。小校刚要拨转马头，被一支冷箭射穿了咽喉。石国骑士将小校的尸体扔到马上，夺过他的战马送给主人。史那尔转回身，看到王子已经上了马。小校的坐骑试图甩掉陌生人，堪素用力一踢马的肚皮，战马长嘶一声屈服了。

石国武士护卫王子脱离战场，战马踉跄扑倒在地。战马身上受了两处伤，再也支持不住。堪素狼狈起身咒骂了两声，拔出短刀，从侧面插进马的心窝。战马大口喘息吐出血沫，眼波逐渐暗淡，两只痉挛的后蹄无力踢蹬着尘土。

44

兵败山倾

葛逻禄叶护冷眼看着吐脱。叶护刚喝了一皮袋葡萄酒，脸色变得难看。两名呼罗珊使者紧张起来，担心这个喜怒无常的人改变主意。

草地上晃动着一群骑手的影子，紧接着又来了两名打扮成葛逻禄人的呼罗珊使者。他们带来的礼物中，最惹人注目的是十几匹高头骏马。葛逻禄骑士发现，马匹毛色各异，背部都有两条隐约可见的肉脊。善于识马的人一眼便能看出，这些马是宝马中的良驹。

新来的使者带着一些沉重的羊皮口袋，除了珠宝，还有出自吐蕃、天竺的大块香料。

丰厚的礼物让叶护的眼睛放光。

使者夸张地说，呼罗珊联军现在共有十万大军，大食新派来的援军还在日夜兼程地赶赴怛罗斯。决战中，高仙芝的军队将被碾成沙尘。

吐护微微合上眼睛，他不想让态度谦和、软中带硬的大食使者看破心事。叶护的眼前扬起白沙，草原和土地摇晃着，柔软的风滑过脸皮，仿佛感觉到冷冷的刀锋如河水一样围着他打转。叶护还看到了来自波斯故地的美女，流香的躯体丰盈而富有弹力。

叶护睁开眼，仍没有拿定主意。耳畔传来的马蹄声让他警觉，帐外的武士报告，高仙芝派来了使者。

安虎下了马，抹一把头上的泥汗，让红毛和几名随从等在帐外。安虎平日骄狂自负，做起事来却颇有心计。他低声嘱咐红毛注意葛逻禄人的动静，一旦有变赶紧设法脱身。

安虎径直闯进大帐。

葛逻禄人的各路首领分列帐下。安虎看到一名奇服异香的女子跪在叶护身边，手上端了一只盛满肉干的盘子。

安虎皱了皱眉，想走近叶护。两名葛逻禄卫士拦在面前，肥壮的身躯挡住了安虎的视线。安虎用力推开一名卫士，女人惊叫了一声，叶护拍拍她的屁股，让她保持安静。

安虎感受到帐中异样的气氛。

吐护抬头看了看安虎，示意他说话。

"两军正在厮杀，叶护大人为何按兵不动？"安虎质问道。

"我一直在等待机会。"叶护平静地说。

"呼罗珊人快撑不住了，现在正是进攻的最佳时机。"安虎强压住火气。

"我看未必吧。"叶护瞅了一眼呼罗珊使者。

盘坐在红毯上的吐脱突然起身，向安虎抛出一把短刀。安虎躲闪不及，被刀子划破了脸颊。

"吐脱，你竟躲在这里。"安虎抹了抹脸上的血迹，抽出了障刀。

"把他给我拿下。"叶护打落女人手里的铜盘，黑乎乎的肉干撒到地毯上。女人躲藏到叶护的身后。

几名葛逻禄首领早已拔出了刀。安虎拼命抵抗，障刀断成两截，被众人摁倒在地。

"葛逻禄人造反了。"安虎大声呼叫。吐脱拾起断刀，敲落了安虎的几颗牙齿。

安虎满嘴是血。

红毛关注着帐中动静，他同守在身边的葛逻禄武士攀谈，自称是同族同种。两名监视他的葛逻禄武士放松了警惕。听到安虎的喊声，红毛反应极快，抽刀砍翻了替他牵马的武士，飞身跃上了马背。另一名武士刚拔出插在地上的长矛，红毛反手一刀砍断了他的胳膊，接着身子一伏，催马蹿出葛逻禄人的大营。

安虎的亲随反应慢了，被周围的葛逻禄武士围住。他们拔刀反抗，很快便被杀死。

44 兵败山倾

安虎被带到帐外。一个眼珠充血，面带刀伤的葛逻禄首领抽出尖刀，向刀锋上吐了口唾沫。

安虎紧闭双目，仰天大喊："都护大人，给末将报仇呵。"话音未落，尖刀刺进了安虎的心窝。

大帐中一片混乱。葛逻禄叶护本打算继续拖下去，坐山观虎斗，却被安虎的突然出现打乱了算盘。

叶护咬牙下达了反水的命令。吐脱欢喜异常，跌跌撞撞地跑向叶护，请求给他一支人马，杀了高仙芝复仇。叶护冷笑着给卫士使了个眼色，让吐脱出帐点兵。吐脱离了大帐，跟随他出来的叶护亲兵脸色一变，一刀扎进他的胸口。

葛逻禄骑兵冲出营盘，沿两个方向向唐军的背后发起攻击。一支骑军端掉了拔汗那人的老营。另一支骑军，直接抢占空虚的唐军大营，夺取辎重。得手后，葛逻禄人又分兵向唐军主力发起进攻。

当葛逻禄骑兵席卷而至，唐军还以为援军到了，没想到却是被葛逻禄人从背后冲破了阵营。

呼罗珊联军正准备实施新一轮攻击。齐雅德来到阵前，隐约看到远处升起四缕暗黄烟柱。这是派往葛逻禄大营的使者发出的信号。齐雅德按捺不住心头狂喜，贪财的葛逻禄人在这个时候背叛，可以说是恰到火候。

齐雅德命令全部骑兵出动，以人数上的优势压垮唐军。

逃脱出来的红毛刚将情况报给高仙芝，葛逻禄人已经发动了进攻。正面战场上，呼罗珊骑兵如潮水般涌来，冲在最前面的武士，全部内穿环甲，外罩黑袍，乌压压的人马，宛若遮天盖日的浓云。

高仙芝传令收缩兵力，稳定阵形。

李嗣业浑身是血，飞马来到高仙芝身边。李嗣业说，前面的骑步兵濒临崩溃，必须马上突围。段秀实也带领一队残兵来见高仙芝，说拔汗那人腹背受敌，已经溃不成军了。

高仙芝极力保持镇定。他深知一旦全线崩溃后，只能任人宰割。他命令两名郎将各率八百骑兵迎击葛逻禄人，这些骑兵是他最后的家底。

高仙芝随后吩咐仅剩的五百近卫骑兵和近千名步兵原地紧守，试图稳定战线。

李嗣业看到陌刀队的旗帜缓慢倒下，准备重返战场。高仙芝拦住了他，让其留在身边御敌。

　　葛逻禄人遇到了官军骑兵的抵抗，厮杀了一阵后退出战场。叶护只想获取财物，不想让自己的人有太大伤亡。战机难得，呼罗珊联军看到胜利在望，欢呼呐喊，全线推进，唐军的阵地被冲击得四分五裂。

　　大群呼罗珊骑兵突进到了唐军的核心地带，高仙芝令将士围成圆阵，拼死抵抗，阵前堆满了尸体。呼罗珊武士隐约看到大唐帅旗，更激发起斗志，掀起了一波又一波进击狂澜。混战中，敌骑冲开一个缺口，一杆标枪飞过来，高仙芝身边的一名卫士被刺穿了胸膛。

　　高仙芝挺立不动。李嗣业挥动陌刀砍杀了十几个冲到近前的呼罗珊武士。危急之际，驱退了葛逻禄人的一队骑兵返回来救护主帅。李嗣业、段秀实聚集起身边所有残兵保护高仙芝，且战且退，向后方杀开一条血路。

　　此时，右路战场上，呼罗珊联军继续增兵，主将杨翻身陷重围，死战不退，眼看着敌骑即将冲过来生擒自己，拔刀自杀。左路战场上，拔汗那王子率残部逃离，史那尔见大势已去，也只能夺路突围。

　　后退的唐军迫使葛逻禄人让出一个缺口。黄昏时分，夹杂在数千败兵中的高仙芝来到一个山口，大群逃离战场的拔汗那人蜂拥在此，堵住了道路。眼看追兵将到，李嗣业从亲兵手中夺过一根大棒，来到前面开路。李嗣业挥棒乱砸，一名拒不让路的拔汗那武士当场丢了性命。李嗣业大声吼叫，呼喝众人让路。拔汗那人终于闪开了一条通道。

　　高仙芝一行过了山口，走了没多远，段秀实赶上来拦住李嗣业。

　　"将军是威名赫赫的陌刀将，带头脱逃，难道不怕天下人耻笑？"段秀实说。

　　段秀实的话刺痛了李嗣业。

　　"你给我走开。"李嗣业向段秀实挥了挥大棒。

　　段秀实转过头去。李嗣业顺着他的视线回望，看见西边的天空尘土飞扬。

　　李嗣业的脸涨红了，立刻带几名部下原路返回，并收拢了千余名溃兵迎敌。过了山口，追兵看见唐军返身迎战，变得迟疑起来。

　　段秀实命人簇拥着高仙芝择路东行，李嗣业挥兵断后，追兵不敢贸然进攻，终

44　兵败山倾

于退走了。

李嗣业松了一口气。漠野向四周延伸，夜幕逐渐闭合，东边的地平线冷若圆滑的刀锋，白烟弥漫，烘托出半轮冷月。寒气渗透了肌肤，身边的将士默不作声。李嗣业悲从心起，举起手中的陌刀奋力砍向一块青石，火光飞溅，刀刃竟折成了两段。

高仙芝一边退却一边收拢残兵。军中辎重损失殆尽，幸好遇到了一支运送粮草的车队，补充了给养。到了第二天，突出重围的骑兵陆续出现在后方，红毛受了几处轻伤，夹杂在一队溃兵中，到处寻找卢云。

一名身负重伤的火长，是红毛的部下。火长告诉红毛，葛逻禄人的骑兵抄了右翼军团的后路。他最后看到卢云时，双方仍在混战，卢云的肩上中了一箭。

"大食人胜了，他们呼喊着要我们投降。"火长轻轻喘息说，"我渴坏了，身上的血怕是流干了。"

红毛从马背上解下水袋，扭转身，看到部下已经闭紧了眼睛。

第二天中午，高仙芝收拢了约四千残兵。他找来李嗣业和段秀实，吩咐把没受伤的士兵召集起来，准备杀一个回马枪。

段秀实和李嗣业交换着眼色。段秀实劝道，败局已定，回去再战只能赔光老本。

"仙芝蒙天子厚待，不能开疆拓土，竟败给了大食人。我已经没脸再回去了。"高仙芝跺着脚说。

"如果不是葛逻禄人私通大食，从背后下手，我军未必失利。眼下敌强我弱，只有确保安西无虞，才能不负朝廷的重托。"李嗣业安慰道。

"大人胸怀四海，何必介意这样一场战事。"段秀实附和道。

"当初葛逻禄叶护回避见我，已证明他心中有鬼。更可恨的是，他派来为质的酋长也趁乱跑了。"高仙芝懊恼地说。

退往安西的路上，高仙芝陆续得到一些消息：拔汗那王子带领败兵连夜返回故地；史那尔的去向不明；呼罗珊联军伤亡很大，停在原地瓜分战果，不肯继续追赶败退的唐军。右翼军团相距中军较远，尽管再没有消息传来，高仙芝心里清楚，杨璠的军团肯定全部覆灭了。

返回龟兹后，高仙芝连续多日闭门不出。这一场惨败导致号称天下精锐的安西兵马损失大半，想重整旗鼓绝非易事。葛逻禄人背后伤人，让高仙芝恨不能活剥了葛逻禄叶护的皮。但是葛逻禄人军力强大，盘踞草原，之所以敢背叛，正是凭借着自身雄厚的实力。想灭掉他们，几乎是不可能做到的。更让高仙芝揪心的是，天子如若知道这场大败的真相，肯定龙颜大怒，一些心怀妒意的大臣也会借机上表，指责他擅开边衅，葬送了安西的精锐部队。

成者王侯败者贼寇。世事难料，人们乐于锦上添花，又有几人肯雪中送炭？高仙芝左思右想，郁闷得恨不能砍掉自己的脑袋。

45

寻仇

天快黑了，呼罗珊左翼军团彻底摧垮了唐军防线。

混战中，卢云带领二三十名部下突破重围。他的后背受了点轻伤，几乎没流血，糟糕的是左肩中了一支流矢。卢云折断箭杆，箭头留在皮肉中。伤口很疼痛。

原野上刮起风，微弱的马嘶声传来，融化在越来越浓的夜色中。卢云努力辨识方向，回想白天的激烈交锋，心头百感交集。两军对阵，原本是一场豪赌。最关键的时刻，葛逻禄人的背叛彻底改变了战局。为利所驱，任何盟誓都变得如此脆弱。卢云的心头涌起莫名其妙的孤寂，恍惚又回到了长安。晴朗的日子里，通向帝京的驿路上尘土在日光中起伏飞扬，求取功名的各路士子，或骑马或徒步，匆忙涌入城中。功成名就会意气飞扬，受挫失意则变身为一只只受惊的狐狸，躲到枯草窝中呜咽舔伤。

夜更深了，借着冷月的清光，一名老兵从袋子里摸出块烤肉，用刀割成两片，递一片给卢云。

"好像是马肉。莫非你们杀了坐骑？"卢云说。

"这是上好的驴肉！"侥幸活下来的老兵属于辎重部队，他嘟囔着说，几天前，一匹送运粮草的毛驴受伤。队里的军官吩咐杀驴烹煮，每一个军兵都分到了一块驴肉。

卢云依靠星辰辨别方向。一行人摸黑转向东方，午夜时分才停下来，利用背风的荒坡扎营。

安顿好部下，卢云松口气，解下鞍袋，摸索着掏出一小块面饼，掰碎了送到青花骢嘴边。马儿同样疲惫,亲昵地用头蹭着主人的脸颊。困意涌来,卢云强睁双目,解开甲胄,凝血已经粘住内衣。手下人生起一堆火,卢云在鞍袋中摸出一包金疮药末,暗想若有葡萄酒垫底,自可抵挡剧痛。身处荒蛮,残存的食物尚难支撑两天,如何能有美酒?卢云暗自苦笑,吩咐一名有疗伤经验的老军把尖刀在火上烧过,帮忙处置伤口。两名士兵左右夹持卢云,老军手脚麻利地割肉剜出箭头,挤出一股污血后,再把药末撒进了创口。老军用一块丝绸为卢云裹伤,疼得他满头冒汗,硬是咬紧了牙关。

第二天黎明,卢云从昏睡中醒来,觉得恢复了许多气力。他牵马走到坡顶,放眼察看周围的动静,附近是怛罗斯河的一条支流,恍惚中,有七个黑影缓慢地靠近。卢云凝视良久,根据骑手的身姿判断,对方应是被打散的官军。

卢云下了坡地,迎住了来人,领头的骑手竟是猛虓。

"彻底完蛋了!咱家的兵马败了阵,被蛮子们背后捅刀子,暗算了。"猛虓神情沮丧,指指身边的一个壮汉,"李将军的人马都被打残了。这个兄弟是陌刀手,失利后,好容易夺了匹战马突围出来。"

让卢云略感安慰的是,陌刀手看见高仙芝的中军人马突出了重围。他招呼猛虓回营地休息。风停了,四野静寂得瘆人,弥漫着濒临死亡的气息。呼罗珊联军没有派人马搜索附近的战场,让卢云感觉意外。眼下最重要的是,他必须把这支队伍带回龟兹。卢云仔细回顾战场的地形走势,决定避开敌军容易聚集、休整的地带。

确定了大致路线,卢云带队沿真珠河行进,果然避开了呼罗珊联军,沿途没碰到一股敌人。更让他欣慰的是,沿途收罗残兵,手下已经聚拢了将近二百人马。

当天傍晚,卢云的人马接近一片绿洲。他感觉身体发沉,口中焦渴,伤口隐隐作痛。卢云振作精神,双腿微微收紧,青花骢扬脖轻嘶,撒开四蹄小跑起来。

卢云接近一片黑胡桃树林,忽听马嘶人沸,一支响箭钻向半空。紧接着一队骑兵冲出来,发出嗬嗬的呼叫。

"吐谷浑人!"猛虓惊呼着抽出横刀。

双方对峙了片刻,卢云看清对面只有一百余骑,料定敌人不敢贸然挑战,示意全队撤退。卢云率人折回真珠河,渡河后走了没多久,迎面遇到东曹国的骑兵。双方互通了信息,东曹国亲近大唐,带队的酋长曾和官军有过交往。眼看这队官军人困马乏,酋长留下七八只肥羊,卢云连连称谢,将缴获的一口上好弯刀作为礼物回赠。酋长心中欢喜,解下随身携带的牛耳短刀,硬是塞给卢云。

告别东曹武士,卢云带人继续南行。两天后,他们进入山地。卢云亲自向当地牧人打探,得知转过前面的山口,有一条路可直达疏勒。

卢云选择视野开阔的草地扎营,在四周布下了哨马。半夜时分,猛彪带人捉住了两个吐谷浑人,把他们揍得鼻青脸肿。吐谷浑人咬紧牙关,什么都不肯说。等他们被带到卢云面前时,其中的一个人苦熬不住,终于供出实情,承认是白驹部下的小头领。

俘虏说,白驹是个顶天立地的人物,自从连云堡失守后,性情改变了许多。白驹这个人,乐意把好东西分给部众,唯独对女人特别贪心。史那尔带走慕洛公主后,白驹茶饭不香,心怀怨恨。返回故地,白驹设计夺取了一个吐蕃山寨,自立为王。白驹从抢来的女子中,挑选了七八名美女轮流陪侍,任何手下人哪怕多瞅他的女人一眼,他都会大发雷霆。尽管这些小母狗个个漂亮、迷人,白驹有时仍然魂不守舍。部众们私下里议论,白驹鬼迷心窍,心思仍放在慕洛公主身上。一个月前,白驹避开官军关卡返回了安西,四处藏身的狮子鼻得到消息,带了一些人前去投奔。白驹隐藏在山谷中,准备袭击史那尔。没想到史那尔把老营扎在疏勒城附近,防范得十分严密,根本找不到劫营的机会。如今白驹心灰意冷,已做好返回故地的准备。

第二天,卢云换上吐谷浑俘虏的皮袍,又仔细挑选了三十名精壮骑兵,打扮成牧人模样。他命令两名俘虏带路,直奔白驹的营地。直通山口的是一片泛着微黄光泽的沙地。附近有一个沼泽,沙柳低迷,乌油油的水面弥漫着湿气。卢云吩咐猛彪率部留在附近接应,遇有风吹草动见机行事。

卢云进入山口,眼前出现一片平川。过了没多久,对面出现了三个骑手。卢云示意用麻布塞住俘虏的嘴巴。对面的骑手取下弓箭。卢云用吐谷浑人惯用的手势致意,缓缓靠了过去。

对方有些犹豫不定。

卢云继续前行,手持弓箭的骑手看清了他的模样,惊叫一声,身子略微一抖,卢云急忙伏身,一支箭从头顶射了过去。

年轻的吐谷浑俘虏看见来了机会,纵马脱逃。被捆缚了双臂的吐谷浑少年使劲夹住马的肚皮,身体向前倾斜。这个刚断奶便粘在马背上厮混的胡儿骑术高超。那匹马原本是他的坐骑,懂得主人的心思,奔跑得极快。另一名俘虏试图挣扎,结果肩背挨了一刀,翻身落马。

白驹手下的三名探马嗬嗬尖叫,回马便走。吐谷浑少年的马从卢云身边掠过,斜刺里跳开。卢云顺手用矛一点,伤到了马的屁股。

卢云策马狂奔,放箭的骑手丢了弯弓,回身用刀反击。卢云挥矛将刀挑飞,顺势刺透了对手的肋骨。另一名吐谷浑武士圈转马头,试图从侧面攻击。卢云抛出长矛,对手伏身闪躲,矛扎空了。卢云抽刀追敌,马蹄践起大团草叶。眼看二马相并,卢云纵马一跃超了过去,横刀向后一挥,取了对手性命。卢云杀了二敌,望见受伤的吐谷浑少年冲进一片胡桃林,那匹马向前一蹿,少年从马头上飞出去,撞中了一棵胡桃树干。

剩下的一名吐谷浑人依仗马快,逃出树林。卢云带领手下人紧追不舍,眼前出现一片草地,低矮的帐篷疏疏落落,紧挨黑黝黝的树林,仿佛弥漫了雾气。

卢云认定中央的大帐篷,率众扑过去。忽见树林中旌旗招展,涌出大队骑兵。旗子格外醒目,底子是雪白绸缎,旗面用绵密的黑丝绣出一头面目狰狞的黑牛。

对方足有三四百人,旗帜下闪出一匹白马,马上的首领身穿白袍,瘦削的脸膛黑里泛红,正是白驹。

白驹手持一柄长刃弯刀,身边有两员战将拱护。一将手执马槊,身披锁子甲,头盔罩了细密的铁环,只露出阴冷的双眼,看样子是来自西边的粟特人。另外一将面目丑恶,三分像汉,七分似胡,手执宽刃砍刀,脸颊横贯一条刀疤。卢云认出,带疤的恶汉正是狮子鼻。

白驹冷笑道:"卢云,你三番五次坏我好事,这回死定了。"

身披环甲的粟特人不等白驹下令,催马奔向卢云。粟特人伸槊便刺,卢云挥刀格挡,感觉对手的力量惊人。

两个人回马再战。卢云有意高举横刀,暴露出胸部。对手发动进攻,卢云一闪身,放长槊紧擦肋部刺空,横刀顺势平推划过对方的胸脯。锁子甲十分结实,这一刀力道不够,对方毫发无损。两个人拨马继续交手,卢云抓住时机,在运刀拨开长槊的同时,一刀劈中对手的头盔,粟特人受了重创,拨马跑了。

45　寻仇

狮子鼻知道卢云的厉害，勒马不动。白驹发怒，亲自来战卢云。

白驹的刀法融汇了吐蕃、大食刀术的精华。他还专门研究过各路横刀手法，深谙破解之道。白驹眼毒，已经看出卢云身上有伤，他想趁机结果卢云。

两个人争斗了十几个回合，白驹的刀几次从卢云头颈旁边划过，都被及时化解。

白驹狂笑道："好刀法，可惜你挺不了多久。"

两人周旋了约一刻钟，卢云似乎略有松懈，白驹感觉抓到了机会，挥刀直取他的面门。卢云举刀格挡，白驹的刀锋瞬间变了三变，上劈落空后随即左削右抹。白驹的这把刀背脊厚重、锋口锐利，刀身略有弯曲。卢云的横刀同样是由著名工匠锻造，毫不顾忌地以硬碰硬。卢云运刀化解白驹的攻势，随即直劈他的面门。白驹回刀封挡，卢云在手中的刀向下滑落的瞬间，逆势向上一撩，力道减弱了，但是刀速极快。白驹稍微迟了分毫，被刀尖划过脸颊，削掉了一只耳朵。

白驹拨马闪开，将刀尖指向对手。血涌到他的脖子上，越流越多，弄脏了洁净的白袍。

狮子鼻见状，指挥部众蜂拥而上。卢云见难以斩杀白驹，回马便走。白驹顾不得受伤，紧紧追赶上来。

猛甝见卢云带残兵冲出山口，急令手下人放箭掩护，双方展开混战。白驹依仗人多势众，把卢云的人马围在一片林中。

白驹下定决心除掉卢云，命部众冲进树林，双方相持不下。卢云身上又中了一箭，情势危急，他把青花骢交给一名火长，让他带几个人突围，前往疏勒报信。卢云要争取时间，拖住白驹。

吐谷浑人冲进树林，双方纠缠厮杀。卢云退到水泽边沿，箭射光了，身边只剩下十几名军兵。猛甝和另一群人被分割包围，利用树的掩护拼命抵抗。

狮子鼻带人扑过来，他看出卢云身上带伤，已经支撑不住了。

卢云将横刀插在地上，从腰间拔出东曹酋长馈赠的牛耳短刀。他不想落到白驹手中受辱，准备在最后的关口，用这把刀自尽。

狮子鼻一步步逼近，李尕尔紧跟他身后。"尕尔，我今天要亲手结果这个人，给白驹瞧瞧。"

卢云强撑住身体，唇边冷出一丝冷笑。狮子鼻被震住了，犹疑着站在原地。狮子鼻有些害怕，不自觉向后退步。

树林外马蹄杂沓，另一个部落的号角声传来，响亮得令人心悸。

"我的天，史那尔又来了。"李尕尔惊呼起来。

林子里吐谷浑武士闻风四散。狮子鼻把心一横，径直扑向卢云。刀直劈下来，卢云向后一闪，刀落空了。没等狮子鼻再举刀，卢云的身体向前一冲，撞在狮子鼻的身上。狮子鼻轻哼了一声，丢开手中的刀。卢云踉跄后退了半步，抽出了插进狮子鼻心窝的短刀。

鲜血从狮子鼻的胸口喷溅出来，狮子鼻挺立了片刻，栽倒在地。卢云手中尖刀一晃，李尕尔胸口也中了飞刀。

李尕尔倒在狮子鼻身边，讨好地笑了笑，说："他要了我的命，只可惜那些埋藏起来的金沙，再也没有人知道了。"

"尕尔，你陪着我死，真好。"狮子鼻吐了口血沫，合上了眼睛。

尾　声

冬季快要来临的时候，原野上的草枯萎了。星星点点的牛羊在草地上缓缓移动，不时有骑手放马疾奔。兴之所至，骑手们甚至试图从马背上俯身捉住惊跳的野兔。太阳、月亮和星辰，周而复始地散发光芒，告诉游牧者时序的变迁。在这片草原的深处，其实没人过分关注星象的变化。无论天狼星周围的夜空是否出现流星，或者某一颗预示厄运的凶星拖带芒刺、滑落在天庭的某个角落，都没有任何意义。

这里位于碎叶西北，距离夷播海较近，属于突骑施人远离尘嚣的一块故地。由于隔绝了通向大食的商道，诸多野心勃勃、试图谋取丝帛厚利的游牧部落首领，觉得这是一片蛮荒之地，没有任何油水可捞。

自从驱逐了白驹，史那尔就带领部众来此，他借休养生息的名义，摆脱了安西、北庭都护府的控制。史那尔曾经答应慕洛公主，要在一处有大水的地方安置部众。夷播海烟波浩渺，由西至东，清淡的湖水逐渐变得微咸。世居此地、四处游荡的牧人，多半知道这个秘密。湖边形成了大片的湿泽，云蒸霞蔚，气象多变，到处都能看到嘎嘎欢叫、振翅奋飞的野鸭。史那尔和部众惊喜地发现，湖中甚至还有洁白胜雪的天鹅起落。

史那尔在太阳升起的时刻，感受到了阳光的爱抚，他喃喃自语，感谢上天即将赐给他们的第一个孩子。这个孩子就要出生了。他们不太喜欢这样的季节，可无论如何，这都是无所不在的苍穹之神的意志，对于一个部族而言，这是至关重要的。史那尔的牙帐距沙漠不远，附近有一个苇草丛生的海子。

史那尔的兴致很好，为了应付冬季，部众必须分散成一个个更小的群落，迁移到其他的牧场。

　　史那尔让自己的老营只保留了千余帐人众。听命于他的部众比从前增加了数倍，但是最让他信得过的，仍然是这些旧部。还是在秋天的时候，史那尔就派人前往更西的地域，那里的人烟更加稀少。对于是否继续西迁，部下意见不一，但绝大多数人都不想离突骑施人的故地更远。

　　几天前，北庭都护府方面传来信息，希望史那尔继续依附大唐，来使宣称可以上奏朝廷，为史那尔请一个都督的封号。史那尔以部民疲弱为由，婉拒了来使。

　　天气变得更冷了，史那尔的帐内铺上了厚厚的毛毯。又一场冬雪降临的时候，营地变成了洁白的世界。

　　慕洛生下了一个儿子，史那尔喜出望外，吩咐部众杀羊置酒。

　　帐外传来一阵急促的马蹄声，雪兰气喘吁吁地跳下马，来到史那尔面前。

　　"看你急匆匆的样子，是不是又惦念起那个汉儿了？"史那尔道。

　　"卢云吗？他到营中来了。"雪兰道。

　　"他来得可正是时候。"

　　一直在夷播海附近养伤的卢云，领着猛虺和几名汉军拜见史那尔。一匹战马摆动尾巴，用力拖着一头刚猎到的野猪。

　　"这么说，你的伤彻底好了？"史那尔兴奋地搂抱卢云。

　　"除了留下两个伤疤外，跟原来一样结实。"卢云笑道。

　　"我不太喜欢这样的礼物，天冷了，弄几张雪白的狐皮才让人心里快活。"史那尔看到卢云的猎物，故意皱起眉头。

　　"它从林子里跑出来，险些撞翻我的青云骢。这家伙的皮比铠甲还厚，根本不怕弓箭。"卢云道。

　　"你用长矛结果了它？"

　　"卢校尉跳下马，和这头野兽周旋，用短剑刺穿了它的脖子。"猛虺说。

　　"汉儿果然神勇。"史那尔哈哈大笑。

　　当天夜里，卢云和史那尔同宿一帐。两个人都喝多了葡萄酒，帐子里到处抛撒着果干、羊蹄、牛骨，弥漫着酪浆的味道。

　　"你的命可真大。你知不知道，是雪兰救了你？"史那尔问道。

尾声

"我当然知道。"

原来,史那尔率残兵回到老营后,慕洛和雪兰十分欣喜。慕洛吩咐杀羊摆酒,吃饭的时候,史那尔发现雪兰神色有些惊惶。史那尔问:"看到我回来你不高兴吗,雪兰?"

"我知道她在惦记一个人,对了,应该是那个把我当成礼物送给你汉儿的人。"慕洛道。

史那尔心头一沉,怛罗斯之战,众多唐军殒命沙场,他牵挂卢云的安危。返回老营前,史那尔曾在一处绿洲停留了几天,收罗被打散的残部。为扩充人马,他还顺便降伏了两个小部落的酋长。他派人到东归的唐军中打探,他的使者甚至找到了红毛,但是没人知道卢云的下落。

"我觉得他就在离这里不远的地方。"雪兰流着泪道。

"这里距龟兹很远,如果他活着,应当抄近路返回安西都护府,而不是到这一带闲逛。"史那尔安慰道。

慕洛告诉史那尔,雪兰昨夜做了一个梦,恍惚看到卢云从马背上跌落,浑身沾满血迹、泥浆。卢云用眼睛看着雪兰,没说一句话。

看到雪兰坐立不安,史那尔心软了,决定带着她出去寻找卢云。

刺中狮子鼻后发生的事情,卢云是从猛甝口中得知的。史那尔带雪兰出营的那个早晨,有探马回报,在百里开外的胡杨山谷附近发现了行动诡秘的骑手。雪兰坚持前去探查,史那尔带兵赶往山谷,恰好遇到赶往疏勒报信的火长。史那尔的意外出现,让围在林子外坐等胜利消息的白驹措手不及,他赶紧逃进山谷,手下人被史那尔的部众逐杀了大半。

猛甝说,卢云被救起时,紧闭双眼,只剩一点微弱的鼻息。雪兰抱起卢云痛哭,当场命人杀死一头大牛,掏空牛的内脏,亲手将卢云塞进牛肚子里,用车拉回了营盘。

没人知道究竟是谁传授给雪兰这样一个秘方的。

卢云被人从牛腹中小心翼翼地抱出时,依然气息奄奄。史那尔派人飞马赶到疏勒,找来一名来自康国的胡医救治卢云。三天三夜,雪兰几乎滴水未进,卢云终于恢复了神志。史那尔随后率部众迁移。当时获救的汉军士卒只剩下二十多人,每人都带着伤。他们不忍舍弃卢云,一路跟随史那尔北迁,最后来到夷播海西边的这片营地。

第二天清晨,史那尔带卢云来到帐外,遇到含笑走来的雪兰。

雪停了,沙湖中雾气飘荡。风吹过来,干硬的雪沫子打在脸上,旋转着散去。卢云望了一眼雪兰,转向史那尔,说:"我养了这么长时间的伤,该跟你道别了。"

"为什么要走,难道是我待你太薄?"史那尔瞪大了眼睛。

"你们救了我的命,这一点,我永远都记得。"

"是雪兰救了你。"

"是的,不过我想要返回故乡。尽管我早就习惯了过马背上的生活,但还是忘不了长安。几年的光景,我的梦已经碎了。我想结束军旅生涯,找一个安静的地方生活。"

"这里不安静吗?"史那尔有些恼火。

"安静,但无法让我安心。"

"我说过,想让你成为一个突骑施人。"

"我不会的,但我永远念着你,在我的眼中,你是一个值得信赖、敬重的兄长,不要拿什么可汗、叶护之类的名头唬我。"

"我不许你离开。"史那尔说。

雪兰低下头。

"我必须离开了。"卢云提高了声音。

"你滚吧。"史那尔的眼中喷出怒火。

"别这样对他,一只要振翅飞走的鸟,是永远留不住的。"雪兰拉住了史那尔的袖子。

"我不是一个人离开,我要带走雪兰,这是我唯一的请求。"卢云说。

"留下来,我可以答应你的要求。"史那尔嚷道。

"你们的母亲留在了这片土地上,她希望女儿过另一种生活,为什么不让她的愿望实现呢?"

"我真想宰了你。"史那尔怒气冲冲地回到帐中。

开春的时候,冰湖渐渐破裂,沉寂的草原马上就要被新草染绿。史那尔见卢云决意东归，左思右想，终于答应了。

但是，史那尔提出一个条件，要卢云身穿胡服，按照突骑施人的风俗跟雪兰举行婚礼。出人意料的是，猛虓决定留在史那尔的营中。他和周鹣儿一样，决定过胡人的生活，当一名四处漂泊、随处宴乐的突骑施武士。猛虓说，在跟大食人的恶战中，死掉了那么多兄弟，还有许多人被俘虏到大食。他没有脸面回到军中，也不想再过受束缚的生活了。

史那尔决定送给猛虓一个封号。

除了卢云部下的两名小校，猛虓的手下人都决定留下来。卢云知道，史那尔挑选了一群妙龄少女，供他们选择。拥有一个女人，特别是在寒冷的冬季，喝着奶茶，搂着野性而又温柔的女人，对于这些普通军兵来说，显得特别诱人。

雪兰告诉卢云，她同样不舍得离开史那尔，毕竟母亲和呼陵都死了，除了慕洛公主，她是史那尔唯一的亲人。雪兰说，任何一个女人，难道不都像一片树叶，随风飘散到各个角落吗？她自幼深受母亲影响，对于回归汉地，似乎有着隐隐期待。

春风依然刺骨，四个身穿胡袍的人策马而行。进入安西境内，雪兰眼里闪着泪光，对卢云说："我看够了杀人饮血的日子，母亲永远地留在一片草地上。她不喜欢饮酪食肉的生活，但又摆脱不掉我父亲的影子。"

"每个人都摆脱不掉往事，这些影子会经常在眼前晃动。"

"临死的时候，母亲希望我带她的一缕头发回归故乡。她说，那是一个春天来得很早、梨花如雪的地方。不杀人，也不流血。你能不能带我去这样一个地方？"

"是啊，容我仔细想想。"卢云说。